Protegido pelo porto

Nora Roberts

Romances

A Pousada do Fim do Rio
O Testamento
Traições Legítimas
Três Destinos
Lua de Sangue
Doce Vingança
Segredos
O Amuleto
Santuário
A Villa
Tesouro Secreto
Pecados Sagrados
Virtude Indecente
Bellíssima
Mentiras Genuínas
Riquezas Ocultas
Escândalos Privados
Ilusões Honestas
A Testemunha
A Casa da Praia
A Mentira
O Colecionador
A Obsessão
Ao Pôr do Sol
O Abrigo

Saga da Gratidão

Arrebatado pelo Mar
Movido pela Maré
Protegido pelo Porto
Resgatado pelo Amor

Trilogia do Sonho

Um Sonho de Amor
Um Sonho de Vida
Um Sonho de Esperança

Trilogia do Coração

Diamantes do Sol
Lágrimas da Lua
Coração do Mar

Trilogia da Magia

Dançando no Ar
Entre o Céu e a Terra
Enfrentando o Fogo

Trilogia da Fraternidade

Laços de Fogo
Laços de Gelo
Laços de Pecado

Trilogia do Círculo

A Cruz de Morrigan
O Baile dos Deuses
O Vale do Silêncio

Trilogia das Flores

Dália Azul
Rosa Negra
Lírio Vermelho

Saga da Gratidão - vol. 3

NORA ROBERTS

Protegido pelo porto

Tradução
Renato Motta

5ª edição

BERTRAND BRASIL
Rio de Janeiro | 2018

Copyright © 1999 by Nora Roberts

Título original: *Inner Harbor*

Capa: Renan Araújo
Imagem de capa: Pieterpater / Shutterstock

Texto revisado segundo o novo
Acordo Ortográfico da Língua Portuguesa

2018
Impresso no Brasil
Printed in Brazil

CIP-BRASIL. CATALOGAÇÃO NA PUBLICAÇÃO
SINDICATO NACIONAL DOS EDITORES DE LIVROS, RJ

R549p
5ª ed.

Roberts, Nora, 1950-
Protegido pelo porto / Nora Roberts; tradução de Renato Motta. –
5ª ed. – Rio de Janeiro: Bertrand Brasil, 2018.
336 p.; 23 cm. (Saga da gratidão; 3)

Tradução de: Inner harbor
ISBN 978-85-286-2374-1

1. Ficção americana. I. Motta, Renato. II. Título. III. Série.

18-51735

CDD: 813
CDU: 82-3(73)

Vanessa Mafra Xavier Salgado – Bibliotecária – CRB-7/6644

Todos os direitos reservados. Não é permitida a reprodução total ou parcial desta obra, por quaisquer meios, sem a prévia autorização por escrito da Editora.

Direitos exclusivos de publicação em língua portuguesa somente para o Brasil
adquiridos pela:
EDITORA BERTRAND BRASIL LTDA.
Rua Argentina, 171 – 2º andar – São Cristóvão
20921-380 – Rio de Janeiro – RJ
Tel.: (21) 2585-2000 – Fax: (21) 2585-2084

Atendimento e venda direta ao leitor:
mdireto@record.com.br ou (21) 2585-2002

*Para Elaine e Beth, minhas devotadas irmãs —
apesar de não gostarem de organdi azul nem de
cantar.*

Queridos Leitores

Lar significa coisas diferentes para pessoas diferentes. Construir um lar pode ser um desafio ou uma alegria. Os mais afortunados entre nós têm doces lembranças do lugar onde cresceram e das tradições definidas em sua época. *Protegido pelo Porto* trata disso: encontrar um lar, construí-lo e preservá-lo.

Ray e Stella Quinn deram a Phillip uma segunda oportunidade na vida. Ele jamais esqueceu o que os pais adotivos fizeram por ele. Com seus irmãos Cameron, Ethan e, agora, Seth, Phillip lutou para manter o lar que era deles e a promessa feita a seu pai, um homem que ele amava. Talvez preferisse a vida que tinha em Annapolis, os museus, os restaurantes, as multidões, mas mantivera sua promessa, mesmo sabendo que isso significava ter de dividir seu tempo com a baía de Chesapeake, trabalhando com cascos de navio e supervisionando deveres escolares.

Um lar era o que Ray desejara para os filhos, todos eles. A fim de manter sua promessa e seu lar, Phillip terá de aceitar o menino que Ray colocou em suas vidas e lidar com uma linda mulher que possui segredos que irão afetar a todos... uma mulher que precisa não apenas de sua confiança, mas também de seu coração.

Para limparem o nome do pai e manterem um voto sagrado, os Quinn precisam se unir mais do que nunca e manter real o sonho de uma família formada por um ato de fé e pelos corações generosos de um casal especial.

Nora Roberts

Prólogo

Phillip Quinn morreu quando tinha treze anos. Como a equipe dedicada, ainda que mal paga, da emergência do Hospital Central de Baltimore conseguiu ressuscitá-lo em menos de noventa segundos, não ficou morto por muito tempo.

No que lhe dizia respeito, já estava de bom tamanho.

O que o matara, ainda que por pouco tempo, foram duas balas calibre 25 que o atingiram em pleno sábado à noite, vindas da janela aberta de um Toyota Celica roubado. O dedo que apertara o gatilho pertencia a um amigo muito chegado ou, pelo menos, o mais chegado possível, já que ele era um ladrão de treze anos que agia nas ruas mais perigosas de Baltimore.

As balas não atingiram o seu coração. Mas passaram bem perto. Nos anos que se seguiram, porém, Phillip passou a considerar que o erro de poucos centímetros também já estava de bom tamanho.

Pois aquele coração jovem e robusto, ainda que tristemente cansado, continuou a bater mesmo depois que o menino ficou caído ali, perdendo sangue por cima das camisinhas usadas e dos frascos de crack que enchiam a sarjeta fedorenta na esquina da Fayette com Paca.

A dor era indescritível, como se estalactites de gelo tivessem sido enterradas em seu peito. Aquela dor excruciante, porém, recusou-se a levá-lo para o mundo livre da inconsciência. Ele ficou ali, acordado e atento, ouvindo os gritos das outras vítimas e dos transeuntes, o guincho das freadas, o girar de mil cilindradas dos motores que passavam, além de sua própria respiração ofegante.

Acabara de passar para um receptador uma remessa de eletrônicos que roubara de uma loja de três andares a menos de quatro quarteirões dali.

Conseguira duzentos e cinquenta dólares, que colocara no bolso, e caminhava pela rua cheio de pose, a fim de arrumar uma dose de alguma droga para ajudá-lo a passar a noite. Acabara de ser libertado de uma temporada na detenção para delinquentes juvenis, onde fora parar devido a outra invasão de propriedade particular. As coisas, porém, não haviam corrido muito bem para ele por lá. Acabara conseguindo uma condicional, mas estava sem grana.

Pelo jeito, também estava sem sorte.

Mais tarde, se lembraria daquele momento e também de ter pensado: Merda, merda, isso *dói* pra cacete! Não conseguia focar a mente em outra coisa. Para azar dele, ficara no meio do caminho. Sabia disso. As balas não eram para ele. Vira com o canto do olho as cores da gangue que atacava naqueles três segundos antes de a arma ser disparada, que pareceram transcorrer em câmera lenta. Eram as cores da sua própria gangue, se é que ele podia se considerar parte de um dos muitos grupos criminosos que vagavam pelas ruas e becos da cidade.

Se ele não tivesse acabado de sair da detenção, saberia que não era uma boa estar naquele lugar, naquele momento. Alguém o teria avisado para vazar dali, e ele não estaria agora sangrando, esparramado e de cara para o bueiro fedido junto à sarjeta.

Luzes piscaram... azuis, vermelhas, brancas. Os gritos das sirenes disputaram o ar com os gritos humanos. Policiais. Mesmo sob o nevoeiro gosmento da dor que o envolvia, seu instinto foi correr. Em pensamento, pulou, ágil, jovem, esperto e desapareceu nas sombras. Mas apenas o esforço de encenar os movimentos em sua mente fez com que um suor frio lhe escorresse pelo rosto.

Sentiu a mão que o segurou pelo ombro e os dedos que lhe apertaram a lateral da garganta até sentir a leve pulsação que ela emitia.

Este aqui ainda está respirando. Chame os paramédicos!

Alguém o virou de barriga para cima. A dor era indescritível, mas ele não conseguia liberar o grito que rasgava sua cabeça ao meio. Viu rostos flutuando acima dele, o olhar duro de um policial e o ar sombrio de um médico. As luzes vermelhas, azuis e brancas pareciam queimar-lhe os olhos. Alguém ali perto chorou, soluçando alto.

Aguente firme, garoto.

Por quê? Quis perguntar. Era horrível estar ali. Jamais conseguiria escapar, como prometera a si mesmo que faria. O pouco que sobrara de sua vida corria em um rio vermelho de sangue e escorria pelo bueiro. O que viera antes era apenas horrendo. O que havia agora era apenas dor. De que servia continuar vivendo?

Ele apagou por alguns instantes, deixando-se afundar nas profundezas da dor, onde o mundo era escuro, em tons de vermelho sujo. De algum ponto fora daquele mundo, voltou o guincho da sirene, a pressão que sentiu no peito e a velocidade vertiginosa da ambulância.

Então, vieram as luzes de novo, brancas e ofuscantes, tentando penetrar em suas pálpebras cerradas. E o menino se sentiu voando enquanto vozes berravam por toda parte à sua volta.

Ferimentos de bala no peito! Pressão de oito por cinco e baixando... pulso fraco com velocidade acelerada. Ele está acordando e apagando. Pupilas dilatadas.

Tipo de sangue, rápido! Precisamos dar-lhe uma carga. No três! Um... dois... três!

Seu corpo pareceu pular para depois cair de costas. Ele já não se importava. Até mesmo o vermelho sujo estava se transformando em cinza. Enfiaram-lhe um tubo pela garganta abaixo e ele nem se deu ao trabalho de tossir. Na verdade, mal o sentiu. Mal sentia tudo o que estava acontecendo e agradeceu a Deus por aquilo.

A pressão continua caindo! Vamos perdê-lo!

Já estou perdido há muito tempo, pensou ele.

Com vago interesse os observou... meia dúzia de pessoas vestidas de verde em uma pequena sala onde um menino comprido e louro estava esticado sobre uma mesa. Havia sangue em toda parte. Seu sangue, descobriu. Estava sobre a mesa, com o peito todo aberto. Olhou para si mesmo com uma espécie de simpatia distante. Não havia mais dor agora, e a calma sensação de alívio quase o fez sorrir.

Deixou-se flutuar ainda mais alto, até sentir que a cena abaixo assumiu tons perolados e os sons se transformaram em ecos longínquos.

Então, uma dor o atravessou sem piedade, e um choque abrupto fez o corpo sobre a mesa pular, retorcer-se e sugá-lo de volta. Sua luta para tornar a se afastar daquilo foi curta e vã. Ele estava novamente dentro do corpo, sentindo tudo mais uma vez. Sentindo-se perdido de novo.

No instante seguinte, estava se sentindo dentro de uma névoa induzida pelos medicamentos. Alguém roncava. O quarto estava escuro e a cama era dura e estreita. Uma claridade forte parecia ser filtrada por uma vidraça cheia de marcas de dedos. Havia o som de máquinas que apitavam e sugavam, num ritmo monótono. Tentando simplesmente escapar dos sons, tornou a apagar.

Parecia que seu corpo ligava e desligava, e ficou assim por dois dias. Teve muita sorte. Foi o que lhe contaram. Havia uma enfermeira muito bonita com olhos cansados e um médico com cabelos grisalhos e lábios finos. Ele não conseguia acreditar neles, pois se sentia ainda muito fraco até para levantar a cabeça e sentia dores terríveis que o engolfavam a cada duas horas, como que comandadas por um relógio.

Quando os dois policiais chegaram, ele estava acordado e a dor cedera um pouco devido a algumas doses de morfina. Notou que eram policiais assim que os viu. Seus instintos não estavam tão embotados a ponto de ele não perceber o jeito de andar, os sapatos, os olhos. Nem precisava da identificação que lhe colocaram diante dos olhos.

— Vocês têm cigarro aí? — Phillip perguntava isso a todas as pessoas que passavam diante dele. Tinha uma necessidade quase palpável, um desespero estranho por nicotina, embora soubesse que talvez não tivesse forças sequer para dar uma tragada.

— Filho, você é muito novo para fumar. — O primeiro policial pregou um sorriso de tio boa-praça no rosto e se colocou ao lado da cama. Aquele devia ser o Policial Bom, pensou Phillip, com ar cansado.

— Estou ficando mais velho a cada minuto que passa — argumentou o menino.

— Você tem muita sorte de ainda estar vivo. — O segundo policial manteve o rosto carrancudo enquanto pegava um bloquinho de anotações.

Ali estava o Policial Mau, decidiu Phillip, quase se divertindo com aquilo.

— É o que todo mundo anda me dizendo — afirmou o menino. — Então, que diabos foi tudo aquilo?

— Conte-nos você. — O Policial Mau preparou o lápis para fazer anotações em seu bloquinho.

— O que sei é que quase me caguei de medo.

— O que estava fazendo na rua?

— Acho que estava indo para casa. — Ele já planejara como atuar naquele jogo, e deixou os olhos se fecharem. — Não consigo me lembrar exatamente. Eu estive... no cinema, talvez? — E fazendo disso uma pergunta, abriu os olhos. Sabia que o Policial Mau não ia engolir aquela história, mas o que poderiam fazer?

— Que filme você viu? Quem estava com você?

— Olhe, eu não sei. Está tudo meio confuso na minha cabeça. Só sei que estava andando pela rua e, no instante seguinte, me vi de cara na sarjeta.

— Então nos conte apenas o que conseguir se lembrar. — O Policial Bom colocou a mão no ombro de Phillip. — Pode levar o tempo que quiser.

— Tudo aconteceu muito rápido. Ouvi tiros... só podem ter sido tiros. Alguém começou a gritar e senti como se uma bomba tivesse explodido no meu peito. — Essa parte era bem próxima da verdade.

— Você viu o carro? Viu quem atirou?

Ambos estavam perfeitamente entalhados em sua memória.

— Acho que vi um carro — foi o que respondeu. — Parecia um carrão!

— Você pertence à gangue do Fogo.

— Ando com eles de vez em quando — Phillip saiu pela tangente, desviando o olhar para o Policial Mau.

— Três dos corpos que conseguimos raspar da calçada eram membros da gangue que se denomina Tribo. Não tiveram tanta sorte quanto você. As gangues do Fogo e da Tribo têm um bocado de contas que vivem querendo ajustar a sangue.

— É, também já ouvi falar nisso.

— Você levou duas balas, Phil — o Policial Bom fez cara de preocupado. — Um centímetro para a direita ou para a esquerda e você já estaria morto antes mesmo de cair na calçada. Você me parece um garoto esperto, e um garoto esperto não entra numa de demonstrar lealdade a bandidos idiotas.

— Mas eu não vi nada! — Não se tratava de lealdade, e sim de sobrevivência. Se entregasse alguém, viraria presunto.

— Você tinha mais de duzentos dólares na carteira.

Phillip encolheu os ombros, com jeito de pouco caso, arrependendo-se na mesma hora de fazer isso, pois os fantasmas da dor se agitaram em volta dele.

— É mesmo? — surpreendeu-se. — Bem, talvez então eu consiga pagar a minha conta aqui no Hilton.

— Não me venha dar uma de espertinho, seu verme. — o Policial Mau debruçou-se na cama. — Encontro figurinhas como você todos os dias. Mal se livrou da detenção vinte horas antes e já estava ali na sarjeta, sangrando até a alma.

— Levar um tiro é alguma violação da condicional? — perguntou Phillip, sem piscar.

— Onde você arrumou a grana?

— Não me lembro.

— Estava indo para a Drogalândia, a fim de comprar algum bagulho, não estava?

— Por acaso, encontraram alguma droga comigo?

— Talvez. Você não se lembraria mesmo, não é?

Boa sacada, avaliou Phillip.

— Bem que eu gostaria de um bagulho agora... — comentou, como se pensasse alto.

— Acalme-se um pouco. — O Policial Bom se mexeu um pouco para o lado. — Escute, filho, se você cooperar conosco, nós aliviamos... Você já está nesse esquema há muito tempo e sabe bem como a lei funciona.

— Se a lei funcionasse, eu não estaria aqui, estaria? Vocês não podem fazer nada comigo que já não tenha sido feito. Qual é, caras, acham que se eu soubesse que alguma coisa estava rolando na área ficaria ali dando mole que nem um mané?

A súbita agitação que se formou no corredor desviou a atenção dos policiais. Phillip simplesmente fechou os olhos. Reconhecia a voz que se destacava entre as outras, com tom de fúria.

Estou ferrado!, foi o seu primeiro e último pensamento. E quando ela irrompeu no quarto, abriu os olhos e viu que acertara na mosca.

Estava bem-vestida, com roupa de visita, notou. Seus cabelos louros estavam armados em um penteado com a ajuda de laquê e enchera a cara de maquiagem. Por baixo de toda aquela pintura, talvez fosse uma mulher bonita, mas a máscara em que seu rosto se transformara parecia dura e cruel. Seu corpo estava em forma, pois era o que a mantinha no emprego. Quem fazia *striptease* e emendava um bico como garota de programa precisava manter a aparência. Usava uma blusa frente única colada no corpo e jeans, e foi fazendo barulho no piso com os sapatos de salto muito alto até se aproximar da cama.

— Quem você pensa que vai pagar por isso tudo? Você só me dá trabalho!

— Oi, mãe, legal ver você também.

— Não seja insolente! Havia um monte de policiais batendo na minha porta por sua causa. Estou farta disso! — Lançou o olhar para os homens, um de cada lado da cama. Como o filho, reconhecia tiras. — Ele já está com quase quatorze anos. Para mim, chega! Não quero mais esse menino comigo na minha casa! Não vou mais aturar policiais e assistentes sociais na minha cola, respirando no meu cangote o tempo todo... nunca mais!

Tentando se desvencilhar da enfermeira que entrou apressada e tentou agarrá-la pelo braço, inclinou-se por cima da cama e reclamou:

— Por que você não aproveitou e *morreu* dessa vez, hein?

— Sei lá... — respondeu Phillip, com toda a calma. — Bem que eu tentei.

— Nunca serviu para nada mesmo — sussurrou para o Policial Bom, quando ele a puxou da beira da cama. — Nunca prestou para porra nenhuma! Não me apareça lá em casa atrás de um canto pra ficar quando sair daqui, ouviu? — gritou ela, enquanto era arrastada para fora do quarto. — Estou farta de você!

Phillip esperou, enquanto continuava a ouvi-la xingando, aos berros, exigindo papéis para assinar, a fim de tirar aquele garoto de sua vida. Então, olhou para o Policial Mau e perguntou:

— Você ainda acha que consegue me assustar? Eu convivo com aquilo que acabou de sair daqui... não existe nada pior do que isso.

Dois dias depois, estranhos apareceram em seu quarto. O homem era imenso, com olhos azuis muito brilhantes e um rosto largo. A mulher tinha cabelos ruivos e rebeldes, que tentavam lhe escapar de um coque frouxo que trazia na nuca. Tinha o rosto cheio de sardas. Pegou o prontuário médico nos pés da cama, analisou-o com atenção e, então, ficou batendo com a ponta dele na palma da mão.

— Olá, Phillip. Sou a Dra. Stella Quinn. Este aqui é o meu marido, Ray.

— Tá legal, e daí?

Ray puxou uma cadeira e se sentou ao lado da cama, soltando um suspiro de prazer. Olhou para o menino, entortando um pouco a cabeça, e estudou Phillip rapidamente antes de dizer:

— Você se meteu em uma tremenda enrascada, hein? Quer escapar dela?

Capítulo Um

Phillip alargou o nó perfeito de sua gravata Fendi. Era um longo caminho de Baltimore até o litoral de Maryland, e ele programara o CD *player* do carro pensando na cansativa viagem. Para começar, colocou algo bem melodioso para tocar... Tom Petty and the Heartbreakers.

O tráfego de quinta-feira à noite, tão pesado quanto era de se esperar, parecia ainda mais desagradável devido à chuvinha miúda na saída da cidade, bem como aos motoristas que não aguentavam passar ao largo de um acidente envolvendo três veículos sem diminuir a velocidade e esticar o pescoço para fora do carro, olhando com fascinação em busca de alguma vítima.

Ao seguir rumo ao sul, pela Rodovia 50, Phillip sentiu que nem mesmo o balanço quente dos clássicos Rolling Stones conseguia levantar o seu astral.

Levava trabalho para o fim de semana e, de algum modo, teria de encaixar um pouco de tempo em suas atividades para cuidar da conta dos Pneus Myerstone. Eles queriam uma abordagem totalmente nova para aquela campanha publicitária. Pneus felizes fazem motoristas felizes, pensava Phillip, tamborilando os dedos no volante ao ritmo da guitarra rebelde de Keith Richards.

Um *slogan* perfeitamente idiota. Um lixo!, decidiu. Ninguém conseguia dirigir feliz em uma estrada chuvosa, na hora do *rush*, não importa o tipo de borracha usada nos pneus.

Mesmo assim, ia bolar alguma coisa que convencesse os consumidores de que usar pneus Myerstone os faria se sentir mais felizes, seguros e sensuais. Aquele era o seu trabalho e Phillip era muito bom em seu ramo de atividades.

Bom o bastante para equilibrar quatro contas milionárias e supervisionar o andamento das campanhas de seis clientes menores sem jamais exibir um mínimo estresse pelos corredores sofisticados da Innovations, a importante agência de publicidade para a qual trabalhava. Uma firma que exigia estilo, exuberância e criatividade de seus executivos.

E não pagava para vê-lo estressado.

Sozinho, no entanto, a coisa era diferente.

Phillip sabia que estava exigindo demais de si mesmo havia meses. Devido a uma simples reviravolta do destino, deixara de viver apenas para si próprio e agora se perguntava o que acontecera com a sua maravilhosa e alegre ascensão na vida, que se desenrolava dentro de um sofisticado estilo urbano.

A morte de seu pai, seis meses antes, virara sua vida de cabeça para baixo. Uma vida que Ray e Stella Quinn haviam colocado nos trilhos havia dezessete anos. Entraram naquele terrível quarto de hospital e lhe ofereceram uma oportunidade e uma escolha. Ele agarrara a oportunidade, porque era esperto o bastante para saber que não tinha escolha.

Voltar para as ruas já não lhe parecia tão atraente quanto antes de o seu peito ser destroçado por balas. Viver com sua mãe não era mais uma opção, nem mesmo se ela mudasse de ideia e o deixasse convencê-la, usando alguma grana, a voltar para o apertado apartamento no bairro pobre de Baltimore. Além do mais, o serviço de assistência social do governo estava de olho na situação, e Phillip sabia que, no momento em que tornasse a colocar os pés na rua, seria atirado de volta na unidade de recuperação para delinquentes juvenis.

Não tinha a menor intenção de voltar para os braços do governo nem para a sua mãe, nem ser atirado de novo na sarjeta, o que, no fundo, era tudo a mesma coisa. Isso ele já decidira. Sentiu, então, que a única coisa da qual precisava era tempo para bolar um plano.

No momento, aquele tempo do qual precisava lhe estava sendo garantido por um período de repouso no hospital, onde lhe eram servidas drogas da melhor qualidade, que o faziam se sentir melhor sem que fosse preciso comprá-las nem roubá-las. Mas ele sabia que aquela moleza não ia durar muito.

Sob o efeito do Demerol, Phillip analisou os Quinn de forma astuta, de cima a baixo, e decidiu que eram dois esquisitos metidos a benfeitores. Por ele, tudo bem... se queriam brincar de Bons Samaritanos e lhe oferecer um lugar onde se encostar até se sentir de novo cem por cento, que bom para o casalzinho... e melhor ainda para ele.

Os Quinn lhe contaram que tinham uma casa no litoral, coisa que, para um menino visceralmente urbano, soava como um lugar do outro lado do planeta. No entanto, achou que uma mudança de cenário também não lhe faria mal. Tinham dois filhos mais ou menos da sua idade, conforme lhe contaram. Phillip sentiu de cara que não ia precisar se preocupar com os dois mauricinhos fracotes que os "bonzinhos" tinham em casa.

O casal o avisou de que havia regras na casa e a educação era prioritária. A escola não o assustava nem um pouco. Tirava as aulas de letra quando resolvia aparecer por lá.

E nada de drogas, disse-lhe Stella, com um tom de voz frio e firme que fez com que Phillip começasse a reavaliá-la enquanto colocava a sua expressão mais angelical e respondia, da forma mais educada: *Não, senhora*. Tinha certeza de que, quando estivesse a fim de uma dose, iria acabar encontrando um fornecedor, mesmo em uma cidade que ficava em um buraco cagado no fundo da baía de Chesapeake.

Então, Stella se debruçou sobre a cama com olhos perspicazes e a boca sorrindo de leve.

Seu rosto é como o de um querubim em uma pintura renascentista. Isso, porém, não o torna menos ladrão, delinquente e mentiroso. Vamos ajudá--lo, se quiser ser ajudado, mas não nos trate como imbecis, parecia dizer.

Ray soltou sua gargalhada trovejante. Apertou o ombro de Stella e o de Phillip ao mesmo tempo. O menino disse para si mesmo que seria muito divertido observar um pouco da vida daqueles dois idiotas por algum tempo.

Os dois voltaram para visitá-lo várias vezes durante as duas semanas que se seguiram. Phillip conversava com eles e com a assistente social, que era sempre muito mais difícil de enrolar do que os Quinn.

Por fim, eles o levaram do hospital para a linda casa branca junto da água. Conheceu os filhos dos manés e avaliou a situação. Ao descobrir que os outros dois meninos, Cameron e Ethan, haviam sido recolhidos da rua, da mesma forma que ele, teve certeza de que os Quinn eram um casal de lunáticos.

Resolveu ganhar tempo. Para uma médica e um professor universitário, eles não tinham muitas coisas de valor para serem roubadas dentro de casa. Ele, porém, conseguiria encontrar alguma coisa que prestasse.

Em vez de roubá-los, no entanto, se apaixonara por eles. Recebeu o seu nome de família e passou os dez anos seguintes vivendo na mesma casa à beira d'água.

Então, Stella morreu, e parte do seu mundo desabou. Ela havia se transformado na mãe que ele jamais imaginou que pudesse existir. Equilibrada, forte, amorosa e sagaz. Chorou muito por ela, a primeira perda verdadeira em sua vida. Lidou com parte daquele pesar insuportável enterrando-se no trabalho, destacando-se na faculdade, buscando sempre o sucesso e alcançando o esplendor das coisas sofisticadas e um bom contrato de trabalho na Innovations.

E não pretendia permanecer no baixo escalão por muito tempo.

Conseguir o emprego na agência Innovations, em Baltimore, foi um pequeno triunfo pessoal. Estava de volta à cidade onde passara a infância miserável, mas voltava por cima, como alguém refinado e de muito bom gosto. Ninguém que visse o homem com porte elegante dentro de um terno feito sob medida poderia suspeitar que ele fora, um dia, trombadinha de rua, eventual traficante de drogas e, de vez em quando, garoto de programa.

Tudo o que alcançara na vida no decorrer dos últimos dezessete anos poderia ser monitorado de volta até chegar à origem, no exato momento em que Ray e Stella Quinn haviam entrado em seu quarto de hospital.

Então, foi Ray que morrera subitamente, deixando para trás sombras que precisavam ser lavadas com muita luz. O homem que Phillip amara tão profundamente quanto um filho poderia amar um pai perdera a vida na reta tranquila de uma estrada próxima, em meio a um dia claro, quando o carro que dirigia batera em alta velocidade contra um poste telefônico.

Um quarto de hospital entrou mais uma vez em sua vida. Dessa vez, era o Poderoso Quinn que estava todo quebrado sobre uma cama, cercado de máquinas barulhentas. Phillip e seus irmãos fizeram-lhe uma promessa no leito de morte: criar e cuidar do último dos meninos rejeitados pela vida e acolhidos por Ray Quinn.

Esse menino, porém, tinha segredos e olhava para as pessoas com olhos idênticos aos de Ray.

As fofocas que se espalhavam na beira do cais e nos arredores da cidadezinha de St. Christopher, no litoral de Maryland, falavam de adultério, de suicídio, de escândalos. Durante os seis meses desde que os rumores começaram, Phillip e os irmãos não haviam conseguido chegar nem perto da verdade. Quem era Seth DeLauter e o que ele representava para Ray Quinn?

Mais um menor abandonado? Mais um menino crescido que estava se afogando em um mar terrível de negligência, violência, e precisava desesperadamente de um rumo na vida? Ou era mais? Um Quinn de verdade, por laços de sangue, e não apenas por circunstâncias?

Tudo do que Phillip tinha certeza é de que aquele menino de dez anos era seu irmão tanto quanto Cam e Ethan. Cada um deles havia sido resgatado de um pesadelo e recebera a oportunidade de mudar de vida.

No caso de Seth, Ray e Stella já não estavam mais lá para manter a porta aberta para ele.

Uma parte de Phillip, uma parte que vivia bem lá no fundo e que representava o ladrãozinho barato que ele fora, se ressentia só de pensar na possibilidade de que Seth pudesse ser filho verdadeiro de Ray, um filho de sangue, concebido no adultério e abandonado por vergonha. Aquilo seria uma traição de tudo o que os Quinn lhe haviam ensinado e de tudo o que lhe haviam mostrado com o exemplo da própria vida que levavam.

Detestava a si mesmo só por considerar essa hipótese e saber que, de vez em quando, ao estudar Seth com olhos distantes e frios, ficava se perguntando se a existência do menino fora a razão da morte de Ray.

Sempre que essas ideias nojentas penetravam em sua mente, Phillip voltava o pensamento para Gloria DeLauter. A mãe de Seth era a mulher que acusara o professor Raymond Quinn de assédio sexual. Contava que tudo acontecera anos antes, quando ela ainda era aluna dele na universidade. Não havia, porém, registro algum na secretaria de sua passagem como aluna.

Essa mulher vendera o filho de dez anos a Ray como se ele fosse um pedaço de carne. E foi essa mesma mulher, disso Phillip tinha certeza, que Ray fora encontrar em Baltimore, no dia fatídico em que seu carro fora lançado contra o poste.

Ela, por sua vez, sumira. Mulheres do tipo de Gloria eram mestras em escapar de problemas para se dar bem. Há poucas semanas, tornara a aparecer. Enviara aos Quinn uma carta não muito sutil, tentando chantageá-los: *Se querem ficar com o garoto, precisam me dar mais grana.* O maxilar de Phillip ainda se enrijecia de ódio ao se lembrar do medo em estado bruto que vira estampado no rosto de Seth no momento em que soube da carta.

Ela não vai tornar a colocar as mãos no menino, jurou para si mesmo. Ia descobrir que os irmãos Quinn eram muito mais difíceis de dobrar que um velho de coração mole.

E não eram apenas os irmãos Quinn agora, pensou ao tomar a estrada secundária que o levaria através das paisagens rurais até a sua casa. Lembrou-se da família enquanto dirigia depressa, passando pelos campos cultivados com soja, ervilhas e milharais mais altos que um homem. Agora que Cam e Ethan haviam se casado, Seth tinha mais duas mulheres determinadas para ficar ao seu lado.

Casados... Phillip balançou a cabeça, com um ar divertido e maravilhado. Quem poderia imaginar? Cam se amarrara de vez com a sexy assistente social, e Ethan se casara com Grace, a moça de olhos doces. E assumira no mesmo dia a paternidade da filhinha de Grace, a angelical Aubrey.

Bem... que bom para eles. Na verdade, era obrigado a admitir que Anna Spinelli e Grace Monroe haviam sido feitas sob medida para seus irmãos. Aquilo só serviria para fortalecer ainda mais seus laços de família quando chegasse o momento da audiência com o juiz, a fim de decidir a guarda definitiva de Seth. O casamento parecia combinar com eles. Ainda que, para Phillip, só a menção da palavra provocasse calafrios.

Para si mesmo, Phillip preferia muito mais a vida de solteiro, com todas as suas mordomias. Não que andasse com tempo sobrando para usufruir de todas essas vantagens nos últimos meses. Tinha que passar os fins de semana em St. Chris, supervisionar os deveres de casa de Seth, ralar muito para construir cascos de navios para a empresa Embarcações Quinn, que começava a decolar, lidar com a contabilidade, contratos e documentos do novo negócio, além de fazer as compras do supermercado. Tudo isso tornara-se responsabilidade sua e arrasava com o seu estilo de vida.

Porém, prometera ao pai em seu leito de morte que iria ajudar a cuidar de Seth. Fizera um pacto com os irmãos para voltar a morar no litoral, na antiga casa branca, a fim de dividir a guarda do menino e as responsabilidades da casa. Para Phillip, tal pacto significava equilibrar o tempo entre Baltimore e St. Chris, tentar manter as energias para gerenciar a sua carreira e o seu salário, cuidar de um irmão mais novo, muitas vezes problemático, além de administrar um novo negócio.

Tudo aquilo representava um risco. Não se assume a responsabilidade de criar um menino de dez anos sem muitas dores de cabeça e erros de cálculo, mesmo na melhor das circunstâncias. Pelo menos, é o que imaginava. No caso de Seth DeLauter, criado durante toda a infância por uma mulher que era prostituta nas horas vagas, drogada em tempo integral e que se especializara em extorquir pessoas, aquilo estava muito longe de se configurar como a melhor das circunstâncias.

Quanto ao negócio, organizar um empreendimento desse porte, dedicado à construção de barcos, e fazê-lo sair do papel resumia-se a uma série de detalhes irritantes e trabalho pesado. No entanto, de algum modo, a coisa estava fluindo e, descontando as absurdas exigências de tempo e energia, tudo funcionava muito bem.

Havia não muito tempo, seus fins de semana eram passados em companhia de um bom número de mulheres atraentes e interessantes, jantando em algum lugar novo da moda, seguido por uma ida ao teatro ou a um concerto e, se a química fosse boa, um calmo café da manhã na cama em um maravilhoso domingo.

Ele ainda voltaria para essa vida, prometeu a si mesmo. Assim que todos os detalhes estivessem arranjados, poderia ter sua vida de volta. No entanto, como diria seu pai, considerando-se o futuro próximo...

Phillip entrou de carro pelo portão. A chuva parara, deixando uma fina camada de água nas folhagens e na grama. O crepúsculo se aproximava. Dava para ver, pela janela, as luzes acesas da sala de estar, brilhantes, estáveis e convidativas. Algumas das flores de verão das quais Anna cuidava tão bem pareciam estar resistindo e algumas delas, que floresciam no princípio do outono, já davam o ar de sua graça por entre as sombras. Ouviu o cãozinho latir, embora, já com nove meses de idade, Bobalhão tivesse crescido tanto, que não poderia mais ser chamado de cãozinho.

Era dia de Anna cozinhar, lembrou. Graças a Deus! Isso significava que, pelo menos naquela noite, uma refeição de verdade seria servida na residência dos Quinn. Flexionou os ombros para exercitá-los, pensou em se servir de uma boa taça de vinho, e então viu o momento em que Bobalhão saiu pelo lado da casa, mais parecendo uma bala, em perseguição a uma repulsiva bola de tênis amarela.

A visão de Phillip saindo do carro obviamente desviou a atenção do cão. Parando abruptamente, armou um rosnado grave e começou a latir de forma ameaçadora.

— Sou eu, seu idiota! — Phillip riu, enquanto tirava a pasta do carro.

Ouvindo a voz familiar, o latido se transformou em ganidos de alegria. Bobalhão começou a pular com um brilho delirante no olhar e patas molhadas e imundas.

— Sem pular! — berrou Phillip, usando a pasta como escudo. — Estou falando sério! Senta!

Bobalhão estremeceu ao ouvir o tom de voz de Phillip, mas se sentou sobre as patas traseiras e levantou uma das dianteiras. Sua língua lançou-se para fora da boca e seus olhos brilharam.

— Isso! Bom menino! — Com todo o cuidado, Phillip cumprimentou a imunda pata estendida e fez um carinho atrás das orelhas lisas do cão.

— Oi! — Seth apareceu no jardim como quem não quer nada. Seus jeans pareciam sujos e pegajosos de tanto rolar no chão com o cachorro, e seu boné de beisebol estava meio de lado, de modo que um pouco do seu cabelo muito louro e liso escapava por baixo dele. O sorriso, notou Phillip, vinha agora com muito mais facilidade do que há poucos meses, mas o menino estava banguela.

— Oi — Phillip deu um pequeno tapa na aba do boné. — Perdeu alguma coisa?

— Hein?

Phillip bateu com a ponta do dedo em um dos próprios dentes, muito brancos e perfeitos.

— Ah, foi... — Com um levantar de ombros típico dos Quinn, Seth sorriu, passando a língua pelo buraco que havia entre os dentes. Seu rosto estava mais redondo do que seis meses atrás e seu olhar já não era tão desconfiado. — O dente estava solto. Tive que dar um puxão para ele cair logo, há uns dois dias. Sangrou feito um filho da puta!

Phillip nem se dava ao trabalho de reclamar do linguajar de Seth. Algumas coisas, determinara, não cabia a ele vigiar.

— E então, a fadinha do dente lhe trouxe algum presente?

— Ihhh! Eu, hein? Você tá nessa?

— Qual é? Se você não conseguiu arrancar pelo menos um dólar de Cam para colocar debaixo do travesseiro, não considero você meu irmão de verdade.

— Pois consegui dois dólares. Um de Cam e outro de Ethan.

Rindo, Phillip jogou o braço sobre os ombros de Seth e, enquanto caminhavam juntos em direção à casa, foi avisando:

— Pois escute bem: não vai conseguir nenhum dólar de mim, que não sou otário, meu chapa! Mesmo assim, lhe dou a maior força. Como foi a primeira semana de aulas?

— Um saco! — Embora não tivesse sido, admitiu Seth, em silêncio. Tinha sido empolgante. Aquele monte de troços que Anna o levara até o shopping para comprar. Lápis novos, cadernos transados, canetas dos mais variados tipos. A única coisa que recusou foi a lancheira com o logotipo do *Arquivo X*, que ela insistira em comprar para ele. Só um manezão levava lancheira para a escola na idade dele. Mesmo assim, tinha sido legal torcer o nariz e fazer cara feia para Anna.

Ganhara roupas legais e tênis irados. E o melhor de tudo é que, pela primeira vez na vida, estava no mesmo lugar, na mesma escola e com os mesmos colegas que tivera no semestre anterior.

— Trouxe algum dever de casa? — perguntou Phillip, levantando as sobrancelhas ao abrir a porta da frente.

— Caramba, cara! — reclamou Seth, revirando os olhos. — Você não pensa em mais nada na vida a não ser no meu dever de casa?

— Garoto, eu vivo em função dos deveres de casa. Especialmente quando se trata dos seus e não dos meus. — Bobalhão se lançou porta adentro na frente de Phillip, quase o derrubando com o excesso de entusiasmo. — Acho que você tem que trabalhar um pouco em cima desse cachorro para lhe ensinar boas maneiras. — Mas a leve irritação se dissolveu de imediato no instante em que sentiu o aroma do molho de Anna, que se espalhava pelo ar como ambrosia, o manjar dos deuses. — Que Deus continue a nos abençoar — murmurou.

— É *manicotti**— informou Seth.

---

* Prato tipicamente italiano, composto de uma massa recheada de carne ou queijo. (N. T.)

— Sério? Pois eu tenho uma garrafa de Chianti que estava guardando exatamente para este momento. — Atirou a pasta para o lado. — Logo depois do jantar, a gente cai dentro nos livros.

Phillip encontrou a cunhada na cozinha, recheando com queijo os rolinhos que moldara. As mangas da elegante blusa branca que usara no trabalho estavam arregaçadas e um avental comprido cobria sua saia azul-marinho. Descalçara os sapatos de salto alto e batia com o pé descalço no chão, ao compasso da ária da ópera *Carmen*, que cantarolava, Phillip reconheceu. Sua maravilhosa massa de cabelos encaracolados ainda estava presa no alto da cabeça.

Piscando o olho para Seth, veio pé ante pé, sem ser notado, por trás dela e enlaçou-a pela cintura, aplicando-lhe um beijo estalado no alto da cabeça.

— Fuja comigo! — propôs ele. — Podemos trocar de nomes. Você pode ser Sophia, e eu passo a me chamar Cario. Deixe-me levá-la ao paraíso, onde você poderá cozinhar apenas para mim. Nenhum destes caipiras aprecia as maravilhas que você prepara.

— Espere só até eu acabar de rechear este *manicotti*, Cario, que vou correndo preparar as malas. — Ela virou a cabeça, com os olhos escuros, bem italianos, rindo muito. — O jantar sai em meia hora.

— Vou abrir o vinho.

— Não tem nada para comer agora? — quis saber Seth.

— Tem uns aperitivos na geladeira — disse-lhe ela. — Vá em frente e pegue um pouco.

— Mas aqui só tem vegetais e lixo — reclamou Seth ao pegar a bandeja.

— Isso mesmo.

— Argh... eca!

— E vá lavar a mão antes de comer qualquer coisa, porque deve estar toda suja de baba de cachorro.

— Cuspe de cachorro é muito mais limpo do que cuspe de gente — informou-lhe Seth. — Já li que se você levar uma mordida de uma pessoa é muito pior do que uma dentada de cachorro.

— Puxa, fiquei fascinada com essa pequena informação. Vá lavar a baba do cachorro das mãos mesmo assim.

— Caramba! — Com cara de nojo, Seth saiu pisando duro com Bobalhão pulando ao seu lado.

Phillip escolheu o vinho no pequeno suprimento que mantinha na despensa. Vinhos finos eram uma de suas paixões, e seu paladar para bebidas era extremamente apurado. Seu apartamento em Baltimore exibia uma extensa e cuidadosamente escolhida seleção de vinhos que ele guardava em um closet, remodelado especificamente para aquela finalidade.

Ali, no litoral, suas amadas garrafas de Bordeaux e Burgundy disputavam o espaço com caixas de sucrilhos, gelatina e pudim instantâneo.

Ele já se acostumara com isso.

— E então, como foi sua semana? — perguntou a Anna.

— Cheia. Quem quer que tenha dito que as mulheres podem ter tudo ao mesmo tempo merecia levar um tiro. Esse malabarismo de manter uma carreira e cuidar de uma família ao mesmo tempo é de deixar qualquer uma exausta. — E, então, olhou para Phillip com um sorriso brilhante. — Estou adorando!

— Dá para notar. — Removendo a rolha com habilidade, Phillip cheirou a bebida para sentir o buquê e o aprovou. Em seguida, colocou o vinho sobre a bancada para deixá-lo respirando. — Onde está Cam?

— Deve estar chegando, vindo do galpão. Ele e Ethan queriam trabalhar uma hora a mais hoje. O primeiro produto das Embarcações Quinn está pronto. O dono vem buscá-lo amanhã. Ficou pronto, Phillip! — E seu sorriso se abriu, cintilante de orgulho. — Já está no cais, pronto para ser lançado na água, e ficou lindo!

Phillip sentiu uma fisgada de desapontamento por não ter estado ali no último dia, mas comentou:

— Nesse caso, devíamos estar bebendo champanhe.

Anna levantou uma sobrancelha enquanto avaliava o rótulo do vinho e disse:

— Uma garrafa de Folonari, Ruffino?

— Safra de 75 — informou ele com um sorriso largo. Phillip achava que uma das maiores qualidades de Anna era a apreciação e o conhecimento que demonstrava pelos bons vinhos.

— De mim você não vai ouvir reclamações, pode ter certeza. Meus parabéns, Sr. Quinn, pelo término do seu primeiro barco.

— O mérito não é meu. Simplesmente cuidei de alguns detalhes e executei um pouco de trabalho escravo.

— Claro que o mérito é seu. Os detalhes são fundamentais. Nem Cam nem Ethan saberiam lidar com eles de forma tão meticulosa quanto você.

— Acho que a palavra que eles usam para mim é "pentelho".

— Mas eles precisam ser perturbados. Deveria estar se sentindo orgulhoso pelo que vocês três conseguiram nos últimos meses. Não apenas com relação aos negócios, mas também à família. Cada um dos três abriu mão de algo importante por causa de Seth. E cada um de vocês recebeu algo igualmente importante de volta.

— Jamais imaginei que esse garoto fosse se tornar tão importante para mim. — Enquanto Anna cobria os rolinhos recheados com molho, Phillip abriu o armário onde ficavam as taças de vinho. — Mesmo assim, ainda há momentos em que toda essa história me deixa revoltado.

— Isso é natural, Phillip.

— Mas saber disso não faz com que eu me sinta melhor. — Encolheu os ombros em sinal de desdém enquanto enchia duas taças. — Na maior parte do tempo, porém, olho para ele e acho que é um grande lance ter um irmão caçula.

Anna ralou um pouco de queijo sobre o *manicotti*. Com o canto do olho, observou Phillip levantar a taça e apreciar mais uma vez o buquê do vinho. Era um homem lindo, avaliou. Fisicamente, estava tão próximo da perfeição masculina quanto se poderia desejar. Cabelos castanhos um pouco alourados, muito cheios e com fios grossos. Rosto comprido, estreito e pensativo. Tanto sensual quanto angélico. Sua compleição alta e bem proporcionada parecia ter sido moldada para o uso de ternos italianos. E como ela já o vira sem camisa, usando uma calça jeans velha, sabia que não havia vestígio de gordurinhas de nenhuma espécie no tórax musculoso.

Sofisticado, robusto, erudito, perspicaz. Um homem interessante, refletiu.

Colocou a caçarola no forno e, então, se virou para pegar o vinho. Sorrindo para Phillip, brindou com ele, afirmando:

— Você é um grande sujeito também, Phillip, para se ter como irmão mais velho — disse e se inclinou para beijá-lo de leve no momento em que Cam entrava.

— Tire essa boca suja da minha mulher!

Phillip simplesmente sorriu e enlaçou-a pela cintura, explicando:

— Foi ela que veio me beijar. Acho que gosta de mim...

— Mas gosta mais de mim! — Para provar isso, Cam enganchou-a pelo laço do avental e a girou, colocando-a de frente para ele, a fim de puxá-la para seus braços e beijá-la de forma cinematográfica. Sorrindo, mordiscou seu lábio inferior e deu um tapinha em seu traseiro, com intimidade, completando: — Não é verdade, meu bem?

— Provavelmente... — Sua cabeça ainda girava e ela expeliu o ar com força. — Considerando tudo isso... — Mas se retorceu toda para se livrar dos braços dele, reclamando: — Você está imundo!

— Passei aqui para pegar uma cerveja e levá-la comigo para baixo do chuveiro. — Com o corpo magro e alto, muito moreno e perigoso, foi andando devagar até a geladeira. — E também para beijar minha mulher — acrescentou, olhando, todo convencido, para Phillip. — Vá arrumar sua própria mulher por aí...

— Quem é que tem tempo para isso? — perguntou Phillip com cara de quem está reclamando.

Terminado o jantar, e depois de mais de uma hora quebrando a cabeça com os problemas de matemática, os exercícios de vocabulário típicos da sexta série e as batalhas da Revolução Americana que levaram à Independência, Phillip foi para o quarto carregando o notebook e os seus arquivos.

Era o mesmo quarto que recebeu quando Ray e Stella Quinn o levaram para aquela casa. As paredes eram pintadas de verde-claro na época. Em algum momento, perto de seu aniversário de dezesseis anos, Phillip arrepiara o cabelo todo e resolvera pintar as paredes de magenta, sabe Deus por quê. Lembrava-se de que a sua mãe, pois Stella já havia se tornado sua mãe a essa altura, deu uma boa olhada no quarto e avisou a Phillip, simplesmente, que aquela cor lhe provocaria tremendas indigestões.

Ele achava o tom sexy. Manteve essa opinião por três meses mais ou menos. Então, trocara para um branco total, arrematado por esquadrias pretas e depressivas, além de fotos espalhadas pelas paredes, todas em preto e branco.

Sempre em busca do ambiente mais adequado, Phillip pensava agora, divertindo-se com as lembranças. Acabara voltando para o verde suave pouco antes de ir morar em Baltimore.

Eles estavam com a razão o tempo todo, imaginou. Seus pais normalmente tinham razão.

Eles lhe ofereceram aquele quarto naquela casa, naquele lugar. E ele não tornara as coisas nada fáceis para eles. Os primeiros três meses foram uma guerra de vontades e testes. Ele trazia drogas para dentro de casa, vivia arrumando brigas, roubava bebidas e voltava cambaleando para casa bêbado ao amanhecer.

Estava bem claro para ele, agora, que ele os estava testando, desafiando-os a chutá-lo para fora dali. Mandá-lo de volta para onde viera. Vão em frente!, parecia dizer ele. Vocês não conseguem me colocar na linha!

Mas conseguiram. Não só o haviam colocado na linha como o reconstruíram.

Fico me perguntando, Phillip, seu pai lhe dissera — certa vez —, por que você quer desperdiçar uma cabeça boa e um corpo saudável? Por que pretende deixar os canalhas vencerem?

Phillip, que neste dia estava vomitando até a alma e tinha a cabeça latejando devido a uma ressaca de álcool e drogas, não deu a mínima para as palavras do pai.

Ray resolveu levá-lo para um passeio de veleiro, explicando que um bom passeio pelo mar ia clarear suas ideias. Sentindo-se pior do que jamais estivera, Phillip se debruçou na amurada e continuou colocando para fora o resto dos venenos que ingerira na noite anterior.

Acabara de completar quatorze anos.

Ray ancorou o barco em um canal estreito. Segurou a cabeça de Phillip para ajudá-lo a vomitar, limpou seu rosto e então lhe ofereceu uma lata de água tônica gelada.

— Sente-se aqui.

O menino não sentou exatamente e sim deixou-se cair. Suas mãos tremiam e o estômago se contorceu ao primeiro gole da água tônica. Ray se sentou em frente a ele com as mãos grandes pousadas sobre os joelhos e os cabelos grisalhos voando na brisa leve. E o olhou com aqueles olhos brilhantes e profundamente azuis, encarando-o e considerando o que ia dizer.

— Você já teve alguns meses para se adaptar por aqui. Stella disse que conseguiu se recuperar fisicamente. É um menino forte e bastante saudável, embora não vá continuar assim por muito tempo se mantiver esse ritmo.

E apertou os lábios, sem dizer mais nada por alguns instantes. Havia uma garça pousada na vegetação mais alta, imóvel como uma pintura. O ar estava claro, mas um pouco frio devido ao fim do outono. Muitas árvores já estavam totalmente sem folhas, de forma que dava para ver o céu azul através delas. O vento fazia balançar o mato alto na beira do canal e dedilhava a superfície da água.

O homem continuava sentado, aparentemente contente com o cenário e o silêncio que os envolviam. O menino estava com os joelhos afastados, a cabeça baixa, o rosto pálido e os olhos inexpressivos.

— Podemos levar esse jogo adiante de uma porção de maneiras, Phil — disse Ray, depois de um tempo. — Podemos jogar duro, se preferir. Podemos colocar em você umas rédeas bem curtas, vigiá-lo a cada minuto do dia e trazê-lo para casa agarrado pelo saco sempre que você sair da linha... o que acontece na maior parte do tempo.

Considerando o que ia dizer a seguir, Ray pegou uma vara de pescar e espetou, como isca, um pedaço de *marshmallow*, completando:

— Podemos também reconhecer que essa pequena experiência de trazê-lo para viver conosco não deu certo, e você pode voltar para as mãos do governo na hora que quiser.

O estômago de Phillip se apertou ainda mais, fazendo-o engolir em seco para colocar para dentro o que não conseguia reconhecer como medo.

— Não preciso de vocês. Não preciso de ninguém!

— Precisa sim — disse Ray com a voz muito calma, enquanto jogava a linha na água. Pequenas ondas se espalharam, infindavelmente. — Se voltar para o centro de recuperação, vai acabar ficando lá. Mais alguns anos à frente e você não vai mais ser considerado criança. Vai acabar em uma cela com homens perigosos, sujeitos que vão gostar muito dessa sua carinha linda. Bandidos com dois metros e quinze de altura e mãos que mais parecem aqueles presuntos de Natal, de tão grandes. Pois eles vão agarrar você um belo dia, no chuveiro, e vão transformá-lo na noiva deles.

Phillip estava louco por um cigarro. A imagem que Ray colocara em sua cabeça fez com que pontos de suor começassem a surgir em sua testa.

— Sei cuidar de mim mesmo! — afirmou.

— Filho, eles vão passar você de um para o outro, como se fosse um pratinho de canapés, e sabe disso! Você tem boa lábia e sabe lutar bem para o seu tamanho, mas certas coisas são inevitáveis. No ponto a que chegamos, a sua vida já está esculhambada o suficiente. Você não é responsável por isso. Mas vai ser responsável pelo que lhe acontecer daqui para a frente.

Ray tornou a ficar totalmente calado, segurando a vara de pescar entre os joelhos enquanto pegava uma lata gelada de Pepsi. Com toda a calma do mundo, abriu a lata e bebeu o conteúdo quase todo de uma só vez.

— Stella e eu achamos que havia algo de bom em você. Continuamos achando — acrescentou, tornando a olhar para Phillip. — Só que, até que você também se convença disso, não vamos chegar a lugar algum.

— E por que vocês se importam? — atirou Phillip de volta, sentindo-se miserável.

— É difícil dizer nesse momento. Talvez você realmente não valha o esforço. Talvez acabe de volta nas ruas, aprontando todas e fazendo besteiras de um jeito ou de outro.

Por três meses, ele tivera uma cama decente, refeições regulares e todos os livros que queria ler, uma de suas paixões secretas, à sua disposição. Só de pensar em perder tudo isso, a sua garganta tornou a se apertar, mas simplesmente deu de ombros, dizendo:

— Vou conseguir me virar...

— Se tudo o que quer é se virar, a escolha é sua. Aqui você pode ter um lar, uma família. Pode construir a sua vida e fazer alguma coisa útil dela. Ou pode continuar seguindo pelo caminho em que está.

Ray esticou o braço na direção de Phillip de forma brusca e o menino se preparou para o soco, já fechando os punhos, pensando em revidar. Mas Ray simplesmente puxou a camisa de Phillip para cima para expor as cicatrizes horríveis que ainda lhe marcavam o peito.

— Pode voltar para lá, se quiser — disse Ray baixinho.

Phillip encarou os olhos de Ray. Viu pena e esperança. E viu também a si mesmo sangrando sem parar em uma sarjeta imunda onde a vida valia menos que uma dose de bagulho.

Enjoado, cansado, aterrorizado, Phillip deixou a cabeça cair, colocando-a entre as mãos e perguntando:

— Qual o objetivo de tudo isso?

— Você é o objetivo, filho. — Ray passou a mão sobre os cabelos de Phillip. — O objetivo de tudo é você.

As coisas não mudaram da noite para o dia, lembrava Phillip naquele momento. Mas, a partir dali, começaram a mudar. Seus pais o fizeram acreditar em si mesmo, apesar de ele próprio se sabotar. Acabou se tornando uma questão de honra sair-se bem na escola, aprender tudo e se reconstruir, até se transformar em Phillip Quinn.

Achava que tinha feito um bom trabalho. Revestira o menino de rua com uma camada de classe. Tinha uma carreira bem-sucedida e ascendente, um apartamento muito bem localizado com uma vista maravilhosa para o Inner Harbor, a parte histórica e remodelada de Baltimore, e um dos pontos mais valorizados da cidade. Tinha também um guarda-roupa de dar inveja a qualquer executivo.

Parece que ele fechara um círculo, passando agora os fins de semana de volta no mesmo quarto, com as paredes verde-claras e a mobília simples, mas resistente. Além das janelas que mostravam o topo das árvores e as terras baixas e pantanosas com vegetação exuberante.

Dessa vez, porém, o objetivo era Seth.

Capítulo Dois

Phillip estava em pé no deque da frente do barco, que ia ser batizado com o nome *Dama de Netuno*. Ele, pessoalmente, suara muito, contabilizando quase duas mil homem-horas para levá-la dos primeiros estágios, ainda no esboço, até o ponto atual: uma corveta bem equipada. Os deques eram feitos de teca, uma madeira amarela brilhante. E a obra realmente brilhava com tons dourados sob o sol amarelo de setembro.

A parte que ficava abaixo do convés seria motivo de orgulho para qualquer carpinteiro, mas a maior parte era trabalho de Cam, refletiu Phillip. Cabines brilhantes feitas totalmente de madeira natural, com acabamento à mão e projeto exclusivo, onde havia lugar para até quatro amigos do dono pernoitarem.

Era uma embarcação sólida, pensou. E linda... esteticamente charmosa, com seu casco de linhas leves, deques refinados e uma longa linha-d'água. A decisão inicial de Ethan de usar métodos de junção manual e tábuas encaixadas fez com que o trabalho levasse mais horas do que as planejadas inicialmente, mas isso tudo havia produzido uma verdadeira joia.

E o famoso médico especializado em doenças dos pés, que trabalhava em Washington, ia pagar maravilhosamente cada centímetro do barco.

— E então...? — Ethan, com as mãos nos bolsos do jeans desbotado e os olhos apertados para se proteger da luz do sol, deixou a pergunta em aberto.

Phillip passou a mão sobre o acabamento liso como seda da amurada do barco, uma área em que ele próprio gastara horas intermináveis, primeiro lixando e depois envernizando.

— Acho que essa beleza merecia um nome que não fosse tão lugar-comum.

— É que o dono tem mais grana do que imaginação. Mas esse barco suga o vento. — Os lábios de Ethan se curvaram em um dos seus sorrisos lentos, quase sérios. — Por Deus, Phil, ele desliza bem demais! Quando eu e Cam o testamos, fiquei em dúvida se queria realmente entregar a encomenda. Deu vontade de ficar com ele para nós.

Phillip passou o polegar sobre o queixo, comentando:

— Tenho um amigo em Baltimore que pinta. A maior parte do trabalho que faz é essencialmente comercial e ele vende muito para hotéis e restaurantes. Só que faz também quadros fabulosos por fora. Toda vez que vende um desses, reclama e se lamenta. Detesta ver a tela ir embora... acho que nunca compreendi completamente esse sentimento, até agora.

— E esse é só o primeiro.

— Mas não o último. — Phillip não imaginava que fosse se sentir assim tão ligado ao barco. A atividade de construção de barcos não fora ideia sua, nem uma escolha. Gostava de pensar que havia sido arrastado pelos irmãos para aquela empreitada. Na verdade, chegou a dizer-lhes que tudo aquilo era insano e ridículo, fadado ao fracasso.

Por fim, é claro, mergulhara de cabeça nas negociações para o aluguel do velho celeiro, preenchera a papelada para a obtenção das licenças e encomendara os equipamentos. Durante a construção do que ia se tornar a *Dama de Netuno*, arrancara muitas farpas dos dedos, tratara de queimaduras provocadas pelo óleo de alcatrão quente, massageara músculos que gemiam de dor depois de horas levantando tábuas... e não sofrera nada disso em silêncio.

Agora, porém, com o resultado palpável dos longos meses de trabalho árduo balançando com graça e suavidade sob seus pés, tinha que reconhecer que tudo valera a pena.

E, depois de todo aquele trabalho, iam começar tudo novamente.

— Você e Cam já fizeram algum progresso essa semana para o próximo projeto, não foi, Ethan?

— Sim. Queremos estar com a estrutura do casco pronta até o fim de outubro. — Ethan tirou um lenço do bolso e começou a limpar metodicamente as marcas de dedo que Phillip deixara sobre o verniz da amurada. — Se quisermos seguir o cronograma de arrancar **o** couro que você montou. Só que, antes, ainda temos mais uma coisinha para terminar neste barco aqui.

— Neste aqui? — Apertando os olhos, Phillip puxou os óculos escuros para a ponta do nariz. — Droga, Ethan, você disse que ele já estava pronto! O dono já está vindo pegá-lo. Eu estava indo lá dentro para pegar toda a documentação, a fim de entregar a ele.

— É só um pequeno detalhe. Você vai ter que esperar pelo Cam.

— Mas... que pequeno detalhe é esse? — Impaciente, Phillip olhou para o relógio de pulso. — O cara vai chegar a qualquer instante!

— Não vai levar muito tempo. — Ethan acenou com a cabeça para as portas de carga nos fundos do galpão. — Veja só... Cam acabou de chegar.

— Esse barco é bom demais para aquele bundão — gritou Cam enquanto vinha pelo cais estreito, trazendo uma furadeira sem fio. — Ainda acho que devemos pegar as mulheres e crianças e ir todos para Bimini.

— Concordo que esse barco é bom demais para o resto do dinheiro que o cara vai nos pagar hoje. Assim que ele me entregar o cheque visado que está trazendo, passa a ser o capitão do barco. — Phillip esperou até Cam entrar a bordo, com toda a agilidade. — Eu topo fugir. Só tem uma coisa: assim que chegarmos a Bimini, não quero mais ver a cara de nenhum de vocês dois.

— Ele está só enciumado, porque temos mulheres e ele não. — Cam cutucou Ethan. — Tome! — disse e jogou a furadeira nas mãos de Phillip.

— Que diabos eu vou fazer com isso?

— O acabamento final. — Sorrindo, Cam pegou uma trava de convés no bolso de trás da calça. — Guardamos a última peça para você instalar.

— Foi mesmo? — Incrivelmente comovido, Phillip pegou a trava e a viu brilhar sob os raios de sol.

— Começamos o barco juntos — lembrou Ethan. — O certo é terminarmos juntos. Essa trava é para prender no acabamento do convés, a estibordo.

Phillip pegou os parafusos que Cam lhe entregou e se agachou sobre as marcas feitas na base da amurada, dizendo:

— Acho que, depois disso, devíamos celebrar. — A furadeira zumbiu em suas mãos. — Pensei em abrirmos um champanhe Dom Pérignon — falou bem alto, para ser ouvido através do barulho —, mas depois lembrei que seria um desperdício abrir um champanhe desses com vocês dois. Então, estou com três cervejas Harp estupidamente geladas lá dentro.

Aquilo ia combinar bem, pensou, com a pequena surpresa que ele marcara para ser entregue mais tarde, naquele mesmo dia.

Já era quase meio-dia quando o cliente acabou de vistoriar, com empolgação, cada centímetro do seu barco novo. Ethan fora eleito para levar o sujeito no passeio inaugural, antes de colocarem a corveta sobre o reboque, para o dono poder levá-la para casa. Do cais, Phillip observou as velas amarelas bem claras, a cor escolhida pelo cliente, se inflarem com o vento.

Ethan tinha razão, refletiu. O barco parecia deslizar...

A corveta foi seguindo, imponente, até o pequeno porto da cidade, flutuando como se fosse um sonho. Phillip imaginava que os turistas parariam para olhar, apontando o lindo barco e mostrando-o uns aos outros. Não havia propaganda melhor do que um produto de qualidade.

— O cara vai conseguir encalhar essa corveta na primeira vez que sair com ela por conta própria — cochichou Cam por trás dele.

— Certamente. Mas vai se divertir mesmo assim. — Deu um tapa nas costas de Cam. — Vou preencher a nota fiscal.

O velho depósito de tijolos aparentes que eles haviam alugado e modificado para funcionar como um pequeno estaleiro não tinha muitos luxos. Sua grande vantagem era um imenso espaço central com lâmpadas fluorescentes que pendiam das vigas do telhado. As janelas basculantes eram pequenas e pareciam estar sempre cobertas por uma camada de poeira.

Maquinário, madeira, equipamentos, galões de cola epóxi, verniz e tinta ficavam enfileirados para permanecerem sempre à mão. A plataforma central, elevada, estava sendo ocupada, nesse momento, pelo esqueleto do casco do barco para pesca esportiva que era a segunda encomenda da firma batizada com o nome de Embarcações Quinn.

As paredes eram de tijolos aparentes, muitos deles esburacados, e placas de reboco pré-fabricadas. Em um dos cantos, no alto de uma escada íngreme com degraus de ferro, ficava um pequeno depósito apertado e sem janelas que servia de escritório.

A despeito do tamanho minúsculo e da localização desfavorável, Phillip mantinha tudo meticulosamente organizado ali dentro. A mesa de metal fora conseguida em um brechó, mas fora raspada e limpa. Sobre ela ficava um calendário, o velho laptop de Phillip, um aramado com duas bandejas para entrada e saída de documentos, um telefone com duas linhas e secretária eletrônica. Além de um porta-lápis de acrílico.

Apertados ao lado da mesa estavam dois armários de ferro para documentos, uma copiadora e um fax simples.

Phillip se instalou na cadeira e ligou o computador. A luz que piscava na secretária chamou sua atenção. Ao apertá-la para ouvir as mensagens gravadas, viu que eram duas ligações sem recado e não deu atenção a elas. Poucos momentos depois, abriu o programa que personalizara para a nova firma e se viu sorrindo para o logotipo que criara para a Embarcações Quinn.

Talvez eles ainda estivessem voando às cegas pela falta de experiência, mas não deviam aparentar isso. Justificara a compra do papel de alta qualidade que usavam para os contratos como despesas de propaganda. Criar logotipos, papéis timbrados e detalhes personalizados era uma segunda natureza para ele. A parte de preencher pedidos, recibos e faturas era muito simples... o importante era demonstrar classe.

Ao mandar a nota para a impressora, o telefone tocou.

— Aqui é da Embarcações Quinn.

Houve um momento de hesitação, e então ouviu o som de uma voz que pigarreou e disse:

— Desculpe... disquei o número errado. —A voz feminina parecia um pouco abafada e desligou em seguida.

— Tudo bem, querida — disse Phillip para o tom de discar que ouviu, enquanto recolhia a nota fiscal impressa.

— Lá vai um cliente feliz — comentou Cam uma hora depois, quando os três olhavam o novo dono do barco sair de carro com a corveta a reboque.

— Nós estamos mais felizes do que ele! — Phillip tirou o cheque do bolso e o exibiu. — Calculando tudo, considerando a grana gasta em equipamentos, trabalho, despesas gerais e suprimentos — tornou a dobrar o cheque —, estamos prontos para voltar ao trabalho.

— Tente controlar seu entusiasmo — murmurou Cam. — Já tem um cheque de dezenas de milhares de dólares em suas mãozinhas ávidas, vamos abrir as cervejas!

— A maior parte dos lucros deve voltar direto para os negócios — avisou Phillip, enquanto entravam no galpão. — Quando o inverno chegar para valer, nossa conta de aquecimento vai ser mais alta que o telhado. — E olhou para o pé direito do galpão, que era muito alto. — Literalmente. E temos impostos trimestrais vencendo na semana que vem.

Cam abriu uma das garrafas de cerveja e a entregou ao irmão, pedindo:
— Cale a boca, Phil.

— Por outro lado — continuou Phillip, ignorando-o —, este é um grande momento na história da família Quinn. — Levantou a cerveja, batendo com ela na garrafa de Cam e, depois, na de Ethan. — Ao nosso querido médico de doenças do pé, que colocou o próprio pé na lista de muitos futuros clientes satisfeitos. Que ele veleje tranquilo e cure muitos joanetes.

— E incentive todos os seus amigos a ligarem para a Embarcações Quinn — acrescentou Cam.

— Que ele possa velejar por toda Annapolis e Baltimore, mas fique bem longe do nosso cantinho da baía — completou Ethan, balançando a cabeça.

— O que vamos ter para o almoço? — quis saber Cam. — Estou morrendo de fome.

— Grace preparou uns sanduíches — disse Ethan. — Estão no isopor que eu trouxe.

— Que Deus a abençoe!

— É melhor adiar mais um pouco a hora do almoço — avisou Phillip, ouvindo o som de pneus sobre o cascalho. — Acho que o que eu estava esperando acabou de chegar. — Saiu do galpão, satisfeito ao ver o caminhão de entregas.

O motorista se debruçou para fora da janela e colocou o chiclete no canto da boca para poder falar.

— Vocês são os Quinn?
— Isso mesmo.

— O que andou comprando? — perguntou Cam a Phillip, franzindo a testa ao ver o caminhão e imaginando quanto daquele cheque que acabara de chegar já voara para longe.

— Uma coisa da qual estamos necessitando. E o entregador vai precisar de uma mãozinha para tirá-la do caminhão.

— Ah, com certeza! — bufou o motorista, cansado, enquanto pulava da cabine. — Foi preciso três homens para colocar isso no caminhão. Esse troço pesa mais de cem quilos!

Escancarou as portas traseiras do veículo. Um imenso volume estava pousado sobre o piso da carroceria, envolto em uma espécie de edredom. Tinha pelo menos três metros de comprimento, um metro e oitenta de altura e oito centímetros de espessura. Entalhadas em carvalho tratado, em letras bonitas, estavam as palavras EMBARCAÇÕES QUINN. Acima, havia uma imagem detalhada de um esquife de madeira a todo o pano.

Alinhados na parte de baixo da imensa placa estavam os nomes Cameron, Ethan, Phillip e Seth Quinn.

— É um letreiro muito bonito! — conseguiu dizer Ethan, quando encontrou as palavras.

— Usei um dos esboços de Seth para mandar entalhar a figura do barco. É a mesma figura que usamos no logotipo do papel timbrado. Montei o símbolo no computador do meu trabalho. — Phillip esticou o braço para passar o polegar na lateral do letreiro em carvalho. — A firma que contratei fez um bom trabalho reproduzindo o modelo que enviei para eles.

— Ficou ótimo! — Cam pousou a mão sobre o ombro de Phillip. — Esse foi um dos detalhes que estavam faltando. Puxa, o garoto vai ficar nas nuvens quando olhar para isso.

Mandei colocar os nossos nomes embaixo pela ordem de chegada na família. Funciona tanto em ordem cronológica quanto alfabética. Quis manter as coisas claras e simples. — Deu um passo para trás, enfiando as mãos nos bolsos, em um reflexo inconsciente da posição que os irmãos também haviam assumido. — Acho que combina com o prédio e com o que fazemos lá dentro.

— Está muito bom — concordou Ethan. — E muito certo...

O motorista mexeu novamente com o chiclete dentro da boca, perguntando:

— E então...? Vocês vão ficar aí admirando o letreiro o dia todo ou querem me ajudar a tirar esse troço pesado do caminhão?

Eles formavam uma bela imagem, pensou ela. Três representantes excepcionais do sexo masculino ocupados em um trabalho braçal em uma tarde quente no início de setembro. O galpão certamente combinava com eles.

Era rústico, com os velhos tijolos aparentes descascados, esburacados e sem cor. O solo em volta, descuidado, com mais mato do que grama.

Três estilos diferentes de homem também. Um deles era moreno, com os cabelos tão longos que dava para prender em um rabo de cavalo. Seu jeans era preto, mas estava desbotado, mais para cinza. Havia algo vagamente europeu em seu estilo. Ela decidiu que aquele devia ser Cameron Quinn, o que ficara famoso nos circuitos de corridas.

O segundo usava botas de trabalho surradas, que pareciam muito velhas. Seus cabelos com pontas queimadas pelo sol escapavam pela aba azul do boné. Movia-se com facilidade e levantava a ponta do letreiro sem esforço algum. Devia ser Ethan Quinn, o pescador.

O que significava que o terceiro só poderia ser Phillip Quinn, o publicitário, executivo de uma importante agência de Baltimore. Parecia coberto por uma camada dourada, avaliou ela. Sapatos confortáveis e calças Levi's, observou. Cabelos da cor de bronze, que deviam ser a alegria de seu estilista. Um corpo esbelto e bem cuidado, que ele devia malhar regularmente na academia.

Interessante. Fisicamente, nenhum dos três guardava semelhanças uns com os outros e, pelos levantamentos que realizara, ela sabia que os três tinham o mesmo nome de família, mas não o mesmo sangue. No entanto, havia algo em sua linguagem corporal ou no jeito de os três se movimentarem, como uma equipe, que indicava que eram irmãos.

Ela pretendia simplesmente passar por ali, discretamente, para fazer uma avaliação inicial e dar uma rápida olhada no prédio onde eles haviam instalado seu novo negócio. Embora soubesse que pelo menos um dos três estaria no local, pois atendera o telefone, não esperava vê-los do lado de fora e ganhar aquela oportunidade de estudá-los em grupo.

Ela era uma mulher que apreciava o inesperado.

Fisgadas de nervoso agitaram-lhe o estômago. Por força do hábito, respirou fundo três vezes e girou os ombros devagar para relaxá-los. Seja casual, lembrou a si mesma. Não havia por que se sentir pouco à vontade. Afinal, a vantagem era dela. Ela os conhecia, mas eles não a conheciam.

Era um comportamento bem natural, decidiu, enquanto atravessava a rua. Uma pessoa passando a pé e vendo três homens trabalhando para instalar um letreiro imenso iria ter despertada a sua curiosidade e interesse. Particularmente, uma turista em uma cidade pequena que era, para todos os efeitos, o que ela era. Além do mais, era uma mulher solteira, e os três eram muito atraentes. Um flerte sem compromisso seria típico e igualmente inesperado.

Mesmo assim, ao chegar diante do galpão, recuou. Aquele parecia ser um trabalho difícil e feito de improviso. O letreiro fora preso a grossas correntes pretas e envolvido por cordas. Eles montaram um sistema de roldanas. O idealizador do letreiro subira no telhado e guiava os irmãos, que ficaram no chão puxando as cordas para elevar o imenso objeto. Incentivos, xingamentos e ajustes de direção eram alardeados com igual entusiasmo.

Havia, certamente, um grande movimento de músculos por toda parte, observou, levantando a sobrancelha.

— A sua ponta, Cam. Levante essa porra mais alguns centímetros, droga! — Grunhindo, Phillip se deitou de barriga sobre o telhado e lançou o corpo para fora com tanto ímpeto que ela prendeu a respiração, à espera de que a gravidade o puxasse lá de cima.

Ele, porém, conseguiu se equilibrar e pegou a ponta da corrente. Dava para ver sua boca se retorcer enquanto lutava para encaixar o pesado elo no gancho grosso, mas não dava para ouvir o que falava em voz alta. Talvez fosse melhor não saber.

— Peguei! Agora, mantenham isso bem firme — ordenou ele, levantando-se para caminhar pela beirada estreita, por cima da calha, até chegar ao outro lado. O sol se refletiu em seus cabelos e fez sua pele brilhar. Ela se pegou dando uma risadinha. Aquele, pensou, era um excelente exemplar de beleza masculina em estado bruto.

De repente, lá estava ele do outro lado, deitado de barriga e lançando o corpo novamente para fora, tentando segurar a corrente e levantando-a até alcançar o gancho... e xingando sem parar. Ao se levantar, olhou de cara feia para o rasgão que surgiu na parte da frente de sua camisa, provavelmente provocado por algum prego ao qual ficara presa no telhado.

— Eu tinha acabado de comprar essa bosta!

— Puxa, e ela era tão bonita e elegante — berrou Cam.

— Ah, vá à merda! — sugeriu Phillip, e tirou a camisa, usando-a para enxugar o rosto.

Ora, ora, pensou ela, apreciando a visão, já agora em um nível puramente pessoal. O jovem deus americano, decidiu. Projetado para fazer com que todas as mulheres babassem.

Phillip enfiou a ponta da camisa arruinada no bolso de trás e começou a descer pela escada. E foi neste instante que ele a viu. Ela não conseguiu ver seus olhos, mas deu para perceber, pela pausa momentânea e pelo ângulo de sua cabeça, que ele estava olhando para ela. A observação seria instintiva, ela bem sabia. Os homens veem as mulheres e as estudam, as avaliam e decidem.

Ele realmente a vira ao começar a descer a escada, e já a estava analisando. E torcendo para ter uma chance de olhar mais de perto.

— Temos companhia — murmurou, e Cam olhou para trás por sobre os ombros.

— Humm... e uma companhia interessante.

— Já está lá há uns dez minutos — informou Ethan, limpando as mãos nos quadris. — Deve estar apreciando o show.

Phillip pulou o último degrau da escada, virou-se e sorriu.

— E então...? — perguntou bem alto, na direção dela. — Como é que ficou?

Pronto, o momento de sair de trás das cortinas, resignou-se ela, dando um passo para a frente.

— Ficou muito imponente. Espero que não se importem de trabalhar com plateia. Não consegui resistir e fiquei aqui, olhando.

— Nem um pouco. Este é um grande dia para os Quinn — disse e estendeu a mão. — Meu nome é Phillip.

— Eu sou Sybill. Quer dizer então que vocês constroem barcos?

— Pelo menos, é o que diz no letreiro.

— Fascinante. Estou passando algum tempo nesta região e não esperava encontrar fabricantes de barcos por aqui. Que tipo de embarcações vocês constroem?

— Veleiros, esquifes, pequenas corvetas, barcos leves para lazer em geral.

— É mesmo? — Ela lançou um sorriso simpático na direção dos outros irmãos. — E vocês são todos sócios?

— Eu sou Cam. — Ele retornou o sorriso, torcendo o polegar para trás. — Aquele é o nosso irmão, Ethan.

— Prazer em conhecê-lo, Cameron — começou, desviando o olhar para ler o nome no letreiro. — Ethan, Phillip... — Seu coração disparou, mas ela manteve o sorriso educado no lugar ao perguntar: — Onde está Seth?

— Estudando — respondeu Phillip.
— Faculdade?
— Não. Ensino fundamental. Ele só tem dez anos.
— Entendo. — Havia cicatrizes em seu peito, notava agora de perto. Antigas, profundas e perigosamente próximas do coração. — Vocês conseguiram um letreiro muito bonito que atrai a atenção: Embarcações Quinn. Adoraria dar uma passada qualquer hora dessas para ver você e seus irmãos em ação.
— Quando quiser. Por quanto tempo pretende ficar aqui em St. Chris?
— Depende. Foi um prazer conhecê-los. — Hora de bater em retirada, decidiu ela. Sua garganta estava seca e sua pulsação, instável. — Boa sorte com seus barcos.
— Apareça aqui amanhã — sugeriu Phillip, enquanto ela se afastava. — Vai poder ver os quatro Quinn em plena atividade.
Lançando um olhar para trás, por cima do ombro, com o qual esperava transmitir apenas um interesse casual, disse:
— Talvez eu faça isso...
Seth, pensou ela, com todo o cuidado para manter os olhos diretos em frente. Phillip acabara de abrir as portas para que ela pudesse ver Seth no dia seguinte.
— Tenho que dizer que ali vai uma mulher que sabe caminhar muito bem — comentou Cam baixinho, estalando a língua por pura apreciação masculina.
— Sim, é verdade. — Phillip enganchou as mãos nos bolsos da frente das calças e apreciou a vista. Quadris estreitos e pernas longas cobertas por calças creme, bem leves, que balançavam ao vento enquanto ela andava, além de uma blusa apertada verde-limão enfiada por dentro da cintura bem fina. Uma massa de cabelos finos castanhos escuros balançava de um lado para outro, descendo até os ombros fortes e bem desenhados.
E o rosto era igualmente atraente. Formato oval, clássico, pele com textura de pêssego e uma boca bem talhada, com o leve toque de um batom rosa-claro. Sobrancelhas sexy, refletiu ele, escuras e bem arqueadas. Não conseguira ver os olhos que ficavam sob elas, por causa dos óculos escuros sofisticados de armação fina. Talvez fossem escuros, para combinar com os cabelos, ou claros, para contrastar.
E a suave voz de contralto completara o pacote de forma magnífica.

— Ei, vocês vão ficar aí olhando para a bunda daquela mulher o dia todo? — quis saber Ethan.

— É... até parece que você não reparou nela também — debochou Cam.

— Reparei sim, só que não pretendo me dedicar a isso pelo resto da vida. Será que não tem mais nada para a gente fazer de útil por aqui?

— Já, já, calma aí... — murmurou Phillip, sorrindo para si mesmo quando ela virou a esquina e desapareceu. — Sybill... espero que você fique em St. Chris por algum tempo.

Ela não sabia quanto tempo ia ficar na cidade. Seu tempo lhe pertencia. Podia trabalhar onde bem quisesse e, no momento, escolhera aquela pequena cidade à beira d'água no litoral sul de Maryland. Quase toda a sua vida havia sido passada em cidades, a princípio porque seus pais preferiam ambientes urbanos e, depois, porque ela mesma passou a preferi-los.

Nova York, Boston, Chicago, Paris, Londres, Milão... ela compreendia o ambiente urbano e seus habitantes. Na verdade, a Dra. Sybill Griffin construíra toda a sua carreira com base no estudo da vida nas grandes cidades. Ela se graduara em Antropologia, Sociologia e Psicologia ao longo do caminho. Quatro anos em Harvard, pós-graduação em Oxford e doutorado na Universidade de Columbia.

Adorava a vida acadêmica e se destacara nela. Agora, a seis meses de completar trinta anos, podia ser dona do seu próprio destino. E foi exatamente o que fez ao escolher a forma de ganhar a vida: escrever.

Seu primeiro livro, *Paisagens Urbanas,* fora bem recebido pela crítica, o que lhe garantiu a aclamação em sua área e um bom retorno financeiro. Seu segundo livro, *Estranhos Bem Familiares,* disparou para a lista dos mais vendidos e a envolvera em um turbilhão de turnês de lançamento, palestras e programas de entrevistas. Agora que uma grande rede de televisão estava produzindo um documentário com base em suas observações e teorias a respeito da vida na cidade grande e seus hábitos, ela estava mais do que garantida em termos financeiros. Ela era independente.

Seu editor se mostrou interessado diante de sua ideia de escrever um livro a respeito da dinâmica e das tradições das cidades pequenas. A princípio, ela considerara isso apenas um pretexto para viajar até St. Christopher e ficar algum tempo lá cuidando de assuntos pessoais.

Depois disso, porém, começou a analisar melhor a ideia. Aquilo poderia resultar em um estudo bem interessante. Afinal, ela era uma observadora treinada e com muita habilidade para retratar esse tipo de relação social.

De qualquer modo, o trabalho poderia ajudá-la a controlar os nervos, considerou, andando de um lado para outro em sua linda suíte no hotel. Certamente seria muito mais fácil e produtivo considerar toda a viagem como uma espécie de projeto profissional. Precisava de tempo, objetividade e acesso às pessoas envolvidas.

Graças a circunstâncias muito convenientes, parece que conseguira as três coisas ao mesmo tempo.

Saiu do quarto e foi para a estreita varanda que o hotel chamava, orgulhosamente, de terraço. Dali, descortinavam-se uma vista impressionante para a baía de Chesapeake e curiosas imagens da rotina dos habitantes que circulavam pela beira do cais. Ela já tivera a oportunidade de observar barcos de pesca se aproximando do porto, de forma ruidosa, para descarregar latões cheios de caranguejos-azuis, pelos quais a região era tão famosa. Acompanhara os pescadores de caranguejo em ação, o fluir suave das gaivotas, o voo majestoso das garças, mas ainda não percorrera o conjunto de lojinhas enfileiradas.

Afinal, não estava em St. Chris em busca de suvenires.

Talvez pudesse arrastar uma mesa até próximo da janela para trabalhar diante daquela vista. Quando a brisa soprava do lado certo, ela conseguia captar fragmentos de frases, com um sotaque mais lento e fluido do que o que ela se habituara a ouvir nas ruas de Nova York, onde fixara residência nos últimos anos.

Não exatamente um sotaque sulista, avaliou, como se podia perceber em cidades como Atlanta, Mobile ou Charleston, mas bem diferente do tom mastigado, com reforço nas consoantes, como era típico das regiões mais ao norte do país.

Em algumas das tardes ensolaradas, ela gostava de se sentar em um dos pequenos bancos de ferro batido que pontilhavam a área diante do cais e ficava observando o pequeno mundo que se formara ali, feito de água, peixe e suor humano.

Dava para perceber como uma pequena comunidade como aquela, baseada na baía e no movimento turístico, interagia. Dava para sentir quais as tradições, hábitos e clichês os motivavam. Estilos diferentes, refletiu, de vestir, andar e falar. Os habitantes dos lugares raramente se conscientizavam do quanto se adequavam a regras não definidas de comportamento ditadas unicamente pelo lugar.

Regras, regras, regras. Elas existiam em toda parte. Sybill acreditava nelas de forma absoluta.

Quais as regras que norteavam o comportamento dos Quinn?, perguntou-se. Que tipo de cola servira para uni-los e transformá-los em uma família? Eles deviam ter, é claro, seus códigos próprios de conduta, seus sinais inconscientes, com ordens definidas, recompensas e padrões disciplinares.

Onde e como Seth se encaixava em tudo isso?

Descobrir essas questões, de forma discreta, era prioritário.

Não havia motivos para os Quinn descobrirem quem ela era nem suspeitarem de sua relação com o menino. Seria melhor para todos os envolvidos se ninguém soubesse. De outra forma, poderiam muito bem tentar, e provavelmente conseguiriam, afastá-la por completo de Seth. O menino já estava em companhia deles havia meses. Não havia como saber o que eles haviam dito à criança e o quanto distorceram as circunstâncias do que acontecera.

Ela precisava observar, estudar, considerar e julgar. Então, partiria para a ação. Não aceitaria pressões, ordenou a si mesma. Não queria se sentir culpada nem responsável. Ia se aproximar aos poucos.

Depois do encontro naquela tarde, achava que seria ridiculamente simples conhecer melhor os irmãos Quinn. Tudo o que precisava fazer era voltar àquele grande galpão de tijolos aparentes e demonstrar interesse no processo de criação de um veleiro de madeira.

Phillip Quinn poderia ser o seu anfitrião. Demonstrara todos os padrões de comportamento típicos de um homem que sente atração por uma mulher. Não seria um grande sacrifício tirar vantagens disso. Além do mais, já que ele passava poucos dias por semana em St. Chris, havia pouco perigo de levar um flerte casual para o território do sério.

Descolar um convite para ir à casa dele também não parecia ser muito difícil. Ela precisava ver onde e como Seth estava vivendo e quem era responsável pelo seu bem-estar.

Ele estava feliz?

Gloria lhe dissera que eles haviam roubado seu filho. Que usaram sua influência e seu dinheiro para arrancá-lo dela.

Gloria, porém, era uma mentirosa. Sybill apertou os olhos, fechando-os com força, tentando ser calma e objetiva, sem se machucar. Sim, Gloria era uma mentirosa, tornou a lembrar. E uma usuária de drogas. Mas era também a mãe de Seth.

Indo até a sua mesa de trabalho, Sybill abriu a agenda e pegou a foto. Um menino bem pequeno, com cabelos cor de palha e brilhantes olhos azuis sorriu para ela. A própria Sybill tirara aquela foto, na primeira e única vez em que estivera com Seth.

Ele devia estar com quatro anos, calculou naquele momento. Phillip dissera que ele estava com dez anos agora, e Sybill lembrou que fazia seis anos desde que Gloria aparecera em sua porta com o filho a tiracolo.

Parecia desesperada, é claro. Sem dinheiro, furiosa, chorosa, humilde. Não houve outra escolha se não acolhê-la, ainda mais com a criança olhando para ela com aqueles olhos imensos e assustados. Sybill não sabia coisa alguma a respeito de crianças. Jamais tivera contato com elas. Talvez esse tivesse sido o motivo de ter se apaixonado por Seth tão depressa e de forma tão definitiva.

E ao chegar em casa certo dia, três semanas depois, e notar que eles haviam desaparecido, juntamente com todo o dinheiro que havia na casa, suas joias e a premiada coleção de cristais Daum, ela ficara arrasada.

Devia ter esperado por aquilo, dizia a si mesma naquele momento. Era um comportamento clássico, bem típico de Gloria. Mas ela acreditara, tinha se forçado a acreditar que elas poderiam finalmente criar um vínculo. Que a criança faria diferença. Que ela poderia ajudar.

Bem, agora, pensou, tornando a guardar a foto, ela seria bem mais cuidadosa e não se deixaria guiar pelas emoções. Sabia que Gloria estava falando pelo menos parte da verdade dessa vez. O que quer que ela fizesse a partir desse ponto iria depender da sua própria avaliação.

E ia começar a julgar toda a situação assim que se reencontrasse com o sobrinho.

Sentando-se, ligou o notebook e começou a escrever suas observações iniciais.

Os irmãos Quinn parecem ter uma relação fácil e descomplicada entre si, tipicamente masculina. Baseada em simples observação, diria que trabalham bem juntos. Serão necessárias outras averiguações para determinar qual a função de cada um na firma de construção de barcos e nas interações familiares em geral.

Tanto Cameron quanto Ethan são recém-casados. Será necessário conhecer suas esposas para compreender a dinâmica das relações familiares. Logicamente, uma delas deve ter assumido a figura materna. Já que a esposa de Cameron, Anna Spinelli Quinn, trabalha em tempo integral, é de se imaginar que Grace Monroe Quinn preencha essa função. Entretanto, é sempre um erro generalizar tais questões e isso vai requerer observações pessoais mais apuradas.

Achei muito significativo que o letreiro que os Quinn instalaram no galpão com o nome da firma ostentasse o nome de Seth como um membro da família. Não sei dizer se essa exposição do seu nome busca, legalmente, o benefício deles ou do menino.

O menino certamente deve estar a par do fato de os Quinn estarem requerendo a sua custódia. Não posso afirmar se ele já recebeu alguma das cartas que Gloria lhe enviou. Talvez os Quinn as tenham destruído sem entregá-las ao menino. Embora esteja solidária com o problema de Gloria e o seu desespero para obter o filho de volta, é melhor que ela permaneça sem saber que eu vim até aqui. Depois de ter documentado todas as minhas descobertas, entrarei em contato com ela. Se houver uma disputa legal no futuro, será melhor uma abordagem embasada por fatos, em vez de pura emoção.

Espero que o advogado que Gloria contratou entre em contato com os Quinn em breve, através dos canais legais apropriados.

Por mim, espero ver Seth amanhã e obter alguma noção da situação. Seria de muita ajuda determinar o quanto ele sabe a respeito de sua paternidade. Como eu mesma só recentemente fui informada por completo de tudo, ainda não consegui assimilar totalmente os fatos e suas repercussões.

Vamos descobrir em breve se as cidades pequenas são, de fato, um manancial de informações sobre seus habitantes. Pretendo descobrir tudo o que puder a respeito do Professor Ray Quinn antes de encerrar minhas pesquisas aqui.

Capítulo Três

O típico lugar para fazer contatos sociais, recolher informações e observar rituais de aproximação entre os sexos, seja nas cidades grandes ou nas pequenas, observou Sybill, é o bar local.

Tanto faz se a decoração é feita com latão e samambaias ou cascas de amendoim e cinzeiros de lata. Não importa se a música é o country plangente ou o rock agitado, um bar é sempre o local tradicional para pegar e distribuir informações.

O bar do Shiney, em St. Christopher, certamente se encaixava no padrão. Era decorado em madeira escura, com detalhes em metal cromado e pôsteres desbotados que representavam barcos. A música estava muito alta, avaliou Sybill, o que tornava impossível identificar devidamente o estilo da canção que ribombava dos amplificadores empilhados em um rack no canto do palco apertado, onde quatro rapazes atacavam guitarras e uma bateria com mais entusiasmo do que talento.

Um trio de homens sentados junto ao balcão mantinha os olhos grudados no jogo de beisebol transmitido pela pequena tevê presa à parede atrás do bar. Pareciam satisfeitos em observar o balé silencioso de arremessador e receptor, enquanto entornavam garrafas de cerveja e consumiam punhados de biscoitinhos pretzels.

A pista de dança estava lotada. Havia apenas quatro casais, mas o espaço era tão restrito que provocava vários incidentes, com choques de cotovelos e quadris. Ninguém parecia se importar.

As garçonetes, espalhadas pelo salão, vestiam tolos uniformes que pretendiam retratar fantasias masculinas... saias pretas curtas, blusas apertadas com decotes profundos, meias-arrastão e sapatos com salto agulha.

Sybill sentiu pena delas na mesma hora.

Instalou-se em uma mesa bamba o mais longe possível das caixas de som. A fumaça e o barulho não a incomodavam. O piso pegajoso e a mesa instável também não. O lugar que escolhera para ocupar lhe permitia uma visão mais clara dos ocupantes.

A garçonete que se aproximou para servi-la era morena, do tipo mignon, com um busto invejável e um sorriso contagiante.

— Oi! O que vai querer?

— Um cálice de Chardonnay e um copo com gelo.

— Já estão vindo! — Colocou uma tigela de plástico preto cheia de pretzels sobre a mesa e voltou ao balcão, pegando outros pedidos pelo caminho.

Sybill perguntou a si mesma se aquele havia sido o seu primeiro encontro com a esposa de Ethan. A informação que tinha era de que Grace Quinn trabalhava naquele bar. A moça que a servira, no entanto, não usava aliança, e Sybill imaginava que uma recém-casada certamente usaria a sua.

E quanto à outra garçonete? Parecia perigosa, decidiu. Loura, corpulenta e com cara amarrada. Era certamente atraente, de uma forma óbvia. Mesmo assim, nada nela indicava casamento recente, particularmente a forma com que se debruçava sobre um cliente que parecia interessado nela e oferecia uma vista privilegiada para a fenda profunda em seu decote.

Sybill franziu as sobrancelhas e mordiscou um pretzel. Se aquela era Grace Quinn, estava definitivamente fora da imagem que idealizara de figura materna.

Algum lance emocionante aconteceu no jogo transmitido pela tevê e os três homens começaram a gritar, torcendo por um jogador chamado Eddie.

Por puro hábito, Sybill pegou o seu bloquinho de anotações e começou a rabiscar algumas observações. Os tapinhas amigáveis nas costas e os apertões no braço, contatos físicos típicos entre homens. Avaliou também a linguagem corporal das mulheres, que tendiam mais para a intimidade. O ajeitar dos cabelos, os olhares ágeis e os gestos com as mãos. Além, é claro, do típico ritual de aproximação entre homem e mulher através da dança.

Foi com esse olhar que Phillip olhou para ela assim que entrou. Sybill estava rindo consigo mesma, com o olhar vagando em torno e a mão fazendo anotações sem parar. Ela lhe pareceu fria, controlada e distante. Parecia estar por trás de uma cabine de vidro espelhado pelo lado de fora.

Colocara os cabelos para trás, prendendo-os atrás das orelhas, de forma que apenas uma luzidia massa de fios descia até o pescoço, deixando o rosto totalmente à mostra. Brincos de ouro com pedras coloridas pendiam-lhe das orelhas. Ele a observou abaixar a caneta e ajeitar com os ombros o blazer de camurça amarelo-claro.

Phillip entrara ali por impulso, pois se sentia agitado. Agora, sentia-se grato pela vaga sensação de insatisfação que o perseguira por toda a tarde e o início da noite. Ela era, decidiu ele, exatamente o que andava procurando.

— Sybill, não é? — Ele viu o rápido olhar de surpresa que ela lhe lançou ao levantar a cabeça. E notou que aqueles olhos eram claros e puros como água da fonte.

— Isso mesmo... — Recuperando-se, fechou o bloquinho de anotações e sorriu. — E você é... Phillip, da Embarcações Quinn.

— Você está sozinha?

— Sim... a não ser que você queira se sentar e me acompanhar em um drinque.

— Adoraria. — Ele puxou uma cadeira, acenando com a cabeça para o seu caderninho. — Interrompi alguma coisa?

— Não exatamente — disse e lançou um sorriso para a garçonete quando seu vinho foi servido.

— Oi, Phil... vai querer um chope?

— Marsha, você leu meu pensamento!

Marsha, pensou Sybill. Isso eliminava a morena descontraída.

— A música aqui *é* diferente — comentou com Phil.

— Sim, e sempre uma porcaria. — Ele abriu um sorriso rápido, divertido e charmoso. — É uma tradição do lugar.

— Então, brindemos à tradição. — Levantou o cálice, provando um pouco e colocando em seguida uma pedra de gelo dentro da bebida.

— Qual a nota que você dá para esse vinho?

— Bem, me parece básico, elementar, um pouco primitivo... — E tornou a provar, sorrindo com ar vitorioso e decretando: — É podre!

— Sim, essa *é* uma das tradições aqui do bar do Shiney. Mas ele tem Sam Adams em garrafa também. É uma escolha mais segura.

— Vou me lembrar da sugestão. — Com os lábios abertos em um sorriso, ela tombou a cabeça ligeiramente para o lado. — Já que você conhece assim tão bem as tradições locais, imagino que more aqui há muito tempo.

— Sim. — Seus olhos se estreitaram enquanto a avaliava, como se tentasse trazer algo do fundo da memória. — E conheço você.

O coração de Sybill quase pulou na garganta. Com toda a calma, tornou a pegar o cálice. Sua mão permaneceu firme e a voz casual, no mesmo tom.

— Creio que não... — assegurou ela.

— Não, eu a conheço sim. Lembro-me do seu rosto. Não percebi antes porque você estava usando óculos escuros. É alguma coisa na sua face que... — Esticou o braço, pegando o queixo dela e virando-lhe o rosto ligeiramente de lado. — É por esse ângulo aqui...

As pontas dos dedos dele eram ligeiramente ásperas, mas o toque era muito confiante e firme. O gesto em si a fez perceber que aquele era um homem acostumado a tocar as mulheres. E ela era uma mulher pouco acostumada a ser tocada. Na defensiva, Sybill levantou uma das sobrancelhas, comentando:

— Uma mulher um pouco mais cínica poderia suspeitar que isso é uma frase feita, não muito original por sinal.

— Não uso frases feitas — murmurou ele, concentrando-se em analisar-lhe o rosto. — Só falo coisas originais. Sou bom para gravar imagens e já vi o seu rosto. Olhos claros, inteligentes, um sorriso ligeiramente travesso. Sybill... — Seus olhos percorreram-lhe todo o rosto novamente, e então seu sorriso se abriu, lentamente. — Griffin. *Doutora* Sybill Griffin. *Estranhos Bem Familiares* é o nome do seu livro.

Ela soltou o ar que estava preso nos pulmões. Seu sucesso ainda era muito recente e ter o rosto reconhecido em público continuava a surpreendê-la. E, nesse caso, a deixou aliviada. Não havia nenhuma conexão entre a Dra. Griffin e Seth DeLauter.

— Você *é* bom mesmo — comentou com leveza. — Então, leu o livro ou apenas viu minha foto na contracapa?

— Eu li. Um material fascinante. Na verdade, gostei tanto, que comprei o seu livro anterior, que ainda não acabei de ler.

— Puxa, estou me sentindo lisonjeada.

— Você é muito boa. Obrigado, Marsha — acrescentou quando a garçonete colocou a cerveja sobre a mesa.

— Se quiserem mais alguma coisa, é só gritar — piscou Marsha. — Mas gritem bem alto, porque essa banda está quebrando todos os recordes de volume hoje.

Essa observação deu a Phil uma boa desculpa para chegar a cadeira mais para perto de Sybill e se inclinar na direção dela. Seu perfume era discreto, notou. Um homem tinha que chegar muito perto dela para sentir a mensagem do aroma.

— Diga-me, Dra. Griffin, o que uma renomada moradora da cidade grande está fazendo em uma cidadezinha assumidamente rural e caipira como St. Chris?

— Pesquisa. Padrões de comportamento e tradições — respondeu ela, levantando o cálice em um pequeno brinde. — Tradições de cidadezinhas e comunidades rurais.

— Deve ser uma tremenda mudança de ritmo para você.

— A Sociologia e os interesses culturais não são, nem deveriam ser, restritos às cidades grandes.

— Estava fazendo anotações?

— Algumas... a taverna local — começou, sentindo-se mais confortável agora. — Os frequentadores habituais. O trio sentado no balcão, obcecado com os rituais dos esportes tipicamente masculinos, totalmente excluídos dos sons e atividades ao seu redor. Poderiam muito bem estar em casa, recostados em suas poltronas, mas preferem a experiência de participar do evento em grupo, ainda que de forma passiva. Dessa maneira, têm companhia, parceiros com quem compartilham interesses e com quem possam discutir ou concordar. Não importa qual das duas possibilidades é a melhor, o padrão é o que conta.

Phillip se descobriu gostando da maneira com que a voz dela assumiu um tom de palestra, ressaltando um vestígio de sotaque do Norte.

— O time dos Orioles está meio apertado no campeonato, e esta região é o foco da torcida do time. Talvez seja a importância do jogo que provoque esse comportamento.

— Bem, o jogo é o veículo. O padrão permaneceria basicamente o mesmo, ainda que o veículo fosse o futebol americano ou o basquete. — Encolheu os ombros. — O homem típico se diverte mais acompanhando um esporte se tiver pelo menos mais uma companhia masculina com a mesma forma de pensar ao lado. Basta observar os comerciais de tevê dirigidos basicamente ao consumidor masculino. Cerveja, por exemplo — explicou, batendo com um dedo no copo de Phillip —, é frequentemente anunciada através de um grupo de homens atraentes compartilhando uma experiência em comum. Assim, o consumidor compra aquela marca de cerveja porque foi programado, pelo anúncio, para acreditar que o produto vai acentuar a sua ligação com o grupo a que pertence.

Ao notar que Phil sorria, levantou as sobrancelhas, perguntando:

— Você discorda?

— Nem um pouco. Trabalho com publicidade, e o que disse acertou na mosca.

— Publicidade? — Ignorando a pequena fisgada de culpa que sentiu por fingir que não sabia desse fato, ela foi em frente: — Não imaginei que houvesse mercado para isso em uma cidadezinha como essa.

— Eu trabalho em Baltimore. Venho aqui apenas nos fins de semana, pelo menos por enquanto. Problemas de família. É uma longa história.

— Gostaria de ouvi-la.

— Outra hora. — Havia algo naqueles olhos quase translúcidos e emoldurados por cílios longos e pretos que tornava quase impossível olhar para outro lugar. — Diga-me o que mais você vê aqui...

— Bem... — Aquela era uma habilidade fantástica, decidiu. Uma obra de arte da sedução, a forma como ele conseguia olhar para uma mulher como se ela fosse a coisa mais vital do mundo naquele instante específico. Isso fez seu coração pular de prazer. — Está vendo a outra garçonete?

Phillip olhou para trás e reparou no laço gigantesco e frívolo pendurado no traseiro da mulher, acima da saia, e que balançava enquanto ela caminhava em direção ao bar.

— É difícil deixar de ver.

— Sim. Ela preenche uma certa fantasia primitiva, tipicamente masculina. Só que estou me referindo à personalidade dela, não aos atributos físicos.

— Certo... — Phillip passou a língua por sobre os dentes. — O que vê nela?

— Ela é eficiente, mas já está calculando mentalmente quanto tempo falta até o bar fechar. Sabe identificar os clientes que dão gorjetas maiores, e faz o seu jogo com eles. Praticamente ignora a mesa cheia de universitários ali adiante. Eles não vão aumentar muito a sua caixinha do dia. Dá para ver as mesmas técnicas de sobrevivência nas garçonetes espertas de um bar em Nova York.

— Linda Brewster é o nome dela — informou Phillip. — Recém-divorciada, em busca de um marido modelo novo, com todos os acessórios. Sua família é dona da pizzaria da cidade, de modo que ela vem trabalhando como garçonete, em diferentes períodos da vida, há muitos anos, e não gosta muito disso. Quer dançar?

— Como? — Então aquela também não era Grace, pensou Sybill, lutando para retomar a conversa. — Como disse?

— A banda resolveu tocar uma música mais lenta, já que não conseguiram tocar mais baixo. Gostaria de dançar?

— Tudo bem — disse e se deixou levar pela mão através das mesas até a pista de dança, onde se lançaram em meio à multidão.

— Imagino que este ruído seja uma tentativa de executar "Angie", dos Rolling Stones — murmurou Phillip.

— De certa forma eles estão realmente *executando* a canção, e a sangue-frio. Se Mick Jagger e seus amigos ouvissem o que estão fazendo com a sua música, executariam a banda inteira no ato.

— Você gosta dos Stones?

— E por que não gostaria? — Já que eles mal conseguiam se mexer na pista, simplesmente moviam o corpo sem tirar os pés do lugar, ela jogou a cabeça ligeiramente para trás, a fim de olhar para ele. Não era assim tão difícil encarar o rosto de Phillip tão perto do dela ou ser obrigada a apertar o corpo contra o dele. — Rock puro e simples, baixo e sujo, sem enfeites nem firulas. Apenas sexo.

— Você gosta de sexo?

— E por que não gostaria? — Ela teve que rir. — Só que, embora aprecie a ideia, não pretendo colocá-la em prática esta noite.

— Sempre há um amanhã...

— Sim, isso é verdade. — Ela considerou a ideia de beijá-lo e deixar que ele a beijasse. Isso certamente iria colorir a experiência com um pouco de prazer. Em vez disso, porém, preferiu virar o rosto, fazendo com que suas faces se tocassem. Ele era atraente demais para um salto como aquele, um risco impulsivo e não planejado.

Era melhor permanecer segura a passar por tola.

— Por que não nos vemos amanhã? Eu podia levá-la para jantar. — Com muita habilidade, ele subiu com a mão de leve pela espinha dela e desceu-a novamente até a cintura. — Existe um lugar muito interessante bem aqui na cidade. Podemos curtir a melhor vista para a baía e provar os melhores frutos do mar da região. Vamos conversar em tom de voz civilizado, e você poderá me contar a história da sua vida.

Os lábios dele roçaram de leve a ponta de sua orelha, provocando-lhe um arrepio que foi descendo até os dedos dos pés. Ela já devia saber que um homem lindo como aquele devia ser muito bom em manobras sexuais.

— Vou pensar no assunto — murmurou e decidindo ceder tanto quanto conseguisse, passou as pontas dos dedos pela nuca dele, com suavidade. — Pode deixar que aviso você sobre a minha decisão.

Quando a canção acabou e a seguinte explodiu em um som frenético e exasperante, afastou-se dele, avisando:

— Agora preciso ir.

— O que disse? — Ele se inclinou para baixo, para que ela pudesse gritar em seu ouvido.

— Preciso ir embora! Obrigada pela dança.

— Vou acompanhá-la até lá fora.

De volta, ele pegou algumas notas e as colocou sobre a mesa, enquanto ela recolhia suas coisas. Assim que colocou os pés do lado de fora, sentindo o ar frio e silencioso, ela deu uma risada.

— Nossa, isso foi uma experiência e tanto! Obrigada por acrescentar coisas boas à minha noite.

— Não poderia perder essa oportunidade. Ainda não está muito tarde — acrescentou ele, pegando-a pela mão.

— Já está tarde o bastante. — Pegou as chaves do carro.

— Apareça no galpão amanhã. Vou lhe mostrar tudo.

— Pode ser que eu faça isso. Boa noite, Phillip.

— Sybill... — Ele não conseguiu resistir e simplesmente trouxe a mão dela até seus lábios. Por cima de seus dedos entrelaçados seu olhar se fixou no dela. — Fico feliz por você ter escolhido St. Chris.

— Eu também.

Entrando no carro, ela se sentiu aliviada por se ver obrigada a se concentrar nas tarefas de ligar os faróis, liberar o freio de mão e ligar o motor. Dirigir não se tornara uma segunda natureza para uma mulher que utilizara transportes públicos ou motoristas particulares por quase toda a vida.

Assim, concentrou-se em dar ré, colocar o carro em primeira para fazer a curva e alcançar a estrada. E ignorou com firmeza o suave eco prazeroso que sentiu na mão, lembrança da sensação que o beijo de Phillip provocara em seus dedos.

Não resistiu, porém, à vontade de dar uma última olhada pelo espelho retrovisor, a fim de vê-lo mais uma vez antes de ir embora.

Phillip decidiu que voltar ao bar do Shiney seria um anticlímax inaceitável. Pensou nela enquanto dirigia de volta para casa, no jeito como suas sobrancelhas se arqueavam quando ela expressava uma ideia ou gostava de um comentário. Lembrou-se da fragrância sutil e íntima que usava, e que significava que se um homem conseguisse chegar perto o bastante para sentir-lhe o perfume, então, talvez, simplesmente talvez, tivesse a oportunidade de chegar ainda mais perto.

Convenceu a si mesmo de que aquela era a mulher perfeita para ele investir por algum tempo, tentando se aproximar dela. Era linda, inteligente, culta e sofisticada.

E sexy o bastante para deixar seus hormônios em estado de alerta.

Ele gostava das mulheres, e sentia falta de passar algum tempo conversando com elas. Não que não apreciasse conversar com Anna e Grace. Só que, convenhamos, não era a mesma coisa que conversar com uma mulher com a qual poderia fantasiar e levar para a cama.

Ultimamente, ele andava sentindo falta dessa área em particular do relacionamento homem-mulher. Quase nunca tinha tempo de fazer mais do que simplesmente tropeçar para dentro do apartamento depois de um dia de trabalho de dez ou doze horas. Sua agenda social, tão variada no passado, sofrera fortes golpes desde que Seth se juntara à família.

A última semana fora dedicada a prestações de contas e consultas com o advogado. A briga com a seguradora por causa do pagamento do seguro de vida de seu pai estava para ser decidida. A resolução a respeito da guarda permanente de Seth também seria determinada em noventa dias. Toda a responsabilidade de lidar com a montanha de papéis e os inúmeros telefonemas que essas questões geravam recaía sobre ele. O seu ponto forte eram os detalhes.

Os fins de semana eram consumidos pelas tarefas domésticas, o trabalho na construção dos barcos e o que mais tivesse lhe escapado durante a semana.

Somando tudo, não era de espantar que não sobrasse muito tempo para jantares aconchegantes com mulheres atraentes, muito menos o ritual de deslizar entre os lençóis com essas mesmas mulheres.

O que poderia explicar sua recente agitação e mau humor, imaginou. Quando a vida sexual de um homem simplesmente desaparecia, era natural ele ficar um pouco irritado.

A casa estava às escuras quando ele entrou pelo portão, exceto por uma única lâmpada acesa na varanda. Não era nem meia-noite ainda, em plena sexta à noite, pensou, dando um suspiro. Era assim que os poderosos decaíam. Houve um tempo em que ele e seus irmãos, a essa hora, estavam saindo em busca de ação. Bem, na verdade, ele e Cam tinham que arrastar Ethan, às vezes, mas, depois que conseguiam convencê-lo, Ethan não fazia feio.

Os rapazes da família Quinn não costumavam passar as noites de sexta-feira cochilando em casa.

Agora, porém, pensou enquanto saía do Land Rover, Cam devia estar lá em cima, enroscadinho na mulher, e Ethan devia estar quietinho na pequena casa de Grace. E, sem dúvida, os dois deviam estar sorrindo naquele momento.

Sujeitos de sorte!

Sabendo que não conseguiria pegar no sono tão cedo, rodeou a casa e caminhou até o ponto onde as árvores se encontravam com a água.

A lua parecia uma bola gorda cavalgando o céu noturno. Lançava sua luz suave sobre as águas escuras, o mato pantanoso e as folhas maiores.

As cigarras entoavam seu canto alto e monótono, e, ao fundo do bosque cerrado, uma coruja repetia seu incansável pio de apenas duas notas.

Talvez ele preferisse os sons da cidade, vozes e tráfego abafados pelo vidro fechado da janela. Sempre encontrara um certo encanto, porém, ali no lugar em que estava. Embora sentisse a falta do ritmo da cidade, dos teatros e museus, da mistura de comidas e gente, também sabia apreciar a paz e a estabilidade que encontrava bem ali, dia após dia. Ano após ano.

Sem aquilo, ele sem dúvida teria voltado para a sarjeta. E morreria lá...

— Você sempre desejou mais para si mesmo do que isso.

Um vento frio atravessou-o por dentro, subindo do estômago até as pontas dos dedos. No mesmo lugar de onde ele observava o luar que se filtrava entre as árvores, via agora a imagem do seu pai. O pai que ele enterrara seis meses antes.

— Eu só tomei uma cerveja — ouviu a si mesmo dizer.

— Eu sei. Você não está bêbado, filho. — Ray caminhou em direção a ele, de modo que o luar foi se modificando enquanto iluminava sua magnífica cabeleira prateada e os brilhantes olhos azuis, que cintilavam com humor. — É melhor respirar fundo antes que desmaie.

Phillip soltou o ar, soprando-o com força, mas seus ouvidos continuavam a badalar como sinos.

— É melhor eu me sentar um pouco. — E foi o que fez, muito lentamente, como se fosse um velho muito encarquilhado tentando se acomodar sobre a grama. — Não acredito em fantasmas — disse olhando para a água. — Nem em reencarnação, nem em vida após a morte, incorporações ou qualquer outra forma de fenômenos psíquicos.

— Você sempre foi o mais pragmático dos três. Nada era real a não ser que pudesse ver, tocar ou cheirar.

Ray se sentou ao lado dele, soltando um suspiro de contentamento, e esticou as compridas pernas que vestiam um jeans desfiado. Cruzou-as à altura dos tornozelos, exibindo os sapatos tipo *dock-sider* muito gastos, que o próprio Phillip embalara e enviara para um orfanato seis meses antes.

— Bem — afirmou Ray com um ar alegre. — Você está me vendo, não está?

— Não... estou tendo um momento de alucinação, provavelmente resultante da falta de sexo e do excesso de trabalho.

— Tudo bem, eu não vou discutir com você. A noite está linda demais.

— Na minha cabeça, ainda não processei por completo a morte dele — disse Phillip para si mesmo. — Continuo inconformado pela forma como ele morreu, pelo motivo e por todas as outras perguntas ainda sem respostas. Assim, estou projetando a imagem dele.

— Acho que você sempre foi o mais cético dos três. Tinha sempre respostas para tudo. Sei que tem perguntas também. E sei que está com raiva. Tem todo o direito de sentir isso. Foi obrigado a mudar sua vida, assumir responsabilidades que não deveriam ser suas. Mesmo assim, o fez, e sou grato por isso.

— Não tenho tempo para fazer terapia no momento. Minha agenda vive tão lotada que eu não ia conseguir encaixar um horário.

— Meu rapaz, você não está bêbado! — assegurou Ray com uma gostosa gargalhada. — Nem louco... simplesmente é cabeça-dura. Por que não usa a sua mente tão flexível para outras coisas e considera essa possibilidade, Phillip?

Abraçando os joelhos, Phillip virou a cabeça. Ali estava o rosto do seu pai, largo, com todas as rugas e cheio de humor. Aqueles brilhantes olhos azuis pareciam dançar e os cabelos brancos se agitavam ao vento da noite.

— Isso é impossível! — afirmou Phillip.

— Muita gente falou isso quando sua mãe e eu pegamos você e seus irmãos para criar. Disseram que seria impossível construirmos uma família harmoniosa, que nada do que tentássemos faria diferença. Pois estavam errados! Se os tivéssemos ouvido, se resolvêssemos seguir a voz da lógica, nenhum de vocês três teria ficado conosco. O destino, porém, não dá a mínima para a lógica. Ele simplesmente se impõe. E vocês eram para ser nossos filhos.

— Certo! — Phillip esticou a mão e a puxou de volta, horrorizado. — Como é que eu consegui fazer isso? Como consegui tocá-lo se o senhor é um fantasma?

— Porque você precisava me tocar. — Em um gesto casual, Ray deu um tapinha amigável no ombro de Phillip. — Eu ficarei aqui com você, por algum tempo.

— Por quê? —A garganta de Phillip se apertou enquanto o estômago se apertava em nós.

— Porque ainda não terminei. Deixei tudo nas suas costas e nas de seus irmãos. Sinto muito por isso, Phillip.

Aquilo não estava acontecendo, é claro, disse Phillip a si mesmo. Provavelmente, ele estava nos estágios iniciais de um pequeno ataque de nervos. Podia sentir o vento bater de leve em seu rosto, morno e úmido. As cigarras continuavam a cantar e a coruja ainda piava.

Se aquilo era um episódio alucinatório, pensou Phillip, o melhor a fazer talvez fosse seguir em frente com o surto.

— Estão dizendo por aí que a sua morte foi suicídio — afirmou ele, bem devagar. — A companhia de seguros está se recusando a honrar a apólice.

— Espero que você saiba que isso tudo *é* conversa fiada. Fui descuidado, estava distraído... foi um acidente. — Não havia irritação na voz de Ray agora, apenas impaciência e uma urgência de se comunicar que Phillip reconhecia muito bem. — Jamais escolheria o caminho mais fácil. E havia ainda o menino, com quem me preocupava muito.

— Seth é seu filho?

— O que posso lhe dizer é que ele pertence a mim sim...

A cabeça e o coração de Phillip doeram quando ele se virou e tornou a olhar fixamente para a água.

— Mamãe ainda estava viva quando ele foi concebido.

— Sei disso. Jamais fui infiel à sua mãe.

— Mas, então, como...

— Você precisa aceitá-lo por ele mesmo. Sei que se importa com ele. Sei que está fazendo o melhor por ele. Agora, precisa dar esse último passo: aceitação. Ele precisa de você... de todos vocês.

— Nada de mau vai acontecer a ele — afirmou Phillip com ar sombrio. — Vamos cuidar disso.

— Ele vai mudar a vida de todos, se vocês lhe derem essa chance.

— Pois pode acreditar, ele já fez isso. — Phillip deu uma risada curta.

— Estou falando em mudar para melhor. Não se feche a essas possibilidades. E não se preocupe demais com esta minha pequena visita, deixe a vida fluir. — Deu um tapa de camaradagem no joelho do filho. — Converse com seus irmãos.

— Sei... até parece que eu vou chegar para eles e contar que me sentei aqui fora, no meio da noite, e bati o maior papo com... — Ao olhar para o lado, Phillip não viu nada, a não ser a luz do luar que penetrava por entre as árvores — ninguém! — completou, e se lançou de costas sobre a grama, com ar cansado, olhando fixamente para a lua. — Caramba! Estou precisando de férias!

Capítulo Quatro

Não era muito bom parecer ansiosa demais, lembrou Sybill a si mesma. Ou chegar lá muito cedo. Tinha de parecer algo bem casual. Precisava estar relaxada.

Decidiu não levar o carro. Pareceria uma visita sem compromisso se ela chegasse caminhando despreocupadamente, vindo da beira do porto. Além disso, se incluísse uma visita ao galpão de uma construtora de barcos à sua tarde de compras e passeios a pé, o fato iria parecer mais impulsivo do que planejado.

Para se acalmar, realmente vagou pela beira do cais. Uma manhã de sábado quente como aquela, no início do outono, atraía os turistas. Eles apareciam e circulavam pela cidade, como ela, parando nas lojinhas e fazendo pequenas pausas para observar os veleiros ou os barcos a motor que enchiam a baía. Ninguém parecia ter pressa ou destino específico.

Aquilo por si só, refletiu, já formava um contraste interessante com um sábado comum na cidade grande, quando até mesmo os turistas pareciam apressados ao ir de um lugar para o outro.

Era algo que merecia algumas considerações, análises e, talvez, até teorias para o seu novo livro. E por achar tudo *realmente* interessante, Sybill pegou seu minigravador na bolsa e começou a murmurar alguns comentários e observações:

"As famílias aqui parecem mais relaxadas, em vez de agitadas ou desesperadas para conseguir a diversão que viajaram para obter. Os moradores locais são muito simpáticos e pacientes. A vida passa em ritmo lento, refletindo o jeito de ser das pessoas que se estabeleceram na cidade."

As lojinhas de lembranças não pareciam apresentar grande movimento. Mesmo assim, os lojistas não demonstravam aquele olhar ansioso e astuto, tão comum aos balconistas em lugares onde as multidões eram grandes e as carteiras cuidadosamente escondidas.

Comprou alguns postais para enviar a amigos e colegas em Nova York, e então, mais pela força do hábito do que por necessidade, comprou um livro sobre a história da região. Aquilo iria ajudá-la em sua pesquisa, imaginava. Parou para olhar com mais atenção uma fada de peltre* com um cristal em forma de lágrima que pendia de seus dedinhos elegantes. Conseguiu resistir à tentação de comprá-la, lembrando a si mesma que podia adquirir todo tipo de enfeites que quisesse em Nova York.

A Sorveteria Crawford's parecia ser um local muito popular e ela resolveu entrar para saborear um sorvete de casquinha. Aquilo lhe daria algo para fazer com as mãos enquanto caminhava os poucos quarteirões até o galpão da Embarcações Quinn.

Ela apreciava a importância do que chamava de "acessórios de apoio". Todas as pessoas os usavam continuamente na grande representação da vida. Podia ser um copo na mão, em um coquetel; um livro de bolso, no metrô; joias, percebeu, ao se pegar retorcendo com dedos nervosos o colar que usava.

Largando o colar, concentrou-se em apreciar o sabor da casquinha de framboesa.

Não levou muito tempo para alcançar os arredores da cidade. Calculou que toda a área à beira d'água, no centro, se estendia por menos de dois quilômetros de uma ponta a outra.

Os pequenos bairros se espalhavam a oeste da água. Havia ruas estreitas cheias de casinhas lindas e jardins bem cuidados. Cercas brancas muito baixas serviam mais para vizinhos trocarem fofocas, avaliou, do que propriamente para definir territórios. As árvores eram grandes e cheias de folhas, ainda mantendo o tom verde-escuro do verão. Tais árvores

---

* Liga metálica de estanho e chumbo, endurecida com cobre e muito utilizada nos EUA para a fabricação de objetos de arte. (N. T.)

formariam um belo quadro, pensou, quando as folhas se cobrissem com os tons do final do outono.

Crianças brincavam nos quintais ou andavam de bicicleta pelas calçadas das ruas, que subiam em suaves ladeiras. Viu um adolescente polindo carinhosamente um velho Chevy compacto, enquanto acompanhava com uma voz alta e ligeiramente desafinada a canção que ouvia nos fones de ouvido.

Um vira-lata de pernas compridas e orelhas penduradas corria por dentro de uma cerca, acompanhando-a e cumprimentando-a com latidos graves e roucos. Seu coração deu um pulo quando o cão colocou as imensas patas sobre a cerca, mas ela continuou caminhando.

Não conhecia muito sobre cães.

Avistou o jipe de Phillip no estacionamento muito esburacado que ficava ao lado do galpão. Uma caminhonete muito antiga lhe fazia companhia. As portas e janelas do prédio estavam escancaradas. Através delas, vinha o ruído ensurdecedor de serras elétricas e da batida do rock sulista de John Fogerty.

Muito bem, Sybill, pensou, respirando bem fundo enquanto engolia o último pedaço do sorvete de casquinha. É agora ou nunca.

Entrando no local, viu-se momentaneamente distraída pelo aspecto do lugar. Era imenso, empoeirado e tão bem iluminado quanto um palco. Os Quinn estavam dando duro, com Ethan e Cam encaixando uma comprida tábua em seu devido lugar, montando o que lhe pareceu ser o casco de uma embarcação. Phillip estava em pé, trabalhando com uma serra elétrica imensa e de aparência perigosa, passando um pedaço de madeira através dela.

Sybill não viu Seth.

Por um instante ficou ali, simplesmente olhando e se perguntando se não era melhor virar as costas e ir embora de fininho. Se o seu sobrinho não estava ali, era mais sensato adiar a visita até ter certeza da presença dele.

Talvez tivesse ido passar o dia na casa de amigos. Será que tinha amigos? Ou podia estar em casa. Será que ele considerava aquela a sua casa?

Antes de conseguir se decidir, a serra foi desligada, deixando no ar apenas a voz de John Fogerty, que falava de um homem bonito com olhos castanhos. Phillip deu um passo para trás, levantou os óculos de proteção, prendendo-os na testa, e se virou. Foi quando a viu.

Seu sorriso de boas-vindas abriu-se tão depressa e pareceu tão sincero que ela teve de engolir em seco para sufocar uma fisgada de culpa.

— Estou interrompendo? — gritou ela para se fazer ouvir acima da música.

— Graças a Deus! — Limpando as mãos nos jeans, Phillip começou a caminhar em direção a ela. — Já estava farto de olhar para esses dois caras feios o dia todo. Você foi uma linda mudança de cenário.

— Resolvi bancar a turista — balançou a sacola que trazia — e achei que talvez fosse um bom momento para aceitar a oferta que você me fez, de mostrar o lugar.

— Estava torcendo para que viesse.

— Então... — Deliberadamente, ela desviou o olhar para o casco. Era mais seguro, decidiu, do que ficar cara a cara com aqueles olhos castanhos, meio dourados, por mais tempo. — Isso é um barco?

— É o casco. Isto é, vai ser... —Tomando-a pela mão, ele a trouxe mais para perto. — Será um barco de pesca esportiva, na verdade.

— E isso vem a ser...?

— Uma daquelas embarcações sofisticadas com as quais os homens gostam de sair para parecer bem machos, pescando marlins em alto-mar e bebendo cerveja.

— Oi, Sybill! — Cam lançou-lhe um sorriso. — Quer um emprego?

— Acho que não — respondeu ela, olhando para as ferramentas, as pontas afiadas e as pilhas de madeira pesada. Era mais fácil sorrir de volta e olhar para Ethan. — Parece que vocês três sabem o que estão fazendo.

— Nós dois sabemos mesmo — Cam balançou com o polegar entre ele e Ethan. — Mantemos Phillip aqui apenas por diversão.

— Não me dão valor por aqui...

Ela riu e começou a andar em torno do casco. Conseguia entender a forma básica, mas não o processo de construção.

— Imagino que isto aqui esteja de cabeça para baixo — afirmou.

— Que olho bom, hein? — elogiou Phillip, simplesmente rindo quando ela levantou uma das sobrancelhas e olhou para ele com ar desconfiado. — Depois de colocarmos as tábuas do fundo, vamos virá-lo para preparar o revestimento interno e o deque.

— Seus pais construíam barcos?

— Não. Minha mãe era médica e meu pai, professor universitário. Mas fomos criados em meio a barcos.

Ela percebeu a afeição em sua voz e um sentimento de luto ainda não resolvido. E se odiou por isso. Pretendia tentar obter mais detalhes a respeito dos pais, mas não conseguiu.

— Jamais entrei em um barco. — Foi o que disse.

— Nunca?!

— Imagino que existam muitos milhões de pessoas no mundo que estão na mesma situação que eu.

— E gostaria de entrar em um?

— Talvez. Gostei muito de observar os barcos indo e vindo da minha janela do hotel. — Enquanto estudava o casco, sentiu que o objeto se transformava em uma charada que ela precisava decifrar. — Qual é o primeiro passo para a construção de algo assim? Imagino que vocês comecem de um desenho, plantas, projetos ou sei lá como chamam.

— Ethan faz o esboço inicial do trabalho. Cam complementa, acrescentando alguns detalhes. Seth faz a arte final.

— Seth... — Seus dedos apertaram com força a alça da bolsa. Um acessório de apoio, tornou a pensar. — Mas vocês não disseram que ele ainda está no ensino fundamental?

— E é verdade. O garoto tem um dom fantástico para desenho. Olhe só estes trabalhos aqui.

Nesse instante, ela percebeu uma ponta de orgulho em sua voz, e isso a deixou confusa. Lutando para manter a pose, seguiu-o até a parede dos fundos, onde vários desenhos de barcos estavam emoldurados em estilo rústico. E eram bons... muito, muito bons. Esboços bem-feitos, trabalhados a lápis com carinho e talento.

— Ele... foi um menino que fez estes desenhos?

— Foi. Incrível, não é? Este aqui é o barco que acabamos de terminar. — Bateu com o dedo no vidro. — E este aqui é o que estamos construindo agora.

— Ele tem muito talento — murmurou, tentando engolir o bolo que sentiu na garganta. — Possui uma excelente noção de perspectiva.

— Você também desenha?

— Um pouco, de vez em quando. Apenas por hobby. — Teve que se virar para tentar se acalmar. — É uma coisa que me relaxa e ajuda no trabalho. — Determinada a retomar a naturalidade, jogou os cabelos para trás por sobre os ombros e lançou um sorriso largo e casual para Phillip. — E então, onde está o artista?

— Bem, ele...

E parou de falar de repente, no instante em que dois cães entraram correndo no galpão. Sybill deu um passo para trás, instintivamente, ao ver o menor vindo direto em sua direção. Deve ter emitido algum som que indicava pânico, pois Phillip esticou um dedo para o cão, emitindo um comando rígido.

— Pare aí, seu idiota. Sem pular! Sem pular! — repetiu, mas o movimento que Bobalhão já iniciara não conseguiu ser interrompido. Ele já estava em pé e com as patas plantadas pouco abaixo dos seios de Sybill. Ela quase perdeu o equilíbrio, vendo apenas dentes numerosos e pontudos, tomando-os por ferocidade, em vez de reconhecer neles o jeito tolo do cão.

— Cachorro bonitinho — conseguiu falar, gaguejando. — Cachorro legal...

— Cachorro idiota — corrigiu Phillip, agarrando Bobalhão pelo cangote. — Mal-educado. Sente! Desculpe... — pediu a Sybill, enquanto o cão, de forma educada, se sentou de imediato e ofereceu a pata dianteira para ser cumprimentado. — Este é Bobalhão.

— Bem, eu diria que é apenas entusiasmado...

— Não, não... Bobalhão é o nome dele... e sua personalidade. Vai ficar parado nessa mesma posição até que você o cumprimente, apertando a pata dele.

— Oh... humm... — Com todo o cuidado, ela tocou a parte de baixo da pata do cão com dois dedos.

— Ele não morde. — Phillip olhou para ela meio de lado e reparou que havia muito mais preocupação em seu rosto do que irritação. — Desculpe, você tem medo de cães?

— Eu... talvez tenha, um pouco... de cães grandes e estranhos.

— Bem, estranho ele é... o outro chama-se Simon e é bem mais educado. — Phillip fez carinho nas orelhas de Simon, que se sentara sobre as patas traseiras e calmamente avaliava Sybill. — Pertence a Ethan. O idiota pertence a Seth.

— Entendo... — Então Seth tinha um cão; foi tudo o que conseguiu pensar ao ver que Bobalhão tornava a lhe oferecer a pata, olhando-a com o que lhe pareceu um ar de adoração. — Não entendo muito de cães.

— Eles são cães de caça típicos da baía de Chesapeake. Simon *é* um retriever. Bobalhão também é, embora tenha alguma outra raça misturada. Seth, chame seu cão de volta, antes que ele comece a babar em cima dos sapatos da moça.

Sybill levantou a cabeça na mesma hora e viu o menino no instante em que ele passava pelo portal. O sol o iluminava pelas costas, e seu rosto estava envolto em sombras. O que viu foi um menino pouco desenvolvido, com um saco pardo grande na mão e um boné preto e laranja.

— Ele não baba mais... ei, Bobalhão!

No mesmo instante os dois cães se colocaram em pé e correram em direção ao menino. Seth caminhou por entre eles, levando o saco de papel até uma mesa improvisada, feita de uma folha de compensado apoiada sobre dois cavaletes.

— Não sei por que sou sempre eu quem tem que ir buscar o almoço e um monte de coisas — reclamou Seth.

— Porque nós somos muito maiores do que você — explicou Cam, atacando o saco. — Trouxe o meu submarino cortado ao meio, como pedi?

— Trouxe, trouxe!

— E cadê o troco?

Seth pegou uma garrafa de Pepsi no saco, abriu a tampa e começou a beber direto do gargalo. Então sorriu, perguntando:

— Que troco?

— Escute aqui, seu ladrãozinho... você tem que me dar pelo menos dois dólares de troco.

— Não sei do que está falando. Deve ter se esquecido novamente de acrescentar na conta o serviço de entrega.

Cam tentou agarrá-lo, mas Seth se esquivou com agilidade e saiu correndo, uivando de tanto rir.

— Amor fraternal — comentou Phillip, com naturalidade. — É por isso que eu dou sempre o dinheiro certo para o garoto. Ele nunca traz nem um centavo de troco. Quer comer alguma coisa?

— Não, eu... — Ela não conseguia tirar os olhos de Seth. Ele estava conversando com Ethan naquele momento, fazendo gestos largos e exagerados com a mão livre, enquanto o cão menor dava pulos brincalhões, tentando agarrar seus dedos. — Eu já almocei, mas vá comer, fique à vontade.

— Beba alguma coisa, então. Você trouxe a garrafa de água que eu pedi, Seth?

— Trouxe. Água metida a besta, um desperdício de grana. Cara, o Crawford's estava lotado!

Crawford's. Como uma sensação que não conseguiu identificar por completo, Sybill calculou que talvez eles tivessem estado na loja ao mesmo tempo. Talvez tivessem estado lado a lado. Talvez ela tivesse passado por ele na rua sem ter a menor ideia.

Seth olhou de Phillip para Sybill, analisando-a com um leve interesse.

— A senhora veio comprar um barco? — perguntou ele.

— Não. — Ele não a reconhecera, pensou. É claro que não poderia reconhecer. Era pouco mais que um bebê na única vez em que haviam se encontrado. Não houve nenhum sinal de susto ou familiaridade em seus olhos, da mesma forma que não houve também da parte dela. Sybill, porém, sabia. — Estou só dando uma olhada por aqui.

— Legal. — Voltando ao saco pardo, Seth pegou um sanduíche.

— Ahn... — Fale com ele, ordenou a si mesma. Diga alguma coisa. Qualquer coisa. — Phillip estava me mostrando os seus desenhos ainda há pouco. São lindos!

— É, ficaram legais. — Levantou um ombro, mas ela pensou ver um leve rubor de satisfação em seu rosto. — Eu podia fazer melhor, mas eles vivem me apressando.

De modo casual, ou pelo menos ela tentou fazê-lo parecer, Sybill atravessou o galpão e foi até ele. Podia vê-lo com clareza agora. Seus olhos eram azuis, mas com um tom mais profundo e escuro do que os dela ou os de sua irmã. Seu cabelo era louro, porém mais escuro do que o do menino na foto que ela carregava. Aos quatro anos, o tom era quase branco de tão louro, mas agora seu cabelo tinha uma cor mais marcante e era muito liso.

A boca, pensou ela. Não havia ali alguma semelhança em torno da boca e no queixo?

— É isso que você pretende ser quando crescer? — Ela precisava fazer com que ele continuasse a falar. — Um artista?

— Talvez... mas eu faço isso apenas por diversão. — Deu uma bela dentada no sanduíche e falou com a boca cheia: — Aqui nós somos construtores de barcos.

Suas mãos pareciam longe de estar limpas, reparou, e seu rosto não ficava muito atrás. Imaginava que tais amenidades higiênicas, como lavar as mãos antes das refeições, passavam longe em uma casa só de homens.

— Talvez você vire um *designer*.

— Seth, esta aqui é a Dra. Sybill Griffin. — Phillip ofereceu a Sybill um copo de plástico com água mineral e gelo. — Ela escreve livros.

— Livros de histórias?

— Não exatamente — explicou ela. — São mais de observações. Agora mesmo, estou passando algum tempo aqui nesta região para observar.

Seth limpou a boca com as costas da mão. A mesma mão que Bobalhão havia lambido com entusiasmo alguns minutos antes, percebeu ela, quase se encolhendo com a lembrança.

— A senhora vai escrever um livro a respeito de barcos?

— Não, a respeito de pessoas. Pessoas que moram em cidades pequenas e, no caso, pessoas que vivem em cidades pequenas do litoral. O que você acha? Isto é, o que acha de morar em um lugar assim?

— Gosto muito. Morar em cidades grandes é horrível! — Pegou a garrafa de refrigerante e tornou a beber pelo gargalo. — Gente da cidade é completamente doida — disse e riu. — Veja só o Phil.

— Você é um caipira, sabia, Seth? Eu me preocupo com você.

Com uma risada de deboche, Seth deu outra mordida no sanduíche, avisando:

— Vou para o cais. Apareceram uns patos que se mudaram para lá.

E foi pulando para os fundos, com os cães atrás dele.

— Seth tem opiniões muito definidas a respeito de tudo — comentou Phillip com um tom seco. — Acho que o mundo é todo preto ou branco quando temos apenas dez anos.

— Pelo jeito, ele não gostou de alguma experiência urbana pela qual passou. — O nervosismo que sentia, reparou, fora devorado pela curiosidade pura e simples. — Ele já passou algum tempo com você em Baltimore?

— Não, mas morou lá por algum tempo em companhia da mãe. — O tom de sua voz ficou mais sério, e Sybill levantou uma sobrancelha. — Isso é parte daquela longa história que mencionei.

— E eu lhe disse que adoraria ouvi-la.

— Então venha jantar esta noite comigo e poderemos trocar histórias sobre as nossas vidas.

Ela olhou para as portas de carga nos fundos do galpão. Foi por elas que Seth saíra, parecendo completamente à vontade. Ela precisava passar mais tempo com ele, observando-o. E também, decidiu, precisava ouvir o que os Quinn tinham a dizer a respeito da situação. Por que não começar com Phillip?

— Muito bem. Adoraria.

— Pego você às sete.

Sybill balançou a cabeça. Ele parecia perfeitamente confiável, um sujeito muito educado, mas ela não queria correr riscos.

— Prefiro me encontrar com você lá. Onde fica o restaurante?

— Vou escrever o endereço. Agora, podemos começar o *tour* pelo meu escritório.

Tudo correu de forma muito tranquila e ela tinha que admitir que o passeio fora interessante. O *tour*, propriamente dito, não levou muito tempo. Além daquela imensa área principal, havia pouco mais no galpão. Apenas o apertado escritório de Phillip, um pequeno banheiro e um depósito escuro e sujo.

Era óbvio, mesmo para seus olhos destreinados, que o local onde o trabalho acontecia era a alma do negócio.

Foi Ethan quem explicou a ela, com toda a paciência, sobre a importância de deixar a madeira completamente lisa, além do espaço até a linha-d'água e o ângulo da proa. Ela achou que ele daria um excelente professor com seu jeito de falar claro, muito simples e direto, além da boa vontade em responder a perguntas que deviam ser bem básicas para alguém como ele.

Sybill observou, verdadeiramente fascinada, o modo como os homens seguravam com firmeza uma tábua sobre um molde e aplicavam vapor, até que a tábua se arqueasse na forma que desejavam. Cam demonstrou como as extremidades eram emalhetadas juntas para formar pontas bem lisas e uniformes.

Observando Cam e Seth, viu-se forçada a admitir que havia realmente uma ligação especial entre eles. Se tivesse chegado ali sem saber de nada, teria aceitado de cara a ideia de que eles eram irmãos ou, talvez, pai e filho. A postura e a atitude dos dois eram idênticas, decidiu.

Por outro lado, estavam diante de uma plateia. No caso, ela. Era natural que exibissem seu melhor comportamento.

Faltava ver como agiriam depois que se acostumassem com ela.

Cam soltou um assobio agudo e longo no instante em que Sybill saiu. Balançou as sobrancelhas para cima e para baixo, com jeito maroto, olhando para Phillip e comentando:

— Muito bem, garoto! Realmente uma bela escolha, mano.

— Não posso me queixar. — Phillip lançou um sorriso e levou a garrafa de água aos lábios.

— Será que ela vai ficar por aqui tempo bastante para você...

— Se Deus existe, vai.

Seth jogou uma tábua ao lado da serra elétrica e bufou, comentando:

— Merda, quer dizer que você vai começar a cutucar essa dona com vara curta para tentar transar com ela? É só nisso que vocês pensam?

— Não. Pensamos também em como perturbar você! — Phillip arrancou o boné da cabeça de Seth e o enrolou nas mãos, batendo na cabeça do menino com ele. — Só pensamos nisso sim. O que mais existe para pensar?

— Vocês vivem se casando... — disse Seth, com cara de nojo, tentando agarrar o boné de volta.

— Eu não quero me casar com ela. Quero apenas curtir um jantar agradável e civilizado em sua companhia.

— E depois pular em cima dela — terminou Seth.

— Nossa! Esse garoto saiu a você, Cam — acusou Phillip.

— Não, ele já veio da fábrica desse jeito. — Cam colocou o braço em torno do pescoço de Seth, dando-lhe uma gravata. — Não foi, fedelho?

O pânico de ser agarrado já não surgia no rosto de Seth como acontecia no princípio. Em vez disso, tentou se libertar, rindo e dizendo:

— Pelo menos, eu penso em outras coisas, em vez de só me importar com garotas o tempo todo. Vocês, caras, são mesmo uns bundões.

— Bundões? — Phillip colocou o boné de Seth na própria cabeça para liberar as mãos e depois as esfregou com alegria. — Vamos jogar esse peixe nanico para fora do barco, de volta na água.

— Podemos fazer isso depois? — perguntou Ethan, enquanto Seth gritava, reclamando e adorando aquilo. — Senão eu vou acabar construindo essa porcaria de barco todo sozinho.

— Depois, então... — Phillip se agachou até ficar cara a cara com Seth. — E você não vai saber quando, não vai saber onde e nem por quê.

— Puxa, agora vou ficar tremendo de medo!

Encontrei Seth hoje.

Diante do seu notebook, Sybill mordeu o lábio inferior, pensativa, e, em seguida, apagou a primeira frase que digitara.

Fiz contato com o objeto da pesquisa esta tarde.

Pronto, assim era melhor, decidiu. Mais objetivo. Para abordar essa situação de forma mais apropriada, seria melhor considerar Seth como um objeto de trabalho.

Não houve reconhecimento, nem de minha parte nem da parte dele. Isso, evidentemente, já era esperado. O menino parece ser saudável. É muito bonito... magro, mas forte. Gloria sempre foi magra, então eu suspeito que ele tenha herdado o biotipo da mãe. É louro, também como a mãe, ou pelo menos como era na última vez em que a vi.

Pareceu muito à vontade comigo. Sei, por experiência, que algumas crianças são tímidas diante de estranhos. Esse não parece ser o caso aqui.

Embora não estivesse no galpão quando cheguei, apareceu logo depois. Havia ido comprar comida para todos. Pelas reclamações e conversas que se seguiram, imagino que ele seja enviado frequentemente para esse tipo de tarefa. Isso pode ser avaliado de duas formas. Uma é que os Quinn aproveitam a oportunidade de ter um menino disponível e o usam para essas coisas. Ou então estão tentando passar para o jovem um senso de responsabilidade.

A verdade deve estar entre essas duas possibilidades.

Ele tem um cão. Acredito que isto seja um evento normal, uma ocorrência até mesmo tradicional para uma criança criada em áreas suburbanas ou rurais.

Também tem muito talento para desenho. De certa forma, isso me pegou de surpresa. Eu tenho algum talento nessa área também, e o mesmo vale para a minha mãe. Gloria, no entanto, jamais demonstrou qualquer habilidade ou interesse por arte. Este ponto comum que compartilhamos poderá ser uma forma de desenvolver uma relação de afinidade com o menino. Será necessário que eu tenha mais algum tempo sozinha com ele, a fim de escolher o rumo mais acertado a tomar.

O tema está, na minha opinião, completamente adequado com os Quinn. Parece contente e seguro. Existe, no entanto, uma certa rudeza, uma falta de polimento nele. Várias vezes, durante o período de pouco mais de uma hora que passei com ele, o ouvi falar palavrões. Uma ou duas vezes foi repreendido por isso, mas, na maior parte do tempo, o seu linguajar foi ignorado.

Ninguém o mandou lavar as mãos antes de comer, e nenhum dos Quinn o corrigiu por falar com a boca cheia ou por dar pedaços do almoço aos cães. Seus modos não são exatamente de indignar, mas estão longe de demonstrar educação refinada.

Ele mencionou que preferia morar aqui, e não na cidade. Na verdade, pareceu desprezar a vida urbana. Concordei em jantar com Phillip Quinn hoje à noite, e vou tentar descobrir a sua versão para os fatos que levaram Seth a vir morar em sua companhia.

A forma com que estes fatos vão coincidir ou não com a versão que me foi passada por Gloria irá me ajudar a assimilar melhor a situação,

O próximo passo é conseguir ser convidada para ir à casa dos Quinn. Tenho muito interesse em ver o local onde o menino está morando e ver como ocorre a interação entre ele e os Quinn em um ambiente familiar. Além de conhecer as mulheres que são, agora, parte de sua nova família.

Tenho receio de entrar em contato com o serviço de assistência social e me identificar, pelo menos até ter completado este estudo pessoal.

Sybill se recostou na cadeira, tamborilando com os dedos sobre a mesa enquanto revia as anotações. Foi tão pouco tempo, na verdade, pensou. E a culpa foi dela. Julgava-se preparada para esse primeiro encontro, mas não estava.

Vê-lo a deixara muito triste e com a boca seca. O menino era seu sobrinho, fazia parte de sua família. No entanto, eram estranhos. E será que isso não era tanto culpa sua quanto de Gloria? Será que ela realmente tentara criar uma conexão, trazê-lo para a sua vida?

A verdade é que ela raramente sabia por onde ele andava, mas será que alguma vez realmente se interessara em largar a sua vidinha para encontrá-lo ou sua irmã?

Nas poucas vezes em que Gloria entrara em contato ao longo dos anos para pedir dinheiro, sempre para pedir dinheiro, Sybill perguntara à irmã a respeito de Seth. Mas será que ela simplesmente não se acomodara, aceitando a informação que Gloria lhe dava de que o menino estava bem? Alguma vez, ela pedira para falar com ele ou para vê-lo?

Não era simplesmente mais fácil enviar dinheiro pelo correio e tornar a esquecê-los?

Sim, era mais fácil, admitiu. Porque na única vez em que ela o deixara entrar em sua vida, na única vez em que abrira a sua casa e o seu coração, o menino lhe fora tirado. E ela sofrera.

Dessa vez, faria alguma coisa. Faria o que fosse certo, o que fosse melhor. Entretanto, não se permitiria ficar envolvida demais emocionalmente. Afinal, ele não era seu filho. Se Gloria recuperasse a custódia, o menino acabaria saindo de sua vida novamente.

Ela iria, porém, fazer um esforço, chegar bem devagar, certificar-se de que ele estava sendo bem cuidado. E, então, seguiria em frente com a sua vida e seu trabalho.

Satisfeita, arquivou o texto que preparava e abriu outro, para continuar a fazer anotações para seu novo livro. Antes mesmo de começar, o telefone em sua mesa tocou.

— Alô! Aqui fala a Dra. Griffin.

— Sybill. Levei um tempão e tive o maior trabalho para conseguir localizar você.

— Mamãe? — Suspirando fundo, Sybill fechou os olhos. — Oi, mãe...

— Você se importaria de me contar o que está fazendo?

— Em absoluto... estou fazendo pesquisas para o meu novo livro. Como vai a senhora? Como está o papai?

— Por favor, não insulte a minha inteligência. Achei que a gente já havia combinado que você ia se manter fora deste caso sórdido.

— Não... — Como sempre acontecia quando encarava confrontos em família, o estômago de Sybill se retorceu. — O que nós concordamos é que a senhora preferia que eu me mantivesse fora dessa história, mas decidi que não faria isso. Eu vi Seth.

— Não estou interessada em Gloria nem em seu filho.

— Pois eu estou. Sinto muito se isso a aborrece.

— E você esperava o quê? Sua irmã escolheu a própria vida e já não faz parte da minha. Não pretendo ser arrastada para essa lama.

— Não pretendo arrastar a senhora para lugar algum. — Resignada, Sybill pegou a bolsa e procurou pelo estojinho *cloisonne** que usava para guardar aspirinas. — Ninguém sabe quem eu sou por aqui. E mesmo que alguém me conecte com o Dr. Walter Griffin e sua esposa, dificilmente vai me ligar a Gloria e Seth DeLauter.

— Mas isso pode ser descoberto se alguém ficar interessado o bastante para correr atrás da informação. Você não vai conseguir nada de útil ficando aí e interferindo nessa história, Sybill. Quero que venha embora! Volte para Nova York ou venha para Paris. Talvez escute o seu pai, já que não quer escutar a mim.

— Não, mamãe... pretendo levar isso até o fim. — Sybill engoliu a aspirina com um pouco de água e, em seguida, pegou um antiácido. — Sinto muito.

Fez-se um longo silêncio, cheio de raiva e frustrações. Sybill fechou os olhos, manteve-os bem fechados e esperou.

— Você sempre me trouxe apenas alegrias. Jamais esperava esse tipo de traição de sua parte. Estou profundamente arrependida de ter falado com você a respeito desse assunto. Não teria feito isso se soubesse que sua reação seria assim tão deplorável.

— Ele é um menino de dez anos, mamãe... e é seu neto!

---

* Arte milenar chinesa, caracterizada por peças com esmalte aplicado em pequenos compartimentos. Em francês no original. (N. T.)

— Ele não é nada meu, nem seu! Se você levar essa história em frente, Gloria vai fazê-la sofrer por algo que você considera um ato de bondade.

— Sei como lidar com Gloria.

Uma gargalhada rápida e entrecortada veio pelo outro lado da linha.

— Sybill, isso foi o que você sempre achou... e sempre esteve errada. Por favor, não entre em contato comigo nem com o seu pai para falar sobre nada relacionado com este assunto. Mande notícias assim que retomar o juízo.

— Mamãe... — O ruído de discagem fez Sybill recuar. Barbara Griffin era mestra em sempre dar a última palavra. Com todo o cuidado, Sybill recolocou o fone no gancho. Depois, muito lentamente, ingeriu o antiácido.

Então, com ar de desafio, voltou-se para a tela do notebook e se lançou ao trabalho.

Capítulo Cinco

Uma vez que Sybill era sempre pontual e quase todas as outras pessoas no mundo, pelo menos as que ela conhecia, não eram, ficou surpresa ao encontrar Phillip já sentado à mesa que reservara para o jantar.

Levantando-se, ele lhe lançou um sorriso irresistível e ofereceu uma rosa amarela. As duas coisas a deixaram encantada e um pouco desconfiada.

— Obrigada.

— O prazer foi meu. Sinceramente. Você está linda.

Ela se produzira com cuidado, mais para si mesma do que para ele. O telefonema de sua mãe a deixara terrivelmente deprimida e com sentimento de culpa. Tentara combater as duas coisas reservando uma grande quantidade de tempo para si, caprichando o máximo que pôde na aparência.

O pretinho básico com decote quadrado e mangas compridas era um dos seus favoritos. O singelo colar de pérolas era herança da avó paterna e ela também o adorava. Prendera os cabelos em um coque folgado e acrescentou um par de brincos de safira *cabochon** que trouxera de Londres alguns anos antes.

Sabia que tudo aquilo era o tipo de proteção feminina que as mulheres usavam para exibir confiança e poder. Queria demonstrar ambos.

— Obrigada de qualquer forma. — E se sentou à mesa diante dele, cheirando a rosa que ganhara. — Você também está muito bonito.

---

* Tipo de lapidação que produz superfícies côncavas e convexas na pedra. Em francês no original. (N. T.)

— Conheço a carta de vinhos do lugar — avisou ele. — Você confia em mim?

— Em relação a vinhos? Por que não?

— Ótimo! — Olhou para o garçom. — Vamos tomar uma garrafa do número 103.

— E o 103 é? — perguntou ela, colocando a rosa ao lado do cardápio.

— Um excelente Pouilly Fuissé. Lembro-me, da noite em que nos encontramos no bar do Shiney, de que você gosta de vinho branco. Acho que vai reconhecer que este aqui está muitos pontos acima do que experimentou lá.

— Praticamente qualquer outro líquido estaria.

Phillip virou a cabeça para o lado e pegou a mão dela, dizendo:

— Há algo errado com você.

— Não. — E sorriu de forma intencional. — O que poderia haver de errado? Tudo aqui está de acordo com o figurino. — Virou a cabeça para olhar através da janela ao lado, onde a baía se estendia para longe com as águas em um tom escuro de azul, ondas ligeiramente agitadas sob um céu que começava a ficar rosado pelo pôr do sol. — Uma vista maravilhosa, um ponto privilegiado para apreciá-la — virou-se para ele — e uma companhia agradável para jantar.

Não, pensou ele, analisando seu olhar. Havia algo ligeiramente fora do lugar naquele cenário. Em um impulso, ele se inclinou na direção dela, segurou-lhe o queixo com a mão e pousou os lábios de leve sobre os dela.

Ela não recuou e se permitiu aproveitar o momento. O beijo foi suave, descontraído, experiente e habilidoso. E muito relaxante. Quando ele se afastou, ela levantou uma sobrancelha, perguntando:

— Qual o motivo desse beijo?

— Você pareceu estar precisando disso.

Ela não suspirou, embora desejasse. Em vez disso, colocou as mãos no colo, agradecendo:

— Obrigada, mais uma vez.

— Estou às ordens. Para falar a verdade... — Seus dedos pressionaram um pouco mais o rosto dela, e dessa vez o beijo foi mais longo, mais profundo e emocionado.

Os lábios dela se afastaram levemente para receber os dele, sem que ela percebesse. Prendendo a respiração por alguns instantes, acabou soltando o ar, sua pulsação se acelerou ligeiramente quando os dentes dele mordiscaram seus lábios e sua língua envolveu a dela em uma dança lenta e sedutora.

Os dedos deles estavam firmemente unidos, e Phillip os apertou ainda mais, fazendo a mente de Sybill começar a se enevoar quando, finalmente, ele se afastou devagar.

— E o motivo deste beijo, qual foi?

— *Eu* estava precisando disso.

Os lábios dele roçaram os dela de leve, mais uma vez, antes que ela tivesse a presença de espírito de colocar a mão em seu peito. Mão, ela percebeu, que queria apertá-lo com força, segurando-o pela camisa fina e trazendo-o mais para perto dela, em vez de afastá-lo.

Mas ela o afastou. Era uma questão de simplesmente lidar com ele, lembrou a si mesma. Uma forma de permanecer no controle.

— Creio que, em matéria de aperitivo, isso foi realmente muito convidativo, mas acho que devíamos fazer o pedido.

— Conte o que há de errado com você hoje. — Ele queria saber, percebeu naquele momento. Queria ajudar, queria tirar as sombras que via naqueles olhos incrivelmente claros e fazê-los sorrir.

Phillip não esperava se sentir interessado nela em tão pouco tempo.

— Não há nada de errado.

— Claro que há... e não existe nada mais terapêutico do que despejar os problemas em cima de uma pessoa relativamente estranha.

— Tem razão. — Ela abriu o cardápio. — O problema é que a maioria das pessoas relativamente estranhas não está muito interessada nos pequenos problemas de alguém.

— Pois eu estou interessado em você.

Ela sorriu e desviou o olhar do *couvert*, olhando para ele.

— Você se sente atraído por mim — argumentou ela. — Isso nem sempre é a mesma coisa.

— Acho que estou interessado *e* atraído.

Tomando a mão dela, segurou-a com firmeza enquanto o vinho era trazido pelo garçom, que virou o rótulo na direção de Phillip para a sua confirmação. Esperando até uma pequena porção da bebida ser despejada em seu cálice para ser degustada, ele continuou a olhar para ela daquele modo firme que parecia excluir todo o resto do mundo à volta deles e que ela tanto apreciava nele. Levantou a taça e provou o vinho com atenção, ainda olhando para ela.

— Está perfeito. Você vai gostar — murmurou para ela, enquanto as taças eram servidas.

— Você tem razão — disse ela depois de provar. — Gostei muito.

— Posso lhes recomendar os especiais de hoje? — começou o garçom, com a voz animada. Enquanto recitava os pratos, eles continuaram imóveis, de mãos dadas e olhos grudados um no outro.

Sybill ouvia, no máximo, uma palavra de cada três que o garçom falava, mas não se importava com isso. Phillip tinha olhos incríveis, com tom de ouro velho, como os retratados em uma pintura que ela vira uma vez em Roma.

— Vou querer a salada mista como molho vinagrete e o peixe do dia, grelhado.

Ele continuava olhando para ela, com os lábios curvando-se levemente em um sorriso enquanto puxava a mão dela por sobre a mesa para beijar-lhe a palma.

— Vou querer o mesmo — anunciou ele. — Não temos pressa... Estou muito atraído — disse para Sybill, enquanto o garçom olhava para cima, saindo sem ser notado — e muito interessado também. Converse comigo.

— Certo. — Que mal faria?, perguntou a si mesma. Já que, mais cedo ou mais tarde, eles teriam de lidar um com o outro em um nível bem diferente, talvez as coisas se tornassem mais fáceis se tentassem se compreender agora. — Em minha família, sou a filha boa. — Divertida consigo mesma, sorriu de leve. — Obediente, respeitosa e respeitável, bem-educada, com boa formação acadêmica, bem-sucedida profissionalmente.

— Deve ser um fardo.

— Sim, às vezes é... Claro que sei que não deveria, intelectualmente, me deixar ser regida pelas expectativas dos meus pais a essa altura da vida.

— Porém — Phillip apertou-lhe os dedos com delicadeza —, você é. Todos nós somos.

— Você é?

Phillip pensou na noite em que se sentara à beira do cais sob o luar, tendo uma interessante conversa com o pai morto.

— Mais do que acreditava. De qualquer modo, no meu caso, os meus pais não me deram a vida. Eles me deram a vida *que levo*. *Esta* vida... No seu caso — considerou ele—, já que você é a filha boa, existe uma filha má?

— Minha irmã sempre foi uma pessoa difícil. Um desapontamento para meus pais. E quanto mais se desapontam com ela, mais esperam de mim.

— Você tem que ser perfeita.

— Exato, e não consigo isso. — Quis ser, pensou ela, tentei ser, mas não consegui. O que, é claro, equivalia a um fracasso. E como poderia ser de outro modo?, refletiu.

— Ser perfeito é muito chato — comentou Phillip —, além deixar a pessoa intimidada. Por que as pessoas precisam ser assim? Então, o que aconteceu? — perguntou ao vê-la franzir os olhos.

— Não foi nada importante, na verdade. Minha mãe está zangada comigo neste momento. Se eu ceder e fizer o que ela quer... bem, não posso. Simplesmente não consigo fazer isso.

— Então você está se sentindo culpada, triste e com remorsos?

— E com medo de que as coisas nunca mais voltem a ser como antes entre nós.

— Foi tão mau assim?

— Talvez — murmurou Sybill. — Sou muito grata por todas as oportunidades que eles me deram na vida, a estrutura que colocaram à minha disposição, a educação que me proporcionaram. Viajamos muito pelo mundo, conheci muitos lugares e culturas diferentes desde que era criança. Isso tem sido de um valor inestimável em meu trabalho.

Oportunidades, pensou Phillip. Estrutura, educação e viagens... ela não falara de amor, afeição, diversão. Será que ela percebera que havia descrito uma escola e não uma família?

— Onde você foi criada?

— Humm... aqui e ali... Nova York, Boston, Chicago, Paris, Milão, Londres. Meu pai dava palestras, prestava consultas e dava orientações. Ele é psiquiatra. Meus pais agora estão morando em Paris, uma cidade que sempre foi a minha favorita.

— Então é uma culpa a longa distância.

— É... — A observação a fez rir. Recostaram-se na cadeira enquanto as saladas eram servidas. Era estranho, mas ela se sentia um pouco melhor.

Ficava um pouco menos falso contar alguma coisa sobre si mesma. — E você? Foi criado aqui?

— Vim para cá quando tinha treze anos... quando os Quinn se tornaram meus pais.

— Se tornaram?

— É parte daquela longa história — disse e levantou a taça, estudando-a por sobre a borda de cristal. Normalmente, quando falava sobre aquele período da sua vida com uma mulher, contava uma versão cuidadosamente editada. Não exatamente uma mentira, mas um relato pouco detalhado de sua vida antes dos Quinn.

Estranhamente, sentiu a tentação de contar a Sybill a história completa, a verdade nua e crua, sem verniz. Hesitando, acabou por escolher um ponto entre os dois opostos.

— Cresci em Baltimore, na parte barra-pesada da cidade. Acabei me metendo em apuros, problemas sérios. Aos treze anos, já estava a caminho da delinquência. Os Quinn me ofereceram a oportunidade de mudar isso. Eles me assumiram e me trouxeram para St. Chris. Tornaram-se a minha família.

— Eles adotaram você. — Ela já possuía essa informação pelas pesquisas que realizara a respeito de Raymond Quinn. Mas não sabia o motivo.

— Sim. Eles já haviam adotado Cam e Ethan e arrumaram lugar para mais um. Eu não tornei as coisas nada fáceis a princípio, mas eles me mantiveram em casa. Jamais soube de uma vez sequer em que um dos dois tivesse fugido de um problema.

Lembrou-se do seu pai, muito ferido e morrendo em uma cama de hospital. Mesmo naquele momento, a preocupação de Ray foi com os filhos, com Seth. Com a família.

— Quando vi vocês juntos pela primeira vez — começou Sybill —, soube que eram irmãos. Não por semelhança física, mas por algo menos tangível. Diria que vocês três são um exemplo de quanto o ambiente pode contrabalançar a hereditariedade.

— Creio que somos, principalmente, um exemplo do que duas pessoas generosas e determinadas podem fazer por três meninos perdidos.

— E Seth? — perguntou ela, depois de tomar um gole de vinho para suavizar as palavras.

— Menino perdido número 4. Estamos tentando fazer por ele o que nossos pais teriam feito. O que nosso pai nos pediu para fazer em seu leito de morte. Minha mãe morrera vários anos antes. Aquilo nos deixou meio sem rumo, tanto a meu pai quanto a nós. Ela era uma mulher incrível! Acho que não dávamos o valor que ela merecia quando ainda a tínhamos.

— Pois eu acho que davam sim. — Comovida pelo tom da voz de Phillip, sorriu para ele. — Estou certa de que ela se sentia muito amada.

— Espero que sim. Depois que a perdemos, Cam foi embora para a Europa. Foi participar de corridas... barcos, carros, qualquer coisa. E se deu muito bem. Ethan ficou aqui. Comprou uma casa para si mesmo, mas não conseguiu se desligar da baía. Eu me mudei para Baltimore. Uma vez urbano... — acrescentou, com um sorriso curto.

— Em Baltimore, você mora em Inner Harbor.

— Exato. Mas vinha sempre para cá nas férias, em um ou outro fim de semana. Mas não era a mesma coisa.

— E você gostaria que fosse? — perguntou ela, com a cabeça meio de lado. Sybill ainda se lembrava da empolgação secreta que sentiu ao sair de casa para ir para a faculdade. Para ser ela mesma, sem ter cada movimento ou palavra pesado e julgado. Liberdade.

— Não, mas havia momentos, e ainda há, em que sinto falta do jeito que as coisas eram. Você nunca se lembra com saudade de algum verão perfeito do passado? Algum momento, como quando você completou dezesseis anos, acabou de tirar a carteira de motorista, a guarda com carinho no bolso e sente que o mundo é todo seu?

Ela riu, mas balançou a cabeça para os lados. Ela não tirara carteira de motorista aos dezesseis anos. Morava em Londres com os pais nessa época, lembrou naquele momento. Havia um motorista uniformizado para levá-la aos lugares aonde lhe era permitido ir, a não ser quando conseguia escapar e pegava o metrô. Esses haviam sido os seus pequenos atos de rebeldia.

— Rapazes de dezesseis anos — disse ela, enquanto os pratos de salada eram retirados e a entrada era servida — são muito mais emocionalmente envolvidos com seus carros do que as garotas dessa idade.

— É mais fácil para um rapaz conseguir uma garota se estiver motorizado.

— Tenho certeza de que você não teve nenhum problema nessa área, com ou sem carro.

— Mas é mais complicado transar no banco de trás até termos o próprio carro.

— Isso é verdade. E agora você voltou, e seus irmãos também.

— Sim. Meu pai adotou Seth sob circunstâncias complicadas e que ainda não foram completamente esclarecidas. A mãe de Seth... bem, você vai ouvir rumores por aí, se ficar pela cidade por mais algum tempo.

— Ah, é? — Sybill cortou o peixe, esperando conseguir engoli-lo.

— Meu pai ensinava Literatura no campus da Universidade de Maryland. Há pouco menos de um ano, uma mulher apareceu, procurando por ele. Foi um encontro particular, e por isso não sabemos dos detalhes. De qualquer modo, porém, não foi nada agradável. Ela foi até o reitor e acusou meu pai de assédio sexual.

O garfo de Sybill despencou no prato, com estrondo. Com o máximo de casualidade que conseguiu, tornou a pegá-lo.

— Isso deve ter sido muito difícil para ele... para todos vocês.

— Difícil não é bem a palavra mais adequada. Ela alegava ter sido aluna dele anos antes e o acusou de exigir que ela fizesse sexo com ele em troca de boas notas. Afirmou que ele a intimidara e teve um caso com ela.

Não, ela não conseguia engolir a comida, notou, apertando o garfo com tanta força que seus dedos começaram a doer.

— Então ela teve um caso com o seu pai? — perguntou, atônita.

— Não, simplesmente *alegou* que teve. Minha mãe ainda estava viva na época em que o caso teria ocorrido — disse ele baixinho, quase que para si mesmo. — Enfim, não havia nenhum registro dela como aluna da universidade. Meu pai lecionou naquele campus por mais de vinte e cinco anos, sem um deslize sequer que denotasse comportamento impróprio. Ela simplesmente tentou destruir a reputação dele... e deixou uma mancha.

É claro que não havia nem um pingo de verdade na acusação, pensou Sybill, sentindo-se arrasada. Aquele era um padrão de comportamento normal em Gloria. Acusar, destruir, fugir. Mas ela, Sybill, ainda tinha um papel a cumprir naquela história e perguntou:

— Mas por quê? Por que essa moça faria uma coisa dessas?

— Dinheiro.

— Não compreendo.

— Meu pai deu dinheiro a ela, muita grana por sinal. Por Seth. Ela *é* a mãe de Seth.

— Você está me dizendo que ela... que ela entregou o próprio filho por dinheiro? — Nem mesmo Gloria faria algo assim tão estarrecedor. Claro que não, nem mesmo Gloria. — Isso é difícil de acreditar.

— Nem todas as mães possuem instinto maternal. — Ele levantou um dos ombros. — Meu pai entregou um cheque de muitos milhares de dólares para Gloria DeLauter... esse é o nome dela. Em seguida, saiu da cidade por alguns dias e voltou trazendo Seth.

Sem dizer nada, Sybill pegou o copo com água e refrescou a garganta. *Ele veio e pegou Seth*, Gloria se lastimara com ela. *Eles estão com Seth. Você tem que me ajudar.*

— Alguns meses mais tarde — continuou Phillip —, ele retirou quase toda a sua poupança de uma vez só. Estava voltando de Baltimore quando sofreu um acidente. Não conseguiu sobreviver.

— Eu sinto muito... — murmurou baixinho, reconhecendo que as palavras eram inadequadas.

— Conseguiu resistir até Cam voltar da Europa. Pediu a nós três que cuidássemos de Seth, que o criássemos. Estamos fazendo todo o possível para cumprir essa promessa. Não posso negar que foi difícil no início — acrescentou, sorrindo de leve. — No entanto, posso garantir que jamais foi monótono. Voltar a morar aqui nos fins de semana e dar início à nossa fábrica de barcos até que não foi um mau negócio. E Cam ainda acabou arrumando uma esposa com essa história — completou, abrindo ainda mais o sorriso. —Anna é a assistente social responsável pelo caso de Seth.

— Sério? Mas então eles não se conheciam há muito tempo quando se casaram...

— Acho que quando o coração é atingido, não tem jeito. O tempo não é um fator determinante nisso.

Ela sempre achara que o tempo de contato tinha uma importância vital no casamento. Para ser bem-sucedido, um casamento exigia planejamento, dedicação e um sólido conhecimento mútuo dos parceiros, a fim de garantir a compatibilidade entre eles e o alcance dos objetivos de cada um.

Por outro lado, aquela parte da dinâmica da família Quinn não era da sua conta.

— Essa é uma história e tanto! — comentou. Quanto daquilo tudo era verdade?, perguntou a si mesma com o coração arrasado. Quanto daquilo tudo fora distorcido? Será que ela conseguiria acreditar que a irmã vendera o próprio filho?

Talvez a verdade estivesse em algum lugar entre os dois extremos, decidiu. A versão real geralmente ficava em algum ponto entre dois lados opostos.

Phillip não sabia de nada, disso ela tinha certeza agora. Não tinha a menor ideia do que Gloria representara para Raymond Quinn. Quando aquele fato simples fosse adicionado à mistura, até que ponto modificaria todo o resto?

— Até agora, as coisas têm funcionado — comentou Phillip. — O garoto está feliz. Mais alguns meses e a guarda definitiva será definida pela Justiça. Além do mais, essa história de ser o irmão mais velho, pela primeira vez na vida, tem suas vantagens. Agora, eu tenho alguém em quem posso mandar — brincou.

Ela precisava pensar. Tinha que colocar a emoção de lado e meditar sobre o assunto. Primeiro, porém, tinha de levar a noite até o fim.

— Como ele se sente a respeito de tudo isso? — perguntou Sybill.

— É um acerto perfeito. Ele pode encher o saco de Cam ou de Ethan, reclamando de mim, ou reclamar deles comigo. E sabe bem como fazer esse jogo. Seth é incrivelmente esperto. Fizeram uns testes de nivelamento com ele assim que meu pai o matriculou na escola. O garoto praticamente gabaritou tudo. E sabe o que aconteceu com o boletim dele no fim do ano letivo? Conceitos A de ponta a ponta!

— É mesmo? — E se pegou sorrindo. — Você está orgulhoso dele.

— Claro. E de mim também. Fui eu que acabei sendo convocado para ser o monitor dos seus deveres de casa. Até pouco tempo, havia me esquecido completamente do quanto detesto frações. Agora que já lhe contei minha longa história, por que não me conta o que achou de St. Chris?

— Bem, eu acabei de chegar.

— Isso quer dizer que vai ficar por mais algum tempo ainda?

— Sim. Algum tempo.

— Não dá para julgar uma cidade que fica à beira do mar, a não ser passando algum tempo dentro d'água. Por que não sai comigo para velejar um pouco amanhã?

— Você não tem que voltar para Baltimore?

— Só na segunda.

Ela hesitou por um instante. Então, lembrou a si mesma que aquele era exatamente o motivo de ela estar ali. Se estava disposta a descobrir a verdade, não podia recuar agora.

— Gostaria muito, então. Só não posso garantir que tipo de marinheira vou me revelar.

— Vamos descobrir. Eu a pego no hotel. Entre dez e dez e meia?

— Para mim está ótimo. Todos vocês velejam, imagino.

— Sim, até os cães — disse e riu ao ver a cara de assustada dela. — Não se preocupe, não vamos levá-los conosco.

— Não tenho medo deles, apenas não estou acostumada.

— Nunca teve um animal de estimação?

— Não.

— Nem um gato?

— Não.

— Um peixinho dourado?

— Não. — E riu, balançando a cabeça para os lados. — Vivíamos nos mudando de um lado para outro. Certa vez, tive uma colega de escola, em Boston, cuja cadelinha teve filhotes. Eram lindos... — Estranho ter pensado nisso naquele momento, avaliou. Ela queria desesperadamente ficar com um dos cãezinhos.

Foi impossível, é claro. A mobília era antiga, havia sempre convidados importantes e obrigações sociais. *Nem pensar!*, dissera sua mãe. E não se falou mais no assunto.

— Agora, não posso ter animais porque também vivo me mudando. Não é prático.

— Em qual lugar você mais gostou de morar? — perguntou ele.

— Sou flexível. Aonde quer que eu chegue e me sinta bem, fico, até ir para outro lugar.

— Então, nesse momento, esse lugar é St. Chris.

— Pelo jeito, sim. É um lugar interessante. — Olhou ao longe pela janela, onde a lua que surgia cintilava em mil pontos sobre a água. — O ritmo é lento, mas a vida não parece estagnada. O astral muda, e o tempo também muda. Apesar de ter chegado há poucos dias, já consigo identificar os moradores e os turistas. Os pescadores são os mais fáceis de identificar, pois são diferentes de todos.

— Como?

— Como? — Distraída, ela lançou-lhe um olhar de volta.

— Como consegue identificar um pescador entre outras pessoas?

— Observações básicas apenas. Da minha janela no hotel, dá para ver o cais do porto. Os turistas chegam em duplas ou, muitas vezes, em família, raramente vem alguém sozinho. Eles vagam por ali ou fazem compras. Alugam um barco. Interagem uns com os outros dentro do grupo. Sentem-se fora do seu meio habitual. Quase todos carregam câmeras, mapas, talvez um binóculo. A maioria dos moradores tem um propósito para estar ali. Um trabalho, uma incumbência. Param ocasionalmente para cumprimentar um vizinho. Dá para vê-los voltar à sua rotina depois que a conversa acaba.

— Por que fica observando as pessoas pela janela?

— Não compreendi a pergunta.

— Por que não desce para se juntar a elas, na beira da água?

— Já fiz isso. Só que o estudo é mais puro quando o observador não faz parte da cena.

— Acho que você conseguiria dados mais variados e pessoais se estivesse no meio do povo. — Olhou para cima quando o garçom chegou para completar suas taças e oferecer-lhes a sobremesa.

— Para mim, apenas café — informou Sybill. — Descafeinado.

— O mesmo para mim. — Phillip se inclinou em direção a ela. — Lembrei-me de uma passagem em seu livro, quando você fala de isolamento como técnica de sobrevivência, com o exemplo de uma pessoa que é vista deitada na calçada. Como as pessoas desviam o olhar e caminham ao largo. Alguns hesitam, antes de seguir adiante, quase correndo.

— Um caso de não envolvimento. Desassociação.

— Exato. Uma pessoa, porém, pode, finalmente, parar para tentar ajudar. Depois que alguém para e quebra o isolamento, outros começam a fazer o mesmo.

— Depois que o isolamento é rompido, torna-se mais fácil, até mesmo necessário, para os outros se juntarem ao grupo. O primeiro passo é o mais difícil. Conduzi estudos semelhantes em Nova York, Londres e Budapeste, todos com resultados idênticos. É uma técnica de sobrevivência urbana usual evitar contato olho no olho pelas ruas e tirar os mendigos do campo de visão.

— O que torna aquela primeira pessoa que para a fim de ajudar diferente das outras?

— Seus instintos de sobrevivência não são tão aguçados quanto a compaixão. Ou, então, o botão que os faz tomar uma atitude por impulso é mais fácil de apertar.

— Sim, isso pode ser... mas elas também se envolvem mais. Não estão apenas passando por ali, não estão só circulando. Estão envolvidas.

— E você acha que, pelo fato de estar observando, eu não me envolvo?

— Não sei. Mas acho que observar à distância não é nem de longe mais gratificante do que viver a experiência de perto.

Ele se aproximou mais dela, ignorando o garçom que servia o café com todo o cuidado, e falou:

— Você é uma cientista. Faz experiências. Por que não dá uma chance a si mesma e faz uma experiência... comigo?

Ela olhou para a mesa e viu a ponta de seu dedo brincar com os dela. E sentiu o lento calor de uma resposta agitar-se em seu sangue.

— Esta é uma forma totalmente nova, ainda que indireta, de sugerir que eu durma com você.

— Na verdade, não foi o que insinuei. No entanto, se a resposta for sim, estou totalmente de acordo. — Lançou-lhe um sorriso quando a viu desviar os olhos de volta para ele, com ar cansado. — O que ia sugerir é que a gente desse um passeio pela beira do cais quando acabássemos de tomar o café. Se preferir dormir comigo, no entanto, podemos estar em seu quarto de hotel em, deixe-me ver, cinco minutos, estourando...

Sybill não se esquivou quando o rosto dele abaixou em sua direção e seus lábios escorregaram suavemente até se encaixarem de forma adorável nos dela. O sabor dele era bom, e trazia uma leve promessa de calor. Se ela quisesse... e ela queria. Ficou surpresa ao sentir o quanto queria, naquele exato momento, a luz dele e o seu calor, uma carência que poderia suplantar a tensão que borbulhava dentro dela, a preocupação, as dúvidas.

Ela, porém, tinha uma vida inteira de treinamento quando se tratava de negar algo a si mesma, e, naquele instante, colocou a mão de leve sobre o peito dele, para terminar o beijo e afastar a tentação.

— Acho que uma volta à beira do cais seria muito agradável.

— Então, vamos caminhar.

Ele queria mais. Phillip disse a si mesmo que já deveria saber que sentir os sabores dela só serviria para aguçar-lhe as carências. Mas não esperava que essa necessidade de tê-la fosse tão aguda, tão ansiosa. Talvez parte disso fosse puro ego, refletiu, enquanto tomava a mão dela para passearem ao longo do cais. Sua resposta havia sido tão fria e controlada. Ficou imaginando como seria despi-la de todo aquele intelecto, camada por camada, e encontrar a mulher por baixo de tudo. Penetrar até o nível da emoção pura e do instinto.

Quase riu de si mesmo. Ego, ora veja. Pelo que vira até ali, uma resposta formal e levemente distante era precisamente o que a Dra. Sybill Griffin tencionava oferecer-lhe.

Se fosse realmente assim, aquilo a tornaria um desafio ao qual ele iria achar muito difícil resistir.

— Já entendi por que o bar do Shiney é um lugar tão popular — comentou ela, olhando para ele de lado. — Não são nem nove e meia da noite, as lojas já estão todas fechadas e os barcos ancorados. Algumas pessoas estão passeando, mas a maioria da população já está em casa, recolhida para passar a noite.

— Durante o verão, o movimento é maior. Não muito, mas é mais agitado. Está esfriando. Você está bem agasalhada?

— Humm... estou. Uma brisa gostosa está soprando. — Ela parou para olhar os mastros dos barcos que se moviam. — Seu barco fica ancorado aqui?

— Não. Temos um cais nos fundos de casa. Aquele ali é o barco de pesca do Ethan.

— Onde?

— Ali. É o único desse porte em St. Chris. Em toda a baía de Chesapeake não deve haver mais de vinte como o barco dele. Olhe, bem ali, aquele com um mastro só, bem alto.

Para seus olhos destreinados, um barco a vela parecia exatamente igual a outro. O tamanho variava, é claro, e o luxo, mas, essencialmente, eram todos barcos.

— Como se diferencia um barco de pesca de um veleiro?

— Bem, o barco de pesca típico desta região foi uma evolução das antigas embarcações de fundo chato, os velhos esquifes feitos para pegar caranguejos. — Puxou-a mais para perto dele enquanto falava. Com o tempo, foram aumentando de tamanho e projetados com um casco em forma de "V". Eram construídos com facilidade, usando material barato.

— Então os homens saem para pegar caranguejos neles.

— Não. Atualmente, quase todos os pescadores usam barcos a motor para pegar caranguejos. O antigo barco de pesca é usado agora para pegar ostras. Há muito tempo, no início dos anos 1800, foi aprovada uma lei em Maryland determinando que apenas barcos movidos a vela poderiam pegar ostras.

— Conservação ambiental?

— Exato. O barco de pesca surgiu a partir daí, e ainda sobrevive. Mas não há muitos deles. Também não sobraram muitas ostras.

— O seu irmão ainda o usa?

— Sim. É um trabalho miserável, frio, difícil e frustrante.

— Você parece falar por experiência própria.

— Já trabalhei algum tempo com esse barco. — Phillip parou junto da proa da embarcação e colocou o braço em volta da cintura de Sybill. — Saí muito para o mar em pleno mês de fevereiro, com o vento gelado e cortante atravessando os meus ossos e o barco cavalgando as ondas altas de uma tempestade de inverno. Com tudo e por tudo, prefiro estar em Baltimore.

Ela deu uma risada, avaliando o barco. Parecia velho e rude, como uma peça vinda do passado.

— Mesmo sem jamais ter colocado os pés nele, vou concordar com você. Afinal, por que você cavalgava as ondas altas de uma tempestade de inverno em vez de estar em Baltimore?

— Não sei. Só sei que levava a maior surra do barco.

— Espero que não seja esse o barco no qual vamos velejar amanhã.

— Não. Vamos em uma maravilhosa e equipada corveta para passeios de lazer. Você sabe nadar?

— Essa pergunta é uma indicação de suas habilidades para velejar? — Ela ergueu uma das sobrancelhas.

— Não, só uma sugestão. A água está um pouco fria, mas não tão fria a ponto de não permitir um mergulho, se você quiser.

— Não trouxe roupas de banho na bagagem.

— E isso significa...

Ela riu e recomeçou a caminhar.

— Significa que eu acho um passeio de veleiro o bastante para um dia. Tenho algum trabalho que gostaria de terminar ainda hoje à noite. Adorei o jantar.

— Eu também. Vou acompanhá-la até o hotel.

— Não há necessidade. Fica logo ali na esquina.

— Mesmo assim.

Ela não discutiu, mas não tinha intenção de deixar que ele a levasse até a porta ou tentasse entrar em sua suíte. Considerando tudo, achou que estava conseguindo lidar com ele muito bem, apesar da situação difícil e confusa. Voltar para o hotel cedo, refletiu, ia lhe dar tempo para ordenar seus pensamentos e sentimentos antes de tornar a vê-lo no dia seguinte.

E já que o veleiro estava ancorado no cais da sua casa, havia grandes probabilidades de rever Seth também.

— Eu desço para esperar por você aqui embaixo, amanhã de manhã — disse ela, parando a poucos metros da entrada do hotel. — Dez e pouco?

— Está ótimo.

— Há alguma coisa que eu deva levar para o passeio? Além do remédio contra enjoo?

— Deixe que eu cuido disso. — Ele lançou-lhe um sorriso. — Durma bem.

— Você também.

Ela se preparou para o ritual descontraído e esperado do beijo de despedida. Seus lábios estavam macios e comportados. Satisfeita com isso, ela conseguiu relaxar e começou a se afastar.

Então a mão dele apertou-lhe a nuca com firmeza, sua cabeça mudou de ângulo e, em um momento incerto, o beijo se tornou quente, selvagem e ameaçador. A mão que ela colocara em seu ombro encurvou-se, formando uma bola, agarrando-o pelo paletó e tentando manter o equilíbrio, enquanto o chão parecia desaparecer sob seus pés. Sua mente esvaziou-se e sua pulsação saltou, parecendo rugir dentro das artérias, invadindo sua cabeça e fazendo tudo rodar.

Alguém soltou um gemido baixo, longo e profundo.

O beijo deve ter durado segundos, mas foi tão chocante e abrasador quanto conhaque puro. Ele viu a excitação assustada em seus olhos quando ela os abriu e os fixou nele. E sentiu a necessidade básica que enterrava suas garras dentro dele e o levava a um novo nível de carência.

Dessa vez, ela não reagira ao beijo de forma fria e controlada, decidiu. Ele conseguira penetrar em uma camada mais funda, avaliou, e passou o polegar de leve ao longo de seu maxilar.

— Vejo você de manhã.

— Sim. Boa noite. — Ela se recuperou depressa e enviou-lhe um beijo antes de se virar. Mas colocou a mão trêmula sobre o estômago que se retorcia assim que entrou na recepção do hotel.

Ela calculara mal, admitiu, lutando para respirar de forma compassada e lenta enquanto caminhava em direção ao elevador. Ele não era tão suave, educado e inofensivo como parecia à primeira vista.

Havia algo muito mais primitivo e muito mais perigoso dentro daquela embalagem atraente.

E o que quer que fosse, sentiu que era alguma coisa cativante e irresistível demais para o bem dela.

Capítulo Seis

Aquilo era como andar de bicicleta. Ou fazer sexo, avaliou Phillip enquanto mudava de direção e ziguezagueava através do leve tráfego na baía, em direção a uma brecha disponível em frente ao cais. Já fazia algum tempo desde que velejara sozinho pela última vez, mas ele não se esquecera dos macetes. O que não se lembrava era da deliciosa sensação de estar sobre as ondas em uma manhã de domingo cheia de vento, com o sol quente, a água azul e os fortes guinchos das gaivotas ecoando no ar.

Tinha de haver um jeito de ele encaixar tempo em sua vida para pequenos prazeres. Já que aquele era o primeiro dia inteiro de folga que tirava em mais de dois meses, pretendia aproveitá-lo ao máximo.

Certamente, pretendia curtir tudo o que tinha direito nas poucas horas em que ia velejar pela baía em companhia da fascinante Dra. Griffin.

Olhou para a fachada do hotel, tentando imaginar qual daquelas janelas era a dela. Pelo que lhe contara, o seu quarto ficava de frente para o mar, e isso lhe dava uma boa visão da vida que pulsava lá embaixo e bastante distância para suas pesquisas.

Foi quando a viu em pé sobre uma estreita varanda, com os cabelos castanhos brilhantes e sedosos, um halo dourado em volta da cabeça, produzido pelo reflexo do sol, e o rosto com ar inalcançável, embora impossível de avaliar devidamente daquela distância.

Não tão inalcançável de perto, pensou, revivendo em sua mente o beijo ardente da noite anterior. Não, não houve nada ausente naquele gemido longo e gutural, nada distante no tremor súbito e forte de seu corpo contra o dele. Aquele chamado instintivo e involuntário de sangue clamando por sangue.

Seus olhos azuis, tão claros quanto a água, não estavam frios nem se mostraram intrigantemente longínquos no instante em que afastara a boca dos lábios dela e olhara bem no fundo deles. Em vez disso, eles lhe pareceram um pouco enevoados, ligeiramente confusos. E ainda mais fascinantes.

Phillip não conseguira tirar o sabor de Sybill de seus lábios, nem quando voltara para casa dirigindo, nem durante toda a noite, nem agora, vendo-a mais uma vez. E sabendo que ela estava ali em pé, observando-o também.

O que está analisando em mim, Dra. Griffin? E o que pretende fazer a respeito?

Phillip lançou-lhe um sorriso curto, luminoso, e acenou com vontade para fazê-la ver que já a notara. Então, desviou a atenção dela e manobrou o barco para aportar.

Suas sobrancelhas se levantaram ao ver Seth sobre o cais, à espera das cordas para amarrar o barco.

— O que está fazendo aqui? — perguntou Phillip.

Com muita habilidade, Seth amarrou o barco, dando um nó em volta da estaca e reclamando:

— Vim aqui bancar o empregadinho, para variar. — Havia um tom de desagrado em sua voz, mas Seth teve de fazer um esforço para parecer chateado. — Eles estão no galpão e me mandaram aqui no cais para comprar rosquinhas.

— Ah, é? — Phillip pulou com agilidade sobre o cais. — Aquilo entope as artérias.

— Gente normal não come casca de árvore no café da manhã — zombou Seth. — Só você.

— É verdade. Só que eu ainda vou estar com uma aparência jovem e bonitão como sempre daqui a alguns anos, e você vai ser um velho todo encarquilhado e asmático.

— Pode ser, mas vou ter me divertido muito mais.

— Isso depende da sua definição de diversão, meu chapa. — Phillip pegou o boné de Seth e o arrancou, batendo com ele de leve na cabeça do menino.

— Aposto que a sua é cutucar com vara curta para transar com garotas que vieram da cidade grande.

— Essa é uma das minhas diversões, sim. Outra é atormentar você na hora dos deveres de casa. Já terminou de ler *Johnny Tremaine* para a aula de Literatura?

— Já, já, já! — Seth levantou os olhos para o céu, parecendo entediado. — Cara, você nunca tira um dia de folga?

— Que ingratidão falar isso quando sabe que minha vida é dedicada a você. — Riu ao ver a cara de deboche de Seth. — Então, o que achou do livro?

— Legalzinho. — Então levantou um dos ombros, um movimento típico dos Quinn. — Na verdade, gostei muito!

— Então vamos fazer algumas anotações logo mais para o relatório oral que você vai ter que fazer na escola.

— Domingo à noite é o meu momento favorito de toda a semana — informou Seth. — Significa que você está indo embora para Baltimore e não vai aparecer por quatro dias.

— Ah, qual é? Você sabe que sente saudade de mim.

— É ruim, hein?

— Fica contando as horas até eu chegar em casa.

— Eu, hein! — Seth mal conseguiu reprimir o sorriso. Depois, acabou caindo na risada quando Phillip o agarrou pela cintura, simulando uma luta.

Sybill ouviu os sons vibrantes e felizes que o menino emitia enquanto caminhava em direção a eles. Viu o sorriso largo estampado no rosto de Seth. Seu coração deu um salto lento e doloroso. O que ela estava fazendo ali? O que esperava conseguir, afinal?

E como poderia ir embora sem descobrir tudo?

— Bom dia.

Distraído por sua voz, Phillip olhou para cima, baixando a guarda, e isso foi o suficiente para que o cotovelo de Seth atingisse o seu estômago. Soltando um urro, enlaçou o menino pelo pescoço e obrigou-o a se abaixar, dizendo:

— Agora, vou ter que dar uma escovada bem dada em você! — ameaçou com um tom teatral. — Mas só quando não houver testemunhas.

— Vá sonhando! — Vermelho de empolgação e prazer, Seth ajeitou o boné de volta na cabeça com todo o cuidado e fingiu desinteresse: — Bem, a brincadeira está boa, mas alguns de nós precisam trabalhar.

— E outros não — zoou Phillip.

— Eu pensei que você fosse velejar conosco — disse Sybill a Seth. — Gostaria de ir?

— Não posso, sou apenas um escravo. — Seth olhou com ar sonhador para o barco e encolheu os ombros. — Temos um casco para terminar. Além do mais, o galãzinho aqui provavelmente vai fazer o barco virar mesmo.

— Pentelho metido a engraçado! — Phillip tentou agarrá-lo, mas Seth se esquivou, dançando de lado, e se colocou fora de alcance.

— Espero que ela saiba nadar! — gritou de longe e saiu correndo.

Quando Phillip tornou a olhar para Sybill, ela estava mordendo o lábio inferior.

— Eu *não vou* fazer esse barco virar!

— Bem... — Sybill lançou um olhar em direção ao barco. Ele parecia terrivelmente pequeno e frágil. — Eu sei nadar, então imagino que tudo vai dar certo.

— Puxa vida! A peste do garoto aparece aqui por dois minutos e mancha a minha reputação por completo. Eu navego há mais tempo do que aquele fedelho tem de vida, sabia?

— Não fique bravo com ele.

— Hein?

— Por favor, não se zangue assim com ele. Estou certa de que ele estava apenas brincando. Não quis ser desrespeitoso com você.

Phillip parou e olhou para ela. Ela, na verdade, estava pálida e sua mão torcia, de nervoso, o fino cordão de ouro que trazia ao pescoço. Havia um desespero agudo e muita preocupação em sua voz.

— Sybill, eu não estou bravo com ele. Estávamos só zoando um ao outro. Relaxe! — Perplexo com a reação dela, ele acariciou de leve seu maxilar com as costas da mão. — Atazanar um ao outro é apenas o jeito masculino de demonstrar afeto.

— Ah, é? — Ela não tinha certeza de se o que sentiu foi embaraço ou alívio. — Acho que isso prova que eu não tenho irmãos.

— Se tivesse, teria sido tarefa deles transformar a sua vida em um verdadeiro inferno. — Ele se inclinou, tocando os lábios dela de leve com os dele. — É uma tradição.

Entrando no barco, ele estendeu-lhe a mão. Depois de uma hesitação quase imperceptível, ela se deixou ser levada.

— Seja bem-vinda a bordo.

O deque balançou ligeiramente sob seus pés. Ela tentou ignorar aquilo agradecendo:

— Obrigada. Há alguma tarefa para mim?

— Por enquanto, simplesmente sente-se ali, relaxe e curta o passeio.

— Acho que isso eu consigo fazer.

Pelo menos, esperava que sim. Sentando-se em um dos bancos acolchoados de plástico, Sybill apertou as bordas com força enquanto ele tornava a sair, a fim de desamarrar as cordas. Seria bom, garantiu a si mesma. Tudo ia dar certo.

Afinal, ela já não o vira velejar e aportar nas docas, no cais ou seja lá como chamam aquilo? Ele parecera muito competente. Até um pouco exibido, decidiu, pelo jeito como vasculhou com os olhos todas as janelas do hotel até vê-la parada na varanda.

Havia algo tolamente romântico naquele gesto, pensava agora. O modo como ele velejara através da água salpicada de reflexos do sol, em busca dela para, finalmente, encontrá-la. Então vieram o riso curto e o aceno. Se sua pulsação se acelerara um pouco, era uma reação humana bem compreensível.

Ele estava um gato, na verdade. Os jeans desbotados, a camiseta tão branca quanto as velas, enfiada por dentro das calças, os cabelos castanhos e os braços com músculos bem torneados e muito bronzeados. Que mulher não sentiria um friozinho na barriga de emoção diante da perspectiva de passar algumas horas a sós com um homem tão lindo quanto Phillip Quinn?

E que sabia beijar tão bem quanto Phillip Quinn?

Apesar disso, prometera a si mesma que não iria enfatizar nem valorizar aquele seu talento em particular. Ele já lhe mostrara o bastante das suas habilidades amorosas na noite anterior.

Agora, com as velas recolhidas, ele movia o barco suavemente para longe das docas. Sybill sentiu-se um pouco mais segura ao ouvir o ruído grave do motor. Não era tão diferente do motor de um carro, afinal, refletiu. Simplesmente aquele veículo se movimentava sobre a água.

E eles também não estavam exatamente sozinhos. Suas mãos relaxaram um pouco e soltaram a ponta do banco ao observar outros barcos que singravam as águas, deslizando suavemente. Viu um menino que devia ter a idade de Seth enfiado em um bote minúsculo em companhia apenas de uma vela triangular vermelha. Se aquela era uma atividade considerada segura para crianças, ela certamente conseguiria lidar com as coisas.

— Levantando as velas!

— O que disse? — perguntou em tom distraído, virando a cabeça e sorrindo para Phillip.

— Observe.

Ele se movia com familiaridade e leveza sobre o deque, trabalhando com o cordame. Então, subitamente, as velas se abriram, fustigadas pelo vento, que as encheu de todo. Seu coração pareceu pular uma batida e se desmontar, e seus dedos apertaram a ponta do banco com mais força.

Não, ela se enganara, percebia naquele instante. Aquilo não era nem um pouco como andar de carro. Era algo primitivo, lindo e eletrizante. O barco já não parecia pequeno nem frágil, e sim poderoso, ligeiramente perigoso... e de tirar o fôlego.

Muito parecido com o homem que lhe servia de capitão.

— Elas são lindas vistas aqui de baixo. — Embora continuasse com as mãos firmemente agarradas à ponta do banco, olhou para trás e sorriu para Phillip. —As velas sempre me parecem lindas quando eu as vejo da janela. Mas são ainda mais bonitas vistas daqui.

— Você está sentada — comentou Phillip, enquanto assumia o leme. — Está curtindo também, mas acho que não está relaxada.

— Ainda não... mas eu chego lá! — Virou o rosto em direção ao vento, que embaraçou e afrouxou-lhe os cabelos, tentando soltá-los do elástico que os prendia. — Para onde estamos indo?

— Nenhum lugar em particular.

— Puxa, eu raramente tenho oportunidade de ir lá. — Seu sorriso se abriu, tornando-se mais caloroso.

Ela ainda não sorrira para ele daquele jeito, reparou Phillip. Sem pensar, sem refletir. Provavelmente, nem se dava conta do quanto aquele sorriso fácil e leve transformava sua beleza distante e fria em algo mais suave, mais alcançável. Com vontade de tocá-la, estendeu-lhe a mão.

— Venha até aqui para dar uma olhada na vista.

— Eu? Ficar em pé? — O sorriso desapareceu.

— Claro. O mar está bem calmo. Estamos deslizando...

— Ficar em pé... — repetiu, dando a cada palavra um significado específico. — E caminhar até aí. Em cima do barco.

— São só dois passos — Phillip não conseguiu segurar o riso. — Você não vai querer ficar aí parada o tempo todo, vai?

— Na verdade, vou. — Seus olhos se arregalaram ao vê-lo largar o leme. — Não, não faça isso! — E reprimiu um grito ao vê-lo rir e pegá-la pela mão. Antes que conseguisse se prender melhor ao banco, ele já a colocara em pé. Sem equilíbrio, ela caiu sobre ele e segurou-se nele com firmeza por instinto, com horror.

— Essa nem eu teria planejado melhor... — murmurou ele e, ainda a segurando, deu um passo para trás na direção do leme. — Gosto quando consigo chegar perto o bastante para sentir seu cheiro. Um homem tem que estar quase colado em você para isso. — Virou a cabeça, roçando os lábios em seu pescoço.

— Pare! — Arrepios e medo percorreram todo o seu corpo. — Preste mais atenção!

— Olhe, pode acreditar — seus dentes pegaram o lóbulo de sua orelha e começaram a mordiscá-lo —, estou prestando toda a atenção.

— Ao barco! Preste atenção ao barco!

— Ah, sim! — Mas manteve um dos braços ao redor da cintura dela. — Olhe ali na proa, um pouco a bombordo. À esquerda — explicou. — Aquela pequena agitação na água que vai até a parte pantanosa. Ali dá para ver garças e perus selvagens.

— Onde?

— Às vezes, é preciso entrar no canal para poder vê-los. Mas dá para perceber sinais deles de vez em quando. As garças ficam paradas feito estátuas no meio da vegetação, que fica acima da linha-d'água, ou levantam voo a partir dali. Os perus também aparecem, sacudindo a cabeça até conseguirem sair do meio das árvores.

Ela queria ver, descobriu naquele instante. Esperava poder ver.

— Daqui a um mês, vamos ter gansos selvagens passando por aqui. Do ponto de vista deles, toda essa região não deve parecer muito diferente dos Everglades, na Flórida.

O coração dela ainda estava pulando, mas ela inspirou bem devagar e soltou o ar com força, perguntando:

— Por quê?

— Pelo pantanal. Fica muito longe das praias de mar aberto para os especuladores imobiliários se interessarem. E é basicamente um território intocado. Apenas uma das vantagens da baía de Chesapeake, e um dos fatores que a transformam em um imenso estuário. Melhor para os pescadores, diga-se de passagem, que os fiordes da Noruega.

— Por quê? — tornou a perguntar ela, inspirando e expirando.

— Porque aqui a água não é tão funda, para começar. Um bom estuário precisa ser relativamente raso para que o sol possa nutrir as plantas aquáticas, o plâncton. Por outro lado, temos o terreno pantanoso, o pantanal. Ele acrescenta os riachos e canais formados pelas marés, forma enseadas. Veja ali... — disse e roçou os lábios sobre sua cabeça, beijando-a. — Agora, você está começando a relaxar.

Com alguma surpresa, ela notou que não estava simplesmente começando a relaxar. Já estava relaxada.

— Então você estava apelando para a mente da cientista.

— Serviu para te acalmar.

— Sim, e funcionou. — Estranho, pensou ela, que ele tivesse aprendido tão depressa quais botões apertar para lidar com ela. — Acho que ainda não dá para conseguir minhas barbatanas de sereia, mas é uma vista linda. Tudo tão verde. — Viu passar imensas árvores com muitas folhas e notou os bolsões de sombra que elas faziam na vegetação que surgia da água. A seguir, passaram por estacas que exibiam em suas pontas ninhos imensos e desarrumados. — Que pássaros construíram aquilo?

— Águias-pescadoras. São especialistas nas técnicas de dissociação sobre as quais conversamos. São predadoras, mas você pode velejar bem ao lado de uma delas quando ela está sentadinha em seu ninho, e ela vai olhar em volta com toda a calma, como se você nem existisse.

— Instinto de sobrevivência — murmurou. Ela gostaria de ver isso também. Uma águia-pescadora arrumando o seu imenso ninho circular e ignorando por completo os humanos.

— Está vendo aquelas boias laranjas? São locais de armadilha para pegar caranguejos. Está vendo aquele barco pesqueiro baixando no mar um punhado de restos e entranhas de peixe? Ele está indo verificar as armações para esvaziá-las e recolocar as iscas. Agora, olhe ali, a estibordo.

— Virou a cabeça dela para a direita. — Está vendo aquele pequeno barco com motor de popa? Pelo jeito, eles estão tentando pegar um bagre para o jantar de domingo.

— É um lugar movimentado — comentou ela. — Não imaginava que acontecia tanta coisa por aqui.

— Em cima e embaixo d'água.

Phillip ajustou as velas e, adernando de leve, circulou uma espessa fila de árvores que se debruçavam sobre o canal a partir da margem. Ao deixar as árvores para trás, uma estreita doca apareceu. Por trás dela, havia um gramado inclinado e vários canteiros de flores que começavam a perder o viço que exibiram no verão. A casa era simples, toda branca, com as molduras das janelas e detalhes azuis. Uma cadeira de balanço estava na larga varanda coberta dos fundos e crisântemos cor de bronze saíam de um velho vaso de barro.

Sybill conseguiu ouvir as notas leves que saíam pela janela e flutuavam no ar. Chopin, reconheceu, depois de um instante.

— Que lugar charmoso. — Virou a cabeça meio de lado, mudando os pés de posição para manter a casa em seu campo de visão. — Tudo o que ela precisa é de um cão, duas crianças brincando com uma bola e um balanço feito com um pneu velho.

— Nós éramos muito velhos para balanços feitos com pneus, mas sempre tivemos um cachorro. Essa é a nossa casa — disse-lhe ele, passando a mão, distraído, pelo seu longo e liso rabo de cavalo.

— A casa de vocês? — Esticou o pescoço, tentando ver mais. A casa onde Seth morava, pensou, atingida de súbito por um monte de emoções conflitantes.

— Já passamos muito tempo atirando bolas para os cães ou jogando um ao outro na água ali naquele quintal. Mais tarde, podemos voltar aqui para você conhecer o resto da família.

— Gostaria muito disso. — Ela fechou os olhos e sufocou a culpa.

Ele já estava com um lugar na cabeça. A calma enseada com suas marolas e recantos à sombra era um lugar perfeito para um piquenique romântico. Lançou âncora onde as plantas aquáticas brilhavam mais, e o céu parecia uma abóbada em tom forte de azul outonal.

— Pelo visto, minhas pesquisas a respeito desta região estavam incompletas.

— É? — Phillip abriu um isopor e pegou uma garrafa de vinho.
— Encontrei um lugar cheio de surpresas.
— Surpresas boas, espero.
— Muito boas. Ótimas! — Ela sorriu, levantando a sobrancelha ao notar o rótulo do vinho que Phillip estava abrindo. — Ótimas mesmo...
— Você me parece o tipo de mulher que sabe apreciar um Sancerre seco.
— Você é muito perspicaz.
— Sou mesmo. — De uma imensa cesta ele tirou duas taças e serviu o vinho. — Brindemos às surpresas agradáveis — disse, batendo com a taça contra o dela.
— Ainda há outras?
— Nós mal começamos. — Ele tomou-lhe a mão e beijou seus dedos. Colocando a bebida de lado, desdobrou uma toalha branca e a estendeu sobre o deque. — Sua mesa está pronta.
— Ah... — Satisfeita com tudo aquilo, ela se sentou, colocou a mão acima dos olhos para protegê-los do sol e sorriu para ele. — Qual é o prato do dia?
— Como entrada, um pouco de patê para estimular o apetite. — E para demonstrar, abriu um pequeno recipiente e tirou uma embalagem de biscoitos de trigo granulado. Passou uma camada de patê sobre um deles e o levou até os lábios dela.
— Humm... — concordou ela com a cabeça, após dar uma mordida. — Uma delícia!
— Em seguida, teremos uma salada de caranguejo à la Quinn.
— Parece interessante. E você a preparou?
— Preparei. — E sorriu para ela. — Sou um cozinheiro de mão-cheia.
— Um homem que sabe cozinhar, tem excelente gosto para vinhos, aprecia um bom clima e fica muito bem em calças Levi's. — Deu mais uma mordida no patê, sentindo-se relaxada agora, em um terreno mais familiar e fácil de negociar. — Parece que o senhor é um excelente partido, Sr. Quinn.
— E sou mesmo, Dra. Griffin.
Ela riu, olhando para o vinho, e perguntou:
— Quantas mulheres de sorte você já trouxe até este lindo local para comer salada de caranguejo à la Quinn?
— Olhe, para falar a verdade, não venho aqui em companhia de uma mulher desde o verão em que cursava o segundo ano da faculdade. Na

ocasião, tivemos um Chablis mais ou menos decente, camarões gelados e Marianne Teasdale.

— Imagino que deva me sentir lisonjeada, então.

— Não sei, não... Marianne era muito fogosa. — Lançou novamente aquele sorriso irresistível. — Eu, porém, ainda muito imaturo e cego para essas coisas, a troquei por uma menina que ainda ia cursar faculdade de Medicina, tinha a língua meio presa e imensos olhos castanhos.

— Língua presa realmente desmonta os homens. Marianne conseguiu se recuperar da perda?

— O bastante para se casar com um encanador de Princess Anne e lhe dar dois filhos. Claro que até hoje, em segredo, sente desejo por mim.

Dando uma gargalhada, Sybill partiu um biscoito ao meio.

— Phillip, eu gosto de você.

— Eu também gosto de você, Sybill. — Pegou-a pelo pulso, segurando a mão perto de sua boca enquanto mordiscava o biscoito que ela segurava.

— Apesar de você não ter a língua presa.

Quando ele continuou mordiscando, chegando naquele instante às pontas de seus dedos, ficou mais difícil para ela respirar normalmente.

— Você é extremamente sutil — murmurou.

— E você é extremamente linda.

— Obrigada. O que devia dizer agora — continuou ela, soltando a mão da dele — é que apesar de você ser extremamente sutil, muito atraente e eu esteja adorando passar a tarde aqui, minha intenção não é ser seduzida.

— Você sabe o que dizem a respeito das intenções.

— Pois eu costumo manter as minhas. E, embora adore estar aqui com você, também sei reconhecer o seu tipo. — Sorriu novamente, fazendo um gesto largo com a taça. — Há uns cem anos, a palavra "enrolador" talvez passasse pela minha cabeça.

— Isso não me pareceu um insulto — disse depois de considerar por um momento.

— Não pretendi insultá-lo. Enroladores são homens invariavelmente charmosos e muito raramente sérios.

— Agora, tenho que discordar. Há certas áreas em que sou um homem muito sério.

— Então vamos ver... — Ela deu uma olhada no isopor e pegou outra embalagem. — Já foi casado?

— Não.

— Noivo? — perguntou enquanto abria a tampa e descobria uma salada de caranguejos maravilhosamente bem apresentada.

— Não.

— Já viveu com uma mulher por um período de pelo menos seis meses seguidos?

Encolhendo os ombros, ele pegou pratos na cesta e entregou a ela um guardanapo azul-claro, de linho, respondendo:

— Não.

— Então, a partir daí, poderíamos formar a teoria de que uma das áreas nas quais você não é sério é a de relacionamentos.

— Ou poderíamos também formar a teoria de que ainda estou à espera de uma mulher com quem queira desenvolver um relacionamento sério.

— Sim, poderíamos. Entretanto... — Apertou os olhos, encarando o seu rosto enquanto ele colocava um pouco de salada nos pratos. — Quantos anos você tem, trinta?

— E um. — Ele colocou uma fatia grossa de pão francês em cada prato.

— Trinta e um. O comum, em nossa cultura, é que um homem, ao chegar aos trinta anos, já tenha experimentado pelo menos um relacionamento monogâmico de longa duração.

— Não faço questão de ser comum. Quer azeitonas?

— Sim, obrigada. Ser comum não é necessariamente uma característica má. Nem agir conforme os outros. Todos nos conformamos e seguimos o mesmo caminho. Até mesmo os que se consideram rebeldes dentro da sociedade seguem certos códigos e padrões.

— Isso é verdade, Dra. Griffin? — Curtindo o jeito dela, Phillip a observou com a cabeça inclinada.

— Verdade pura. Membros de gangues em áreas pobres das cidades seguem regras internas, códigos, padrões... cores — acrescentou, pegando uma azeitona e colocando-a no prato. — Nesse ponto, o comportamento deles não é muito diferente dos membros da câmara municipal.

— Pois você tinha que estar lá para ver de perto — resmungou Phillip.

— O que disse?

— Nada. E quanto aos assassinos em série?

— Também seguem padrões. — Deliciando-se com o assunto, ela partiu um pedaço de seu pão. — O FBI os estuda, os cataloga, traça seu perfil. A sociedade certamente não usaria a palavra "padrão" para descrever seus métodos, mas, no sentido exato da palavra, é precisamente o que eles são.

O pior é que ela tinha razão, decidiu ele, descobrindo-se ainda mais fascinado.

— Então você, a observadora, mede as pessoas reparando nas regras, nos códigos e padrões que seguem...

— Mais ou menos. As pessoas não são assim tão difíceis de compreender, se você prestar atenção.

— E quanto às tais surpresas da vida?

Ela sorriu, gostando da pergunta tanto quanto de que ele tivesse pensado em fazê-la. A maioria dos leigos com quem tinha contato não se interessava realmente pelo seu trabalho.

— Elas são levadas em consideração. Existe sempre uma margem para erros e ajustes. Esta salada está maravilhosa — elogiou, comendo mais um pouco. — Nesse caso, a surpresa, e uma surpresa agradável, devo destacar, é que você tenha se dado ao trabalho de prepará-la.

— Você não concorda que as pessoas geralmente estão dispostas a ter algum trabalho por alguém de quem gostem? — Ao ver que ela piscou depressa ao ouvir isso, ele inclinou a cabeça. — Ora, ora, isso a deixou sem fala.

— Você mal me conhece — disse e pegou o vinho, um gesto puramente defensivo. — Existe uma diferença entre se sentir atraído e gostar de alguém. Para gostar é preciso mais tempo de convivência.

— Algumas pessoas têm um ritmo mais rápido. — Ele gostava de vê-la confusa. Aquilo devia ser um evento raro. Tirando vantagem disso, foi se aproximando mais dela. — Eu sou uma dessas pessoas.

— Sim, isso eu já reparei. Entretanto...

— Entretanto, eu gosto de ouvir sua risada. Gosto de senti-la tremer de leve quando a beijo. Gosto de ouvir sua voz assumir um tom didático, quando tenta explicar uma teoria.

— Não sou didática — reagiu ela, franzindo a testa.

— Charmosamente didática — murmurou ele, roçando os lábios sobre sua têmpora. — E adoro ver os seus olhos no instante exato em que começo a confundi-la. Por tudo isso, acredito que já passei da fase inicial de começar a gostar. Agora, vamos tentar novamente as suas hipóteses anteriores e ver aonde isso nos leva. Você já foi casada alguma vez?

— Não. Bem... não exatamente. — A boca de Phillip passeava bem por trás de sua orelha, o que tornava muito difícil o ato de pensar com clareza.

— "Não" ou "não exatamente"? — Parou ele, recuando e olhando-a com os olhos quase fechados.

— Foi um impulso, um erro de julgamento. Durou menos de seis meses. Não conta. — Seu cérebro estava enevoado, notou, como se tentasse conseguir espaço para respirar. Ele a trouxe de volta, perguntando:

— Então você já foi casada?

— Apenas tecnicamente. Não representou... — Ela virou a cabeça para explicar melhor e sua boca estava ali, bem à espera dela, incitando-a a abrir os lábios e se deixar envolver pelo calor suave.

Foi como se deixar deslizar suavemente sob uma onda que quebrava em câmera lenta, depois de mergulhar na água lisa como seda e cintilante como os reflexos do sol. Tudo dentro dela se tornou fluido. Uma surpresa, ela compreenderia apenas mais tarde que se esquecera de considerar aquele padrão em particular.

— Não representou nada, não contou como experiência — conseguiu falar, enquanto a cabeça se lançava para trás e os lábios dele desciam bem devagar pela linha de sua garganta.

— Sei...

Se ele a tomara de surpresa, a verdade é que ela fizera exatamente o mesmo com ele. Diante de sua súbita e absoluta rendição ao momento, as necessidades dele afloraram à superfície com violência. Precisava tocá-la, encher as mãos com a pele dela, modelar aquelas curvas maravilhosas através do leve tecido de algodão da sua blusa.

Ele precisava saboreá-la, mais fundo dessa vez, enquanto aqueles pequenos gemidos de choque e prazer eram lançados de sua garganta. E enquanto fazia isso, enquanto a tocava e saboreava, os braços dela o envolviam, seus dedos penetravam em seus cabelos e o corpo dela se movia tentando se moldar contra o dele.

Ele sentiu o coração dela bater em uníssono com o dele.

O pânico atingiu com força o prazer que sentia no momento em que ela sentiu que Phillip já estava desabotoando sua blusa.

— Não! — Os dedos dela tremiam ao cobrir os dele, impedindo-o.

— Assim é rápido demais! — Apertou os olhos com força, mantendo-os fechados enquanto lutava para readquirir seu controle, seu senso do que era apropriado, seu propósito. — Sinto muito. Eu não vou assim tão depressa... não consigo.

Não era fácil para Phillip deixar de lado as regras e se segurar para não esmagá-la com paixão sob ele, ali mesmo sobre o deque, até que ela se tornasse dócil e desejosa novamente. Colocando os dedos tensos sob o queixo de Sybill, levantou-lhe o rosto até que ela olhasse para ele. Não, não era nada fácil, pensou novamente ao ver desejo e também recusa naqueles olhos. Porém, era necessário.

— Tudo bem... sem pressa. — E esfregou com carinho o polegar sobre o lábio inferior dela. — Fale-me a respeito dessa história, o tal lance que não contou.

Os pensamentos dela estavam completamente desencontrados, espalhados pelos recantos mais longínquos da mente. Ela mal conseguia reordená-los enquanto o via olhando para ela com aqueles olhos castanho-amarelados.

— O quê? — perguntou.

— O marido.

— Ah... — Ela desviou o olhar, concentrando-se na sua respiração.

— O que está fazendo?

— Técnica de relaxamento.

— E funciona? — O humor estava de volta e o fez sorrir com vontade para ela.

— De vez em quando.

— Legal. — E se moveu para o lado esquerdo de Sybill, quadril contra quadril, sincronizando a própria respiração com a dela. — Então, a respeito desse cara com quem você foi tecnicamente casada...

— Aconteceu na faculdade, em Harvard. Ele era um estudante de Química. — Com os olhos fechados, ela ordenou aos dedos dos pés que relaxassem, depois os arcos dos pés, os tornozelos. — Tínhamos acabado de completar vinte anos, perdemos a cabeça por algum tempo e fugimos.

— Fugiram para se casar?

— Sim. Nem mesmo morávamos juntos, porque ocupávamos dormitórios diferentes no campus. Portanto, não foi exatamente um casamento. Passaram-se semanas antes de contarmos a nossas famílias o que havíamos feito, e então, como era de esperar, aconteceram várias cenas desagradáveis.

— Por quê?

— Porque... — Ela piscou depressa, sentindo que o sol estava ofuscante demais. Alguma coisa pulou sobre a água atrás dela, e então ela viu apenas círculos que se afastavam e lambiam o casco do barco. — Não combinávamos um com o outro, não tínhamos planos plausíveis. Nós éramos jovens demais. O divórcio foi muito tranquilo, rápido e civilizado.

— Você o amava?

— Eu tinha vinte anos. — Sua sessão de relaxamento estava chegando aos ombros. — É claro que achava que sim. O amor não é complicado nessa idade.

— Falando agora, com a idade muito avançada dos vinte e sete ou vinte e oito anos?

— Vinte e nove, a caminho dos trinta. — Soltou um longo suspiro. Satisfeita e mais equilibrada, virou-se para olhar novamente para Phillip. — Eu não pensava em Rob há muitos anos. Ele era um rapaz muito bom... espero que esteja feliz.

— E foi só isso para você? Acabou assim?

— Tem que ser...

Phillip concordou com a cabeça, porém, estranhamente, achou a história que ela contara um pouco triste.

— Então devo dizer, Dra. Griffin, que, utilizando a sua própria escala de valores, a senhorita não leva os seus relacionamentos muito a sério.

Ela chegou a abrir a boca para protestar, mas então, sabiamente, tornou a fechá-la. Com um jeito casual, pegou a garrafa de vinho e completou as duas taças, afirmando:

— Talvez você tenha razão. Vou ter que refletir um pouco a respeito.

Capítulo Sete

Seth não se importava de servir de babá para Aubrey. Ela era uma espécie de sobrinha dele, agora que Ethan e Grace haviam se casado. Ser tio o fazia se sentir mais adulto e responsável. Além do mais, tudo o que a menina queria mesmo era ficar correndo o tempo todo em volta do quintal. Toda vez que ele atirava uma bola ou um graveto para os cães apanharem, ela se acabava de rir. Era impossível deixar de se divertir muito com tudo aquilo.

E ela era linda ainda por cima, com os cabelos dourados encaracolados e os imensos olhos verdes que pareciam atônitos diante de tudo o que ele fazia. Passar uma ou duas horas de um domingo distraindo-a não era assim tão mau.

Seth não se esquecera de onde estava exatamente um ano antes. Lá não havia nenhum quintal imenso que descia suavemente até a água, nem bosques para explorar, nem cães com os quais brincar, nem uma menininha que olhava para ele com admiração, como se ele fosse um policial famoso da tevê, um dos Power Rangers e o Super-Homem, todos em uma só pessoa.

Em vez disso, havia quartos imundos a três lances de escadas da rua. E as ruas eram um estranho carnaval à noite, um lugar onde tudo tinha seu preço. Sexo, drogas, armas, pobreza.

Ele aprendera que, não importa o que acontecesse naqueles quartos imundos, não devia ir para a rua depois de anoitecer.

Não havia ninguém para cuidar dele, nem se preocupar com o fato de ele estar ou não limpo, alimentado, doente ou apavorado. Jamais se sentira um herói lá, nem mesmo via a si mesmo como criança. Achava-

-se uma coisa, um objeto, e aprendera depressa que coisas são, muitas vezes, caçadas.

Gloria percorrera todos os bailes daquele carnaval de horrores vezes sem conta. Trouxera para casa pessoas drogadas e prostituídas e se vendera a quem pagasse a dose seguinte da droga que estivesse consumindo no momento.

Há um ano, Seth não teria acreditado que sua vida poderia, em algum momento, mudar. Foi então que Ray chegou e o levou para a casa junto da água. Ray lhe mostrou uma vida diferente e prometeu que Seth jamais teria que voltar para o seu antigo mundo.

Ray morrera, mas mantivera a promessa mesmo assim. Agora, Seth podia ficar ali, naquele imenso gramado no quintal dos fundos, onde a água lambia as margens com carinho, atirando bolas e gravetos para os cães, enquanto uma menina com rostinho de anjo começava a dar seus primeiros passos e ria muito.

— Seth! Deixa eu jogar! Deixa! — Aubrey dançava com suas perninhas ainda instáveis e as mãozinhas esticadas à espera da bola deformada pelo excesso de uso.

— Tudo bem, pode jogar.

E riu ao ver a concentração e esforço estampados em seu rosto, distorcendo-o. A bola caiu a poucos centímetros dos seus tênis vermelhos, mas Simon a pegou com cuidado entre os dentes, fazendo a menina guinchar de empolgação, e a trouxe de volta, educadamente.

— Oi, cachorrinho bonzinho! — Aubrey deu tapinhas nos dois lados do focinho de Simon, que aturava tudo com paciência. Bobalhão, querendo um pouco de atenção também, enfiou-se entre os dois e derrubou-a sentada no chão. Ela o recompensou com um abraço apertado. — Agora você! — ordenou a Seth. — Jogue a bola!

Atendendo à menina, Seth varejou a bola bem longe. E riu muito ao ver os cães se atropelarem ao tentar pegá-la, atrapalhando-se como dois jogadores de futebol que correm juntos para o gol. Os dois se enfiaram dentro do bosque com estardalhaço, fazendo com que dois pássaros alçassem voo juntos, reclamando aos berros.

Naquele momento, com Aubrey se dobrando de tanto rir, os cães latindo, o ar fresco de setembro batendo-lhe no rosto, Seth se sentiu completamente feliz. Uma parte de sua mente tentou se focar em tudo aquilo para guardar a cena e o sentimento na lembrança. O ângulo perfeito do sol, o brilho dos reflexos na água, o som ritmado de uma balada de Otis Redding que vinha da janela da cozinha, a reclamação rabugenta dos pássaros e o forte cheiro de maresia que vinha da baía.

Estava em casa.

Então o ronco de um motor atraiu-lhe a atenção. Ao se virar, viu o veleiro familiar se posicionando para atracar. Do leme, Phillip acenou para ele. Ao retribuir o aceno, o olhar de Seth desviou para o lado, pousando sobre a mulher que estava em pé ao lado de Phillip. E foi como se algo, de repente, lhe subisse pela espinha até a nuca, como as patas de uma aranha. Distraído, esfregou a parte de trás do pescoço, encolheu os ombros e pegou Aubrey pela mão, com firmeza.

— Lembre-se bem, você tem que ficar sempre no meio do cais e não na beirinha.

— Eu sei... eu fico — disse ela, observando Seth com ar de adoração. — Mamãe diz para eu nunca, nunca chegar perto da água sozinha.

— Isso mesmo! — Ele entrou no cais trazendo-a pela mão, esperando pela chegada de Phil. Foi a mulher que, de forma completamente desajeitada, atirou-lhe as cordas. Sybill alguma coisa, pensou ele. Por um instante, enquanto ela tentava se equilibrar e os seus olhos se encontravam com os dele, tornou a sentir a estranha comichão na nuca.

Então os cães já estavam pulando no cais e Aubrey morria de rir mais uma vez.

— Oi, anjinho! — Phillip ajudou Sybill a sair do barco e pisar no cais e piscou para Aubrey.

— Colo! — exigiu ela.

— Tá legal! — Ele a pegou com os braços, apoiou-a no quadril e tascou-lhe um beijo estalado na bochecha. — Quando é que você vai crescer para se casar comigo?

— Amanhã!

— Isso é o que você sempre fala. Esta aqui é a Sybill. Sybill, esta é Aubrey, minha namorada.

— Sybill é bonita! — afirmou Aubrey, exibindo as covinhas.

— Obrigada. Você também. — Quando os cães pularam em suas pernas, Sybill parou e deu um passo para trás. Phillip esticou a mão e a agarrou pelo braço antes que ela desse um passo em falso, caindo do cais e despencando sobre a água.

— Calma! Seth, chame os cães. Sybill ainda não está acostumada com eles.

— Eles não mordem — avisou Seth, balançando a cabeça indicando que ela acabara de perder vários pontos em sua avaliação. Mesmo assim, pegou os cães pela coleira, mantendo-os afastados até ela conseguir passar.

— Estão todos em casa? — perguntou Phillip a Seth.

— Sim, estão por aí, fazendo hora enquanto esperam o jantar. Grace trouxe um bolo de chocolate gigantesco, e Cam conseguiu convencer Anna a preparar lasanha.

— Que Deus o abençoe! A lasanha da minha cunhada é uma obra de arte — disse a Sybill.

— Por falar em arte... Seth, eu gostaria de lhe dizer mais uma vez o quanto gostei dos desenhos que você fez para enfeitar o galpão. Eles são muito bons.

O menino encolheu os ombros e, então, se inclinou em direção ao chão, a fim de pegar dois gravetos e atirar longe, para distrair os cães.

— Faço alguns desenhos às vezes.

— Eu também. — Sybill sabia que era tolice, mas sentiu que seu rosto ficou ruborizado ao ver o jeito como Seth a estudava, avaliando e julgando. — Gosto de fazer desenhos no meu tempo livre — continuou ela. — É uma coisa que me relaxa e satisfaz.

— É... acho que sim.

— Você não gostaria de me mostrar mais do seu trabalho uma hora dessas?

— Se quiser ver... — Abriu a porta da cozinha, indo direto para a geladeira. Um sinal, refletiu Sybill, de que se sentia em casa ali.

Em seguida, deu uma olhada cuidadosa em torno do cômodo, absorvendo as primeiras impressões. Havia uma panela em fogo baixo sobre o que lhe pareceu ser um fogão antiquíssimo. O aroma que a envolveu era incrivelmente bom. Muitos vasinhos de cerâmica se alinhavam no peitoril acima da pia. Ervas frescas brotavam deles em abundância.

As bancadas estavam limpas, embora parecessem muito usadas. Havia muitos jornais empilhados de forma instável em um canto abaixo de um telefone de parede e também um molho de chaves penduradas. Uma fruteira rasa estava no centro da mesa, cheia de reluzentes maçãs verdes e vermelhas. Uma caneca de café, cheia pela metade, estava diante de uma cadeira sob a qual alguém deixara os sapatos que acabara de descalçar.

— Droga! Esse juiz devia levar um soco na cara! Aquele arremesso foi alto demais!

Sybill levantou uma sobrancelha ao ouvir a furiosa voz masculina que vinha da sala. Phillip simplesmente sorriu e balançou Aubrey no colo.

— É o jogo de beisebol. Cam está encarando o campeonato deste ano como um desafio pessoal.

— O jogo! Eu esqueci! — Seth bateu a porta da geladeira e saiu da cozinha correndo e perguntando: — Quanto está? Estão em qual entrada? Quem está na frente?

— Três a dois. Ainda estão na primeira entrada, bem no início, duas rebatidas e já estão com um homem na segunda base. Agora, sente aí e cale a boca.

— Um desafio muito pessoal — acrescentou Phillip, e colocou Aubrey no chão quando ela começou a se remexer demais.

— O beisebol, às vezes, se transforma em um desafio pessoal entre os torcedores e o time oposto. Especialmente — acrescentou Sybill com um aceno discreto de cabeça — nesta altura da temporada.

— Você gosta de beisebol?

— E por que não gostaria? — disse ela, rindo. — É um fascinante estudo dos homens, trabalho de equipe e espírito de luta. Velocidade, perspicácia, *finesse* e sempre um lançador contra um rebatedor. No fim, tudo se resume em estilo, resistência... e matemática.

— Você tem que assistir a um jogo aqui em Camden Yards — decidiu Phillip. — Adoraria ouvir sua análise lance a lance. Quer beber alguma coisa?

— Não, obrigada. — Mais gritos e mais xingamentos explodiram na sala de estar. — Acho que é perigoso ir para a sala, pelo menos até o time de seu irmão conseguir marcar.

— Você tem boa percepção das coisas. — Phillip esticou a mão e acariciou-lhe o rosto. — Então, por que não ficamos bem aqui e...

— Valeu, Cal, grande lance! — berrou Cam da sala. — Esse filho da mãe é incrível!

— Merda! — A voz de Seth mostrava orgulho e presunção. — Nenhum bundão desses pode vir lá da Califórnia achando que vai conseguir rebater um arremesso feito por Cal Ripken.

— Bem, talvez a gente deva ir lá para fora dar uma volta e esperar mais alguns lances — suspirou Phillip.

— Seth, acho que já conversamos sobre o uso de palavras inadequadas nesta casa!

— Essa é a voz de Anna — murmurou Phillip. — Ela está descendo para fazer valer a força da lei.

— Cameron, você devia se comportar de modo mais adulto e dar o exemplo.

— É só um jogo de beisebol, querida.

— Se vocês dois não cuidarem do palavreado, a tevê vai ficar lá fora!

— Ela é muito rígida — Phillip informou a Sybill. — Todos nós morremos de medo dela.

— É mesmo? — Sybill analisou o que ouvira enquanto olhava na direção da sala.

Foi quando ouviu outra voz feminina, mais grave e mais suave, e então a reação firme de Aubrey.

— Não, mamãe, por favor. Quero ficar com Seth!

— Tudo bem, Grace, pode deixar Aubrey comigo.

— Acho que não é muito comum para um menino com a idade de Seth ser tão paciente com uma criança de dois anos.

Phillip encolheu os ombros e foi até o fogão para preparar um novo bule de café.

— Os dois se deram bem de cara. Aubrey adora Seth. Isso deve fazer bem ao ego do menino, e ele é muito bom em cuidar dela.

Virando-se, sorriu ao ver as duas mulheres que entravam na cozinha e continuou:

— Ahh... chegaram as damas que conseguiram escapar dos bárbaros. Sybill, estas são as mulheres que meus irmãos conseguiram roubar de mim. Anna, Grace, esta é a Dra. Sybill Griffin.

— Ele só nos desejava porque queria que cozinhássemos para ele — explicou Anna com uma risada, enquanto estendia a mão. — É um prazer conhecê-la. Já li seus livros. Acho-os brilhantes.

Tomada de surpresa, não só pelo elogio como também pela exuberante e estonteante beleza de Anna Spinelli Quinn, Sybill quase perdeu a pose, mas conseguiu responder:

— Obrigada. Agradeço muito que tolere uma invasão como essa, em um domingo à noite.

— Não é uma invasão. Estamos felizes em recebê-la.

Além, pensou Anna, de estarmos incrivelmente curiosos. Nos sete meses em que ela já conhecia Phillip, aquela era a primeira mulher que ele trazia para jantar em família.

— Phillip, vá assistir a um pouco daquele jogo — disse e o enxotou da cozinha com as costas da mão, acenando na direção da porta. — Grace, Sybill e eu precisamos nos conhecer.

— Ela é muito mandona também... — avisou ele, olhando para Sybill. — Pode gritar se precisar de ajuda, e eu virei salvá-la. — E lhe deu um beijo firme, direto na boca, antes que ela conseguisse desviar o rosto, e então virou-lhe as costas.

Anna soltou um som melodioso com os lábios fechados e, então, sorriu abertamente, convidando:

— Vamos tomar um pouco de vinho.

— Phillip nos disse que você vai ficar aqui em St. Chris por algum tempo — disse Grace, puxando uma cadeira. — Parece que pretende escrever um livro sobre a cidade.

— Algo desse tipo. — Sybill respirou fundo. Eram apenas duas mulheres, afinal. Uma deslumbrante morena de olhos castanhos e a outra, loura, também muito bonita. Não havia por que se sentir nervosa. — Na verdade, pretendo escrever a respeito da cultura e das tradições, além de traçar um perfil social das cidades pequenas e comunidades rurais.

— Temos as duas coisas aqui na baía de Chesapeake.

— Eu sei. Você e Ethan se casaram recentemente.

O sorriso de Grace aumentou na mesma hora e seu olhar se desviou para a aliança de ouro que trazia no dedo.

— Sim, no mês passado — confirmou.

— E cresceram juntos aqui na cidade?

— Bem, eu nasci aqui. Ethan se mudou para cá aos doze anos.

— E você é dessa região também? — perguntou a Anna, sentindo-se mais confortável por ser ela a fazer as perguntas.

— Não, eu sou de Pittsburgh. Mudei-me para Washington e vim descendo até me estabelecer em Princess Anne. Trabalho para o serviço social do governo, sou assistente social. Essa foi uma das razões por ter me interessado tanto por seus livros. — Serviu uma taça de vinho tinto, colocando-o diante de Sybill.

— Ah, claro... Você é a assistente social responsável pelo caso de Seth. Phillip me contou alguma coisa a respeito da situação.

— Humm... — Foi o único comentário de Anna, que se virou para pegar um avental no gancho da parede. — E você gostou do passeio de veleiro?

Então, compreendeu Sybill, discutir o caso de Seth com pessoas de fora não era aceito. Ela se obrigou a aceitar o fato, pelo menos por algum tempo.

— Sim, gostei muito — respondeu. — Mais até do que esperava. Não acredito que tenha passado tanto tempo sem experimentar essa delícia.

— Eu velejei pela primeira vez há poucos meses. — Anna colocou uma imensa panela de água sobre o fogão para ferver. — Grace é que veleja desde que nasceu.

— E você trabalha aqui em St. Chris?

— Sim, faço faxinas em residências.

— Incluindo esta aqui, graças a Deus — completou Anna. — Estava dizendo a Grace que ela devia abrir uma agência de serviços domésticos. Limpeza & Cia, ou algum nome desse tipo. — Ao ver que Grace riu, Anna balançou a cabeça. — Estou falando sério! Seria uma firma fabulosa, e esse é um serviço importantíssimo, especialmente para as mulheres que trabalham fora. Você poderia até mesmo começar a organizar faxinas em prédios comerciais. Se treinar duas ou três pessoas para isso, só a propaganda boca a boca já seria suficiente para fazer o negócio deslanchar.

— Você sonha mais alto do que eu, Anna. Nem sei como administrar um negócio.

— Aposto que sabe. Sua família vem cuidando de uma distribuidora de caranguejos há várias gerações.

— Distribuidora de caranguejos? — interrompeu Sybill.

— Sim, coletamos, embalamos e enviamos para fora. — Grace levantou a mão. — Se você comer caranguejo enquanto estiver por aqui, provavelmente irá parar em sua mesa através da companhia do meu pai. Apesar disso, eu jamais me envolvi com a parte administrativa.

— O que não quer dizer que não consiga gerenciar seu próprio negócio.

— Anna pegou um pedaço grande de mussarela na geladeira e começou a ralar o queijo em uma tigela. — Muita gente aqui está mais do que disposta a pagar por serviços domésticos bem-feitos, de forma confiável e a um preço justo. Essas pessoas não querem gastar o pouco tempo livre que têm limpando a casa, preparando refeições, separando roupa para lavar. Os papéis tradicionais da mulher moderna estão mudando. Não concorda comigo, Sybill? As mulheres não podem mais passar o pouco tempo livre que têm na cozinha.

— Eu concordo com isso, mas... olhe bem para onde você está.

Anna parou, piscou os olhos e, então, jogou a cabeça para trás, dando uma gargalhada. Ela parecia, Sybill pensou, uma mulher que se sentiria à vontade dançando em volta de uma fogueira ao som de violinos, em vez de estar ali ralando mussarela em uma cozinha perfumada com o aroma de comida.

— Você tem toda a razão. — Ainda rindo, Anna balançou a cabeça. — Aqui estou eu, enquanto o meu marido está bem ali, esparramado diante da tevê, cego e surdo para qualquer outra coisa que não seja o jogo. E olhe que essa cena é bem comum aos domingos por aqui. Só que eu não me importo. Adoro cozinhar.

— Sério?

Percebendo o tom de dúvida na voz de Sybill, Anna tornou a rir, confirmando:

— Sério. Acho gratificante, mas não se tiver que voltar correndo do trabalho para aprontar alguma coisa às pressas para o jantar. É por isso que a gente faz rodízio na cozinha por aqui. Às segundas, comemos o que tiver sobrado de domingo à noite. Terça é o dia do sofrimento, porque Cam é o encarregado da comida nesse dia, e ele é um desastre na cozinha. Às quartas, pedimos comida pelo telefone; às quintas, eu preparo a janta; às sextas é Phillip quem vai para a cozinha, e sábado é dia de caranguejo no quintal. É um sistema bem funcional... quando funciona.

— Anna está planejando que Seth assuma a cozinha às quartas-feiras em no máximo um ano.

— Assim novinho?

— Novinho nada! — Anna balançou a cabeça. — Ele vai completar onze anos daqui a duas semanas. Com essa idade eu já sabia preparar um molho de tomates de arrasar! O tempo e o esforço que vou despender para ensinar tudo a Seth e convencê-lo de que ele não vai deixar de ser homem se souber preparar uma refeição vão compensar. E... — acrescentou, despejando a massa na água fervendo — Se eu ficar sempre lembrando que esta é uma oportunidade de ele ser melhor do que Cam em alguma coisa, vou ter o melhor aluno do mundo.

— Por quê? Eles não se dão bem?

— Os dois se adoram! — Anna virou a cabeça ao ouvir a explosão de sons, gritos, aplausos e bateção de pés que veio da sala. — Impressionar o irmão mais velho é a atividade da qual Seth mais gosta. O que significa, é claro, que os dois vivem se atazanando e implicando um com o outro constantemente. — Ela sorriu novamente. — Imagino que você não tenha irmãos.

— Não, não tenho...

— E irmãs? — perguntou Grace, estranhando ao notar que os olhos de Sybill se tornaram subitamente gélidos.

— Uma.

— Eu sempre quis ter uma irmã. — Grace sorriu para Anna. — Agora, consegui.

— Tanto Grace quanto eu fomos filhas únicas — explicou Anna, apertando o ombro da cunhada enquanto começava a misturar os queijos. Algo naquele gesto descontraído e íntimo provocou uma fisgada de inveja em Sybill. — Desde que ficamos caidinhas pelos Quinn, estamos compensando o tempo que perdemos vivendo em famílias pequenas. Sua irmã mora em Nova York?

— Não. — O estômago de Sybill se retorceu instintivamente. — Nós não somos muito chegadas. Desculpem — empurrou a cadeira para trás, afastando-se da mesa —, será que posso usar o banheiro?

— Claro! Seguindo pelo corredor, é a primeira porta à esquerda. — Anna esperou até Sybill sair da cozinha, e então apertou os lábios, olhando para Grace. — Ainda não decidi se gostei dela.

— Ela parece estar pouco à vontade.

— Bem... — Anna encolheu os ombros. — Acho que vamos ter que esperar para ver o que acontece, não é?

No pequeno lavabo do corredor, Sybill molhava generosamente o rosto. Estava com calor, nervosa e sentia um pouco de enjoo. Não conseguia compreender aquela família, pensava. Falavam alto, ocasionalmente eram rudes, até grosseiros, e vinham de origens diferentes, todos eles. No entanto, pareciam felizes, à vontade uns com os outros, e eram muito afetuosos.

Enquanto batia com a toalha de leve no rosto para secá-lo, encontrou os próprios olhos no espelho. Sua família jamais falara alto nem se comportara de forma rude. Exceto nos momentos terríveis em que Gloria passara dos limites. Naquele exato momento, já não sabia dizer com honestidade e certeza se eles foram felizes alguma vez ou se, em algum momento, estiveram à vontade uns com os outros. E afeto jamais fora uma prioridade ou algo que pudesse ser manifestado de forma aberta.

Simplesmente nenhum deles era muito emotivo, disse a si mesma. Ela sempre fora mais racional, evitando inclinações, decidiu, servindo como linha de defesa contra a espantosa volubilidade de Gloria. A vida era mais calma quando a pessoa dependia apenas do intelecto. Sybill sabia disso e acreditava nesse fato de forma absoluta.

Só que eram as suas emoções que estavam fervilhando agora. Ela se sentia uma mentirosa, uma espiã, uma dissimulada. Lembrar que tudo o que estava fazendo tinha por objetivo o bem-estar de uma criança ajudou um pouco. Afirmar para si mesma que o menino em questão era seu sobrinho e que tinha todo o direito de estar ali a tranquilizou ainda mais.

Objetividade, lembrou a si mesma, apertando as têmporas com os dedos para diminuir a dor lancinante. Era isso que ela precisava manter até reunir todos os fatos, todos os dados, e formar uma opinião.

Saiu do banheiro bem devagar e andou poucos passos pelo corredor em direção ao barulho ensurdecedor do jogo de beisebol. Viu Seth esparramado no chão aos pés de Cam, gritando desaforos para o aparelho de tevê do outro lado da sala. Cam fazia gestos com a lata de cerveja na mão e discutia o último lance com Phillip. Ethan simplesmente assistia ao jogo, com Aubrey enroscada em seu colo, cochilando apesar de todo o barulho.

A sala em si era aconchegante, parecia usada demais, mas transmitia uma sensação de conforto. Um piano estava instalado, em ângulo, em um dos cantos da sala. Um vaso com zínias e dezenas de pequenos porta-retratos estavam espalhados sobre a sua superfície polida. Uma tigela de batatas fritas já pela metade estava ao alcance da mão de Seth. O tapete estava literalmente coberto de migalhas, sapatos, cadernos do jornal de domingo, além de um pedaço de corda sebenta e muito corroída.

A noite caía e a sala já estava semienvolta em escuridão, mas ninguém se dava ao trabalho de acender a luz.

Ela ensaiou um passo para trás, mas Phillip levantou a cabeça no mesmo instante e sorriu, estendendo-lhe a mão. Ela foi até ele e deixou que ele a puxasse e a colocasse sentada no braço de sua poltrona.

— Está quase acabando — murmurou ele. — Estamos ganhando por pouco.

— Olhem só, o babaca teve que ir correndo para ajudar o bundão! — Seth manteve a voz baixa, mas o tom de alegria era indisfarçável. Nem ao menos piscou quando Cam bateu com toda a força em sua cabeça, usando o próprio boné. — Isso aííí! O mané dançou! — E pulou como que impelido por uma mola, executando uma pequena dança da vitória. — Estamos em primeiro no campeonato! Cara, tô morrendo de fome! — Saiu correndo em direção à cozinha, onde logo se fez ouvir, pedindo comida.

— Ganhar um jogo apertado como esse abre um apetite danado na gente — decidiu Phillip, beijando a mão de Sybill de forma distraída. — Como Anna está indo na cozinha?

— Ela me pareceu ter tudo sob controle.

— Então vamos lá ver se ela preparou algum aperitivo.

Ele a empurrou até a cozinha, que em poucos momentos já estava cheia de gente. Aubrey continuava com a cabeça apoiada no ombro de Ethan e piscava com o olhar assustado de uma corujinha. Seth encheu a boca com petiscos que pegou em uma tigela trabalhada e fez uma reconstituição minuciosa do jogo, lance por lance.

Todos pareciam se movimentar ao mesmo tempo, falando e comendo, pensou Sybill. Phillip colocou mais uma taça de vinho em sua mão antes mesmo de ela conseguir lidar com o pão. Por se sentir um pouco menos confusa com ele do que com os outros, Sybill permaneceu firme ao seu lado enquanto o caos reinava.

Ele cortou grossas fatias de pão italiano e as encheu de manteiga e pasta de alho.

— É sempre assim? — perguntou ela baixinho para ele.

— Não — respondeu e pegou sua própria taça de vinho, batendo de leve contra a dela. —Às vezes, eles falam muito alto e a coisa fica meio desorganizada.

* * *

Quando Phillip a levou de carro de volta ao hotel, parecia haver sinos badalando em sua cabeça. Havia tanta informação a processar. Imagens, sons, personalidades, impressões. Ela sobrevivera a complexos jantares oficiais absolutamente burocráticos onde reinava menos confusão do que um jantar de domingo na casa dos Quinn.

Precisava de tempo, decidiu, para analisar tudo. Quando fosse capaz de colocar no papel seus sentimentos e observações, poderia alinhá-los, dissecá-los e começar a tirar as suas conclusões iniciais.

— Está cansada?

— Um pouco. — Suspirou. — Foi um dia e tanto... um dia fascinante — completou, soltando o ar. — E muito calórico. Vou ter que usar a academia do hotel logo de manhã. Mas eu adorei tudo — acrescentou, enquanto ele estacionava perto da entrada. — Curti muito.

— Ótimo! Isso significa que está disposta a repetir o programa. — Ele saltou, deu a volta pela frente do carro e segurou-a pela mão para ajudá-la a saltar.

— Não há necessidade de você me acompanhar. A partir daqui, eu sei o caminho.

— Vou com você até lá em cima, de qualquer modo.

— Mas eu não vou convidá-lo para entrar.

— Mesmo assim, pretendo levá-la até a porta do quarto, Sybill.

Ela não rejeitou a companhia, atravessando o saguão e entrando no elevador com ele assim que as portas se abriram.

— Então você vai para Baltimore amanhã de manhã, de carro? — Ela apertou o botão do seu andar.

— Não, vou ainda esta noite. Quando as coisas estão mais ou menos acertadas por aqui, eu volto no domingo à noite mesmo. Quase não pego trânsito na estrada e posso chegar no trabalho logo cedo na segunda.

— Não deve ser fácil para você fazer essa viagem de ida e volta toda semana, além das exigências normais do trabalho e das responsabilidades.

— Muitas coisas na vida não são fáceis, mas vale a pena batalhar por elas. — Acariciou-lhe os cabelos. — Não me importo de gastar tempo e esforço em algo que gosto.

— Bem... — Ela pigarreou e saiu do elevador no instante em que as portas se abriram. — Agradeço o tempo e o esforço que gastou no dia de hoje.

— Estarei de volta na quinta à noite. Quero ver você.

— Não posso ter certeza agora de onde vou estar ou do que vai acontecer no fim de semana — disse ela, retirando a chave do quarto da bolsa.

Ele simplesmente emoldurou o rosto dela com as mãos, aproximou-se e cobriu sua boca com a dele. Era o gosto dela, pensou. Parece que não conseguia saboreá-la o bastante.

— Quero ver você — repetiu baixinho, com os lábios ainda juntos dos dela.

Ela sempre fora muito boa quando se tratava de manter o controle, de se manter distante das tentativas de sedução, de resistir à persuasão da atração física. Com ele, porém, sentia-se deslizar um pouco mais longe a cada vez... um pouco mais fundo.

— Não estou pronta para isso — ouviu a si mesma dizendo.

— Nem eu. — Mesmo assim, ele a puxou mais para perto, apertou-a com mais força e levou o beijo às raias do desespero. — Quero você! Talvez seja bom mesmo que tenhamos alguns dias longe um do outro para podermos pensar no que vai acontecer daqui para a frente.

Ela olhou para ele, abalada, com o desejo à flor da pele, um pouco assustada pelo que sentia acontecer dentro dela.

— Sim, acho que é uma coisa muito boa. — Virando-se de costas para ele, teve de usar as duas mãos para conseguir enfiar a chave no buraco da fechadura. — Dirija com cuidado. — Entrando no quarto, fechou a porta bem depressa e, então, se encostou de encontro a ela, por dentro, até ter certeza de que seu coração não ia saltar do peito.

Era insano, pensou, completamente insano envolver-se assim tão depressa. Tinha de ser bastante honesta consigo mesma, precisava manter a postura puramente científica naquele caso para não provocar desvios no resultado da pesquisa devido a dados incorretos; precisava entender que o que estava acontecendo entre ela e Phillip Quinn não tinha nada a ver com o foco de tudo, que era Seth.

Aquilo precisava ter um fim. Fechando os olhos, sentiu a pressão da boca dele ainda vibrando em seus lábios. E teve medo de não conseguir dar um fim àquilo.

Capítulo Oito

Aquele era provavelmente um passo perigoso. Sybill se perguntou se poderia ser considerado ilegal. Circular de um lado para outro na porta da Escola St. Christopher certamente a fazia se sentir como uma espécie de criminosa por mais que assegurasse a si mesma, com toda a firmeza, que não estava fazendo nada de errado.

Estava simplesmente caminhando por uma rua no meio da tarde. Não estava exatamente vigiando Seth nem planejando sequestrá-lo. Simplesmente queria conversar com ele, vê-lo a sós por alguns instantes.

Esperara até o meio da semana, observando tudo de uma distância segura, na segunda e na terça-feira, a fim de conhecer sua rotina e seus horários. Normalmente, conforme descobrira, os ônibus chegavam à porta da escola vários minutos antes de os portões se abrirem e as crianças começarem a sair.

Primeiro, os alunos do pré-escolar; depois, os do ensino fundamental até a oitava série; finalmente, os do ensino médio.

Só o fato de observar isso já era uma lição sobre os processos de desenvolvimento na infância, refletiu. Primeiro, os rostinhos frescos e rosados, os corpinhos miúdos das crianças do pré-escolar. Em seguida, os corpos mais desenvolvidos e meio desengonçados daqueles que já se aproximavam da puberdade. Por fim, os maiores, os jovens do ensino médio, surpreendentemente adultos, parecendo mais independentes e que saíam em grupos pelo portão.

Aquilo já era um estudo em si. Uma escala que ia dos sapatos desamarrados e sorrisos banguelas, passando pelos tufos de cabelos rebeldes e jaquetas de futebol até chegar aos jeans largos de cós baixo e cascatas de cabelos brilhantes.

As crianças jamais haviam sido parte de sua vida nem de seus interesses. Crescera em um mundo de adultos e sempre esperaram dela que se adaptasse, que se conformasse. Jamais houve espaço para imensos ônibus escolares amarelos em sua vida, nem gritos selvagens ao sair da escola em bando e sentir os ventos da liberdade, muito menos ficar de namorico no estacionamento com algum rapaz de jaqueta de couro e ar rebelde.

Sendo assim, observava todas essas coisas como se estivesse na plateia de uma peça, e achou a mistura de comédia e drama tão divertida quanto informativa.

Quando Seth saiu correndo, lado a lado com o menino de cabelos escuros, seu companheiro mais constante, conforme ela já reparara, sua pulsação acelerou. Ele pegou o boné de beisebol do bolso e o colocou na cabeça no instante em que pisou fora da escola. Um ritual, avaliou ela, que simbolizava a mudança de normas. O outro menino enfiou a mão no fundo do bolso e pegou um punhado de chicletes. Em segundos, já estava com todos eles embolados dentro da boca.

O nível de ruído aumentou, tornando impossível para ela ouvir o que conversavam, mas o assunto parecia ser muito interessante e envolvia muitas cotoveladas afetivas e tapinhas no ombro um do outro.

Um padrão de demonstração de afeto tipicamente masculino, concluiu.

Virando as costas para os ônibus, começaram a caminhar pela calçada. Momentos depois, um menino um pouco menor veio correndo e se juntou a eles. Andava aos pulos, notou Sybill, e demonstrava ser muito agitado.

Esperando mais um instante, ela tomou um caminho que, um pouco além, cruzaria com o deles.

— Porra, cara, aquele teste de Geografia estava muito tosco de tão fácil. Qualquer boçal conseguiria gabaritar! — Seth remexeu os ombros para ajeitar a mochila nas costas.

O outro menino soprou o chiclete com força, formou uma esplêndida bola rosa, esperou que estourasse e colocou a massa que se espalhou pelo seu rosto de volta na boca, comentando:

— Não sei pra que aprender o nome de todos os estados e capitais. Até parece que eu vou me mudar para a Dakota do Norte.

— Olá, Seth.

Sybill o viu parar, ajustar os pensamentos e, finalmente, se focar nela, respondendo:

— Ahn... Oi!

— Estou vendo que as aulas acabaram por hoje. Você está indo para casa?

— Não. Vou para o galpão... a fábrica de barcos — explicou ele, começando a sentir o calafrio na nuca mais uma vez. Aquilo o deixava irritado. — Temos muito trabalho a fazer.

— Ora, mas eu também estou indo naquela direção. — Tentou dar um sorriso para os outros meninos. — Oi, eu sou a Sybill.

— Eu sou Danny — apresentou-se o outro menino. — Aquele ali é o Will.

— Muito prazer.

— Hoje teve sopa de legumes na escola na hora do almoço — informou Will com gestos largos para quem quisesse ouvir. — Lisa Harbough vomitou tudo. O Sr. Jim teve que limpar o chão, a mãe dela teve que vir até a escola para pegá-la e não pudemos terminar o trabalho de grupo sobre novas palavras. — O menino ficou dançando sem parar em volta de Sybill enquanto relatava tudo isso, e então lançou-lhe um sorriso brilhante e surpreendentemente inocente, ao qual ela não conseguiu resistir.

— Espero que Lisa fique boa depressa.

— Uma vez, quando eu vomitei, tive que ficar em casa assistindo à tevê o dia todo. Eu e Danny moramos logo ali adiante, em Heron Lane. Onde é que você mora?

— Estou aqui só de visita.

— Meu tio John e a tia Margie se mudaram para a Carolina do Sul e vamos ter que ir visitá-los lá. Eles têm dois cachorros e um bebê chamado Mike. Você também tem cachorros e bebês?

— Não... não, não tenho.

— Mas pode ter se quiser — contou o menino. — É só ir direto no abrigo dos animais e pegar um cachorro. Foi isso que fizemos. E, depois, você pode se casar e fazer um bebê, que vai ficar morando dentro da sua barriga. É fácil.

— Nossa, Will, para com isso! — Seth revirou os olhos com impaciência, mas Sybill só conseguiu piscar mais depressa.

— Bem, eu vou ter muitos cachorros e bebês quando crescer — continuou ele. — Tantos quanto quiser! — Lançou aquele sorriso de mil watts novamente, antes de sair correndo. — Té logo!

— Ele é um tremendo mané! — explicou Danny, com o desdém típico do irmão maior em relação ao menor. — A gente se vê, Seth. — E saiu correndo atrás de Will, lembrando-se, em seguida, de se virar e acenar para Sybill, despedindo-se. — Até logo!

— Will não é assim tão mané — explicou Seth a Sybill. — É que ele ainda é muito pequeno, tem um pouco de diarreia na boca, mas é legal...

— Bem, certamente é bem amigável. — Ajeitando a alça da bolsa no ombro, sorriu para Seth. — Você se importa se eu for caminhando com você?

— Tudo bem.

— Acho que ouvi você comentando alguma coisa a respeito de um teste de Geografia.

— É... Tivemos um teste hoje. Foi fácil.

— Você gosta da escola?

— Bem, ela está lá. — Ele levantou um dos ombros. — A gente tem que ir.

— Eu sempre gostei de ir à escola para aprender coisas novas. — Deu uma risadinha. —Acho que eu era assim, meio... mané!

Seth olhou para ela com o canto do olho, franzindo o cenho enquanto estudava seu rosto. Uma beleza de se ver, foi como Phillip a descrevera, ele se lembrava bem. Seth também achava a mesma coisa. Sybill tinha olhos expressivos, a cor clara fazendo um lindo contraste com os cílios escuros. Seus cabelos não eram tão escuros quanto os de Anna nem tão claros quanto os de Grace. Brilhavam muito, reparou, e o jeito com que ela os prendia para trás, em um coque meio frouxo, deixava o rosto bem à mostra.

Seu rosto parecia ser bem interessante para desenhar.

— Você não me parece mané... — anunciou Seth, no mesmo instante em que Sybill começou a sentir que estava ficando vermelha diante da análise longa e minuciosa do seu rosto. — De qualquer forma, gostar tanto de escola mostra que você era uma cê-dê-efe ou algo assim.

— Ah... — Sem ter certeza do que responder diante de sua qualificação como cê-dê-efe, preferiu perguntar: — O que você mais gosta de estudar?

— Não sei. A maioria das matérias é apenas um monte de baboseira — decidiu ele, resolvendo censurar a própria opinião, logo em seguida, completando: — Acho que prefiro ler e aprender a respeito de pessoas em vez de coisas.

— Sim, eu também sempre gostei mais de estudar pessoas. — Parou, apontando na direção de uma casa de dois andares pintada de cinza-claro, com um jardim bem-cuidado na frente. — Minhas teorias me dizem que uma jovem família mora ali. Tanto o marido quanto a mulher trabalham fora, e eles têm um filhinho em idade pré-escolar, mais provavelmente um menino. Há grandes chances de eles terem se conhecido muito tempo antes de se casarem, e o casamento ocorreu há menos de sete anos.

— Como é que você pode saber?

— Bem, estamos no meio do dia e não há ninguém em casa. Não há carros parados junto da calçada e a casa parece vazia. Mas vejo um triciclo ali e vários caminhões de brinquedo. A casa não é nova, mas é bem cuidada. A maioria dos casais jovens hoje em dia trabalha fora para poder comprar uma casa, ter uma família. Eles moram em uma comunidade pequena. Gente jovem raramente se estabelece em uma cidade pequena, a não ser que um dos dois tenha crescido ali. Juntando tudo isso, cheguei à conclusão de que este casal sempre morou por aqui, se conheceram e, finalmente, se casaram. Provavelmente, tiveram seu primeiro filho nos primeiros anos de casamento, e os brinquedos indicam que é um menino de três a cinco anos.

— Ei, isso foi legal! — decidiu Seth depois de um momento.

Embora fosse tolice, ela sentiu uma onda de orgulho invadi-la, por conseguir superar o status de cê-dê-efe na avaliação do menino.

— De qualquer modo — continuou ela —, gostaria de descobrir mais coisas, você não?

— Como o quê? — perguntou ele, mostrando que Sybill captara seu interesse.

— O motivo de eles terem escolhido esta casa em particular. Quais os seus objetivos na vida? Quem administra o dinheiro da casa, que é algo que indica a estrutura de poder na família, e por que isso acontece? Quando estudamos pessoas, descobrimos os padrões.

— E qual a importância de descobrirmos tudo isso?
— Como assim?
— Quem se importa?
— Bem... — avaliou ela, antes de responder. — Quando você descobre os padrões, a imagem social da família em uma escala maior, aprende o porquê de as pessoas agirem de determinadas formas.
— E se eles não se encaixarem na teoria?
Menino brilhante, pensou ela, sentindo outra onda forte de orgulho.
— Olhe, Seth... todo mundo se encaixa em algum padrão. Os fatores que determinam isso são o passado da pessoa, a genética, a educação, o meio social, a tradição religiosa e as raízes culturais.
— E alguém paga a você para estudar tudo isso?
— Sim, pagam sim.
— Esquisito!
Agora, concluiu, ela havia sido relegada definitivamente ao status de cê-dê-efe, e se apressou a acrescentar:
— Isso pode ser uma atividade muito interessante. — Vasculhou o cérebro em busca de um exemplo que pudesse salvar a opinião que ele fazia dela. — Olhe só... fiz uma experiência certa vez, em várias cidades. Arrumava um homem para ficar em pé no meio da calçada simplesmente olhando para um prédio.
— Só olhando?
— Isso mesmo. Ele ficava ali parado, olhando para cima, e, de vez em quando, colocava a mão acima dos olhos, a fim de enxergar melhor. Em pouco tempo, alguém parava ao seu lado e começava a olhar para o mesmo prédio. Depois, outro e mais outro, até que, de repente, já havia uma pequena multidão, com todo mundo olhando para o tal prédio. Levava ainda um bom tempo até alguém finalmente perguntar o que estava acontecendo ou para onde todo mundo estava olhando. Ninguém queria ser o primeiro a perguntar, porque isso era admitir que você não enxergava algo que todo mundo estava vendo. Todos queremos, no fundo, nos conformar e nos adaptar às situações; todos precisamos nos encaixar em um grupo, queremos saber, ver e compreender o que alguém ao nosso lado sabe, vê e compreende.
— Aposto que muitas daquelas pessoas achavam que alguém estava prestes a pular da janela.

— Muito provavelmente. O tempo médio que uma pessoa levava ali parada, olhando e interrompendo suas atividades, era de dois minutos.

— Sybill notou que conseguira captar a atenção de Seth novamente e continuou, falando mais depressa: — Esse tempo, na verdade, é muito longo para ficar parado, olhando para um prédio absolutamente banal.

— Esse lance foi legal. Mesmo assim, é esquisito.

Estavam chegando a um ponto do caminho onde ele ia ter de se separar dela para seguir em direção ao galpão. Sybill pensou depressa e, em um raro momento para ela, agiu por impulso, perguntando:

— O que acha que aconteceria se fizéssemos esta experiência aqui, em St. Christopher?

— Não sei... a mesma coisa?

— Não, imagino que não. — Ela lançou-lhe um olhar cúmplice. — Quer tentar?

— Talvez.

— Podemos ir para a região do cais agora mesmo. Será que seu irmão vai se preocupar se você se atrasar alguns minutos? Não acha melhor ir lá contar a ele que está comigo?

— Não, que nada! Cam não me vigia desse jeito, amarrado numa coleira... sabe que, às vezes, eu demoro mais para chegar.

Sybill não sabia como avaliar a falta de disciplina que sentiu nessa área. No momento, porém, estava satisfeita por poder tirar vantagem dela.

— Vamos lá fazer esse teste, então. Depois, eu lhe compro um sorvete.

— Combinado! — Deram meia-volta do caminho para o galpão.

— Você pode escolher um local — explicou. — Você vai ter que ficar em pé. As pessoas, geralmente, não prestam atenção a alguém que esteja sentado olhando para algum lugar. Elas sempre imaginam que o sujeito está descansando ou sonhando acordado.

— Saquei.

— Vai ser mais eficiente se olhar para cima, fixando os olhos em alguma coisa. Tudo bem se eu gravar você em vídeo?

— Certo... tudo bem — falou ele, levantando as sobrancelhas quando a viu pegar uma minúscula câmera de vídeo dentro da bolsa. — Você anda com isso na bolsa o tempo todo?

— Quando estou trabalhando, sim. Tenho também um bloquinho para anotações, um microgravador, baterias, fitas extras e lápis. Além do celular. — Riu de si mesma. — Gosto de estar preparada. No dia em que inventarem um computador que seja pequeno o bastante para caber em uma bolsa, vou ser a primeira a comprá-lo.

— Phil se amarra nesses troços eletrônicos também.

— A bagagem dos moradores da cidade grande. Vivemos desesperados para não perder um minuto sequer. Depois, é claro, não podemos curtir nada da vida, porque passamos o dia todo plugados em alguma coisa.

— Ué... você podia simplesmente desligar tudo.

— Sim. — De um modo estranho, ela achou essa afirmação muito profunda. — Imagino que poderia fazer isso.

O movimento de pedestres estava fraco no cais. Sybill viu um barco de pesca descarregando o resultado do trabalho do dia e uma família aproveitando a tarde gostosa para se fartar com sundaes em uma das mesas externas do Crawford's. Dois velhos com os rostos vincados por rugas e muito bronzeados se sentavam em um banco de ferro com um tabuleiro de damas entre eles. Nenhum dos dois parecia inclinado a fazer o próximo movimento com as peças. Três mulheres batiam papo na porta de uma das lojas, mas apenas uma delas carregava uma sacola.

— Vou ficar parado bem ali — apontou Seth —, olhando com atenção para o hotel.

— Boa escolha. — Sybill permaneceu onde estava enquanto o menino saiu correndo. Ficar distante era necessário para manter a imparcialidade da experiência. Levantou a câmera e fez um *zoom* com a lente, enquanto Seth se afastava. Ele se virou na direção dela uma vez e lançou-lhe um sorriso rápido e convencido.

Quando o seu rosto encheu o visor da câmera, emoções para as quais ela não estava preparada a invadiram. Ele era tão bonito, tão brilhante. Tão feliz! Sybill lutou consigo mesma e se obrigou a voltar da ponta de um abismo que temia ser feito de puro desespero.

Podia simplesmente ir embora dali, fazer as malas e partir, para nunca mais vê-lo. Ele poderia jamais saber quem ela era nem o parentesco que havia entre eles. O menino jamais sentiria falta de nada que ela pudesse trazer para dentro de sua vida. Ela não era nada na vida dele.

Jamais tentara ser, na verdade.

Agora, porém, era diferente, lembrou a si mesma. Ela estava fazendo com que fosse diferente dessa vez. Com toda a calma que conseguiu, ordenou aos seus dedos que relaxassem, e também ao pescoço e aos braços. Não estava trazendo nenhum mal para a vida dele simplesmente por conhecê-lo melhor, nem por gastar algum tempo avaliando a sua situação.

Começou a gravar no momento em que ele se instalou no ponto escolhido e levantou o rosto. Seu perfil era mais fino, seu rosto tinha mais ângulos do que os de Gloria, decidiu Sybill. Talvez sua estrutura óssea forte tivesse sido herdada do pai.

Sua compleição também não era igual à de Gloria, como ela achara a princípio. Era mais parecida com a dela e com a de sua mãe. Ele ficaria muito alto quando acabasse de crescer. Teria pernas compridas e seria magro.

Sua linguagem corporal, notou com um sobressalto, era tipicamente Quinn. Ele já assumira algumas das características da família adotiva. O jeito de colocar a mão no quadril, as mãos enfiadas nos bolsos, o ângulo com que levantava a cabeça.

Sybill tentou suprimir uma irritante fisgada de ressentimento e obrigou-se a manter o foco na experiência que realizava.

Levou mais de um minuto para a primeira pessoa se posicionar ao lado de Seth. Sybill reconheceu a mulher corpulenta com cabelos grisalhos que ficava por trás do balcão do Crawford's. Todos a chamavam de Mamãe Crawford. Como era esperado, a mulher desviou o olhar, acompanhando o de Seth. Depois de uma rápida olhada, porém, deu um tapinha no ombro do menino, perguntando:

— O que está olhando, garoto?

— Nada. — Disse isso com um murmúrio, de modo que Sybill teve que chegar um pouco mais perto para pegar a sua voz na gravação.

— Como nada? Eu, hein! Bem, se você ficar aqui por muito tempo olhando para o nada, as pessoas vão começar a achar que ficou meio perturbado das ideias. Por que não está lá no galpão?

— Estou indo para lá já, já...

— Oi, Mamãe Crawford! Oi, Seth! — Uma linda mulher com cabelos escuros entrou em cena, olhando para o alto do hotel. — Tem alguma coisa acontecendo ali? Não estou vendo nada.

— E não há nada para ver mesmo — informou-lhe Mamãe Crawford. — O garoto está simplesmente olhando para o nada. Como vai a sua mãe, Julie?

— Ah, anda meio gripada. Está com a garganta inflamada e com um pouco de tosse.

— Canja, chá bem quente e mel.

— Grace nos levou um pouco de sopa hoje de manhã.

— Então obrigue sua mãe a comer. Oi, Jim!

— Boa tarde. — Um homem baixo e atarracado, usando botas brancas de borracha, chegou-se ao grupo e deu um tapinha amigável na cabeça de Seth. — O que está olhando aí, garoto?

— Caraca, um sujeito não pode simplesmente ficar em pé no meio da rua? — Seth desviou o rosto na direção da câmera e virou os olhos para cima, fazendo Sybill dar uma risada.

— Pois não fique aí parado muito tempo, senão as gaivotas vão fazer cocô na sua cabeça — avisou Jim, piscando para ele. — Além do mais, o capitão já voltou com o barco — acrescentou, referindo-se a Ethan.

— Se ele chegar ao galpão antes de você, vai querer saber o motivo do seu atraso.

— Já vou, já vou! Caramba! — Flexionando os ombros e com a cabeça baixa, Seth foi andando a passos largos na direção de Sybill. — Puxa, ninguém caiu na história.

— Porque todos eles conhecem você. — Desligou a câmera, colocando-a no colo. — Isso muda o padrão de comportamento.

— Você sabia que isso ia acontecer?

— Tinha apenas uma teoria de que isso pudesse acontecer — corrigiu ela. — Em uma área muito restrita, onde o sujeito que se submete à experiência é bem conhecido, o padrão é que um indivíduo qualquer vá parar. Provavelmente, vai olhar e, logo em seguida, perguntar. Não há riscos, não há problemas de ego em se perguntar a uma pessoa familiar o que está acontecendo, ainda mais uma criança.

— Bem, de qualquer modo, eu ganho o meu pagamento, não é? — Franziu os olhos em direção aos três que haviam chegado junto dele e continuavam a bater papo.

— Claro! Provavelmente, você vai ser citado em uma das seções do meu novo livro.

— Legal! Vou querer um sorvete de casquinha. Preciso chegar ao galpão antes que Cam e Ethan comecem a pegar no meu pé.

— Se eles vão ficar zangados com você, posso explicar tudo. Foi culpa minha que tenha se atrasado.

— Que nada, eles não vão esquentar com isso. Além do mais, posso dizer para eles que estava fazendo uma experiência tipo... científica, certo? — E quando lançou aquele sorriso, ela teve de se segurar para não abraçá-lo ali mesmo.

— E foi exatamente isso — confirmou ela, arriscando-se a colocar a mão sobre o ombro do menino enquanto caminhavam em direção ao Crawford's. Sentiu que Seth ficou um pouco rígido e deixou a mão cair de lado, de forma casual. — E nós podemos contar tudo a ele pelo meu celular novo.

— Sério? Legal. Você me deixa usá-lo?

— Claro. Por que não?

Vinte minutos mais tarde, Sybill já estava em sua mesa no hotel, com os dedos voando sobre o teclado do notebook.

Embora tenha passado menos de uma hora em companhia do menino, pude concluir que Seth é muito inteligente... brilhante mesmo. Phillip me informou que ele só tira notas boas na escola, o que é admirável. Foi muito satisfatório descobrir que possui também uma mente questionadora. Suas maneiras são um pouco rudes, mas não agressivas nem desagradáveis. Aparentemente, é bem mais desenvolto, socialmente, do que sua mãe e eu éramos nessa idade. Com isso, quero dizer que ele se sente razoavelmente à vontade em companhia de estranhos, sem demonstrar o excesso de formalidade que foi tão valorizado na minha criação. Parte disso deve ser fruto da influência dos Quinn. Todos eles são, como já deixei documentado aqui, pessoas informais e descontraídas.

Pude concluir também, depois de observar as crianças e os adultos com os quais ele interagiu hoje, que ele é benquisto na comunidade e aceito normalmente como parte dela. Naturalmente, ainda não posso, neste estágio inicial, concluir se seria melhor ou não para ele permanecer aqui.

Simplesmente, não podemos nos esquecer de Gloria nem de seus direitos de mãe, e eu nem mesmo tentei descobrir, pelo menos até agora, quais são os desejos e sentimentos do menino com relação à própria mãe.

Prefiro que ele primeiro se acostume comigo, e se sinta confortável em minha companhia, antes de saber dos nossos laços familiares. Preciso de mais tempo para...

Parou de escrever ao ouvir o telefone tocar e, dando uma olhada por alto no texto que já redigira, atendeu a ligação.

— Alô, aqui fala a Dra. Griffin.

— Oi, Dra. Griffin. Por que será que estou com a leve impressão de ter interrompido o seu trabalho?

Ela reconheceu a voz de Phillip e o ar divertido que havia nela. Em um acesso de culpa, fechou o notebook.

— Você é um homem com boa percepção, mas eu posso lhe oferecer alguns minutos. Como estão as coisas aí em Baltimore?

— Muito trabalho. O que acha disto? A imagem é a de um jovem casal sorrindo enquanto carrega seu bebê também sorridente na direção de um carro de tamanho médio. O slogan é: "Pneus Myerstone. — Sua família é importante para nós." Qual a sua opinião?

— Manipulativo. O consumidor é levado a acreditar que, se comprar outra marca de pneu, a família não será tão importante para a outra fábrica.

— Sim. E funciona! E claro que temos outro anúncio da mesma campanha com uma mensagem diferente, dirigida aos fissurados por carro. E um conversível de arrasar, vermelho-sangue, com uma longa e sinuosa estrada à frente e uma loura também de arrasar ao volante. "Pneus Myerstone. Você pode simplesmente ir até lá, ou pode ESTAR lá."

— Esperto.

— O cliente adorou esse, e isso ajuda muito. Como vão as coisas em St. Chris?

— Calmas. — Mordeu o lábio. — Encontrei-me por acaso com Seth agora há pouco. Na verdade, eu o convenci a me ajudar em uma experiência. Correu tudo bem.

— É mesmo? E quanto você teve que pagar a ele?

— Um sorvete de casquinha... duplo.

— Até que saiu barato. O garoto é um aproveitador. Que tal um jantar amanhã à noite e uma garrafa de champanhe para celebrar nosso mútuo sucesso?

— E você falando de aproveitadores...

— Tenho pensado em você a semana toda.

— Três dias — corrigiu ela, pegando um lápis e começando a rabiscar no bloco de anotações.

— E noites. Já que acertamos tudo, posso sair daqui um pouco mais cedo amanhã. Que tal se eu pegá-la às sete?

— Ainda não sei para onde estamos indo, Phillip.

— Nem eu. Você precisa saber para onde vamos?

Ela compreendeu que nenhum dos dois estava falando de restaurantes.

— Fica menos confuso quando a gente sabe para onde vai.

— Então podemos conversar a respeito disso, e talvez coloquemos um fim na confusão. Sete horas.

Sybill olhou para baixo e notou que, inconscientemente, havia feito um esboço do rosto dele no bloco. Mau sinal, pensou. Um sinal muito perigoso.

— Tudo bem — respondeu, por fim. Era melhor encarar as complicações logo de cara. — Vejo você amanhã, então.

— Você me faz um favor?

— Se puder...

— Pense em mim esta noite.

Ela duvidava que tivesse outra escolha em se tratando disso.

— Até logo — despediu-se.

Em seu escritório, quatorze andares acima das ruas de Baltimore, Phillip afastou a cadeira de sua sofisticada mesa de trabalho preta, ignorou o bipe em seu computador, que indicava a chegada de um e-mail interdepartamental, e se virou na direção da larga janela.

Adorava aquela vista da cidade, com os edifícios restaurados, as imagens do porto, o corre-corre das pessoas e dos carros abaixo dele. Naquele momento, porém, não conseguia apreciar nada do que via.

Literalmente, não conseguia tirar Sybill da cabeça. Era uma experiência nova para ele, aquela contínua intromissão em seus pensamentos e em sua concentração. Não que ela estivesse interferindo em sua rotina, refletiu. Ele conseguia trabalhar, comer, ter novas ideias e fazer as apresentações de forma tão habilidosa como sempre fizera antes de conhecê-la.

Porém, ela estava sempre ali, por trás de tudo. Era como uma coceirinha no fundo de sua cabeça durante o dia todo, que vinha se assentando de leve e ficava em primeiro plano sempre que suas energias não estavam ocupadas com outra coisa.

Ele ainda não sabia ao certo se estava gostando de ter uma mulher sugando tanto de sua atenção, particularmente em se tratando de uma mulher que fazia muito pouco para encorajá-lo.

Talvez ele considerasse aquela leve camada de formalidade, a cautelosa distância que ela tentava manter como um desafio. E achou que poderia aguentar. Era apenas mais um dos jogos de sedução tão variados e divertidos que os homens e as mulheres jogavam.

Sua preocupação, porém, era de que estivesse acontecendo alguma coisa em um nível que ele jamais explorara. E, pelo que percebia, ela estava tão pouco à vontade em relação a isso quanto ele.

— Isso aqui é a sua cara! — disse Ray atrás dele.

— Ó, meu Deus! — Phillip não se virou de repente nem arregalou os olhos. Simplesmente os fechou.

— Escritório muito bonito, todo estiloso... Já fazia um bom tempo que eu não vinha aqui. — Ray circulava pela sala de forma casual, apertando os lábios para analisar uma tela toda cheia de respingos vermelhos e azuis emoldurada em preto. — Nada mau — decidiu. — Uma imagem que estimula o cérebro. Deve ser por isso que você a colocou aqui no escritório. Ela obriga os neurônios a se agitarem.

— Eu me recuso a acreditar que meu pai morto está em pé no meu escritório criticando arte.

— Bem, na verdade não foi sobre isso que eu vim conversar com você. — Parou ao lado de uma escultura de metal no canto da sala. — Gosto muito dessa peça também. Você sempre teve bom gosto para coisas de alta classe. Arte, comida, mulheres. — Sorriu generosamente ao ver que Phillip se virou. —A mulher que você tem dentro da cabeça, nesse instante, por exemplo. Ela tem muita classe.

— Preciso tirar uma folga.

— Ah, nisso eu concordo com você. Anda trabalhando demais nos últimos meses. Ela é uma mulher muito interessante, Phillip. Há mais coisas nela do que as que você vê e mais do que as que ela própria sabe. Espero que, quando o momento chegar, você a escute, realmente a escute com atenção.

— Sobre o que está falando? — Levantou a mão espalmada para a frente. — Por que estou perguntando o que está querendo dizer quando o senhor nem mesmo está aqui?

— Espero que vocês dois parem de analisar os passos e estágios do relacionamento e aceitem as coisas como são. — Ray encolheu os ombros e enfiou as mãos dentro dos bolsos do casaco de jogador dos Orioles. — Mas você tem que seguir em frente, do seu jeito. Vai ser duro. Não há muito tempo pela frente antes que as coisas fiquem ainda mais difíceis. Você vai ter que se colocar entre Seth e aquilo que mais o magoa. Eu sei disso. Só queria lhe dizer que você pode confiar nela. Na hora que a coisa ficar preta, Phillip, confie em você mesmo e confie nela.

— O que Sybill tem a ver com Seth? — Um novo calafrio percorreu-lhe a espinha.

— Não cabe a mim lhe contar isso. — Tornou a sorrir, mas seus olhos não acompanharam a curva que se formou em seus lábios. — Você não comentou com os seus irmãos a meu respeito. Precisa fazer isso. Precisa parar de achar que pode controlar tudo. Você é bom nisso, Deus é testemunha, mas relaxe um pouco.

Respirando bem fundo e devagar, Ray girou o corpo por completo, comentando:

— Nossa! Sua mãe ia ficar toda empolgada se visse este lugar. Você fez um bom trabalho com a sua vida até agora. — Nesse momento, seus olhos sorriram também. — Tenho muito orgulho de você, filho. Sei que vai conseguir lidar com o que está para acontecer.

— O senhor é que fez um bom trabalho com a minha vida — murmurou Phillip. — O senhor e a mamãe.

— Fizemos mesmo! — Ray deu uma piscadela. — Mantenha-se assim. — Quando o telefone tocou, Ray soltou um suspiro profundo. — Tudo acontece como deve acontecer. É o que você faz a respeito disso que determina toda a diferença. Atenda o telefone, Phillip, e lembre-se de que Seth precisa muito de você.

De repente, não havia mais nada, a não ser o toque do telefone e um escritório vazio. Com o olhar pregado no lugar em que seu pai estivera, Phillip esticou o braço e pegou o telefone.

— Alô, Phillip Quinn falando...

Enquanto ouvia, seu olhar foi ficando mais duro. Pegou uma caneta e começou a tomar notas, enquanto ouvia o relatório que o detetive estava lhe passando, descrevendo os mais recentes movimentos de Gloria DeLauter.

Capítulo Nove

— Ela está em Hampton. — Phillip manteve os olhos fixos em Seth enquanto divulgava a informação. Viu quando Cam colocou a mão no ombro rígido do menino, um sinal mudo de proteção e solidariedade. — Foi presa por bebedeira, perturbação da ordem e posse de drogas.

— Então ela está na cadeia! — O rosto de Seth estava branco como papel. — Eles podem mantê-la trancafiada.

— Ela está lá agora. — O tempo que iam mantê-la presa, pensou Phillip, era outra história. — O problema é que, provavelmente, tem dinheiro suficiente para pagar fiança.

— Quer dizer que ela pode dar dinheiro para a polícia e os guardas a soltam? — Por baixo da mão de Cam, Seth começou a tremer. — Não importa o que ela tenha feito?

— Não sei. O que sei é que, por ora, sabemos *exatamente* onde ela está. Vou até lá para conversar com ela.

— Não! Não vá lá!

— Seth, nós já conversamos a respeito disso. — Cam massageou o ombro trêmulo do menino enquanto o virava em sua direção. — A única forma de resolvermos esse problema para sempre é enfrentando-a.

— Eu não vou voltar com ela. — Isso foi dito em um sussurro, mas com fúria. — Jamais vou voltar com ela.

— E não vai mesmo. — Ethan desafivelou seu cinto de ferramentas e o colocou sobre uma bancada. — Você pode ficar com Grace até Anna chegar em casa. — Olhou para Phillip e Cam. — Nós todos vamos a Hampton.

— E se os policiais disserem que eu tenho que ir com ela? E se eles aparecerem aqui enquanto vocês estiverem fora e...

— Seth! — interrompeu Phillip, pondo um fim ao desespero do menino. Agachando-se diante dele, apertou-lhe os braços com firmeza. — Você tem que confiar em nós!

Seth fitou-o com seus olhos de Ray Quinn, e eles pareceram vitrificados, cheios de lágrimas e de terror. Pela primeira vez, Phillip olhou para aqueles olhos sem ressentimentos ocultos nem dúvidas.

— Seu lugar é aqui, conosco — disse baixinho. — Nada vai mudar isso.

Com um suspiro longo e trêmulo, Seth concordou. Não tinha escolha e não podia fazer nada, a não ser esperar. E temer.

— Vamos no meu carro — propôs Phillip.

— Grace e Anna vão acalmá-lo — afirmou Cam, mexendo-se, meio desconfortável, no banco do carona do jipe de Phillip.

— É um inferno sentir tanto pavor. — Do banco de trás, Ethan deu uma olhada no velocímetro e reparou que Phillip já estava a quase cento e trinta por hora. — Não poder fazer mais nada, a não ser esperar para ver o que vai dar.

— Ela agora se fodeu! — disse Phillip, curto e grosso. — Ter ido em cana não vai ajudá-la em nada na hora de conseguir a custódia, se ela tentar isso.

— Ela não quer o garoto.

— Não — Phillip desviou o olhar da estrada por um segundo e olhou para Cam —, o que ela quer é grana. Só que não vai mais sugar nada de nós, e ainda vamos conseguir algumas respostas. Vamos dar um fim a isso!

Ela ia mentir, pensou Phillip. Não tinha dúvidas de que ela ia mentir, manipular e tentar chantagear. Só que ela ia se dar mal, muito mal, se achava que podia passar pelos três para chegar até Seth.

Você vai conseguir lidar com o que está para acontecer, dissera Ray.

As mãos de Phillip agarraram o volante com mais força e ele manteve os olhos fixos na estrada. Ele ia lidar bem com o caso, sim. De um jeito ou de outro.

Com a cabeça latejando e o estômago embrulhado, Sybill entrou na pequena delegacia. Gloria ligara para ela, chorando e desesperada, suplicando por algum dinheiro para pagar a fiança.

Para a fiança, pensava Sybill naquele momento, tentando evitar um calafrio.

Gloria lhe dissera que sua prisão havia sido um engano, lembrava naquele instante, um terrível mal-entendido. Claro, o que mais poderia ter acontecido? Ela pensara em transferir o dinheiro para a conta de Gloria. Ainda não estava certa sobre o que a levara a pegar o carro e dirigir até lá.

Vontade de ajudar, disse a si mesma. Gloria só queria ajuda.

— Estou aqui por causa de Gloria DeLauter — informou ao policial uniformizado que estava sentado atrás de uma bancada estreita entulhada de papéis. — Gostaria de vê-la, se possível.

— Qual o seu nome?

— Dra. Sybill Griffin. Sou irmã dela. Vou pagar a fiança, mas, antes, gostaria de vê-la.

— Posso ver sua identidade?

— Claro! — E remexeu dentro da bolsa, à procura da carteira. Suas mãos estavam úmidas e trêmulas, mas o policial simplesmente a encarou com olhos frios, até ela se identificar oficialmente.

— Por que não se senta? — sugeriu ele, empurrando a cadeira para trás e se levantando para ir à sala ao lado.

A garganta de Sybill estava seca e ela não via a hora de beber algo. Ficou andando de um lado para outro na pequena sala de espera, entre cadeiras de plástico bege, até que viu um bebedouro. A água, porém, atingiu-lhe o estômago como se fossem bolas de chumbo geladas.

Será que eles a haviam colocado em uma cela? Ai, meu Deus, será que eles a tinham colocado em uma cela de verdade? Era lá que ela ia ter que entrar para ver Gloria?

Por baixo de seu pesar, porém, sua cabeça tentava trabalhar de forma objetiva e pragmática. Como Gloria havia conseguido encontrá-la? O que estava fazendo assim tão perto de St. Christopher? Por que estava sendo acusada de posse de drogas?

Foi por tudo isso que ela não transferira o dinheiro simplesmente, admitia a si mesma naquele momento. Queria ter algumas respostas antes.

— Dra. Griffin!

Ela deu um pulo, assustada, e se virou para o policial com os olhos arregalados como os de um animal pego de surpresa pelos faróis de um carro.

— Sim — respondeu. — Posso vê-la agora?

— Preciso ficar com a sua bolsa aqui fora. Vou lhe dar um recibo.

— Certo.

Ela entregou-lhe a bolsa e assinou o pedaço de papel que ele lhe entregou, um recibo pelos seus pertences.

— Venha comigo, por favor.

Ele fez um gesto indicando uma porta lateral e a abriu, mostrando um corredor estreito. À esquerda, havia uma pequena sala mobiliada apenas com uma mesa simples e algumas cadeiras. Gloria estava sentada em uma delas, com o pulso direito algemado à mesa.

A primeira coisa que passou pela cabeça de Sybill ao ver aquilo é que ocorrera algum engano. Aquela não era a sua irmã. Haviam trazido a pessoa errada para se encontrar com ela. A mulher que estava ali parecia muito mais velha, com feições muito duras, um corpo magro demais e ombros finos que eram como pontas de asas em contraste com os seios tão apertados em uma blusa curta e colante que os mamilos se projetavam, arrogantes.

A massa de cabelos em um tom de palha seca, muito frisados, exibia uma linha escura junto da raiz, e dobras profundas pareciam penduradas em volta da boca. Seu olhar calculista era tão penetrante quanto os ossos dos ombros.

Então aqueles olhos se encheram de lágrimas e a boca tremeu.

— Syb! — exclamou ela com a voz entrecortada enquanto estendia a mão em um gesto de súplica. — Graças a Deus você veio!

— Gloria! — Sybill se lançou na direção da irmã com rapidez, segurando a mão trêmula entre as suas. — O que aconteceu?

— Não sei. Não compreendo o que houve. Estou tão assustada! — Deixou a cabeça tombar sobre a mesa e começou a chorar, soltando soluços altos e atormentados.

— Por favor... — Instintivamente, Sybill se sentou e envolveu a irmã com os braços enquanto olhava para trás, na direção do policial — podemos ficar a sós?

— Estarei bem aqui fora, se precisar. — Lançou um olhar para Gloria. Se pensou no quanto aquela mulher estava diferente da louca agitada que berrava muito, xingando todo mundo, que havia sido levada para a cela poucas horas antes, seu rosto não revelou nada.

Ele saiu e fechou a porta, deixando-as sozinhas.

— Deixe-me pegar um pouco de água para você.

Sybill se levantou, correu até a jarra de água que havia no canto da sala e encheu um fino copo de papel com a forma de um cone. Cobriu as mãos da irmã com as suas, para mantê-las mais firmes enquanto Gloria segurava o frágil recipiente.

— Você já pagou a fiança? Por que não podemos simplesmente sair? Não quero ficar aqui!

— Vou cuidar disso. Conte-me o que aconteceu.

— Já disse que não sei. Havia um cara comigo. Eu estava me sentindo muito solitária. — Fungou, aceitando o lenço de papel que Sybill lhe estendera. — Estávamos apenas conversando um pouco, íamos sair para almoçar quando os tiras chegaram. Ele fugiu correndo e os policiais me agarraram. Tudo aconteceu tão depressa... — Enterrou o rosto entre as mãos. — Acharam drogas na minha bolsa. Deve ter sido ele que as colocou lá. Eu apenas precisava de alguém com quem conversar.

— Tudo bem. Estou certa de que podemos esclarecer tudo. — Sybill queria acreditar, aceitar, e odiava a si mesma por não conseguir, pelo menos não de todo. — Qual era o nome dele?

— John. John Barlow. Ele parecia um sujeito tão legal, Sybill, tão compreensivo. E eu estava me sentindo muito por baixo... por causa de Seth. — Abaixou as mãos, mostrando olhos trágicos. — Sinto tantas saudades do meu filhinho!

— Você estava indo para St. Christopher?

— É que eu pensei que... — Gloria baixou os olhos. — Se pelo menos eu tivesse a oportunidade de dar uma olhadinha nele...

— Foi isso que o advogado sugeriu?

— Advogado? Ahn... — A hesitação foi muito curta, mas fez o alarme soar na cabeça de Sybill. — Não, ele não sabe. Mas os advogados não entendem nada dessas coisas. Só ficam pedindo dinheiro.

— Qual o nome do seu advogado? Vou ligar para ele. Talvez ele possa nos ajudar a esclarecer tudo e sair dessa.

— Ele não é daqui dessa região. Escute, Sybill, tudo o que eu quero é dar o fora deste lugar. Você não vai acreditar quando eu lhe contar o quanto isto aqui é horrível. Sabe aquele policial que está ali fora? — Acenou com a cabeça na direção da porta. — Ele ficou se esfregando em mim.

O estômago de Sybill começou a se contorcer novamente.

— Que quer dizer, Gloria?

— Você sabe o que eu quero dizer! — O primeiro sinal de irritação surgiu em seu rosto. — Ele me palmeou toda e disse que ia voltar mais tarde para fazer mais coisas. Ele vai me estuprar!

Sybill fechou os olhos e apertou os dedos com força sobre eles. Quando elas eram adolescentes, Gloria acusara mais de uma dúzia de rapazes e homens de assediá-la sexualmente, incluindo o coordenador e o diretor da escola em que estudavam. Certa vez, acusara até mesmo o pai delas.

— Gloria, não faça isso. Eu já disse que ia ajudá-la.

— Pois eu estou lhe dizendo que aquele canalha esfregou as mãos por todo o meu corpo. Assim que sair daqui, vou dar queixa dele. — Amassou o copinho de papel, atirando-o longe. — Estou pouco ligando se você acredita em mim ou não. Sei muito bem o que aconteceu.

— Certo, mas vamos lidar com o problema de agora. Como soube onde me encontrar?

— O quê? — Um acesso de raiva estava começando a se infiltrar em seu cérebro e ela teve de se esforçar para se lembrar de manter o papel que representava. — Como assim?

— Eu não disse a você para onde estava indo nem onde estaria. Avisei que ia entrar em contato com você. Como foi que me achou no hotel de St. Christopher?

Aquilo havia sido um erro, conforme Gloria soube assim que desligara o telefone. Mas ela estava bêbada e furiosa. E o pior, não tinha dinheiro para pagar a fiança. O que sobrou do dinheiro que ela recebera estava muito bem guardado. E ia ficar ali até os Quinn aumentarem um pouco mais a sua poupança.

Não raciocinara direito ao ligar para Sybill, mas teve bastante tempo para pensar no assunto depois disso. O melhor jeito de jogar com a maninha Sybill, como bem sabia, era apertar os seus botões de culpa e de responsabilidade.

— É que eu conheço você, Sybill. — Lançou para a irmã um olhar marejado de lágrimas. — Sabia que, quando eu lhe contasse o que acontecera com Seth, você viria ajudar. Tentei achá-la em seu apartamento em Nova

York. — Essa parte era verdade. Ligara havia mais de uma semana. — Quando a sua secretária me disse que você estava fora da cidade, expliquei que era sua irmã e que se tratava de um caso de emergência. Diante disso, ela me deu o telefone do hotel.

— Entendo... — Era uma explicação plausível, decidiu Sybill, até mesmo lógica. — Vou cuidar do pagamento da fiança, Gloria, mas sob algumas condições.

— Sei... — Soltou uma risada curta. — Esse papo me soa familiar.

— Preciso do nome do seu advogado para que possa contatá-lo. Quero que ele me atualize sobre tudo o que diz respeito à situação de Seth. Quero que você converse comigo também. Podemos jantar em algum lugar por aqui e você poderá me explicar tudo a respeito dos Quinn. Poderá me dizer por que razão eles alegam que Ray Quinn lhe deu dinheiro para ficar com Seth.

— Aqueles filhos da puta são uns mentirosos!

— Eu me encontrei com eles — explicou Sybill, com toda a calma. — Conheci suas esposas também... e vi Seth. É muito difícil, para mim, encaixar o que você me contou com o que eu vi.

— Você não pode encaixar tudo em relatórios limpos e bem explicados. Nossa, Sybill, você parece o nosso velho. — Começou a se levantar, amarrando a cara ao se ver impedida pela algema que a mantinha presa. — Os dois eminentes doutores Griffin.

— Isso não tem nada a ver com o meu pai — disse Sybill baixinho —, mas desconfio de que tenha tudo a ver com o seu.

— Foda-se tudo, então! — Gloria retorceu os lábios em um sorriso feroz. — E foda-se você! A filha perfeita, a aluna perfeita, um robô, todo mecanizado, mas perfeito. Simplesmente pague a porra da fiança! Tenho dinheiro guardado. Devolvo a grana a você. E vou pegar meu filho de volta mesmo sem a sua ajuda, maninha querida. Meu filho! Se você prefere aceitar a palavra de um bando de estranhos, em vez de acreditar na sua irmã, alguém do seu próprio sangue, vá em frente! Você sempre me odiou mesmo.

— Eu não odeio você, Gloria, jamais odiei. — Mas bem que conseguiria odiá-la, compreendeu, enquanto sentia a dor penetrar-lhe no coração e tomar-lhe toda a cabeça. Sybill tinha medo de conseguir odiar a irmã com muita facilidade. — Além do mais, não estou aceitando a palavra de ninguém contra a sua. Só estou tentando compreender.

Deliberadamente, Gloria virou o rosto para o lado oposto a Sybill, para que ela não pudesse ver seu sorriso de satisfação. Encontrara o botão certo para apertar, afinal, decidiu.

— Sybill, preciso dar o fora daqui. Estou louca para tomar um banho! — Fez questão de demonstrar uma voz frágil e incerta: — Não consigo mais falar a respeito disso. Estou tão cansada...

— Vou lá fora resolver a papelada. Estou certa de que não vai demorar muito.

— Desculpe, Sybill! — Ao vê-la se levantar, Gloria agarrou-lhe a mão e a trouxe carinhosamente junto do rosto. — Sinto muito por ter lhe dito aquelas coisas. Não estava falando sério. Estou nervosa, chateada e confusa. Sinto-me tão só.

— Tudo bem. — Sybill puxou a mão devagar para soltá-la, e foi caminhando em direção à porta com as pernas tão bambas que pareciam feitas de cristal, prestes a quebrar.

Do lado de fora, engoliu duas aspirinas e em seguida tomou dois comprimidos de antiácido enquanto esperava a burocracia da fiança. Fisicamente, pensou, Gloria mudara. A jovem que, no passado, fora estonteantemente bonita ficara com feições duras, áridas, como couro ressecado. Emocionalmente, porém, temeu Sybill, continuava a ser a mesma criança infeliz, perturbada e manipuladora que sentira uma alegria cruel ao desestruturar a própria família.

Ela ia insistir para que Gloria se submetesse a uma terapia, decidiu. E se envolvimento com drogas fosse parte do problema, iria providenciar que a irmã fosse enviada a uma clínica de reabilitação para drogados. Certamente, a mulher com quem acabara de conversar não seria capaz de conseguir a custódia legal de um menino. Resolveu explorar todas as possibilidades e descobrir o que era melhor para Seth, até Gloria conseguir se aprumar novamente.

Ia ter de consultar um advogado, é claro. No dia seguinte, logo cedo, ia procurar um advogado e conversar com ele a respeito dos direitos de Gloria e do bem-estar de Seth.

E teria de enfrentar os Quinn.

Só de pensar nisso, seu estômago voltou a se retorcer. Um confronto era inevitável, não havia como escapar disso. Nada a deixava se sentindo mais infeliz e vulnerável do que palavras ríspidas e emoções que demonstrassem ódio.

Mas ela estaria preparada. Ia pensar com calma sobre o que precisava ser dito, antecipar as perguntas deles e suas exigências, de forma a estar pronta, com as respostas adequadas na ponta da língua. Precisava, acima de tudo, se manter calma e objetiva.

Ao ver Phillip entrar na delegacia, sua cabeça esvaziou-se. Toda a cor desapareceu do seu rosto. Ficou petrificada quando o olhar dele cruzou com o dela e, então, se estreitou, tornando-se duro.

— O que está fazendo aqui, Sybill?

— Eu... — Não era pânico a sensação que surgiu por dentro dela, destroçando-a, mas sim constrangimento, vergonha. — Tinha negócios a resolver aqui.

— É mesmo? — Chegou mais perto dela, enquanto seus irmãos permaneceram atrás dele, em um silêncio que transmitia curiosidade. Foi quando notou no rosto dela: culpa e um pouco de medo. — E que tipo de negócio seria esse, pode-se saber? — Ao ver que ela não respondia nada, colocou a cabeça meio de lado e quis saber: — Qual a sua relação com Gloria DeLauter, Dra. Griffin?

— Ela é minha irmã — afirmou, forçando-se a manter a voz firme e o olhar fixo nele.

A fúria de Phillip foi gelada e mortal. Ele fechou os punhos, mas colocou as mãos dentro dos bolsos para evitar usá-las de um modo que seria imperdoável.

— Muito conveniente, não é, sua piranha? — disse baixinho, mas ela recuou como se ele a tivesse golpeado. — Então você me usou para chegar a Seth!

Ela balançou a cabeça, mas não conseguiu negar verbalmente. Era verdade, não era? Ela o usara, usara a todos eles.

— Tudo o que eu queria era vê-lo. O menino *é* filho da minha irmã. Eu tinha que me certificar de que ele estava sendo bem cuidado.

— Mas em que diabo de lugar você esteve nos últimos dez anos?

Ela abriu a boca para responder, mas engoliu as desculpas e explicações ao ver que Gloria estava saindo da cadeia.

— Vamos dar o fora daqui! Você paga as bebidas, Syb! — Jogou a bolsa vermelho-cereja por cima do ombro. — Quando chegarmos lá, poderemos conversar pelo tempo que quiser. — Lançou um sorriso, convidativo para Phillip. — Oi, gatão! — Balançou os quadris, colocando o punho na cintura, deixando o sorriso se espalhar para os outros homens. — Como é que vão as coisas?

Sob outras circunstâncias, o contraste entre as duas mulheres seria engraçado. Sybill permanecia calada e pálida, com os cabelos brilhantes e sedosos escovados cuidadosamente para trás, a boca sem pintura e os olhos sombrios. Transmitia uma elegância simples por todos os poros, usando um blazer cinza feito sob medida, sapatos de salto alto igualmente cinza e uma blusa branca de seda, enquanto Gloria exibia ossos saltados e curvas exageradas que transbordavam de um jeans preto e de uma camiseta apertada cujo decote mergulhava entre os seios.

Levara algum tempo retocando a maquiagem, seus lábios estavam com um tom de vermelho tão brilhante quanto a bolsa e os olhos fortemente delineados. Parecia, Phillip decidiu, exatamente o que era: uma prostituta envelhecida tentando parecer mais jovem.

De repente, pegou um maço de cigarros muito amassado, tirou um lá de dentro, balançou-o entre os dedos e perguntou a Phillip:

— Você tem fogo, garotão?

— Gloria, este é Phillip Quinn. — A introdução formal de Sybill pareceu ecoar em seus ouvidos. — Aqueles são seus irmãos, Cameron e Ethan.

— Ora, ora, ora. — O sorriso de Gloria se tornou contundente e amargo. — O trio de meninos malvados de Ray Quinn. Que diabos vocês querem aqui?

— Respostas! — disse Phillip, curto e direto. — Vamos lá para fora!

— Não tenho nada a dizer a vocês. Se fizerem um movimento que não me agrade, vou começar a gritar. — Começou a ameaçá-los, apontando para eles com o cigarro apagado. — Tem um monte de tiras aqui! Vamos ver se vocês gostam de passar algumas horas no xadrez!

— Gloria! — Sybill colocou a mão no braço da irmã, tentando segurá-la. — O único modo de colocar tudo isto em pratos limpos é conversar de forma racional.

— Eles não me parecem estar querendo uma conversa racional. Querem me agredir! — E mudou de tática de forma hábil, jogando os braços em volta de Sybill, agarrando-se a ela. — Estou com medo deles, Sybill. Por favor, me ajude.

— É o que estou tentando fazer. Gloria, ninguém vai machucá-la. Vamos procurar um lugar onde possamos nos sentar e conversar sobre tudo isso. Eu vou estar lá também, junto de você.

— Acho que estou enjoada! — Recuou, colocou os braços em volta do estômago e saiu correndo para o banheiro.

— Uma tremenda performance! — avaliou Phillip.

— Ela está muito chateada. — Sybill uniu as mãos e começou a torcer os dedos de nervoso. — Não está em condições de enfrentar estes problemas hoje.

Phillip olhou de volta para Sybill e seus olhos eram puro escárnio.

— Quer que eu acredite que você embarcou nessa história de enjoo? Ou você é muito ingênua, ou pensa que eu sou idiota.

— Ela passou a tarde toda na cadeia! — reagiu Sybill. — Qualquer pessoa ficaria abalada com isso. Não podemos discutir tudo isso amanhã? Essa conversa já esperou tanto tempo, certamente pode esperar por mais um dia.

— Só que estamos aqui *agora!* — intrometeu-se Cam. — E vamos resolver o caso *agora!* Você vai até lá arrastá-la para fora ou quer que eu vá?

— É desse jeito que planejam resolver isso, intimidando-a, e a mim também?

— Você não vai querer ouvir sobre a maneira como planejo resolver isso — começou Cam, desvencilhando-se da mão de Ethan, que o segurava, tentando acalmá-lo. — Depois de tudo o que ela obrigou Seth a passar, não há nada que possamos fazer com essa megera que ela não mereça.

— Acho que não é do interesse de nenhum de nós provocar uma cena aqui, dentro da delegacia. — Sybill olhou para trás, pouco à vontade, e observou o policial fardado que cuidava do balcão.

— Ótimo! — Phillip pegou-a pelo braço. — Então, vamos dar uma saidinha ali fora e provocar uma cena no meio da rua.

Sybill se manteve firme, em parte por medo e em parte por bom senso.

— Phillip, é melhor nos encontrarmos amanhã, a qualquer hora que seja mais conveniente para vocês. Vou levá-la comigo para o hotel onde estou hospedada.

— Mantenha essa mulher longe de St. Chris!

— Tudo bem, então. — Sybill franziu os olhos ao sentir que Phillip apertou-lhe o braço com mais força. — Onde sugerem o encontro?

— Deixe que eu dou uma boa sugestão — começou Cam, mas Phillip levantou a mão para impedi-lo de falar.

— Princess Anne — sugeriu ele. — Você a leva até a sala de Anna, no Departamento de Assistência Social, às nove da manhã. Isso mantém tudo em nível oficial, não é? Vamos colocar todas as cartas na mesa.

— Sim — concordou ela, sentindo uma onda de alívio percorrer-lhe o corpo. — Posso aceitar isso. Vou levá-la até lá. Vocês têm a minha palavra.

— Eu não dou um tostão furado pela sua palavra, Sybill — disse Phillip, inclinando-se de leve. — Porém, se realmente aparecer com ela amanhã, estaremos esperando. Nesse meio-tempo, se uma de vocês duas tentar chegar a menos de um quilômetro de Seth, juro que ambas vão passar um tempinho atrás das grades.

— Estaremos lá às nove — disse ela, resistindo à vontade de esfregar o braço que Phillip apertara e que estava doendo muito. Então se virou e foi em direção ao banheiro para pegar a irmã.

— Por que diabos você veio com essa história? — quis saber Cam ao vê-la sair a passos largos, passando ao lado de Phillip. — Estávamos com ela nas mãos aqui e agora!

— Poderemos conseguir mais informações dela amanhã.

— Papo furado!

— Phillip tem razão. — Por mais que detestasse, Ethan aceitou a mudança de planos. — Desse jeito, mantemos tudo dentro da esfera oficial. E não corremos o risco de perder a cabeça. Vai ser melhor para Seth.

— Melhor como? Querem que a piranha da mãe dele e a titia mentirosa tenham mais tempo para bolar juntas uma história triste? Nossa, quando eu lembro que Sybill esteve sozinha com Seth durante mais de uma hora hoje, tenho vontade de...

— Já aconteceu! — disse Phillip com rispidez. — Ele está bem. Estamos todos bem. — Sentindo a fúria borbulhar em seu sangue, entrou no jipe e bateu a porta com força. — Além do mais, há cinco de nós. Elas não vão conseguir colocar as mãos em Seth!

— Ele não a reconheceu — comentou Ethan. — Engraçado isso, não acham? Ele não sabia quem era Sybill.

— Nem eu — murmurou Phillip, engatando a marcha do Land Rover. — Mas, agora, sei.

A prioridade de Sybill era conseguir uma refeição bem quente para Gloria, mantê-la calma e questioná-la com todo o cuidado. O pequeno restaurante italiano ficava a poucos quarteirões da delegacia e, depois de uma olhada rápida, Sybill decidiu que ia servir.

— Meus nervos estão em frangalhos! — Gloria soprou com força a fumaça do cigarro enquanto Sybill manobrava o carro no estacionamento. — A cara de pau daqueles canalhas... virem pra cima de mim daquele jeito! Você sabe o que eles teriam feito se eu estivesse aqui sozinha, não sabe?

Sybill limitou-se a suspirar e saltou do carro, dizendo:

— Você precisa comer alguma coisa.

— Sim, claro. — Gloria fez um muxoxo de pouco-caso ao olhar para a decoração do lugar no instante em que pisou lá dentro. Era um ambiente claro e alegre, com peças de cerâmica em estilo italiano muito coloridas, velas grossas, toalhas de mesa quadriculadas e decorativas garrafas de vinagre aromatizado com ervas. — Preferia encarar um bife suculento à comida de carcamano.

— Por favor, Gloria! — Tentando ignorar a irritação que sentia, Sybill agarrou Gloria pelo braço e pediu uma mesa.

— Na área de fumantes — acrescentou Gloria, já pegando um cigarro enquanto elas eram encaminhadas para a área mais barulhenta, próxima do bar. — Gim-tônica para mim, por favor. Duplo.

— Para mim, apenas água mineral sem gás. — Sybill massageou as têmporas. — Obrigada.

— Relaxe... — sugeriu Gloria quando a garçonete as deixou sozinhas.— Você bem que precisava de um drinque.

— Não, vou dirigir. E não quero beber nada mesmo. — Virou a cabeça para se desviar da lufada de fumaça que Gloria atirou-lhe no rosto. — Precisamos conversar, Gloria... a sério.

— Deixe-me primeiro agitar um pouco os hormônios, tá legal? — Gloria deu uma tragada e olhou para os homens que estavam sentados no bar, brincando de escolher com qual deles sairia dali, se não estivesse com a irmã sacal a tiracolo.

Nossa, Sybill era um porre! Sempre fora, avaliou, tamborilando com os dedos sobre a mesa, louca pela porcaria da bebida que não chegava. Mas ela era muito útil também, como sempre. Era fácil de enrolar, e quando Gloria simulava algumas lágrimas, caía direitinho.

Ela precisava de alguém para pressionar os Quinn, e Sybill era a escolha perfeita. A virtuosa e muito respeitável Dra. Griffin.

— Gloria, você nem ao menos me perguntou a respeito de Seth.

— O que tem ele?

— Estive várias vezes com ele, conversei com o menino. Conheci o lugar onde está morando, onde fica a sua escola. Conheci alguns dos seus amigos.

Gloria percebeu o tom de desaprovação da irmã e ajustou a sua atitude:

— Como está Seth? — Fingiu um sorriso trêmulo. — Ele perguntou por mim?

— Ele está ótimo. Vai maravilhosamente bem, para falar a verdade. Cresceu tanto desde a última vez em que o vi...

Comia como um cavalo, lembrou Gloria, e vivia perdendo as roupas e os sapatos por crescer muito depressa. Ela precisava ter uma porra de uma árvore de dinheiro, ou algo assim, para encarar tantas despesas.

— Ele não sabia quem eu era — completou Sybill.

— Como assim? — Gloria voou sobre o drinque e o entornou de uma vez só no instante em que pousou na mesa. — Você não contou a ele?

— Não, não contei. — Olhou para a garçonete. — Vamos esperar mais um pouquinho antes de fazer o pedido, está bem?

— Quer dizer então que você estava circulando por toda parte disfarçada? — Glória soltou uma gargalhada rouca e escandalosa. — Você me surpreende, Syb.

— Achei melhor observar a situação antes de modificar a dinâmica dos relacionamentos.

— Ah, isso é a sua cara! — Fez cara de deboche. — Puxa, você não muda mesmo. "Achei melhor observar a situação antes de modificar a dinâmica dos relacionamentos" — repetiu, imitando a irmã com um tom de voz esnobe. — Nossa! A situação é que aqueles filhos da puta estão com o meu menino. Eles me ameaçaram, e sabe Deus o que andam fazendo com ele. Quero dinheiro para me ajudar a pegá-lo de volta.

— Enviei dinheiro para você pagar o advogado — lembrou-lhe Sybill.

Gloria deixou o gelo bater nos dentes enquanto bebia lentamente. Os cinco mil dólares até que vieram a calhar, pensou. Como, diabos, ela ia saber a rapidez com que a grana arrancada de Ray ia desaparecer? Tinha muitas despesas, não tinha? Precisava se distrair um pouco para variar. Devia ter exigido o dobro pelo menino, decidiu.

Bem, de qualquer modo, agora, podia arrancar a grana daqueles canalhas que Ray criara.

— Você recebeu o dinheiro que eu transferi para a sua conta, não recebeu, Gloria?

— Recebi! — Tomou mais um gole, bem devagar. — Só que os advogados sugam tudo da gente, não é? Ei! — berrou para a garçonete, apontando para o copo vazio. — Traz mais um desse aqui pra mim!

— Se continuar bebendo tanto assim com o estômago vazio, vai tornar a ficar enjoada.

Até parece, pensou Gloria com ar de deboche, enquanto pegava o cardápio. Não pretendia enfiar o dedo na garganta novamente. Uma vez já era mais que suficiente.

— Olha, eles têm bife à florentina, Syb! Disso eu gosto! Lembra quando o velho nos levou à Itália naquele verão? Todos aqueles caras tesudos andando de moto? Cacete, eu me diverti demais com aquele cara... como era mesmo o nome dele? Cario... Leo... um nome desses. Eu o arrastei para o nosso quarto. Você era muito envergonhada para ficar assistindo à putaria e dormiu na sala da suíte enquanto a gente botou pra quebrar a noite toda. — Levantando o copo recém-servido, fez um brinde: — Deus abençoe os italianos.

— Vou querer o linguini com molho de manjericão e salada mista — pediu Sybill.

— Para mim o bife... malpassado. E dispenso aqueles vegetais que vêm junto e parecem comida de coelho. — Gloria devolveu o cardápio sem sequer olhar para a garçonete. — Já fazia um bom tempo que a gente não se via, hein, Sybill? Quantos anos? Quatro, cinco?

— Seis — corrigiu Sybill. — Já faz mais de seis anos desde a noite em que eu voltei para casa e descobri que você e Seth haviam ido embora, carregando um monte dos meus objetos pessoais.

— Foi mesmo... olhe, desculpe por aquilo. Eu andava meio confusa. É uma barra criar um filho sozinha, com o dinheiro sempre apertado...

— Você jamais me contou muita coisa a respeito do pai dele.

— Não há nada de especial para contar. Águas passadas... — Deu de ombros, balançando o gelo no copo.

— Certo. Então, vamos lidar com os eventos desse momento. Preciso saber tudo o que aconteceu. Preciso compreender tudo muito bem, a fim de ajudá-la e de saber como proceder no nosso encontro de amanhã com os Quinn.

— Encontro?! — Ela bateu com o gim-tônica na mesa com estrondo. — Que encontro?

— Vamos até o Departamento de Assistência Social amanhã de manhã para exporoms os fatos, discutirmos a situação e tentarmos chegar a uma solução.

— *Aqui* que eu vou! — reagiu Gloria, com um gesto obsceno. — A única coisa que eles querem é foder com a minha vida!

— Fale mais baixo — ordenou Sybill com rispidez — e me escute. Se você quer organizar a sua vida e conseguir seu filho de volta, isso tem que ser feito com calma e dentro da lei. Gloria, você precisa de ajuda, e estou disposta a ajudá-la. Pelo que posso ver, você não está em condições de pegar Seth de volta nesse momento.

— Está do lado de quem, afinal?

— Do lado dele! — As palavras saíram de sua boca antes de Sybill perceber que aquilo era a verdade absoluta. — Estou do lado dele, e imagino que isso me coloque do seu lado também. Antes, porém, precisamos chegar a uma conclusão sobre o que aconteceu com você hoje para ir parar na cadeia.

— Já lhe disse, foi uma armação.

— Ótimo. Mesmo assim, é um problema que temos que resolver. Nenhum tribunal vai favorecer uma mulher que está respondendo a acusações por posse de drogas.

— Legal! Então por que você não sobe no banco das testemunhas e conta a todos o quanto eu não presto? É o que pensa de mim mesmo. É o que todos lá em casa sempre pensaram.

— Por favor, pare! — Baixando a voz até falar quase aos murmúrios, Sybill se debruçou sobre a mesa. — Estou fazendo tudo o que está ao meu alcance. Se quer me provar que deseja que tudo dê certo, você tem que cooperar, tem que me oferecer alguma coisa em troca, Gloria.

— Nada sai de graça com você, sempre foi assim.

— Não estamos falando de mim. Vou pagar os honorários legais, vou conversar com o Serviço de Assistência Social, vou dar tudo de mim para fazer com que os Quinn compreendam suas necessidades e seus direitos. Gostaria que você fosse para uma clínica de desintoxicação.

— Eu? Por quê?

— Você bebe demais.

— É que o dia foi muito difícil. — Fez um ar de deboche, bebendo mais gim.

— Havia drogas com você.

— Já falei que aquela merda não era minha!

— Sei, ouvi bem quando você me disse — afirmou Sybill com frieza. — Consiga aconselhamento psicológico, faça terapia e vá para a reabilitação. Posso arrumar tudo isso para você. Banco tudo! Vou lhe arranjar um emprego e um lugar decente para ficar.

— Desde que corra tudo ao seu jeito. — Gloria entornou o resto do drinque de uma vez só. — Terapia... você e o velho sempre usaram isso para resolver todos os problemas.

— Bem, minhas condições são essas.

— Então você é quem está comandando o espetáculo. Nossa, peça mais um drinque para mim, por favor, tenho que ir lá dentro mijar. — E, pendurando a bolsa sobre o ombro, passou pela frente do bar a passos largos.

Sybill se recostou na cadeira e fechou os olhos. Não ia pedir outro drinque para Gloria, muito menos agora que ela já estava começando a falar com a voz engrolada. Essa era outra batalha que iam ter de enfrentar quando ela voltasse do banheiro, pensou.

As aspirinas que tomara não adiantaram nada. Suas têmporas latejavam de dor, em um ritmo constante e enjoado. Parecia-lhe que um torno mecânico apertava-lhe a cabeça. Tudo o que queria era se deitar em uma cama macia em um quarto escuro e mergulhar no esquecimento.

Ele a odiava agora. Sybill sentiu uma dor profunda, arrependimento e muita vergonha ao se lembrar do desprezo que vira nos olhos de Phillip. Talvez ela merecesse isso. Naquele momento, ela nem mesmo conseguia pensar direito para ter certeza. Sentia, porém, profundamente, o que acontecera.

Mais que isso, sentia-se furiosa consigo mesma por deixar que ele e o juízo que fazia dela tivessem tanta importância em um intervalo de tempo tão curto. Ela o conhecia há poucos dias e jamais planejara que as emoções de ambos se entrelaçassem.

Um simples caso de atração física, algumas horas agradáveis em companhia um do outro. Isso era tudo o que deveria acontecer entre eles. Como era possível ter se transformado em mais?

O que sabia é que, quando ele a abraçava e fazia seu sangue ferver de desejo com beijos longos e íntimos, queria mais. E, agora, ela, que jamais se considerara particularmente sexy nem costumava se deixar levar pelas emoções, se transformara em um bagaço patético, só porque um homem conseguira abrir um cadeado que ela não tinha mais interesse em ver aberto.

Bem, não havia nada que pudesse fazer naquele momento a respeito daquilo. Certamente, considerando as circunstâncias, ela e Phillip Quinn jamais deveriam sequer ter dado início a relacionamentos pessoais, de qualquer tipo. Se conseguissem voltar a se relacionar agora, seria apenas por causa do menino. Ambos deviam ser adultos e educados, ainda que de forma distante e fria, para alcançar, ela esperava, um desfecho razoável.

Pelo bem de Seth.

Abriu os olhos ao notar que a garçonete estava lhe servindo a salada e odiou o olhar de pena que viu nos olhos daquela estranha.

— A senhorita deseja mais alguma coisa? Quer mais água?

— Não, estou bem... obrigada. Pode levar o drinque também — acrescentou, indicando o copo vazio de Gloria.

Seu estômago se revoltou só de pensar em comida, mas ela se obrigou a pegar o garfo. Por cinco minutos, jogou a salada de um lado para outro sobre o prato, enquanto desviava o olhar de vez em quando para os fundos do restaurante.

Ela deve estar enjoada novamente, pensou Sybill, sentindo-se exausta. Agora, teria que ir até lá, segurar a cabeça de Gloria sobre o vaso, ouvir suas lamúrias e, depois, limpar toda a sujeira. Mais um padrão que se repetia.

Tentando lutar entre o ressentimento e a vergonha que sentia por pensar assim, Sybill se levantou e foi até o toalete.

— Gloria, você está bem? — Não havia ninguém nas pias, e nenhuma resposta veio das cabines. Resignada, Sybill começou a empurrar as portas, uma por uma. — Gloria!

Na última cabine, viu a própria carteira largada, aberta, sobre a tampa do vaso. Atônita, pegou-a e vasculhou com cuidado. Seus documentos estavam intactos e seus cartões de crédito também.

Todo o dinheiro, porém, desaparecera, juntamente com sua irmã.

Capítulo Dez

Com a cabeça estourando de dor, as mãos trêmulas e o organismo implorando por um pouco de repouso, Sybill abriu a porta de seu quarto de hotel. Se conseguisse alcançar seus remédios contra enxaqueca, apagasse todas as luzes e se lançasse no esquecimento, talvez conseguisse lidar com o dia seguinte.

Ia encontrar um modo de encarar os Quinn sozinha, apesar da dor vergonhosa de ter falhado.

Eles iam achar que ela ajudara Gloria a fugir. Como culpá-los por isso? Já era uma mentirosa dissimulada aos olhos deles. Aos olhos de Seth.

E, admitiu, aos próprios olhos.

Lentamente, deu duas voltas na chave, por dentro, girou a trava de segurança e se encostou na porta, até conseguir mover as pernas novamente.

Quando acendeu a luz, teve que segurar um grito e cobriu os olhos de forma defensiva.

— Você tinha razão a respeito da vista — disse Phillip, em pé diante das portas que davam para o terraço. — É espetacular!

Abaixando a mão, forçou a mente a se conectar com o que estava acontecendo. Ele tirara o paletó e a gravata, reparou ela. Fora isso, porém, parecia o mesmo homem com quem se confrontara na delegacia. Educado, civilizado e com um ar zangado e amargo no olhar.

— Como conseguiu entrar?

O sorriso dele foi frio, transformando seus olhos em duas pedras douradas e geladas. A cor de um frio sol de inverno.

— Ora, você me desaponta, Sybill, pensei que em sua pesquisa você tivesse descoberto o fato de que uma das minhas habilidades de infância era arrombar e invadir domicílios.

— Você era um ladrão? — perguntou ela, permanecendo onde estava, ainda apoiada na porta.

— Entre outras coisas. Mas chega de falar de mim. — Entrou no quarto, indo se sentar no braço do sofá, como se fosse um amigo que chegara casualmente e estivesse se colocando à vontade para um bate-papo. — Você me deixa realmente fascinado! Suas anotações são incrivelmente reveladoras, mesmo para um leigo no assunto, como eu.

— Você leu minhas anotações? — Seu olhar se desviou para a escrivaninha e o notebook. Mal conseguia demonstrar indignação através da pesada capa de dor que lhe envolvia a cabeça, mas sabia que o sentimento devia estar ali, em algum lugar. — Você não tinha o direito de vir até aqui sem ser convidado. Não tinha o direito de invadir o meu computador e ler o meu trabalho.

Tão calma, pensou Phillip, enquanto se levantava para pegar uma cerveja no frigobar. Que tipo de mulher era aquela?

— Até onde eu posso ver, Sybill, o jogo acabou. Você mentiu para mim e me usou. Já tinha tudo planejado, não foi? Quando passou "por acaso" pela porta do galpão na semana passada, seu esquema já estava todo pronto.

Ele não conseguia mais manter a calma. Quanto mais ela ficava ali parada, olhando para ele sem expressão alguma no rosto, mais sua raiva aumentava.

— Aquilo foi o reconhecimento do campo inimigo. — Bateu com a cerveja na mesa. O barulho forte da garrafa sobre a mesa atingiu a cabeça de Sybill como uma machadada. — Observar e fazer um relatório, passando informações para a sua irmã. Se ficar algum tempo em minha companhia ajudava a penetrar em nossas vidas com mais suavidade, estava disposta a fazer esse sacrifício. Agora me responda: você chegaria a dormir comigo para conseguir isso?

— Não! — Apertando a cabeça com a mão, ela quase se rendeu à necessidade de se deixar escorregar no chão e se curvar em posição fetal. — Eu nunca planejei que as coisas chegassem a...

— Acho que está mentindo. — Cruzando o quarto até onde ela estava, pegou-a pelos braços e a levantou, colocando-a nas pontas dos pés. — Acho que você toparia qualquer coisa. Eu era apenas um objeto para usar no trabalho, certo? Com o benefício adicional de ajudar a piranha da sua irmã a nos sugar um pouco mais de grana. Seth não significa mais para você do que para ela. É apenas um meio de alcançar um objetivo para as duas.

— Não, isso não é... eu não consigo pensar direito. — A dor era torturante. Se ele não a estivesse mantendo em pé, ela teria se colocado de joelhos e implorado. — Eu... nós podemos discutir sobre isso amanhã? Eu não estou bem.

— Você e Gloria têm isso em comum também. Não caio nessa, Sybill!

— Desculpe, não consigo me aguentar em pé. — Sua respiração começou a ficar ofegante e a visão tornou-se embaçada. — Preciso me sentar. Por favor, tenho que me sentar...

Phillip olhou para ela com atenção, apesar da fúria que sentia. O rosto de Sybill apresentava uma palidez mortal, seus olhos pareciam vitrificados, e a respiração continuava rápida e irregular. Se ela estava fingindo tudo aquilo, decidiu ele, Hollywood estava perdendo uma grande estrela.

Resmungando algo incompreensível, ele a levou até o sofá. Sybill desabou e pareceu se desmanchar sobre as almofadas.

Sentindo-se mal demais para ficar sem graça, fechou os olhos e pediu:

— Minha pasta... as pílulas estão na minha pasta.

Ele pegou a pasta de couro preto macio que estava ao lado da escrivaninha, remexeu lá dentro e encontrou o remédio.

— Imitrex? — perguntou, olhando espantado para ela. Sybill estava com a cabeça para trás, os olhos fechados e as mãos espalmadas sobre o colo, como se tentasse centralizar a dor ali, a fim de esmagá-la até que desaparecesse. — É o medicamento para enxaquecas mais forte que existe...

— Sim... preciso tomar isso de vez em quando. — Ela tinha que manter o foco, ordenou a si mesma. Precisava relaxar. Nada do que tentava fazer, porém, afastava a dor violenta que sentia. — Devia ter levado o remédio comigo. Se tivesse feito isso, a crise não chegaria tão forte.

— Tome. — Phillip entregou-lhe um comprimido com água, que pegou no frigobar.

— Obrigada. — Quase se engasgou com a água ao tomá-la depressa demais. — Leva algum tempo para fazer efeito, mas é melhor do que a injeção. — Tornando a fechar os olhos, rezou em silêncio para que ele fosse embora e simplesmente a deixasse em paz.

— Você comeu alguma coisa?

— O quê? Não, mas vou ficar bem.

Ela parecia frágil, terrivelmente frágil. Uma parte dele achava que ela merecia padecer, e sua tentação era deixá-la ali, sofrendo sozinha. Acabou, porém, pegando no telefone e ligou para o serviço de quarto.

— Não quero nada.

— Fique quieta! — Phillip pediu um pouco de sopa e chá, e então começou a andar pelo quarto, de um lado para outro.

Como é que ele conseguira fazer um julgamento errado de Sybill de forma tão completa? Sacar as pessoas de maneira rápida e precisa era uma das suas habilidades mais afiadas. Vira nela uma mulher inteligente e interessante. Uma mulher de classe. Com senso de humor e bom gosto. Por baixo da superfície, porém, era uma mentirosa, farsante e oportunista.

Quase riu de tudo aquilo, pois notou que acabara de descrever o menino que ele fora e passara metade da vida tentando enterrar.

— Em suas anotações, você diz que não via Seth desde que o menino tinha quatro anos. Por que veio até aqui agora?

— Pensei que pudesse ajudar.

— A quem?

— Não sei. — A esperança de que a dor pudesse começar a ceder deu-lhe forças para abrir os olhos. — Pensei em ajudar Seth... e Gloria.

— Se ajudasse um, ia ferir o outro. Li suas anotações todas, Sybill. O que está tentando me dizer é que você se importa com ele? "O objeto da pesquisa parece saudável." Ele não é a porra de um objeto de pesquisa, é uma criança!

— É preciso ser objetivo nesse trabalho.

— É preciso ser humano!

Isso a atingiu como um dardo, pontiagudo o bastante para furar seu coração e fazê-lo doer também.

— Não sou muito boa com emoções. Padrões reacionais e de comportamento são o meu forte, mais do que a análise de sentimentos. Eu tinha esperança de manter uma certa distância da situação para analisá-la e determinar o que era melhor para todos os envolvidos. Parece que não consegui fazer um bom trabalho.

— Por que não fez nada por ele antes? — quis saber Phillip. — Por que não fez nada para analisar a situação quando Seth estava com a sua irmã?

— Não sabia onde eles estavam.— Soltou o ar com força e balançou a cabeça. Não era o momento adequado para desculpas, e o homem que olhava para ela com olhos frios não as aceitaria de qualquer modo. — Para falar com sinceridade, jamais tentei realmente encontrá-los. Enviava dinheiro de vez em quando, sempre que ela entrava em contato comigo e pedia alguma coisa. Meus contatos com Gloria geralmente eram improdutivos e desagradáveis.

— Pelo amor de Deus, Sybill, estamos falando de um menino aqui e não das suas ideias a respeito de rivalidade entre irmãs.

— Eu tinha medo de me apegar a ele! — reagiu ela. — Na única vez em que isso aconteceu, ela o levou embora. O filho era dela, não meu. Não havia nada que eu pudesse fazer. Pedi para que me deixasse ajudá-los, mas Gloria não quis. Tem criado o menino por conta própria. Meus pais a deserdaram. Minha mãe nem mesmo reconhece que possui um neto. Eu sei que Gloria tem alguns problemas, mas a verdade é que as coisas não têm sido fáceis para ela.

— Você está falando tudo isso a sério? — Phillip simplesmente ficou olhando para ela.

— Ela não tem com quem contar — começou Sybill, e então tornou a fechar os olhos ao ouvir uma batida na porta. — Sinto muito, mas acho que não vou conseguir comer nada.

— Vai. Vai sim!

Phillip abriu a porta para o serviço de quarto e direcionou o garçom para o centro do aposento, indicando a mesinha em frente ao sofá para ele colocar a bandeja. Despachou-o bem depressa, pagando pela refeição em dinheiro e oferecendo-lhe uma generosa gorjeta.

— Experimente a sopa! — ordenou. — Você precisa colocar alguma coisa no estômago, senão o remédio vai fazê-la sentir náuseas. Minha mãe era médica, lembra?

— Certo... — Levando a colher à boca bem devagar, Sybill disse a si mesma que aquilo também era remédio. — Obrigada. Estou certa de que não está disposto a ser gentil nesse momento.

— Para mim, sempre foi mais difícil chutar as pessoas quando elas já estão no chão. Coma tudo, Sybill, e podemos partir para mais um *round*.

Ela suspirou. As fisgadas na cabeça estavam começando a diminuir. Já dava para suportá-las, pensou. E a ele também.

— Espero que você pelo menos tente compreender o meu lado nesta história. Gloria me telefonou há algumas semanas. Estava desesperada, aterrorizada. Contou-me que perdera Seth.

— Perdera? — Phillip soltou uma gargalhada sarcástica. — Essa é ótima!

— A primeira coisa que me veio à cabeça foi rapto, mas consegui arrancar-lhe alguns detalhes. Ela me explicou que a sua família estava com ele, que vocês o haviam tirado dela. Parecia quase histérica, temendo talvez nunca mais tornar a ver o menino. Não tinha dinheiro para pagar o advogado. Estava lutando contra uma família inteira, com todo o sistema contra ela, e estava sozinha. Eu transferi o dinheiro para que ela pagasse o advogado e garanti que ia ajudá-la. Pedi que esperasse até eu entrar em contato com ela.

Conforme seu organismo foi começando a voltar ao normal, Sybill foi ficando mais calma. Pegou um dos pãezinhos que estavam na cestinha ao lado da sopa e o abriu ao meio.

— Decidi vir até aqui para avaliar a situação por mim mesma. Sei que Gloria nem sempre fala a verdade, e às vezes distorce as coisas de acordo com seus interesses. O fato, porém, Phillip, é que a sua família estava com Seth, e não ela.

— Graças a Deus por isso...

— Sei que estão oferecendo a ele um bom ambiente, um bom lar, mas ela é mãe dele, Phillip! — Olhando para o pãozinho partido em suas mãos, ela se perguntou se conseguiria colocá-lo na boca para mastigar. — Gloria tem todo o direito de manter o próprio filho junto dela.

Phillip observou o rosto dela com toda a atenção e analisou o tom de sua voz. Não sabia se devia ficar furioso ou perplexo pela situação.

— Você acredita nisso de verdade, não é?

— Como assim? — A cor voltava lentamente ao seu rosto. Seus olhos estavam mais focados e encaravam os dele com firmeza.

— Você acredita que a minha família arrancou Seth dos braços da mãe, tirando vantagem de uma pobre coitada em maré de azar para tomar-lhe o filho, e que ela agora o quer de volta... Acredita que ela até mesmo contratou um advogado para lutar pela custódia do menino.

— Bem, vocês estão com o menino — argumentou ela.

— Exato! É exatamente ali o lugar ao qual ele pertence, e exatamente ali o lugar onde vai ficar. Deixe-me contar-lhe alguns fatos. Ela chantageou meu pai e *vendeu* Seth para ele.

— Entendo que vocês acreditam nisso, mas...

— Esses são *fatos,* Sybill. Há menos de um ano, Seth estava morando em um prédio imundo na zona de prostituição de Baltimore, e sua irmã estava rodando bolsinha por aí!

— Rodando bolsinha?

— Meu Deus, de que planeta você veio? Gloria estava *dando* por aí, e não se trata de uma prostituta com coração de ouro, não era uma mãe solteira desesperada, em um mau momento, fazendo tudo o que podia para sobreviver e manter seu filho alimentado e aquecido. Era uma drogada tentando bancar o próprio vício!

Sybill balançou a cabeça lentamente de um lado para outro, embora uma parte dela aceitasse tudo o que Phillip estava dizendo.

— Você não pode saber com certeza de todas essas coisas.

— Sim, posso sim! Porque moro com Seth. Já conversei muito com ele e ouvi suas histórias.

As mãos de Sybill ficaram geladas. Ela levantou o bule de chá para aquecê-las e encheu uma xícara, bem devagar.

— Ele é só um menino. Pode ter entendido as coisas de forma errada.

— Claro... só pode ser isso! Ele deve ter entendido mal quando ela trazia cada noite um cara diferente para dormir com ela. Deve ter se enganado no dia em que a viu tão chapada que ficou esparramada no chão e ele pensou que ela havia morrido. Deve ter julgado mal quando Gloria arrancava o couro dele, dando-lhe surras terríveis só porque ficava com vontade de espancá-lo.

— Ela batia nele? — A xícara tremeu sobre o pires. — Ela o espancava?

— Ela o surrava impiedosamente. Espancamento puro e simples, muito civilizado, Dra. Griffin. Socos, cintos com fivela, as costas da mão. Já levou um soco na cara? — Levantou o punho diante dela. — Tente imaginar esse meu punho. Proporcionalmente, isso seria o equivalente ao punho de uma mulher adulta no rosto de um menino de cinco, seis anos. Coloque bebida e drogas pesadas nessa mistura e o mesmo punho se torna ainda mais veloz e pesado. Já vi isso acontecer. — E girou o punho, afastando-o para avaliar melhor. — Minha mãe gostava de heroína. Quando não conseguia sua dose, era melhor ficar longe dela. Sei exatamente como é levar um soco na cara dado por uma mulher vadia e anormal. — Seu olhar voou de volta para Sybill. — Sua irmã nunca mais vai ter a oportunidade de exercitar os punhos no rosto de Seth.

— Eu... ela precisa de terapia. Eu nunca... ele estava bem na última vez em que o vi. Se soubesse que ela estava cometendo esses abusos contra ele...

— Eu ainda não acabei. Seth é um menino muito bonito, você não acha? Alguns dos clientes de Gloria também achavam.

A cor que havia voltado aos poucos ao rosto de Sybill tornou a desaparecer.

— Não! — exclamou, horrorizada. Balançando a cabeça, ela se afastou dele e tentou ficar em pé, meio cambaleante. — Não posso acreditar nisso! Isso é hediondo! E impossível!

— Ela não fazia nada para evitar. — Ignorando o rosto pálido como cera e a fragilidade crescente de Sybill, forçou mais a barra: — Gloria não fazia nada para protegê-lo! Seth ficava por conta própria diante daqueles homens, não podia contar com ninguém! Lutava bravamente ou se escondia. Mais cedo ou mais tarde, fatalmente ia aparecer algum com quem ele não pudesse lutar ou de quem não conseguiria se esconder.

— Isso não é possível. Ela não podia fazer isso com ele.

— Podia sim... especialmente se isso representasse alguns dólares a mais na bolsinha. Passaram-se muitos meses, depois de ele já estar morando conosco, até que Seth aguentasse ser tocado por alguém. Quando alguém pronuncia o nome de sua mãe, dá pena de ver o medo que surge em seus olhos. Esta é a sua situação, Dra. Griffin.

— Por Deus... como pode esperar que eu aceite tudo isso? Que eu acredite que ela é capaz dessas coisas? — Apertou a mão sobre o coração. — Eu cresci com ela, fomos criadas juntas... Conheço você há menos de uma semana... espera que eu aceite essa história de horror e depravação como fato real?

— Acho que você acredita sim — afirmou ele, depois de um instante. — Acho que, bem no fundo, você é esperta o bastante, inteligente e, digamos assim, muito observadora para reconhecer a verdade.

— Se é mesmo verdade, por que as autoridades nunca fizeram nada? — Sybill estava aterrorizada. — Por que ele não recebeu ajuda de ninguém?

— Sybill, será que você viveu durante tanto tempo nesse seu pedestal de ouro que não tem a mínima ideia de como é a vida nas ruas? Quantos Seths existem por aí? As autoridades e o sistema agem em alguns casos, mas para os poucos que têm sorte. Comigo não agiram. Não agiram com Seth. Ray e Stella Quinn agiram por mim, fizeram algo para me ajudar. E, menos de um ano atrás, meu pai pagou à sua irmã a primeira parcela por um menino de dez anos. Trouxe Seth para casa e lhe ofereceu um lar, uma vida decente.

— Ela me disse... ela me disse que seu pai levou Seth da casa dela.

— É verdade, ele o levou... em troca de dez mil dólares de entrada, e mais alguns pagamentos na mesma quantia nos meses seguintes. Então, em março, Gloria escreveu-lhe uma carta exigindo o valor que ainda faltava receber pelo menino, e queria a grana toda de uma vez só! Cento e cinquenta mil dólares, em dinheiro vivo, para ela sair do caminho e deixá-lo em paz.

— Cento e cinquenta... — Perplexa, ela desmontou, lutando para manter a concentração nos fatos que pudesse comprovar. — Ela escreveu uma carta?

— Sim, eu a li. Estava no carro, ao lado do meu pai quando ele sofreu o acidente. Estava voltando de Baltimore. Tinha zerado a maioria de suas contas bancárias. Não sei ao certo, mas ela já deve ter torrado boa parte da grana a essa altura. Nos escreveu exigindo mais dinheiro pelo garoto há alguns meses.

Ela se virou, caminhou a passos rápidos até as portas que davam para a varanda e as escancarou. Precisava com urgência de ar, e ela o inspirou com força, como se fosse água, dizendo:

— Imagino que eu deva aceitar tudo isso como verdade e acreditar que Gloria fez todas essas coisas movida basicamente por dinheiro?

— Você transferiu dinheiro para ela pagar o advogado. Qual é o nome dele? Por que o nosso advogado não recebeu contato do dela?

Ela fechou os olhos com força. Não adiantava nada se sentir traída a essa altura, lembrou a si mesma.

— Gloria mudou de assunto quando eu a questionei sobre isso. Obviamente, não tem advogado algum e, pelo visto, não tinha a mínima intenção de contratar um.

— Puxa, você é meio lenta — o sarcasmo foi bem claro —, mas acaba pegando as coisas.

— Eu queria acreditar nela. Jamais fomos muito chegadas, mesmo no tempo de meninas, e eu devo ter tanta culpa nisso quanto ela. Tinha esperanças de ajudá-la, de ajudar Seth. Achei que este era o melhor modo.

— Então ela brincou com você.

— Sinto-me responsável. Minha mãe é tão inflexível com relação a este assunto. Ficou furiosa quando soube que eu vim para cá. Recusa-se a reconhecer Gloria como sua filha desde que ela fugiu de casa, aos dezoito anos. Naquela ocasião, Gloria afirmou que havia sido assediada pelo orientador da escola. Vivia dizendo que era assediada por todo mundo. Tiveram uma briga terrível, minha mãe e ela, e Gloria desapareceu no dia seguinte. Levou um monte de joias de minha mãe, a coleção de moedas de meu pai e algum dinheiro. Não soubemos dela por quase cinco anos. Aqueles cinco anos foram um período de alívio para todos nós.

"Ela me odiava. — continuou Sybill, falando mais baixo enquanto olhava para as luzes à beira d'água. — Sempre me odiou, desde que eu me entendo por gente. Não importa o que eu fizesse, tanto fazia se eu brigava com ela ou deixava que ela fizesse as coisas a seu modo, ela me detestava. Era mais fácil para mim manter-me a distância. Eu não a odiava... simplesmente, não sentia nada por ela. E agora, deixando as barbaridades de lado, sinto exatamente o mesmo. Não consigo sentir nada por ela. Deve ser uma espécie de defeito meu. — murmurou. — Talvez seja genético. — Com um sorriso fraco, tornou a se virar de frente para Phillip. — Eu poderia servir de objeto para um estudo muito interessante, um dia."

— Você não tinha a menor ideia do que ela andava fazendo, não é?

— Não. Minhas renomadas habilidades para observar as pessoas com grande perspicácia foram para o espaço. Desculpe, Phillip. Sinto terrivelmente por tudo o que fiz, e por tudo o que não fiz. Juro a você que não vim até aqui para fazer mal a Seth. E lhe dou a minha palavra, neste instante, de que vou fazer o que puder para ajudar. Posso ir até o Departamento de Assistência Social amanhã de manhã... Posso falar com Anna, com a sua família. Se todos vocês permitirem, gostaria de ver Seth, tentar explicar tudo a ele.

— Não vamos levá-lo à sala de Anna. Não queremos que Gloria chegue *nem perto* dele.

— Ela não vai estar lá.

— Como é que é? — perguntou Phillip, piscando muito depressa.

— Não sei onde ela está. — Sentindo-se indefesa, abriu as mãos. — Prometi que ia levá-la, e estava falando sério.

— Você a deixou escapar? Qual é a sua?

— Não fiz isso... não de propósito. — Sybill se deixou afundar novamente no sofá. — Eu a levei a um restaurante depois que vocês saíram da delegacia. Queria que ela comesse alguma coisa, queria conversar com ela. Gloria estava agitada, bebendo demais. Eu já estava irritada com ela... disse-lhe que tínhamos que acertar as coisas, avisei que íamos ter uma reunião amanhã de manhã. Fiz ultimatos... eu devia saber... ela não gostou do que ouviu, mas achei que não tinha condições de fazer nada a respeito.

— Que tipo de ultimatos?

— Exigi que ela buscasse ajuda psicológica e entrasse em uma clínica de reabilitação para ajudá-la a se estabilizar antes de tentar readquirir a custódia de Seth. Ela foi ao banheiro e, depois de algum tempo, como vi que ela estava demorando a voltar, fui procurá-la.

Levantando as mãos, Sybill tornou a abaixá-las, continuando:

— Tudo o que encontrei foi minha carteira. Ela deve tê-la pego na minha bolsa sem que eu visse. Pelo menos, deixou meus cartões de crédito — acrescentou com um sorriso irônico. — Sabia que eu ia cancelá-los na mesma hora. Só levou dinheiro. Não é a primeira vez que ela me rouba, mas isso sempre me surpreende. — Suspirou, encolhendo os ombros. — Dirigi por aí por mais de duas horas, tentando encontrá-la. Só que não encontrei e não sei onde ela pode estar. Também não sei o que pretende fazer.

— Ela esculhambou muito com a sua vida, não foi?

— Sou adulta. Sei cuidar de mim, sou responsável por mim mesma. Mas Seth... se ao menos uma parcela do que você me disse é verdade, ele vai me odiar. Compreendo isso, e vou ter que aceitar o fato. Só gostaria de ter uma chance de conversar com ele.

— Isso vai depender dele.

— Parece justo... Preciso ver os arquivos, a papelada... — Cruzou as mãos. — Imagino que vocês vão querer que eu só tenha acesso por meios legais, mas gostaria de evitar isso. Vai ser mais fácil processar todas as informações se tiver tudo na minha frente, preto no branco.

— As coisas não são simplesmente pretas ou brancas quando lidamos com as vidas das pessoas e seus sentimentos.

— Talvez não. Mesmo assim, preciso de fatos, documentos, relatórios. Depois de consegui-los, e me convencendo de que o melhor para Seth é permanecer com a sua família através de guarda legal definitiva ou adoção, farei tudo o que puder para tornar isso realidade.

Sybill sentiu que tinha que forçar um pouco a barra agora. Precisava fazer com que ele lhe desse mais uma chance. Só mais uma chance.

— Sou psicóloga e irmã legítima da mãe dele. Creio que minha opinião vai pesar muito em um tribunal.

Ele a analisou de forma objetiva. Detalhes, pensou. Afinal, ele era o homem responsável pelos detalhes. E os que ela mencionava poderiam ajudá-los a resolver tudo exatamente do jeito que ele queria.

— Imagino que vá pesar sim, e pretendo discutir tudo isso com a minha família, mas não creio que você tenha entendido as coisas por completo, Sybill. Gloria não vai brigar para ficar com Seth. Ela jamais planejou brigar por ele. Simplesmente o está usando para conseguir mais dinheiro. Só que também não vai mais conseguir isso... nem um centavo a mais!

— Então eu sou desnecessária nessa história.

— Talvez. Ainda não decidi. — Ele se levantou, balançando as moedas que trazia no bolso da calça, enquanto vagava pela suíte. — Como está se sentindo?

— Melhor. Estou bem, obrigada. Desculpe por ter desmoronado daquele jeito, mas essa crise de enxaqueca foi das bravas.

— Você tem isso com frequência?

— Algumas vezes por ano. Normalmente, tomo o remédio logo no início da crise, e aí a coisa não vai tão longe. Quando saí, de tardinha, estava distraída e não levei os comprimidos.

— Sim, sair correndo para tirar a irmã da cadeia distrai muito. — Tornou a olhar para ela com ar de curiosidade. — Em quanto você morreu para libertá-la de lá?

— A fiança foi determinada em cinco mil dólares.

— Bem, acho que você pode dar adeuzinho para essa grana.

— É bem provável. Mas o dinheiro não é importante.

— E o que é importante? — Phillip parou, virando-se para ela. Sybill parecia exausta e ainda exibia um ar de desconcertante fragilidade. Não era justo se aproveitar dessa desvantagem, mas Phillip resolveu pressioná-la mesmo assim. — O que é importante para você, Sybill?

— Terminar o que comecei. Pode ser que vocês não precisem da minha ajuda, mas não pretendo ir embora até fazer tudo o que for possível para ajudar.

— Se Seth não quiser vê-la nem falar com você, caso encerrado! Disso eu não abro mão! Ele já sofreu muito.

Ela se aprumou, levantando os ombros antes que eles tornassem a despencar, e disse:

— Independentemente do fato de ele concordar ou não em me ver ou conversar comigo, pretendo permanecer aqui até que todos os detalhes legais estejam acertados. Você não pode me forçar a ir embora, Phillip. Pode tornar as coisas mais difíceis para mim e mais desagradáveis, mas não pode me obrigar a ir embora até que eu esteja satisfeita com o desfecho desse caso.

— É verdade, posso dificultar muito as coisas para você. Posso tornar tudo quase impossível, e estou pensando em fazer exatamente isso. — Inclinando-se na direção de Sybill, ignorou o seu recuo instintivo e segurou o rosto dela pelo queixo, com firmeza. — Você teria ido para a cama comigo?

— Diante das circunstâncias, isso agora é irrelevante.

— Não, para mim não é. Responda à pergunta!

Ela manteve os olhos fixos nos dele. Agora era uma questão de orgulho, embora ela sentisse que sobrara pouco do seu orgulho e da sua dignidade.

— Sim! — Quando viu os olhos dele flamejando de ódio, ela puxou a cabeça para trás, libertando o queixo que ele ainda segurava. — Mas não seria por causa de Seth nem de Gloria. Eu teria dormido com você porque queria; porque sentia atração por você e porque, quando estava ao seu lado por qualquer período de tempo, minhas prioridades se tornavam confusas.

— Suas prioridades se tornavam confusas... — Ele balançou o corpo para a frente e para trás sobre os calcanhares e enfiou as mãos nos bolsos. — Nossa, você é mesmo uma figura! Por que será que eu acho essa sua atitude esnobe tão fascinante?

— Eu não tenho uma atitude esnobe. Você me fez uma pergunta. Eu respondi com honestidade. E, como você deve ter notado, usei o verbo no futuro do pretérito... *teria* dormido!

— Ora, agora eu tenho algo mais para levar em consideração. *Caso* eu queira mudar o tempo do verbo para o presente. Não diga que essa questão é irrelevante, Sybill. — Avisou assim que ela abriu a boca para responder: — Estou disposto a encarar isso como um desafio. Se nós acabarmos indo para a cama esta noite, nenhum dos dois vai ficar satisfeito consigo mesmo amanhã de manhã.

— Nesse momento, eu não estou muito a fim de você mesmo...

— Então estamos no mesmo ponto, querida. — Tornou a balançar as moedas no bolso. — Vamos manter a reunião marcada no escritório de Anna logo cedo. Por mim, você pode olhar toda a papelada que quiser, incluindo as cartas da sua irmã chantagista. Quanto a Seth, não posso fazer promessas. E caso tente se aproximar de mim ou de minha família só para conseguir chegar a ele, juro que vai se arrepender.

— Não me ameace!

— Não estou ameaçando. Estou apenas informando-a dos fatos. Sua família é que é chegada a uma ameaça. — Seu sorriso era penetrante, perigoso e sem um pingo de humor. — Os Quinn fazem promessas... e as cumprem.

— Eu não sou Gloria!

— Não, mas ainda precisamos descobrir *quem* você é. Amanhã, às nove — acrescentou. — Ah, mais uma coisa, Dra. Griffin, talvez queira dar mais uma olhada em suas anotações, antes de dormir. Quando estiver fazendo isso, seria interessante, assim, em nível de análise psicológica, perguntar a si mesma por que acha tão mais gratificante observar do que participar. Depois, durma um pouco — sugeriu enquanto se encaminhava para a porta. — Vai precisar estar bem disposta amanhã de manhã.

— Phillip! — Seguindo o impulso da raiva, ela se levantou e esperou até que ele se virasse, com a porta já aberta às suas costas. — Não foi uma sorte que as circunstâncias tivessem mudado *antes* de cometermos o erro de fazer sexo?

Ele a olhou meio de lado, impressionado e ao mesmo tempo achando divertido que ela ousasse se despedir dele com uma frase assim tão explosiva.

— Querida — respondeu ele —, isso foi uma bênção para mim. — E saiu fechando a porta bem devagar.

Capítulo Onze

Seth precisava saber de tudo. Só havia um modo de fazer isso, e era da forma direta, em família. Ethan e Grace ficaram de trazê-lo para casa assim que a babá chegasse para ficar com Aubrey.

— Não devíamos tê-la deixado escapar das nossas vistas. — Cam andava pela cozinha de um lado para outro com as mãos enfiadas nos bolsos e os olhos acinzentados duros como rochas. — Só Deus sabe para onde Gloria foi, e agora, em vez de conseguirmos respostas, em vez de estarmos com ela diante de nós, com o traseiro grudado na cadeira, ficamos de mãos abanando.

— Não é bem assim... — Anna preparava café. Não ia adiantar muito para acalmá-los, pensou, mas sabia que todos iam querer um pouco. — Agora, eu tenho um relatório policial para anexar ao caso. Vocês não poderiam arrastá-la para fora da delegacia à força e obrigá-la a conversar com vocês, Cameron.

— Pelo menos, teria sido muito mais agradável do que saber que ela caiu fora.

— Por algum tempo, talvez. No entanto, continua sendo melhor para Seth, e para nós mesmos, que cuidemos de tudo de forma oficial, sempre dentro da lei.

— Como acham que Seth vai se sentir a respeito disso? — perguntou, girando o corpo e descontando a raiva na mulher e no irmão. — Será que vai achar que foi melhor para ele nós estarmos com Gloria nas mãos e não fazermos nada?

— Mas vocês fizeram muita coisa... — Por compreender a frustração de Cam, Anna manteve a voz baixa. — Combinaram de se encontrar com ela em minha sala. Se ela não honrar o compromisso, vai ser mais um fator contra ela.

— Gloria não vai nem chegar perto do prédio do Departamento de Assistência Social amanhã — afirmou Phillip. — Apenas Sybill vai.

— E você acha que devemos confiar nela? — reagiu Cam. — Tudo o que ela fez até agora foi mentir.

— Você não a viu ontem à noite — replicou Phillip no mesmo tom de voz. — Eu vi!

— Tá legal! Todos nós sabemos muito bem com que parte da sua anatomia você estava olhando para ela, mano.

— Parem! — Anna se colocou bem depressa entre os dois, que já preparavam os punhos um contra o outro, com os olhos flamejando. — Vocês não vão sair no tapa aqui dentro de casa, como dois desmiolados. — E espalmou uma das mãos no peito de Cam e a outra no peito de Phillip para tentar separá-los, mas os dois pareciam feitos de pedra. — Não vai ser útil para ninguém se vocês arrancarem pedaços um do outro. Precisamos formar uma linha de frente unida. Seth precisa disso — acrescentou, empurrando os dois com mais força ao ouvir a porta da frente se abrir. — Agora, os dois, fiquem sentadinhos aí... Vamos lá, sentem! — repetiu entre os dentes, e a imagem dos dois punhos prontos para a luta balançando acima de sua cabeça fez com que sua voz soasse mais séria e autoritária.

Com os olhos ainda fixos um no outro e cheios de raiva, os dois homens agarraram uma cadeira cada um e se sentaram. Anna teve tempo de dar apenas um suspiro de alívio antes de Seth entrar, seguido pelos dois cães, que abanavam as caudas alegremente.

— Oi! Tudo bem, pessoal? — Seu sorriso descontraído desapareceu por completo na mesma hora. Depois de conviver por uma eternidade com Gloria e suas variações de humor imprevisíveis, o menino aprendera como ninguém a detectar uma atmosfera pesada. O ar da cozinha estava borbulhando de tensão e ódio.

O menino deu um passo para trás e enrijeceu o corpo quando Ethan apareceu ao seu lado e colocou a mão em seu ombro.

— O café está com um cheiro bom — comentou ele, com a voz mansa, mantendo a mão sobre o ombro de Seth, um pouco para segurá-lo e um pouco para lhe dar apoio.

— Vou pegar umas xícaras. — Grace passou ao lado deles correndo, em direção ao armário da cozinha. Sabia que sempre se saía melhor quando tinha as mãos ocupadas. — Seth, você quer uma Coca?

— O que aconteceu? — Os lábios dele ficaram rígidos e as mãos, frias.

— Vai levar um tempinho para conseguirmos explicar tudo. — Anna foi até ele e colocou as duas mãos em seu rosto, com carinho. A primeira coisa a fazer, determinou, era apagar o medo que surgira em seus olhos.

— Você não precisa se preocupar com nada.

— Ela tornou a pedir dinheiro? Está vindo para cá? Eles a soltaram da cadeia?

— Não. Venha, sente aqui. Vamos lhe explicar tudo. — Balançou a cabeça para os lados olhando para Cam antes de ele começar a falar e fixou os olhos em Phillip, enquanto guiava Seth em direção à mesa. Era Phillip quem tinha as informações mais recentes. Era melhor que o menino ouvisse tudo dele.

Caramba, por onde ele poderia começar?, pensou Phillip, passando a mão pelos cabelos.

— Seth... você sabe alguma coisa a respeito da família de sua mãe?

— Não. Ela costumava me contar coisas. Um dia, ela me contou o quanto os pais dela eram ricos, podres de ricos mesmo. Mas então eles morreram e um advogado safado roubou toda a grana dela. Uma vez, ela me contou que era órfã e fugira de uma família que a adotara porque o pai tentara estuprá-la. Outra vez, disse que a mãe dela era uma estrela de cinema que a entregara para adoção, a fim de não prejudicar a carreira. A história sempre mudava...

Seu olhar vagava pela sala enquanto falava, tentando descobrir alguma coisa pelas expressões de todos. Por fim, perguntou:

— Quem se importa com a família dela, afinal? — Ignorou o refrigerante que Grace colocara diante dele. — Quem é que dá a mínima importância para isso? Não havia ninguém, senão ela teria sugado dinheiro deles.

— Existe alguém, e parece que Gloria realmente sugava dinheiro dessa pessoa de tempos em tempos. — Phillip manteve a voz baixa e calma, como alguém que tenta acalmar um animalzinho assustado. — Descobrimos hoje que ela tem pais... e uma irmã.

— Mas eu não tenho que ficar com eles, tenho? — Um sinal de alarme disparou em sua cabeça e ele pulou da cadeira. — Eu não conheço essa gente. Não tenho que ficar com eles!

— Não, não tem! — Phillip pegou o braço de Seth. — Mas precisa saber a respeito deles.

— Não quero! — Seu olhar voou para Cam, como se pedisse ajuda. — Não quero conhecê-los! Vocês disseram que eu podia ficar aqui. Disseram que nada ia mudar isso.

Cam ficou doente só de ver o desespero estampado no rosto do menino, mas apontou a cadeira, dizendo:

— Você vai ficar conosco! Nada vai mudar isso. Sente-se. Não se resolve nada na vida fugindo.

— Olhe em volta, Seth. — O tom de Ethan era mais suave, a voz da razão. — Você tem cinco pessoas aqui, e estão todas do seu lado.

Seth queria acreditar nisso, mas não sabia explicar por que era mais fácil acreditar em mentiras e ameaças do que em promessas.

— O que essas pessoas vão fazer? Como me encontraram?

— Gloria ligou para a irmã há algumas semanas — explicou Phillip, depois que Seth tornou a sentar na cadeira. — Você não se lembra da irmã dela?

— Não me lembro de ninguém — resmungou Seth, encolhendo os ombros.

— Bem, parece que ela contou uma história terrível para a irmã, dizendo que nós havíamos roubado você dela.

— Ela só sabe contar essas mentiras de merda mesmo.

— Seth! — Anna o repreendeu, lançando-lhe um olhar que o fez se encolher todo.

— Ela conseguiu arrancar dinheiro dessa irmã, dizendo que ia contratar um advogado — continuou Phillip. — Disse que estava quebrada, sem grana e desesperada, inventou que nós a havíamos ameaçado e que ela precisava do dinheiro para conseguir você de volta.

— E essa tal irmã engoliu a história? — Seth limpou a boca com as costas da mão. — Só pode ser uma idiota.

— Talvez... ou talvez tenha um coração mole. De qualquer modo, a irmã não engoliu a história toda. Quis verificar as coisas pessoalmente e veio para St. Chris.

— Ela está aqui? — Seth levantou a cabeça de repente. — Não quero vê-la! Não quero nem falar com ela!

— Você já a viu e já falou. Sybill é irmã de Gloria.

Os olhos azuis de Seth se arregalaram e o vermelho de raiva que cobria seu rosto foi perdendo a cor lentamente.

— Ela não pode ser a irmã de Gloria. Ela é uma psicóloga. Escreve livros...

— Mesmo assim, ela é... Quando Cam, Ethan e eu fomos até Hampton hoje à tarde, nós a encontramos lá.

— Vocês a encontraram? E encontraram Gloria?

— Sim, nos encontramos com ela. Espere um pouco, deixe eu contar... — Phillip colocou a mão sobre a de Seth, que estava rígida. — Sybill estava lá também. Tinha ido pagar a fiança para libertar a irmã. Foi só nesse momento que descobrimos tudo.

— Ela é uma mentirosa, então. — A voz de Seth começou a ficar mais aguda, de nervoso. — Igualzinha a Gloria. Ela também é uma tremenda mentirosa!

— Deixe-me acabar de contar tudo. Concordamos em nos encontrar todos amanhã de manhã, na sala de Anna. Temos que reunir todos os fatos, Seth — acrescentou quando o menino puxou a própria mão, que estava por baixo, para trás. — É o único modo de acertarmos tudo para sempre.

— Eu não vou!

— Você pode decidir se quer ir ou não. Gloria não vai aparecer lá. Estive com Sybill agora há pouco. Gloria já se mandou...

— Ela foi embora? — Uma onda de alívio e esperança pareceu substituir o medo. — Ela tornou a sumir?

— Parece que sim. Roubou todo o dinheiro da carteira de Sybill e caiu fora. — Phillip virou para trás, olhou para Ethan e julgou a reação de seu irmão às novidades como uma espécie de resignação zangada. — Sybill vai estar na sala de Anna amanhã. Acho que seria melhor que você fosse até lá conosco e conversasse com ela.

— Não tenho nada para falar com ela. Nem a conheço. Não me importo com ela. Devia ir embora também e me deixar em paz.

— Ela não pode fazer mal algum a você, Seth.

— Eu a odeio! Provavelmente é igual a Gloria... está só fingindo que é diferente.

Phillip lembrou da fadiga, da culpa e da infelicidade que vira no rosto de Sybill, mas disse:

— Seth, quem vai decidir se a odeia é você mesmo. Mas precisa vê-la e ouvir o que ela tem a dizer antes de odiá-la. Ela me contou que só havia visto você uma vez. Gloria foi para Nova York e você ficou no apartamento de Sybill por algum tempo. Devia ter uns quatro anos.

— Eu não me lembro. — Seu rosto formou uma máscara de teimosia. — Nós sempre ficávamos em um monte de lugares.

— Seth, eu sei que isso pode parecer injusto — Grace esticou o braço e deu um aperto rápido e carinhoso nas mãos que o menino fechara, formando uma bola —, mas ela é sua tia, e talvez consiga ajudar. Nós todos vamos estar lá, junto de você.

Cam notou a recusa nos olhos de Seth e se inclinou na direção dele, dizendo:

— Os Quinn não fogem da raia — fez uma pausa e os olhos de Seth se fixaram nos dele —, aguentam firmes até ganhar a parada.

Por orgulho e pelo temor de não honrar o nome que havia recebido deles, Seth levantou os ombros, afirmando:

— Então eu vou, mas nada do que ela me disser vai fazer diferença. — Com os olhos ligados e a expressão pensativa, virou-se para Phillip. — Você fez sexo com ela?

— Seth! — O grito de Anna foi tão contundente quanto uma bofetada, mas Phillip simplesmente levantou a mão para acalmá-la.

Seu primeiro instinto foi dizer ao menino que aquilo não era da sua conta, mas pensou melhor e desistiu de revidar, analisando o todo da questão.

— Não, não fizemos sexo — foi o que respondeu.

— Pelo menos isso! — foi a reação de Seth, dando de ombros.

— Você vem em primeiro lugar. — Phillip notou o ar de surpresa que surgiu nos olhos de Seth diante da afirmação. — Fiz uma promessa de que você viria sempre em primeiro lugar, e isso continua valendo. Nada nem ninguém vai mudar esse fato.

Por trás da emoção de ouvir aquilo, Seth sentiu um pouco de vergonha.

— Desculpe eu ter perguntado — murmurou, baixando os olhos na direção das próprias mãos.

— Tudo bem. — Phillip provou o café, que a essa altura já estava frio. — Vamos ouvir o que ela tem a nos dizer amanhã de manhã, e depois ela vai ouvir o que *nós* temos a dizer... o que *você* tem a dizer. Então, seguimos em frente a partir desse ponto.

Ela não sabia o que ia dizer. Sentia-se nervosa e enjoada. Os resquícios da enxaqueca enevoavam-lhe o cérebro, como se ela estivesse de ressaca, e seus nervos estavam à flor da pele diante da perspectiva de encontrar todos os Quinn face a face... inclusive Seth.

Todos deviam odiá-la. Era pouco provável que sentissem mais desprezo por ela do que ela mesma. Se o que Phillip lhe contara era verdade... as drogas, os espancamentos, os homens... ela pecara por omissão ao deixar o próprio sobrinho nesse inferno.

Não havia nada que pudessem dizer para atingi-la que fosse pior do que tudo o que já dissera a si mesma durante a noite insone e interminável. Agora, estava nervosa diante da expectativa do que ia acontecer, enquanto entrava no estacionamento do lado do prédio do Departamento de Assistência Social.

O mais provável é que a coisa ficasse bem feia, pensou, enquanto girava o espelho retrovisor para baixo, a fim de aplicar um pouco de batom. Palavras duras, olhares frios... e ela se sentia pateticamente vulnerável a ambos.

Mas ia conseguir enfrentá-los, garantiu a si mesma. Era capaz de manter uma calma infinita por fora, não importa o que estivesse lhe acontecendo por dentro. Aprendera essa técnica de defesa ao longo dos anos. Sabia como permanecer longe, sem se envolver, para sobreviver.

E ela ia sobreviver àquilo. Se, de algum modo, conseguisse tranquilizar Seth, quaisquer feridas que sofresse no processo valeriam a pena.

Saltou do carro. Era uma mulher elegante e sóbria, vestida com um terninho simples de seda, com a cor do luto. Seus cabelos estavam presos em um coque brilhante, e sua maquiagem era sutil e impecável.

Seu estômago, porém, parecia estar em chamas.

Entrou no saguão. A sala de espera já estava lotada. Uma criança choramingava sem parar nos braços de uma mãe com os olhos vidrados de cansaço. Um homem com camisa de flanela e jeans estava sentado com o rosto sombrio e as mãos fechadas penduradas entre os joelhos. Outras duas mulheres estavam juntas em um canto. Mãe e filha, Sybill deduziu. A mulher mais nova estava com a cabeça aninhada sobre o ombro da outra e chorava baixinho, com lágrimas que escorriam de um olho roxo e inchado.

Sybill se virou.

— Sou a Dra. Griffin — anunciou à recepcionista. — Tenho um encontro marcado com Anna Spinelli.

— Sim, ela está aguardando, doutora. Siga por este corredor. É a segunda porta à esquerda.

— Obrigada. — Sybill apertou com mais força a alça da bolsa e caminhou com passos rápidos até a sala de Anna.

Seu coração pareceu despencar dentro do estômago ao chegar à porta. Eles já estavam todos lá, esperando por ela. Anna estava sentada atrás de uma mesa, com um ar muito profissional, vestindo um blazer azul-marinho e com os cabelos presos. Analisava uma pasta aberta em sua mesa.

Grace estava sentada ao lado, com a mão coberta pela de Ethan. Cam estava em pé ao lado da janela, com a cara amarrada, enquanto Phillip folheava uma revista.

Seth estava sentado entre eles, olhando para o chão, exibindo seus cílios muito longos, os lábios apertados e os ombros curvados.

Ela reuniu coragem e pensou em falar. Phillip, porém, levantou a cabeça e seu olhar cruzou com o dela. Uma olhada longa e seca serviu para avisá-la de que ele ainda não amolecera desde a noite anterior. Ignorando a pulsação acelerada, balançou a cabeça para cumprimentá-lo.

— A senhorita é muito pontual, Dra. Griffin — disse ele, e, de repente, todos os olhos se voltaram para ela.

Sybill se sentiu escaldada e alfinetada ao mesmo tempo, mas deu o último passo para entrar na sala que sabia ser território exclusivo dos Quinn.

— Obrigada por me receberem.

— Ora... mal podíamos esperar por esse momento. — A voz de Cam estava perigosamente suave. Sua mão, Sybill notou, já fora direto para o ombro de Seth, em um gesto possessivo e protetor ao mesmo tempo.

— Ethan, poderia fechar a porta? — Anna cruzou as mãos sobre a pasta aberta. — Por favor, sente-se, Dra. Griffin.

Ali elas não seriam simplesmente Sybill e Anna. Toda aquela camaradagem feminina que surgira na cozinha aconchegante, sobre panelas que ferviam, desaparecera.

Aceitando esse fato, Sybill sentou-se na cadeira vazia que estava diante da mesa de Anna. Colocou a bolsa no colo e a apertou com dedos moles de nervoso, e então, suavemente, tentando parecer casual, cruzou as pernas.

— Antes de começarmos, gostaria de dizer algo. — Respirou fundo quando viu Anna concordar com a cabeça. Sybill desviou o rosto e olhou diretamente para Seth, que continuava com os olhos no chão. — Não vim até aqui para magoar você, Seth, nem para torná-lo infeliz. Sinto muito por acabar tendo feito as duas coisas. Se morar com os Quinn é o que você deseja e do que precisa, então quero ajudar a fazer com que permaneça com eles.

Seth levantou a cabeça nesse momento, fitou-a com olhos assustadoramente adultos e hostis, e disse:

— Não quero a sua ajuda.

— Mas pode ser que você precise dela — murmurou Sybill, tornando a se virar para Anna. Notou um ar de curiosidade nela e também algo que lhe pareceu uma mente aberta. — Não sei onde Gloria está. Sinto muito. Dei minha palavra de que iria trazê-la aqui comigo hoje, mas... já fazia muito tempo desde que a vira pela última vez e... não percebi o quanto ela estava instável.

— Instável! — Cam debochou do termo. — Que palavra interessante!

— Ela entrou em contato com a senhorita? — começou Anna, lançando para o marido um olhar de advertência.

— Sim. Aconteceu há algumas semanas. Ela estava muito aborrecida, alegou que Seth lhe havia sido roubado e precisava de dinheiro para o advogado, que ia entrar com um pedido de custódia. Chorava muito, quase de forma histérica. Implorou-me para que eu a ajudasse. Reuni todas as informações que consegui. Quem levara Seth, onde ele estava morando... e transferi cinco mil dólares para a conta dela.

Sybill levantou as mãos em sinal de impotência e continuou:

— Compreendi ontem, ao conversar com ela, que não havia advogado algum. Gloria sempre foi uma grande atriz. Eu havia me esquecido disso ou preferi esquecer.

— A senhorita tinha conhecimento do problema dela com drogas?

— Não... também fiquei sabendo disso ontem. Quando a vi e falei com ela, tornou-se claro para mim que ela não tem capacidade, neste momento, de assumir a responsabilidade por uma criança.

— Ela não *deseja* a responsabilidade por essa criança — comentou Phillip.

— É como você disse — reagiu Sybill, de modo frio. — Você deu a entender que ela só quer dinheiro. Sei muito bem o quanto dinheiro é importante para Gloria. Sei também que ela está passando por um momento de desequilíbrio. Mas é difícil, para mim, acreditar, sem ter provas, que ela fez tudo o que você me relatou.

— Você quer provas? — Cam deu um passo à frente, com ondas de fúria circulando em torno dele. — Pois vai ter as provas. Mostre as cartas para ela, Anna!

— Cam, sente-se! — A ordem de Anna foi dada com firmeza, antes de tornar a olhar para Sybill. — A senhorita reconheceria a letra da sua irmã?
— Não sei... imagino que sim.
— Eu tenho aqui uma cópia da carta encontrada no carro de Raymond Quinn logo após o acidente e uma das cartas enviadas para nós recentemente.

Anna tirou-as da pasta e, por cima da mesa, entregou-as a Sybill.

Palavras e frases começaram a saltar do papel para incendiar-lhe a cabeça.

Quinn, estou cansada de receber ninharias. Já que quer tanto ficar com o garoto, está na hora de pagar por ele... Cento e cinquenta mil até que é um bom negócio para um menino bonito como Seth.

Ó, Deus, foi tudo o que Sybill conseguiu pensar. Meu bom Deus!

A carta enviada para os Quinn após a morte de Ray não era muito melhor.

Ray e eu tínhamos um acordo.
 Se estão mesmo dispostos a mantê-lo com vocês, vou precisar de mais algum dinheiro...

Sybill ordenou mentalmente às suas mãos que permanecessem firmes.
— Ela conseguiu esse dinheiro?
— O Professor Quinn teve debitados de sua conta valores relativos a cheques nominais para Gloria DeLauter, dois de dez mil dólares e um de cinco mil — declarou Anna, de forma clara e sem emoção. — Ele trouxe Seth DeLauter para St. Christopher no fim do ano passado. A carta que tem em suas mãos foi colocada no correio no dia 10 de março deste ano. No dia seguinte, o Professor Quinn mandou resgatar todos os seus títulos e aplicações, algumas ações que possuía e retirou vultosas quantias em dinheiro de sua conta bancária. No dia 12 de março, disse a Ethan que ia até Baltimore para resolver alguns negócios. Na volta, sofreu um acidente com seu carro, que atingiu um poste telefônico em uma reta da estrada. Havia apenas quarenta dólares em sua carteira. Nenhum outro dinheiro foi encontrado.

— Ele me prometeu que eu não precisaria voltar para ela — disse Seth, falando lentamente. — Ele era uma pessoa decente. Prometeu, e Gloria sabia que ele pagaria tudo a ela.

— Mesmo assim, pediu mais dinheiro... a vocês. A todos vocês.

— Só que calculou mal. — Phillip se recostou na cadeira, avaliando Sybill. Ela não deixava transparecer nada, a não ser sua palidez. — Sua irmã não vai conseguir sugar mais nada de nós, Dra. Griffin. Pode nos ameaçar o quanto quiser, mas não vai nos arrancar nem mais um centavo, e também não vai conseguir nos tirar Seth!

— Aqui está também uma cópia da carta que escrevi para Gloria DeLauter — afirmou Anna. — Informei a ela que Seth estava sob a proteção do Departamento de Assistência Social do governo, disse-lhe que uma investigação estava sendo feita por esse departamento e acusações de abusos contra a criança em questão estavam sendo averiguadas. Avisei que, se ela colocasse os pés neste município, seria detida e receberia ordem de prisão.

— Ela ficou furiosa — complementou Grace. — Ligou para nós assim que recebeu a carta de Anna. Fez ameaças e exigências. Disse que queria mais dinheiro ou carregaria Seth de volta. Expliquei-lhe que estava enganada — e olhou para trás, fitando Seth — porque ele já era nosso.

Ela vendera o próprio filho, era só nisso que Sybill conseguia pensar. Foi como Phillip dissera. Tudo acontecera exatamente como ele contara.

— Vocês têm a guarda temporária.

— Sim, e ela se tornará permanente em muito pouco tempo — informou-lhe Phillip. — Estamos todos trabalhando para isso.

Sybill colocou os papéis todos de volta sobre a mesa de Anna. Por dentro, ela sentia um frio imenso, brutal, mas colocou as pontas dos dedos de leve sobre a bolsa e perguntou diretamente para Seth:

— Ela espancava você?

— E você se importa com isso?

— Responda à pergunta, Seth — ordenou Phillip. — Conte à sua tia como era a sua vida quando você morava com a irmã dela.

— Tudo bem, eu conto. — Ele parecia mastigar as palavras, mas seu ar de desprezo ao olhar para Sybill era óbvio, aparecendo nos cantos da boca. — É verdade, ela me surrava a toda hora, sempre que tinha vontade. Quando eu tinha sorte e ela estava bêbada demais ou muito doidona por causa das drogas, até que doía menos. Às vezes, eu conseguia escapar de algum modo. — Encolheu os ombros, como se aquilo não importasse nem um pouco. — Outras vezes, ela me pegava de surpresa. Talvez não tivesse conseguido as doses que queria, e então me acordava e me socava um pouco para se acalmar. Ou então berrava muito comigo.

Sybill queria escapar daquela imagem, como conseguira fazer na sala de espera, virando o rosto ao ver os estranhos em estado de desespero. Em vez disso, porém, manteve o olhar bem firme em Seth.

— Por que você não contou isso para ninguém, nem procurou alguém para ajudá-lo?

— Procurar quem? — Será que ela era burra?, pensou Seth. — Procurar a polícia? Ela me dizia o que os tiras iam fazer comigo se eu os procurasse. Eu ia acabar em alguma instituição juvenil e algum cara ia querer me usar, do mesmo modo que alguns dos caras que ela recebia tentavam. Dizia que eles iam fazer o que bem entendessem comigo depois que eu fosse internado em um lugar desses. Percebi que, enquanto estivesse fora, sempre arrumaria um jeito de escapar.

— Ela mentiu para você — disse Anna, com carinho, enquanto Sybill tentava achar algumas palavras para dizer... qualquer coisa que fosse. — A polícia o teria ajudado.

— Ela sabia? — Sybill conseguiu finalmente perguntar. — A respeito dos homens que tentavam... agarrar você?

— Claro, ela até achava divertido! Também, quando estava doidona, ela achava quase tudo divertido. Quando ficava bêbada é que se tornava má...

Será que aquele monstro que o menino descrevia de forma tão casual poderia ser sua irmã?

— Como foi que... Você sabe por que razão ela decidiu entrar em contato com o Professor Quinn?

— Não, não sei nada a respeito disso. Ela chegou ligadona um dia, e começou a falar que descobrira uma mina de ouro. Depois, desapareceu por alguns dias.

— Ela o deixou sozinho?! — O motivo de um detalhe como esse conseguir deixá-la horrorizada, depois de tudo o que ouvira, Sybill não sabia explicar.

— Ei, eu sei cuidar de mim mesmo. Quando voltou, ela estava caminhando nas nuvens. Disse que finalmente eu seria de alguma utilidade para ela. Falou que agora ela tinha grana, grana de verdade, porque conseguira colocar a mão numa nota preta sem precisar roubar. Ficou doidona e feliz por alguns dias. Então, Ray chegou. Disse para mim que eu poderia ir embora com ele. A princípio, achei que ele era um daqueles caras que ela trazia para casa. Mas não era. Dava para perceber. Ele parecia triste e cansado.

A voz do menino mudara, ela notou. Tornara-se mais suave. Então, pensou, ele também chorara a morte de Ray. De repente, notou que um ar de nojo surgira nos olhos de Seth.

— Ela foi atrás dele assim que saímos — disse o menino, falando mais depressa —, e ele ficou aborrecido de verdade. Não gritou com ela, nem nada desse tipo, mas ficou com os olhos muito duros e tristes. Fez com que ela voltasse para casa. Tinha mais algum dinheiro com ele e disse que, se ela quisesse, podia levar, mas que desaparecesse da sua frente. Então ela pegou a grana e sumiu. Ele me contou que tinha uma casa à beira d'água e um cão, e que eu poderia morar lá com ele se quisesse. E prometeu que ninguém mais ia mexer comigo.

— E você foi com ele...

— Ele era velho — disse Seth, dando de ombros. — Pensei que poderia fugir dele com facilidade, se ele tentasse me fazer alguma coisa. Mas dava para confiar em Ray. Era um cara decente. Disse para mim que eu nunca mais ia precisar voltar para lá, para a vida que levava. E não vou voltar mesmo! Não importa o que aconteça, não vou voltar! E não confio em você! — Seus olhos se tornaram novamente adultos e sua voz controlada e sarcástica. — Não confio porque você mentiu, fingiu que era uma pessoa decente. Tudo o que queria era nos espionar!

— Você tem razão. — Sybill achou que aquilo era a pior coisa que jamais enfrentara ou tornaria a enfrentar na vida: olhar face a face para aqueles olhos de criança que a desprezavam e admitir seus próprios pecados. — Você não tem mesmo nenhum motivo para confiar em mim. Eu não o ajudei. Poderia ter feito isso há alguns anos, quando ela levou você para o meu apartamento em Nova York. Só que eu não quis enxergar. Era mais fácil não enxergar... Então, um belo dia, quando cheguei em casa e vocês dois haviam desaparecido, não fiz nada a respeito também. Disse a mim mesma que aquele era um assunto que não me dizia respeito e que você não era responsabilidade minha. Isso foi muito errado. Foi covardia.

Seth não queria acreditar nela, não queria ouvir o tom de arrependimento e o pedido de desculpas que havia em sua voz. Fechou as mãos com força e as colocou sobre os joelhos, dizendo:

— O meu caso continua não tendo nada a ver com você.

— Ela é minha irmã. Não posso mudar isso. — Por doer tanto ver o desprezo nos olhos dele, tornou a se virar para Anna. — O que posso fazer para ajudar? Faço uma declaração por escrito, se adiantar alguma coisa. Posso conversar com o seu advogado. Sou psicóloga formada, além de ser irmã de Gloria. Imagino que a minha opinião tenha alguma força a favor da guarda definitiva de Seth ficar com vocês.

— Certamente, isso seria de grande ajuda — murmurou Anna. — Mas não vai ser fácil para a senhorita.

— Não tenho sentimento algum por Gloria. Não me orgulho ao dizer isso, mas é a verdade pura e simples. Não sinto absolutamente nada em relação a ela, seja o que for, e o senso de responsabilidade que pensei que deveria sentir já acabou. Por mais que ele deseje que as coisas sejam diferentes, sou tia de Seth. Pretendo ajudar.

Ela se levantou e olhou para os rostos na sala, enquanto seu estômago se contorcia.

— Sinto muito... sinto terrivelmente por tudo isso — continuou. — Compreendo que um pedido de desculpas é inútil. Não há justificativas para o que fiz. Existem motivos, mas não justificativas. Está perfeitamente claro para mim que Seth está no lugar ao qual pertence e onde é feliz. Se vocês me derem alguns momentos para reorganizar os pensamentos, poderei lhes dar a declaração.

Ela saiu da sala sem pressa e foi andando direto até o lado de fora do prédio para pegar um pouco de ar.

— Bem, ela começou com o pé esquerdo, mas parece ter acertado o passo. — Cam se levantou e ficou andando de um lado para outro dentro da sala lotada para dissipar um pouco da energia. — E não se abala com facilidade.

— Quanto a isso eu tenho minhas dúvidas — murmurou Anna. Ela também era uma observadora treinada, e seus instintos lhe diziam que havia muito mais coisas borbulhando sob aquela superfície plácida do que qualquer um deles poderia supor. — Tê-la do nosso lado vai, sem dúvida, nos ajudar. Vai ser melhor se vocês todos saírem para nós duas ficarmos sozinhas, a fim de que eu possa conversar com ela. Phillip, é melhor ligar para o advogado, explicar a situação e ver se ele quer que Sybill deponha.

— Certo, deixe que eu cuido disso. — Franziu a testa, pensativo, com os dedos tamborilando sobre os joelhos. — Ela tinha uma foto de Seth dentro da agenda.

— O quê? — Anna piscou os olhos depressa ao olhar para ele.

— Eu remexi nas coisas dela, antes de ela voltar para o hotel ontem à noite. — Sorriu de leve e encolheu os ombros ao ver sua cunhada fechar os olhos. — Pareceu-me a coisa certa a fazer na hora... Enfim, ela tem um instantâneo de Seth, de quando ele era pequeno, dentro de sua agenda.

— E daí? — quis saber Seth.

— E daí, foi a única foto que encontrei nas coisas dela. É um dado interessante. — Levantou as mãos, deixando-as cair novamente. — Por outro lado, pode ser que Sybill saiba alguma coisa sobre a conexão de Gloria com papai. Já que não podemos perguntar isso a Gloria, devemos tentar arrancar dela.

— Me parece — disse Ethan, bem devagar — que tudo o que ela conhece a respeito dessa história soube pela boca de Gloria. Vai ser difícil de acreditar em qualquer coisa que venha dessa fonte. Acho que ela contaria tudo o que sabe — continuou ele —, mas o que ela sabe pode não ser a verdade.

— De qualquer modo, já não sabemos o que é verdade ou mentira — argumentou Phillip —, até perguntarmos a ela.

— Perguntar o quê? — Mais firme e determinada a levar aquilo até o fim, Sybill voltou para a sala e fechou a porta com todo o cuidado atrás de si.

— O motivo de Gloria ter resolvido chantagear o nosso pai. — Phillip se levantou, fazendo com que seus olhos se mantivessem no mesmo nível dos dela. — O motivo de ela ter certeza de que papai pagaria o que fosse preciso para proteger Seth.

— Seth disse que ele era um homem decente. — A cabeça de Sybill vagou por toda a sala de um lado para outro, olhando para os rostos dos três irmãos. — Acho que vocês são a prova viva disso.

— Homens decentes não embarcam em casos adúlteros com mulheres que têm metade da sua idade e depois caem fora, abandonando uma criança concebida a partir dessa relação. — Muita amargura revestia a voz de Phillip enquanto ele dava mais um passo em direção a Sybill. — E você não vai conseguir nos convencer de que Ray dormiu com a sua irmã nas costas de nossa mãe e depois abandonou o próprio filho.

— O quê? — Sem perceber, Sybill esticou a mão e agarrou o braço de Phillip, em choque, tentando readquirir o equilíbrio e, ao mesmo tempo, sentindo-se mais tonta. — É claro que ele não fez nada disso! E você me disse, Phillip, que não acreditava que Gloria e o pai de vocês...

— Eu não acredito, mas muita gente sim...

— Mas isso é... de onde foi que vocês tiraram essa ideia de que Seth é filho de Ray com Gloria?

— É muito fácil escutar essa versão rodando pela cidade se você estiver com as antenas ligadas. — Phillip apertou as pálpebras ao olhar para o rosto de Sybill. — Foi mais uma erva daninha que sua irmã plantou por aqui. Ela alegava que Ray a havia assediado e seduzido. Depois, resolveu chantageá-lo e vendeu-lhe o filho. — Olhou para trás, para Seth, vendo, mais uma vez, os olhos e a expressão de Ray no rosto do menino. — Eu digo que isso é mais uma mentira!

— É claro que é mentira. Uma mentira horrível!

Desesperada por fazer pelo menos uma coisa certa, de modo adequado, Sybill foi até onde Seth estava e se agachou diante dele. Queria muito pegá-lo pela mão, mas resistiu ao impulso quando ele recuou.

— Ray Quinn não era seu pai, Seth... ele era seu avô. Gloria é filha dele.

— Meu avô? — Os lábios do menino tremeram e seus olhos, em um tom profundo de azul, cintilaram por um instante.

— Sim. Sinto muito por ela não ter contado nada a você, e sinto ainda mais por você não ter sabido disso antes de ele... — Balançando a cabeça, levantou-se e ajeitou o corpo. — Eu não sabia que havia confusões e dúvidas a respeito desse assunto. Devia ter percebido... Eu mesma só soube disso há poucas semanas.

Voltando a se sentar, ela se preparou para contar o que descobrira.

— Vou lhes relatar tudo o que sei.

Capítulo Doze

Era mais fácil agora. Quase como dar uma palestra, e Sybill estava acostumada a dar palestras sobre temas sociais. Tudo o que precisava fazer era se manter distanciada do tema e relatar as informações de forma clara e coerente.

— O Professor Quinn teve um relacionamento com Barbara Harrow — começou ela, colocando-se de costas para a janela, a fim de poder olhar para todos enquanto falava. — Eles se conheceram na Universidade Americana, em Washington. Não conheço muitos detalhes, mas, pelo que sei, ele lecionava lá e ela era uma de suas alunas. Barbara Harrow é minha mãe... e mãe de Gloria.

— Meu pai... — disse Phillip — com a sua mãe?

— Sim. Quase trinta e cinco anos atrás. Imagino que eles sentissem atração um pelo outro, pelo menos fisicamente. Minha mãe... — e nesse ponto pigarreou — minha mãe me contou que via um grande potencial nele, e sabia que Ray ia galgar todos os postos da vida acadêmica muito rapidamente. Status é uma exigência fundamental para os padrões dela. Entretanto, se viu muito desapontada pelo que considerava uma falta de... ambição por parte dele. Ray estava realizado e se contentava em dar aulas. Pelo visto, não estava particularmente interessado nas obrigações sociais, tão necessárias para o avanço na carreira. Além disso, suas ideias políticas eram liberais demais para o gosto dela.

— Então ela queria um marido rico e importante — percebendo tudo bem depressa, Phillip levantou as sobrancelhas —, e descobriu que Ray não ia ser nada disso.

— Sim, o que disse é um resumo exato — concordou Sybill com a voz fria e firme. — Há trinta e cinco anos, este país estava passando por momentos atribulados, em uma luta interna entre a juventude e os valores estabelecidos. As faculdades fervilhavam de cabeças pensantes que se opunham não apenas a uma guerra impopular, mas a todo o *status quo*. O Professor Quinn, me parece, questionava muitas coisas nessas áreas.

— Ele acreditava em usar o cérebro — murmurou Cam. — E assumia posições firmes.

— De acordo com minha mãe, ele realmente assumia posições firmes. — Sybill conseguiu exibir um pequeno sorriso. — Posições que eram, muitas vezes, pouco apreciadas pela administração da universidade. Ele e minha mãe discordavam frontalmente em questões, princípios e valores básicos. No fim do semestre, ela voltou para casa, em Boston, desiludida, zangada e, conforme descobriu depois, grávida.

— Isso é papo furado! Desculpe — disse Cam baixinho quando Anna fez um som de desaprovação —, mas eu acho que isso é mentira mesmo! De jeito nenhum, ele teria ignorado a responsabilidade por um filho. Não há chance de isso ter acontecido!

— Minha mãe jamais comunicou a gravidez a ele. — Sybill cruzou as mãos ao ver que todos os olhos voltaram a convergir para ela. — Estava furiosa. Talvez assustada também, mas com certeza furiosa por se ver grávida de um homem que considerava inadequado para ela. Chegou a pensar em fazer um aborto. Então conheceu meu pai e os dois se apaixonaram.

— Ele era mais adequado — concluiu Cam.

— Acho que os dois se completam bem e se merecem. — Sua voz assumiu um tom frio. Eles eram seus pais, droga. Ela precisava de algo em que se agarrar, no final da história. — Minha mãe estava em uma posição difícil e assustadora. Não era mais criança. Tinha quase vinte e cinco anos, mas uma gravidez não planejada e não desejada é um episódio desarticulador na vida de uma mulher em qualquer idade. Em um momento de fraqueza e desespero, confessou tudo a meu pai. Ele a pediu em casamento. Ele a amava — disse Sybill baixinho. — Devia realmente amá-la muito. Eles se casaram o mais depressa possível, em uma cerimônia discreta. Minha mãe jamais voltou a Washington. Jamais olhou para trás.

— Então papai nunca soube que tinha uma filha? — Ethan cobriu a mão de Grace com a dele.

— Não, e nem teria condições de saber. Gloria tinha três, quase quatro anos quando eu nasci. Não sei dizer como era o relacionamento dela com meus pais naqueles primeiros anos. O que sei é que, a partir do meu nascimento, ela se sentiu excluída. Tinha um gênio difícil, era temperamental e muito autoritária. Certamente, era muito rebelde também. Havia certos padrões de comportamento que eram esperados na alta sociedade, e ela se recusava a segui-los.

Tudo aquilo soava tão frio, pensou Sybill. Tão inflexível...

— Enfim... — continuou. — Gloria resolveu sair de casa quando ainda era adolescente. Mais tarde, eu descobri que meu pai, minha mãe e eu enviávamos dinheiro para ela, uns sem saber dos outros. Ela entrava em contato com um de cada vez, em separado, e implorava, exigia, ameaçava, o que quer que funcionasse. Eu não tinha consciência de nada disso até Gloria ligar para mim no mês passado para contar a respeito de Seth.

Sybill fez uma pequena pausa neste instante para tentar recompor as ideias.

— Antes de eu vir para cá — continuou —, voei até Paris para ver meus pais. Achei que eles precisavam saber do problema. Na minha cabeça, Seth era neto deles e, pelas informações que possuía, o menino fora arrancado de Gloria e estava morando com estranhos. Quando contei a minha mãe tudo o que acontecera e ela se recusou a se envolver com o problema ou a oferecer algum tipo de assistência, fiquei perplexa e indignada. Acabamos brigando. — Sybill soltou uma risada curta. — Minha mãe deve ter ficado tão surpresa por me ver brigando com ela que acabou me contando sobre a paternidade de Gloria e o resto que relatei a vocês.

— Mas Gloria devia saber a verdade — argumentou Phillip. — Devia saber que Ray Quinn era seu pai, senão jamais teria vindo direto a ele.

— Sim, ela sabia. Há uns dois anos, procurou a minha mãe, quando meus pais estavam passando uma temporada em Washington. Imagino que tenha sido uma cena horrível. Pelo que minha mãe contou, Gloria exigiu uma imensa quantia em dinheiro, ameaçou procurar a imprensa, a polícia e quem mais quisesse ouvi-la e acusaria o meu pai de abusar sexualmente dela, colocando minha mãe como conivente. Claro que nada disso era verdade — explicou Sybill com ar cansado. — Gloria sempre colocou sexo no mesmo patamar de poder e aceitação. Era rotina, para ela, acusar homens de molestá-la, especialmente homens em cargos de autoridade.

"Diante desse fato, minha mãe lhe deu alguns milhares de dólares e contou-lhe a história de sua origem. Depois, jurou a Gloria que aquele era o último centavo que ela teria vindo dela e prometeu que aquelas também seriam as últimas palavras que as duas trocariam na vida. Minha mãe raramente, muito raramente, volta atrás em uma promessa de qualquer tipo. Gloria sabia muito bem disso."

— Então resolveu atacar Ray Quinn — concluiu Phillip.

— Não sei ao certo quando foi que ela resolveu procurá-lo. Deve ter sido algo planejado durante algum tempo. Na certa, ela considerou esse o motivo de jamais ter se sentido amada, nem desejada e muito menos aceita como achava que merecia. Imagino que culpou o pai de vocês por tudo isso. Alguém sempre tem que levar a culpa quando Gloria tem problemas.

— Então ela o encontrou. — Phillip se levantou da cadeira e começou a andar pela sala. — Pelo que sabemos, exigiu dinheiro, fez acusações e o ameaçou. Só que, dessa vez, usou o próprio filho como arma.

— Aparentemente, sim. Sinto muito. Eu devia ter desconfiado de que vocês não estavam a par de todos esses fatos, mas imaginava que o pai de vocês havia contado tudo.

— Ele não teve tempo. — A voz de Cam era fria e amarga.

— Ele me disse que estava esperando pela confirmação de uma informação — lembrou Ethan. — Disse que me explicaria assim que colocasse tudo em pratos limpos.

— Ele deve ter tentado entrar em contato com a sua mãe. — Phillip olhou para Sybill de forma penetrante. — Devia querer falar com ela para confirmar se era verdade.

— Não sei dizer se ele fez isso. Simplesmente não sei.

— Eu sei — disse Phillip. — Sei que ele teria feito o que achava certo. Pensando em Seth primeiro, porque ele é uma criança. Mas deve ter tentado ajudar Gloria também. Para fazer isso, precisava conversar com sua mãe para descobrir o que acontecera. Isso seria de muita importância para ele.

— Tudo o que posso lhes dizer é o que sei ou o que me foi contado. — Sybill levantou as mãos e deixou-as cair novamente. — Minha família tem se comportado de forma terrível. — Era uma afirmação fraca e ela sabia.

— Todos nós fizemos coisas erradas — disse olhando para Seth. — Eu peço desculpas, por mim e por eles. Não espero que você... — Faça o quê?, perguntou a si mesma, e deixou a frase de lado. — Olhe, farei qualquer coisa para ajudar.

— Eu quero que as pessoas saibam. — Os olhos de Seth estavam cheios d'água quando ele os levantou, fitando Sybill. — Quero que as pessoas saibam que ele era meu avô! Andam dizendo coisas a respeito dele, e isso está errado. Quero que as pessoas saibam que eu sou um Quinn!

Sybill simplesmente concordou com a cabeça. Se aquilo era tudo o que ele pedia dela, ia lhe oferecer de coração. Respirando fundo, olhou para Anna, perguntando:

— O que posso fazer para ajudar?

— Bem, você já começou muito bem. — Anna deu uma olhada no relógio. Tinha outros casos para resolver e um compromisso marcado para dali a dez minutos. — Está disposta a transformar as informações que nos deu em um documento oficial e público?

— Sim.

— Tenho uma ideia de como colocar essa bola para frente.

O embaraço que aquilo ia lhe trazer não deveria ser levado em consideração naquele momento, lembrou Sybill a si mesma. Ela conseguiria suportar e aceitaria os sussurros e olhares curiosos que apareceriam em seu caminho a partir do momento em que seguisse as sugestões de Anna.

Levou mais de duas horas redigindo pessoalmente a declaração, em seu quarto de hotel, escolhendo as melhores palavras e construindo bem as frases. As informações precisavam ser claras e objetivas, com detalhes sobre os atos de sua mãe, os de Gloria e até mesmo os dela.

Depois de revisado e impresso, ela não hesitou. Levou as páginas até a recepção e pediu com toda a calma que elas fossem enviadas por fax para o escritório de Anna.

— Vou precisar dos originais de volta — informou à atendente — e quero a confirmação de recebimento do fax de destino.

— Eu mesma vou cuidar disso para a senhorita. — A jovem recepcionista, com o rosto pouco maquiado, sorriu de forma profissional antes de entrar no escritório que ficava atrás da recepção.

Sybill fechou os olhos por um instante. Agora, não havia mais volta, lembrou a si mesma. Cruzou as mãos, ajeitou o corpo e esperou.

Não levou muito tempo. E não havia dúvida, pelo olhar arregalado da moça, que pelo menos parte do texto havia sido lida.

— A senhorita vai esperar pela resposta, Dra. Griffin?

— Sim, obrigada. — Sybill estendeu a mão para pegar os papéis da mão da recepcionista, quase sorrindo ao ver que a moça levou um susto antes de entregá-los de volta.

— A senhorita... ahn... está aproveitando a sua estada?

Você mal pode esperar para passar adiante as informações que leu, não é?, pensou Sybill. Um comportamento tipicamente humano, e totalmente previsível.

— Até agora, tem sido uma experiência muito interessante.

— Bem, desculpe-me por um instante. — A recepcionista tornou a entrar correndo no escritório.

Sybill estava soltando um suspiro de alívio, quando sentiu os ombros ficarem tensos. Sabia que Phillip estava atrás dela antes mesmo de se virar para vê-lo.

— Acabei de enviar a declaração para Anna, por fax — disse com a voz tensa. — Estou esperando pela resposta. Se ela achar que o texto está satisfatório, vou ter tempo de ir ao cartório antes de fechar para assinar e autenticar o documento. Dei minha palavra que faria isso.

— Não estou aqui servindo de cão de guarda, Sybill. Achei que você podia estar precisando de apoio moral.

— Estou perfeitamente bem — disse e quase fungou.

— Não, não está. — Para provar isso a ambos, colocou a mão em volta de sua nuca, que estava totalmente rígida. — De qualquer modo, você finge muito bem.

— Prefiro fazer isso sozinha.

— Bem, nem sempre a gente consegue o que deseja, como diz a canção. — Olhou para trás, exibindo um sorriso descontraído, com a mão ainda na nuca de Sybill, enquanto a recepcionista corria de volta com um envelope nas mãos. — Oi, Karen! Como vão as coisas?

— Tudo bem. — A moça enrubesceu até a raiz dos cabelos, e seus olhos voaram do rosto de Phillip para o de Sybill. — Ahn... aqui está o seu fax, Dra. Griffin.

— Obrigada. — Sem piscar, Sybill pegou o envelope e o enfiou na bolsa. — Por favor, acrescente o valor do serviço na minha conta.

— Sim, claro.

— A gente se vê por aí, Karen. — Suavemente, Phillip deixou a mão descer da nuca de Sybill até a base de suas costas e a guiou através do saguão.

— Ela vai espalhar as novidades para as seis melhores amigas antes de você contar até dez — murmurou Sybill.

— Acho que até em menos tempo... são as maravilhas das cidades pequenas. Os Quinn vão ser o assunto mais quente do dia, e o tópico de discussões durante o jantar de inúmeras famílias hoje à noite. Amanhã de manhã, a corrente de fofocas já vai ter atingido sua força total.

— E isso diverte você — disse Sybill, ainda tensa.

— Digamos que me tranquiliza, Dra. Griffin. Tradições servem para tranquilizar a gente. Conversei com o nosso advogado — continuou, enquanto passavam em frente ao cais. Gaivotas lançavam-se sobre um barco de pesca que se preparava para atracar. — O documento com firma reconhecida vai ajudar muito, mas ele gostaria de tomar o seu depoimento no início da semana que vem, se puder.

— Vou marcar uma hora com ele. — Ao chegar ao cartório, ela parou e se virou para ele. Phillip mudara de roupa e parecia mais à vontade, com o vento que vinha da água desarrumando seus cabelos. Seus olhos estavam ocultos atrás de lentes escuras, mas ela não estava certa de querer saber a expressão deles. — Se você me deixar entrar sozinha, não vai ficar parecendo que estou em prisão domiciliar.

Phillip simplesmente levantou as mãos com as palmas para fora e deu um passo para trás. Ela possuía uma carapaça dura de penetrar, decidiu ao vê-la entrar com decisão no cartório. Tinha, porém, a sensação de que, depois de quebrada aquela casca externa, havia algo suave por dentro, até mesmo agradável.

Ficou surpreso ao perceber que uma pessoa tão inteligente e tão altamente treinada para lidar com a condição humana, como era o caso dela, não conseguia enxergar a própria agonia e não podia ou não queria admitir que havia alguma coisa muito errada com a sua criação. Algo que a forçava a levantar muralhas em torno de si.

Ele quase se enganara, refletiu, acreditando que ela era fria, distante e intocável até mesmo pelas mais confusas emoções. Ainda não estava certo sobre o que havia dentro dele que o fazia acreditar em algo diferente. Talvez fosse apenas uma vontade de que fosse assim, mas estava determinado a descobrir por si mesmo. E logo.

Sabia que tornar seus segredos de família acessíveis e públicos devia ser humilhante para ela, talvez até doloroso. Mas concordara com tudo sem impor condições, e estava levando a coisa em frente sem hesitação.

Padrões, pensou. Integridade. Ela os tinha. E ele acreditava que também possuísse um coração.

Sybill ofereceu-lhe um sorriso leve ao sair.

— Engraçado, foi a primeira vez que eu vi os olhos de um tabelião quase saltarem das órbitas. Acho que isso...

O resto da sua conversa fiada foi perdida quando a boca de Phillip cobriu a dela. Ela levantou a mão e a colocou no ombro dele para afastá-lo, mas seus dedos simplesmente se curvaram, enterrando-se no tecido macio de sua suéter.

— Você parecia estar precisando disso — murmurou ele, e passou a mão de leve sobre o rosto dela.

— Sem se preocupar com o que o povo...

— Ah, que se danem, Sybill. Eles já estão fofocando mesmo. Por que não acrescentar um pouco de mistério?

As emoções dela estavam se chocando, em conflito, tornando difícil manter a compostura.

— Phillip, não tenho a mínima intenção de ficar aqui dando show no meio da rua. Portanto, se você não se importa...

— Ótimo! Vamos para algum outro lugar. Eu trouxe o veleiro.

— O veleiro? Não posso sair de barco, não estou vestida para isso. Tenho trabalho a fazer. — E preciso pensar, disse a si mesma, mas ele já a estava empurrando na direção das docas.

— Velejar um pouco vai lhe fazer bem. Você já está começando a alimentar outra enxaqueca. O ar fresco vai ajudar.

— Não estou com enxaqueca. — Só a ameaça cruel e constante de uma... — E não quero... — Quase soltou um grito, perplexa quando ele simplesmente a levantou do chão e a colocou sentada no convés.

— Considere-se engajada à força como parte da tripulação, doutora.

— Com rapidez e competência, soltou as amarras e pulou dentro do barco.

— Tenho a vaga impressão de que você não teve muitas oportunidades de ser tratada dessa maneira em sua vida certinha e protegida.

— Você não sabe coisa alguma a respeito da minha vida ou do que eu tive ou não tive! Se ligar esse motor, eu vou... — e parou de falar, rangendo os dentes ao ouvir o motor espocar e ganhar vida. — Phillip, quero voltar para o meu hotel. Agora!

— Quase ninguém diz não para você, não é? — dizendo isso com a voz alegre, cutucou-a para o lado, na direção do banco de bombordo. — Simplesmente fique sentada e curta o passeio.

Já que Sybill não tinha a intenção de pular por sobre a amurada e nadar de volta até o cais, especialmente usando um conjunto de seda e sapatos italianos, simplesmente cruzou os braços. Aquele era o jeito dele lhe dar o troco, imaginou. Tirar a sua liberdade de escolha, afirmando a sua vontade e o seu domínio físico sobre ela.

Típico.

Virando a cabeça, olhou para fora, para a espuma das ondas que circundavam o barco. Não tinha medo dele, pelo menos fisicamente. Phillip possuía um lado mais rude do que percebera a princípio, mas não ia machucá-la. E como ele gostava de Seth profundamente, conforme descobrira, precisava de sua cooperação.

Recusou-se a demonstrar assombro quando ele enfunou as velas. O barulho da lona se abrindo por completo para receber o vento, a visão do sol batendo de encontro ao branco ondulante, o súbito e suave adernar do barco não significavam nada para ela, insistiu consigo mesma.

Resolveu simplesmente tolerar aquele pequeno jogo dele, sem reações. Sem dúvida, ele ia acabar se cansando de seu silêncio e falta de atenção e a levaria de volta.

— Tome! — Ele jogou alguma coisa na direção dela, fazendo-a pular de susto. Olhando para baixo, viu os óculos escuros que haviam caído direto em seu colo. — O sol está forte hoje, apesar da temperatura estar caindo. Estamos em pleno veranico de outono, com esse calor fora de época.

Phillip sorriu para si mesmo ao ver que ela não respondeu nada e simplesmente colocou os óculos com todo o cuidado sobre o nariz, continuando a olhar na direção oposta.

— Estamos precisando de uma boa geada logo de cara — continuou, puxando assunto. — Quando as folhas começam a secar, as plantas às margens da água se transformam em uma pintura. Ficam douradas e escarlates. Dá para ver aquele azul bem forte do céu por trás delas, a água plácida, parecendo um espelho, e aquele cheiro forte de outono de verdade no ar. Quando isso tudo acontece, sempre começo a achar que não há nenhum outro lugar no mundo onde gostaria de estar.

Ela manteve a boca fechada com firmeza, apertando com mais força os braços cruzados sobre os seios.

Phillip simplesmente empurrou a bochecha com a língua, comentando:

— Mesmo uma dupla de adoradores confessos da vida na cidade, como nós, consegue apreciar um lindo dia de verão no campo. O aniversário de Seth está chegando.

Com o canto do olho viu a cabeça de Sybill virar abruptamente e sua boca se abrir, trêmula. Ela tornou a fechá-la, mas, dessa vez, quando se virou novamente para o outro lado, seus ombros estavam curvados, de forma defensiva.

Ah, ela sentira alguma coisa sim, refletiu Phillip. Havia um monte de emoções fervilhando por trás daquele exterior frio e controlado.

— Pensamos em dar uma festa para ele, trazer alguns de seus amigos e botar pra quebrar. Você já sabe que Grace faz um bolo de chocolate fantástico. E já cuidamos do presente dele também. Só que, outro dia mesmo, eu vi uma caixa com material artístico em uma loja em Baltimore. Não é um estojo desses de criança, é um conjunto profissional, para artistas de verdade. Tem giz, lápis, bastões de grafite, pincéis, aquarelas, papéis especiais e paletas. É uma loja especializada em artigos para pintores e desenhistas. Fica a poucos quarteirões do meu escritório. Alguém que conhecesse alguma coisa de arte poderia dar uma passada lá e escolher as coisas certas.

Phillip planejara fazer isso por conta própria, mas via agora que seu instinto de contar a ela a respeito disso estava correto. Ela estava olhando para ele, e embora o sol refletisse nas lentes escuras dava para ver, pelo ângulo de sua cabeça, que ele tinha toda a sua atenção.

— Ele não aceitaria nada que viesse de mim.

— Você não está dando o devido crédito ao menino. Talvez não esteja dando crédito a você também.

Ele ajeitou as velas, pegou o vento pelo lado certo e notou o instante em que ela reconheceu a curva cheia de árvores ao longo da margem. Levantou-se e tentou se manter equilibrada.

— Phillip, o que quer que você esteja sentindo por mim agora, acho que não vai ajudar em nada me empurrar para Seth assim tão cedo.

— Não estou levando você para a minha casa, Sybill. — Olhou com atenção o quintal dos fundos enquanto passava ao largo. — De qualquer modo, Seth está no galpão a essa hora, com Cam e Ethan. Você precisa de distração, Sybill, não de confronto. E, só para deixar registrado, eu mesmo não sei ao certo o que sinto por você nesse momento.

— Já lhe contei tudo o que sabia.

— Sim, acho que você me deu todos os fatos. O que não me contou é como se sente a respeito de tudo, nem como esses fatos a afetam em nível pessoal e emocional.

— Isso não vem ao caso.

— Mas eu estou levantando a questão. Estamos entrelaçados nessa história, Sybill, quer você goste ou não. Seth é seu sobrinho e é meu irmão. Meu pai e sua mãe tiveram um caso. E nós vamos ter um também.

— Não — disse ela com decisão. — Nós não!

Ele virou a cabeça por tempo suficiente para lançar-lhe um olhar cintilante e disse:

— Você sabe que as coisas não são assim... você já foi captada pelos meus instintos, e eu sei reconhecer quando uma mulher já está comigo nos instintos dela.

— E somos ambos adultos o bastante para controlarmos nossos desejos mais básicos.

— Claro que não somos! — Ele olhou para ela por mais um momento e, então, deu uma risada. — O problema, porém, é que não é sexo o que a preocupa... é a intimidade.

Ele estava acertando todos os alvos. Aquilo a deixava furiosa, mas a assustava ainda mais.

— Você não me conhece.

— Estou começando a conhecer — disse baixinho. — E também sou uma pessoa que termina tudo o que começa. E estou chegando... — Sua voz estava mais suave agora. — Prepare-se para o estrondo!

Ela saiu do meio do convés e tornou a se sentar. Reconhecia a pequena enseada onde eles compartilharam vinho e patê. Fazia apenas uma semana, lembrou ela de forma mecânica. *Nada* mudara muito ali... *Tudo* mudara entre eles.

Ela não podia ficar ali com ele, não podia se arriscar a isso. A ideia de manipulá-lo agora era absurda. Mesmo assim, não podia fazer mais nada, a não ser tentar.

De forma fria e contida, olhou para ele. Com um gesto casual, passou a mão sobre o coque sofisticado que o vento deixara em desalinho. De forma cáustica, sorriu, perguntando:

— Ora, não temos vinho hoje? Nem música, nem uma cesta de piquenique toda enfeitada?

— Você está apavorada — disse ele, arriando as velas e ancorando o barco.

— Você é arrogante, mas não me deixa preocupada.

— Agora, está mentindo. — Com o barco jogando suavemente por baixo de seus pés, ele deu um passo à frente e tirou os óculos escuros que ela colocara. — Eu deixo você um pouco preocupada sim... Bastante até. Você vive achando que me enquadrou dentro de um padrão e, então, eu não sigo o que está escrito. Imagino que a maioria dos homens que você permitiu que gravitassem em torno da sua vida eram bem previsíveis. Assim, era mais fácil para você.

— Essa é a sua definição de distração? — reagiu ela. — Enquadra-se mais na minha definição de confronto.

— Tem razão. — Arrancando os próprios óculos escuros, ele os jogou de lado. — Vamos analisar isso depois.

Ele se moveu depressa. Ela já sabia que ele era capaz de se movimentar com a rapidez de um relâmpago, mas não esperava que ele mudasse de cínico para amante em um piscar de olhos. Sua boca era quente, faminta e se juntou com determinação à dela. Suas mãos seguraram-na pelos braços com força, apertando-a de encontro a ele de tal modo que o calor e o desejo transbordaram, e ela já não sabia dizer se tudo aquilo vinha dele ou dela.

Ele falara simplesmente a verdade quando disse que ela já estava em seus instintos. Se aquilo era veneno ou salvação, não fazia diferença. Ela estava ali, e ele não conseguia estancar o fluxo.

Phillip puxou a cabeça dela para trás, abrindo um espaço entre os lábios, mas deixando os rostos ainda próximos. Os olhos dele eram tão dourados e poderosos como o refulgir do sol.

— Diga que não me quer! Diga que não quer que isto aconteça! Diga com sinceridade e tudo acaba aqui.

— Eu...

— Não. — Impaciente, sofrendo com aquilo, ele a sacudiu até que seu olhar uniu-se ao dele novamente. — Olhe bem para mim e diga que não.

Ela já mentira muito, e as mentiras pesavam em sua cabeça como chumbo. Não podia aguentar mais uma.

— Phillip, isso só vai servir para complicar as coisas... vai fazê-las ficar ainda mais difíceis.

Um triunfo indisfarçável surgiu em seus olhos dourados.

— Com certeza, vai! — murmurou. — Só que, nesse momento, eu não estou ligando a mínima... Beije-me! — exigiu ele. — Mas com vontade!

Ela não conseguiu se segurar. Aquele tipo de carência cruel, em estado puro, era novo para ela e a deixava indefesa. Sua boca se encontrou com a dele, com o mesmo nível de fome e desespero. E o gemido baixo e primitivo que escapou de sua garganta foi um eco do latejar de desejo que sentiu entre as pernas.

Ela parou de pensar. Viu-se, de repente, em uma enxurrada de sensações que giravam, emoções e anseios. O beijo foi se tornando mais rude, chegando às raias da dor no momento em que os dentes dele arranharam-na e mordiscaram-lhe a boca. Ela agarrou-o pelos cabelos, tentando sugar um pouco de ar, trêmula de choque, enquanto aquela boca habilidosa descia lentamente por sua garganta, lançando loucos arrepios por toda a sua pele.

Pela primeira vez em sua vida, ela se rendeu por completo às sensações físicas... e ansiava por mais.

Ele arrancou-lhe o blazer, puxando a seda macia que cobria seus ombros e atirando-o para o lado de forma descuidada. Queria carne, o toque dela sob suas mãos, o gosto dela em sua boca. Puxando o fino tecido marfim por cima de sua cabeça, ele encheu as mãos com seus seios trêmulos, ainda cobertos pela renda do sutiã.

A pele dela era mais quente que a seda e, de algum modo, ainda mais lisa. Com um gesto impaciente com os dedos, abriu o sutiã, jogando-o de lado. E satisfez seu desejo de saboreá-la.

O sol a ofuscou. Mesmo com os olhos bem fechados, a força da luz tentava penetrar por entre os cílios. Ela não conseguia ver, apenas sentir. Aquela boca atarefada, quase brutal, a devorava, e as mãos dele, ásperas e exigentes, iam por onde queriam. O gemido em sua garganta era o externar do grito em sua cabeça.

— Agora, agora, agora!...

Tateando, ela arrancou-lhe a suéter, encontrando músculos, cicatrizes e carne por baixo, enquanto ele arriava sua saia até os quadris. Suas meias terminavam em finas ligas rendadas acima de suas coxas. Em outra situação, talvez ele apreciasse a mistura de praticidade e feminilidade. Naquele instante, porém, estava impelido a possuí-la e sentiu uma forte excitação diante do suspiro perplexo que ela soltou quando ele rasgou e colocou de lado o fino triângulo rendado que era a única coisa que ainda os separava. Antes que conseguisse tornar a inspirar com força, ele enfiou os dedos dentro dela, lançando-a de forma violenta além dos limites.

Ela gritou, chocada, e vacilou diante daquela cruel onda de calor que pareceu parti-la ao meio sem aviso, fazendo-a voar e debater-se.

— Ó, Deus... Phillip! — Quando sua cabeça tombou sem forças sobre o ombro dele e seu corpo foi de rígido a flácido, ele a ergueu e a deitou sobre um dos bancos estreitos.

Ele sentiu o sangue bombear com força em sua cabeça. Suas glândulas gritavam por libertação. Seu coração martelava-lhe o peito com a força de um machado, ecoando em suas costelas.

Sua respiração estava entrecortada, seus olhos se focaram nela com a precisão de um laser quando ele se libertou de todas as roupas. Seus dedos se enterraram nos quadris dela, ao mesmo tempo que a levantavam e abriam-na. E ele mergulhou lá dentro. Com força e bem fundo, fazendo com que o seu gemido longo se misturasse com o dela.

Ela o agasalhou por dentro, como uma luva apertada e quente. Moveu-se por baixo dele, uma mulher trêmula e ávida. E sussurrou seu nome, em um suspiro sem fôlego e doloroso.

E ele a bombeou novamente, e novamente, em estocadas fortes e contínuas que ela elevava os quadris para receber. Seus cabelos se soltaram dos grampos e se espalharam sobre os ombros como um casaco de peles. Ele enterrou o rosto neles, perdido em seu perfume, em seu calor, na pura e cintilante grandeza de uma mulher excitada além da razão.

As unhas dela se enterraram em suas costas, e seu grito foi abafado de encontro ao ombro dele quando ela gozou. Os músculos dela o envolveram com mais força ainda, possuindo-o, destruindo-o.

Ele estava com o corpo tão bambo quanto o dela, arrasado, tentando encher os pulmões que ardiam com ar renovado. Por baixo, sentiu que o corpo dela continuava a tremer com os últimos movimentos da onda sísmica que surge depois do sexo forte e satisfatório.

Quando a visão dele clareou, conseguiu ver as três peças do seu lindo *tailleur* de executiva espalhados pelo convés. E um sapato preto de salto alto. Aquilo o fez sorrir ao mesmo tempo em que se movia de lado, o suficiente para mordiscar de leve o seu ombro.

— Normalmente, eu sou mais refinado — disse ele. Maliciosamente, foi descendo com a mão bem devagar e brincou com a estreita liga que estava acima de sua meia, experimentando as texturas da renda e da pele. — Ora, ora... Você é cheia de surpresas, Dra. Griffin.

Ela estava flutuando, em algum ponto acima da realidade. Não conseguia abrir os olhos direito nem mover a mão.

— O quê?

Diante do som sonhador e distante da voz dela, ele levantou a cabeça para estudar seu rosto. Suas bochechas estavam vermelhas, sua boca inchada e seus cabelos eram uma massa confusa.

— Como examinador objetivo, devo concluir que você jamais havia sido arrebatada assim antes.

Havia um pouco de diversão em seu tom de voz, e arrogância masculina suficiente para trazê-la de volta à terra. Ela abriu os olhos e notou o sonolento sorriso de vitória em seus olhos.

— Você é pesado — disse apenas.

— Certo. — Ele se moveu para o lado e se recostou, mas a levantou e a girou, até colocá-la sentada em seu colo, com as pernas abertas, uma para cada lado. — Você ainda está de meias, e com um dos sapatos. — Sorriu, começando a apertar os músculos duros em suas nádegas. — Nossa, isso é muito sexy!

— Pare! — Um calor interno começava a surgir de volta, em uma combinação de embaraço e desejo renovado. — Deixe-me levantar.

— Ainda não acabei com você — disse Phillip, abaixando a cabeça e fazendo a língua circular lentamente em volta do seu mamilo. — Você ainda está macia, morna... e saborosa — acrescentou, balançando a ponta da língua sobre o mamilo endurecido, sugando de leve até que a respiração dela se tornou mais densa e ofegante novamente. — Quero mais! E você também...

O corpo dela se arqueou para trás, maravilhosamente fluido enquanto ele seguia com a boca pelo seu colo acima, até alcançar a pulsação descompassada em seu pescoço. Ah, sim, sim, ela queria mais.

— Só que, dessa vez — prometeu ele —, vou um pouco mais devagar.

Soltando um gemido submisso, ela abaixou a boca até encontrar a dele, dizendo:

— Acho que temos bastante tempo.

O sol já estava em um ângulo bem baixo quando ele tornou a se mover para o lado dela. O corpo de Sybill parecia dourado, dolorido, energizado e exausto, tudo ao mesmo tempo. Ela própria não fazia ideia de possuir um apetite sexual tão intenso, e, agora que descobrira, não sabia o que fazer a respeito disso.

— Phillip, precisamos conversar... — e franziu a testa diante das próprias palavras, cruzando os braços sobre o corpo. Ela estava seminua e ainda úmida dele. E mais confusa do que jamais estivera em toda a vida. — Nós... isso... não podemos continuar assim.

— Ah, nesse momento, não — concordou ele. — Até mesmo eu tenho minhas limitações.

— Não quis dizer... isto foi só um divertimento, como você disse. Algo que, aparentemente, nós dois estávamos precisando, em nível físico. E agora...

— Fique quieta, Sybill. — Ele disse isso sem agressividade, mas ela percebeu uma pontinha de irritação. — Foi muito mais do que divertimento, e podemos dissecar tudo devidamente, só que mais tarde.

Tirando o cabelo da frente dos próprios olhos, ele a analisou. Ela estava começando a se sentir esquisita, compreendeu, pouco à vontade por estar nua e pela situação. Então ele sorriu, dizendo:

— Neste momento, estamos completamente bagunçados. Portanto, só há uma coisa a fazer antes de vestirmos as roupas e voltarmos para casa.

— O quê?

Ainda sorrindo, ele tirou o sapato dela e a levantou no colo.

— Simplesmente isso — disse, atirando-a na água, por cima da amurada.

Ela conseguiu soltar um grito antes de atingir a água. O que voltou à superfície era uma mulher muito furiosa, com o cabelo embaraçado cobrindo os olhos.

— Seu filho da mãe! Seu idiota!

— Eu sabia. — Ele ficou em pé na amurada, rindo muito, como alguém mentalmente perturbado. — Eu tinha certeza de que você fica linda quando se zanga!

E mergulhou para juntar-se a ela.

Capítulo Treze

Ninguém jamais a tratara do jeito que Phillip Quinn o fizera. Sybill não conseguia decidir o que pensar sobre aquilo, muito menos o que fazer a respeito.

Ele fora rude, descuidado e exigente. Segundo suas próprias palavras, arrebatara-a, e mais de uma vez. Embora ela não pudesse alegar que tentara lutar contra aquilo, nem remotamente, tudo acontecera de forma muito distante do que se concebe como sedução civilizada.

Jamais em sua vida ela dormira com um homem que conhecesse havia tão pouco tempo. Fazer aquilo era impulsivo, potencialmente perigoso e certamente irresponsável. Mesmo levando em consideração a arrebatadora e jamais sentida química que surgira entre eles, tratava-se de um comportamento tolo.

Pior do que tolo, admitiu, porque bem que ela queria ser impulsiva com ele novamente.

Teria de considerar o assunto com todo o cuidado, assim que conseguisse arrancar da lembrança o incrível prazer que seu corpo experimentara sob a ação daquelas mãos que eram rápidas, tinham muita iniciativa e eram competentes.

Naquele momento, ele a estava levando de volta, no veleiro, para o cais de St. Christopher, completamente à vontade consigo mesmo e com ela. Sybill jamais poderia adivinhar, se não soubesse, que ele acabara de passar mais de uma hora entregue a uma sessão de sexo selvagem e frenético.

Jamais poderia adivinhar se não tivesse, ela mesma, tomado parte nisso.

Não havia dúvidas em sua cabeça de que o que eles acabaram de fazer iria complicar ainda mais uma situação já terrivelmente complicada. Ambos precisavam ser frios e sensatos agora, e cuidadosamente práticos. Ela fez o que pôde para ajeitar o cabelo molhado e embaraçado em meio ao vento que o fustigava.

Era melhor puxar conversa, decidiu, para preencher o vazio entre o sexo e a sensibilidade.

— Como foi que conseguiu essas cicatrizes?

— Quais? — Ele lançou a pergunta por cima dos ombros, mas sabia a que ela se referia. A maioria das mulheres queria saber.

— As do peito. Elas parecem cirúrgicas.

— Humm... é uma longa história. — Dessa vez, ele lançou um sorriso para ela, junto com o olhar. — Hoje à noite, eu conto com detalhes para deixar você bem entediada.

— Hoje à noite?

Puxa, ele adorava quando as sobrancelhas dela se uniam, formando um pequeno vinco de pura concentração.

— Marcamos um encontro, lembra?

— Mas eu... hummm.

— Eu deixo você totalmente desnorteada, não é?

— E você curte isso? — Irritada, lançou para trás com força os cabelos que insistiam em cobrir-lhe os olhos.

— Querida, não consigo nem começar a lhe dizer o quanto eu curto. Você vive tentando me encaixar em um de seus padrões, Sybill, e eu passo o tempo inteiro escorregando para fora deles. Primeiro, me imaginou como um executivo confiável, um profissional urbano unidimensional que gosta de vinhos finos e mulheres cultas. Só que essa é apenas uma parte de mim.

Ao entrar no porto, arriou as velas e ligou o motor.

— Na primeira olhada que alguém dá em você — afirmou ele —, vê uma mulher da cidade grande, muito bem criada, muito bem educada, voltada para a carreira, que gosta de vinho branco e mantém os homens a uma distância segura. Mas isso também é apenas uma parte de você.

Desligando o motor, Phillip deixou o barco encostar com suavidade no cais. Deu uma puxada carinhosa nos cabelos dela, antes de saltar para pegar as cordas.

— Acho que vamos nos distrair muito tentando descobrir o que existe na parte que não se vê.

— Phillip, dar continuidade à nossa relação física é...

— Inevitável — completou ele, oferecendo-lhe a mão. — Vamos parar de gastar tempo e energia fingindo que as coisas são diferentes. Podemos chamar de química básica isso que rolou entre nós, por enquanto. — Ele a puxou em sua direção no instante em que os pés dela pisaram no cais, provando seu ponto de vista com um longo e ardente beijo. — Para mim, funciona.

— Sua família não vai aprovar.

— E ter a aprovação da família é uma coisa importante para você...

— Claro!

— Bem, eu também não desconsidero isso. Normalmente, isso não seria da conta deles. Nesse caso, porém, é. — Aquilo o incomodava, e muito. — Só que é a *minha* família, uma preocupação minha, e não sua.

— Talvez eu pareça hipócrita a essa altura dizendo o que vou dizer, mas a verdade é que não quero fazer mais nada que magoe ou perturbe Seth.

— Nem eu. Só que não vou deixar um pirralho de dez anos decidir a minha vida pessoal. Relaxe, Sybill — e passou os dedos de leve ao longo de seu maxilar —, porque isso aqui não é como o caso das famílias Montecchio e Capuletto.

— Bem, eu também não consigo pensar em você como um Romeu — disse ela, de um jeito tão seco que ele deu uma gargalhada e tornou a beijá-la.

— Pois devia, Julieta querida... Se eu quiser, posso ser Romeu. Por ora, no entanto, vamos ser apenas quem somos. Você está cansada. — Passou o polegar carinhosamente sob os olhos dela. — Você tem a pele muito fina, Sybill, as olheiras logo aparecem. Vá tirar uma soneca. Mais tarde, a gente se ajeita com o serviço de quarto.

— Com o...

— Eu levo o vinho — anunciou ele, alegremente, pulando de volta no barco. — Tenho uma garrafa de Chateau Olivier que ando querendo experimentar — berrou, com a voz acima do barulho do motor. — Não precisa se preocupar com a roupa que deve usar — acrescentou, com um sorriso malicioso enquanto manobrava o veleiro para longe do cais e do alcance da voz dela.

Sybill não estava certa sobre o que deveria ter gritado para ele, se tivesse conseguido se livrar do pouco que restava de seu autocontrole. Em vez disso, permaneceu em pé sobre o cais, com seu amarrotado, porém elegante tailleur de seda, os cabelos molhados, muito despenteados, e a dignidade tão instável quanto o coração.

Cam sabia reconhecer os sinais. Um passeio de veleiro em uma tarde com bastante vento podia relaxar um sujeito, diminuir a tensão de seus músculos, clarear as ideias. Mas ele só conhecia uma coisa que provocava aquele refulgir preguiçoso e satisfeito nos olhos de um homem.

Reconheceu de imediato o brilho diferente nos olhos do irmão assim que Phillip lançou-lhe as cordas para amarrar o barco. Seu filho da mãe foi a primeira coisa em que pensou.

Pegando a corda de popa e puxando-a com força até retesá-la, resolveu dizer para Phillip:

— Seu filho da mãe!

Phillip simplesmente levantou as sobrancelhas. Já esperava aquela reação, mas não tão depressa. Já ordenara a si mesmo que era melhor manter a calma para explicar sua posição.

— Ora, ora... a recepção é sempre calorosa na casa dos Quinn.

— Achei que você já tinha passado da fase de raciocinar com a cabeça de baixo.

Não tão calmo quanto planejara, Phillip saltou do barco e ficou em pé, olhando fixamente para o irmão. Sabia reconhecer os sinais também. Cam estava doido por uma briga.

— Na verdade, tenho a tendência a deixar a minha cabeça de baixo ter pensamentos próprios, embora geralmente, no final, as duas concordem uma com a outra.

— Ou você é louco, ou burro, ou simplesmente não dá a mínima... é a vida de um menino que está em jogo aqui, Phillip, a paz de espírito dele, a sua confiança...

— Não vai acontecer nada de errado com Seth. Estou fazendo tudo o que posso para me certificar disso.

— Ah, entendi! Então trepou com ela apenas para o bem dele.

As mãos de Phillip se lançaram para a frente com rapidez, e, antes mesmo que seu cérebro registrasse a fúria que sentia, já estava com ambas agarradas com força ao casaco de Cam. Agora, seus rostos estavam colados, ambos prontos para a luta.

— Há poucos meses, você e Anna estavam agitando os lençóis. Quanto tempo você passava pensando em Seth quando ela estava por baixo de você?

O punho de Cam arremessou-se para cima, pegando Phillip de surpresa. O soco atirou sua cabeça para trás, mas ele continuou agarrando o irmão com firmeza. O instinto bloqueou a razão no momento em que ele o empurrou para trás e se preparou para atacá-lo.

Xingou terrivelmente quando Ethan agarrou-o por trás, pelo pescoço.

— Fica frio, meu chapa! — ordenou Ethan, soltando um suspiro em vez de uma expressão de raiva. — Fiquem frios ou vou atirar os dois na água até esfriarem a cabeça. — Apertou ainda mais o pescoço de Phillip, só para mostrar que estava falando sério, enquanto repreendia Cam: — Você precisa aprender a segurar sua onda, droga! Seth teve um dia duro. Vocês querem complicar ainda mais as coisas?

— Não, eu não quero complicar mais nada — disse Cam com a voz amarga. — Esse cara aí é que não dá a mínima para o garoto, mas eu dou!

— Meu relacionamento com Sybill e minhas preocupações com Seth são assuntos diferentes.

— *Aqui* que são!

— Me larga, Ethan! — Como viu que o tom de voz de Phillip estava frio e controlado, Ethan o soltou. — Sabe de uma coisa, Cam... Não me lembro de você demonstrar interesse por minha vida sexual desde a época em que nós dois andávamos de olho em Jenny Malone.

— Só que não estamos mais no colégio, meu chapa.

— É verdade, não estamos. E você não é meu vigia. Nenhum dos dois! — acrescentou, virando a cabeça para que o olhar atingisse os dois irmãos. Resolveu dar explicações a eles só porque lhe pareceu importante. Porque os dois eram importantes em sua vida. — Tenho sentimentos por ela, e vou usar todo o tempo que precisar até descobrir que sentimentos são esses. Fiz um monte de mudanças na minha vida nos últimos meses, e sempre concordei com tudo o que vocês determinavam. Só que... droga, também tenho direito a usufruir de uma vida pessoal!

— Ninguém aqui está questionando isso, Phil. — Ethan olhou de relance na direção da casa, torcendo para que Seth estivesse ocupado fazendo seus deveres de casa ou seus desenhos, e não espiando pela janela. — Só que não sei como Seth vai se sentir a respeito dessa parte de sua vida pessoal.

— Tem só uma coisinha que nenhum de vocês está levando em consideração. Sybill é tia de Seth.

— Isso é exatamente o que eu estou levando em consideração — atirou Cam de volta. — É irmã de Gloria, e veio até aqui através de uma mentira.

— Ela veio até aqui *acreditando* em uma mentira! — Aquela era uma diferença importante, pensou Phillip. Uma diferença vital. — Vocês leram a declaração que ela enviou por fax para Anna?

— Sim, eu li — respondeu Cam, bufando por entre os dentes e enfiando os polegares nos bolsos da frente da calça.

— Quanto vocês imaginam que custou a ela colocar aquilo no papel, preto no branco, sabendo que todo mundo na cidade estaria falando no assunto, falando dela, em menos de vinte e quatro horas? — Phillip esperou um segundo, notando que o músculo do maxilar de Cam relaxou parcialmente. — Quanto mais vocês querem que ela pague?

— Não estou pensando nela. Estou pensando em Seth.

— E ela é a melhor defesa que temos contra Gloria DeLauter.

— Você acha que ela vai segurar o rojão — especulou Ethan — na hora em que a coisa ficar preta?

— Sim, acho que sim. Ele precisa da família, de *toda* a família. Era isso que papai queria que acontecesse. Ele me disse... — segurando-se a tempo, Phillip fechou a cara, olhando para a escuridão acima da água.

Cam apertou os lábios, trocou um olhar significativo com Ethan e quase sorriu.

— Anda se sentindo meio estranho ultimamente, Phillip?

— Eu estou bem.

— Talvez esteja um pouco estressado. — Já que conseguira acertar um soco em Phillip, Cam se sentiu no direito de curtir um pouco com a cara dele. — Penso ter visto você falando sozinho, uma ou duas vezes.

— Eu não falo sozinho!

— Talvez pense que está falando com alguém que não está ali. — E abriu, nesse momento, um sorriso largo e cruel. — Estresse é de matar! Acaba com a cabeça da gente.

Ethan não conseguiu engolir uma risada, e Phillip olhou com raiva para ele.

— Vocês dois têm algo a me dizer a respeito da minha saúde mental?

— Bem... — Ethan coçou o queixo — você anda parecendo meio tenso ultimamente.

— Pelo amor de Deus, eu tenho todos os motivos do mundo para estar tenso! — E atirou os braços para cima, como se quisesse abraçar o mundo que, com tanta frequência, pesava em seus ombros. — Trabalho dez, doze horas por dia em Baltimore, depois venho para cá e suo mais que escravo de galé romana trabalhando no galpão, construindo barcos... isso quando não estou queimando os miolos em cima dos livros de contabilidade e as contas, bancando a dona de casa no supermercado ou me certificando de que Seth não mije fora do penico na hora de fazer os deveres de casa.

— Você sempre foi reclamão... — resmungou Cam.

— Quer ver quem é reclamão? — Phillip deu um passo ameaçador para a frente, mas, dessa vez, Cam sorriu e levantou as mãos, em sinal de trégua.

— Ethan pode jogar você na água, se quiser. Eu não estou muito a fim de nadar nesse momento.

— Nas primeiras vezes que isso aconteceu comigo — comentou Ethan —, eu achei que estava sonhando.

Confuso, sem ter certeza se queria revidar o soco que recebera de Cam ou simplesmente se sentar um pouco, Phillip olhou de volta para Ethan, perguntando:

— Mas de que diabos vocês estão falando?

— Acho que estávamos discutindo sobre a sua saúde mental. — O tom de Ethan era calmo agora, um tom de conversa. — Foi bom tornar a ver o papai. O difícil foi saber que eu ia ter que deixá-lo partir novamente. Mesmo assim, valeu a pena.

— Talvez devêssemos estar conversando sobre a sua saúde mental também. — Um calafrio percorreu a espinha de Phillip e ele enfiou as mãos subitamente trêmulas dentro dos bolsos.

— Nós achávamos que, quando chegasse a sua vez, você iria procurar o sofá do analista, direto — Cam tornou a sorrir —, ou então viajaria para Aruba.

— Não sei do que vocês estão falando.

— Ah, sabe sim. — Ethan falou com toda a calma e, então, se sentou na beira do cais, com as pernas balançando, a fim de pegar um charuto.

—Agora é a sua vez! Parece que ele escolheu aparecer para nós na mesma ordem em que nos trouxe para casa.

— Uma questão de simetria — decidiu Cam, sentando-se ao lado de Ethan. — Ele teria apreciado a simetria e a harmonia disso. Falei com ele pela primeira vez no dia em que conheci Anna. — Seu pensamento voltou àquele dia, quando a vira atravessar o gramado no quintal dos fundos com aquele rosto espetacular e o terninho horrível. — Acho que isso representa uma espécie de simetria também.

— O que quer dizer com "falei com ele"? — O calafrio continuava, mais rápido agora, subindo e descendo pela espinha.

— Batemos um papo. — Cam arrancou o charuto da boca de Ethan e deu uma baforada. — Claro que imaginei que havia pirado na mesma hora — disse e olhou para cima, sorrindo. — Você também acha que pirou, Phillip?

— Não, só acho que ando trabalhando demais.

— Porra nenhuma... fazer desenhos para anúncios, bolar slogans e jingles... isso é moleza!

— Vá à merda! — Porém, dando um suspiro, ele também se sentou no cais. — Vocês dois estão tentando me dizer que conversaram com o papai? Aquele que morreu em março? Aquele cujo corpo enterramos a poucos quilômetros daqui?

— E você está tentando nos dizer que *não conversou* com ele? — Em um gesto descontraído, Cam passou o charuto para Phillip.

— Eu não acredito nesse tipo de coisa.

— Não importa muito em que você acredita quando a coisa acontece — assinalou Ethan, pegando o charuto de volta. — A última vez em que o vi foi na noite em que pedi Grace para se casar comigo. Ele estava comendo um saquinho de amendoins.

— Meu santo Cristo! — murmurou Phillip.

— Dava para sentir o cheiro dos amendoins que ele comia, do mesmo jeito que agora estou sentindo o cheiro deste charuto, da água e da jaqueta de couro do Cam.

— Quando as pessoas morrem, já era... acabou-se. Elas não voltam. — Phillip fez uma pausa, enquanto esperava o charuto chegar até ele novamente. — Vocês... tocaram nele?

— Você tocou? — perguntou Cam, com a cabeça de lado.

— Ele era real. Não podia ser.

— Ou era mesmo... — argumentou Ethan — ou nós três ficamos malucos.

— Mal tivemos tempo de nos despedir dele, e tivemos menos tempo ainda para entender o que acontecera. — Cam soltou o ar com força. Seu pesar havia diminuído e ficara mais suave. — Ele resolveu nos dar um tempinho a mais para passarmos com ele. Isso é o que eu penso.

— Ele e mamãe deram mais tempo a todos nós quando nos transformaram em Quinn — completou Phillip, decidindo que não conseguia pensar naquilo. Não naquele momento, pelo menos. — Deve ter cortado o coração de papai descobrir que tinha uma filha cuja existência jamais soube.

— Ele deve ter tentado ajudá-la, salvá-la — murmurou Ethan.

— E deve ter visto que era muito tarde para ela, mas não para Seth — concluiu Cam. — Sendo assim, faria qualquer coisa que pudesse para salvar o menino.

— Seu neto... — Phillip observou uma garça que levantava voo para então desaparecer silenciosamente na escuridão. E, de repente, não sentiu mais frio. — Papai deve ter se reconhecido naqueles olhos, mas deve ter desejado respostas. Andei pensando a respeito disso. A coisa lógica a fazer seria tentar localizar a mãe de Gloria e fazê-la confirmar o fato.

— Isso levaria algum tempo — considerou Cam. — Ela está casada, mora na Europa e, pelo que Sybill disse, não tinha interesse em entrar em contato com ele.

— E, então, ele não teve mais tempo — concluiu Phillip. — Agora, porém, nós sabemos... e vamos acertar tudo.

Ela não pretendia dormir. Sybill se presenteou com um banho de chuveiro longo, bem quente, e depois se envolveu em um roupão com a intenção de acrescentar novos dados às suas anotações. Disse a si mesma que precisava reunir coragem, a fim de ligar para sua mãe, dizer-lhe tudo o que pensava e exigir uma declaração sua que confirmasse a que ela própria fizera e registrara no cartório.

Não fez nem uma coisa nem outra. Em vez disso, jogou-se de bruços na cama, fechou os olhos e fugiu de tudo.

O barulho de alguém batendo na porta a fez sair do sono e entrar em um estado de torpor. Saiu da cama cambaleando e tateou no escuro à procura do interruptor. Com a mente ainda enevoada, foi até a saleta da suíte e quase se esqueceu de olhar pelo olho mágico antes de abrir a porta.

Soltou um suspiro de irritação dirigido a si mesma enquanto abria as trancas.

Phillip deu uma olhada nos cabelos despenteados, nos olhos sonolentos e no prático roupão azul-marinho e sorriu:

— Bem, acho que fui eu que avisei que não precisava se vestir.

— Desculpe. Peguei no sono. — Distraída, passou a mão pelos cabelos. Detestava parecer assim tão desmazelada, especialmente quando ele parecia tão desperto, alerta... e lindo.

— Se estiver muito cansada, eu volto amanhã.

— Não, eu... se eu dormir mais agora, vou acabar acordando às três da manhã e sem sono. Odeio quartos de hotel às três da manhã. — Deu um passo para trás, a fim de deixá-lo entrar. — Espere um pouco que eu vou me vestir.

— Não... fique à vontade — sugeriu ele, e usou a mão livre para pegá-la pela nuca e trazê-la mais para junto dele para um beijo casual. — Eu já vi você nua mesmo... aliás, foi uma imagem muito excitante.

Pelo jeito, decidiu ela, sua dignidade continuava fora de alcance.

— Bem, Phillip, não vou dizer que foi tudo um erro.

— Ótimo! — E colocou o vinho que trouxera em cima da mesa de café.

— Porém... — continuou ela, com o que considerou um tom de paciência admirável — também não foi uma atitude sábia. Nós dois somos pessoas sensatas.

— Fale apenas por si, doutora. Eu deixo de ser sensato todas as vezes que sinto essa sua fragrância. Que perfume você usa?

— Phillip! — Ela se inclinou um pouco para trás quando ele se lançou na direção dela, tentando cheirá-la.

— Sybill! — Ele riu. — Que tal se eu tentar ser civilizado e não carregá-la para a cama, pelo menos até você parecer um pouco mais acordada?

— Eu agradeceria pelo seu controle — disse ela com firmeza.

— E devia agradecer mesmo. Está com fome?

— O que significa esta sua necessidade quase patológica de me alimentar?

— Você é a analista aqui — disse ele, dando de ombros. — Eu trouxe o vinho. Você tem algumas taças?

Ela podia ter suspirado, mas não iria servir de nada. Na verdade, queria mesmo conversar com Phillip, a fim de colocar o relacionamento deles no passo certo novamente. Queria pedir conselhos. E, sua maior esperança, conseguir a ajuda dele para convencer Seth a aceitar sua amizade.

Pegou os dois copos pequenos, de vidro grosso, que o hotel fornecia e levantou uma sobrancelha quando Phillip fez um ar de desdém ao olhar para eles. Ele tinha um olhar de desdém muito sexy.

— Esses... *recipientes* são um insulto a este vinho delicioso — disse Phillip, abrindo a garrafa com um saca-rolhas de aço inoxidável que trouxera com ele. — No entanto, se isso é o melhor que você tem a oferecer, vamos ter que nos ajeitar com eles.

— Eu me esqueci de colocar na mala o meu conjunto de cristais Waterford.

— Da próxima vez, não esqueça. — Serviu o lindo líquido com cor de palha nos copos e entregou um deles a ela. — Aos princípios, meios e fins. Parece que estamos nos três casos.

— Como assim?

— Bem, a charada terminou, o trabalho de equipe está definido e acabamos de nos tornar amantes. Estou feliz com os três aspectos do nosso interessantíssimo relacionamento.

— Trabalho de equipe? — Ela escolheu o aspecto que não a deixava envergonhada nem nervosa.

— Seth é um Quinn de verdade. Com a sua ajuda, vamos tornar isso legal e permanente logo, logo...

— É importante para você que ele carregue o seu nome. — Olhou para o copo de vinho que tinha nas mãos.

— O nome do *avô* dele — corrigiu Phillip. — E garanto que isso não é nem de perto tão importante para mim quanto é para Seth.

— Sim, tem razão. Reparei em seu rosto no momento que contei tudo. O menino me pareceu quase maravilhado com a notícia. O Professor Quinn deve ter sido um homem extraordinário.

— Meu pai e minha mãe eram muito especiais. Compartilhavam o tipo de casamento que é muito raro de encontrar. Uma verdadeira parceria, baseada em confiança, respeito, amor, paixão. Não foi fácil, para mim, ficar me perguntando durante todo esse tempo se meu pai quebrara aquela confiança.

— Você temia que ele tivesse traído a sua mãe com Gloria e gerado uma criança com ela... — Sybill se sentou. — Foi horrendo da parte dela plantar a semente dessa dúvida.

— Foi um inferno conviver com as outras sementes dentro de mim que eu não conseguia arrancar. Ressentimento com Seth... ele era filho do meu pai? Seu filho verdadeiro, enquanto eu era apenas um dos substitutos? Sabia que não era bem assim — acrescentou, sentando-se ao lado dela —, pelo menos no fundo do coração. Mas isso era uma das coisas que ficavam martelando em minha cabeça às três da manhã.

Pelo menos, compreendeu Sybill, ela libertara a cabeça dele desses pensamentos. Mas não era o bastante.

— Vou pedir à minha mãe que confirme a minha declaração por escrito. Não sei se ela vai aceitar. Duvido que o faça — admitiu Sybill. — Mas vou pedir mesmo assim. Vou tentar.

— Trabalho de equipe, viu? — Phillip pegou a mão dela e a colocou dentro da dele, acariciando-a, o que a fez levantar a cabeça, a fim de avaliar o rosto dele com cautela.

— Seu maxilar está com uma marca roxa.

— É... — fez uma careta e massageou o queixo. — Cam ainda tem aquele inesperado cruzado de esquerda.

— Ele agrediu você?

O tom de choque absoluto que Phillip percebeu em sua voz o fez rir. Obviamente, a boa doutora não estava acostumada com um mundo em que punhos voavam e os socos eram comuns.

— Eu pretendia atingi-lo primeiro, mas ele me pegou de surpresa. O que significa que fiquei devendo um soco a ele. Pagaria na mesma hora, mas Ethan me deu uma gravata e me deixou sufocado.

— Ó, meu Deus! — arrasada, ela se levantou. — Foi por nossa causa. Foi pelo que aconteceu hoje à tarde, no barco. Aquilo jamais deveria ter acontecido. Eu *sabia* que isso ia acabar causando problemas entre você e sua família.

— Sim — confirmou ele no mesmo tom. — Foi por causa de nós dois. Mas já resolvemos o assunto. Sybill, meus irmãos e eu temos nos socado uns aos outros desde que nos tornamos irmãos, desde moleques. É uma espécie de tradição na família Quinn... como a receita de *waffle* do meu pai.

Um sentimento de aflição continuava a pulsar dentro dela, mas um pouco de confusão se misturou a ele. Socos e *waffle*?, perguntou-se, atônita, tornando a passar a mão pelo cabelo em desalinho.

— Você luta com eles, fisicamente?

— Claro!

Em uma tentativa de compreender melhor aquela informação, ela pressionou as têmporas com os dedos. Não adiantou nem um pouco.

— Por quê? — perguntou, por fim.

— Porque eles estão bem ali na minha frente... — sugeriu, considerando a resposta e sorrindo.

— E os seus pais permitiam esse tipo de comportamento violento?

— Minha mãe era pediatra. Sempre levávamos alguns pontos quando nos machucávamos muito. — Ele se inclinou para a frente, a fim de se servir de mais vinho. — Acho melhor explicar a história desde o início. Você sabe que Cam, Ethan e eu somos filhos adotivos.

— Sim, fiz algumas pesquisas antes de vir... — e não terminou a frase, olhando para o notebook. — Bem, disso você já sabe.

— Sei. E você conhece alguns dos fatos, mas não o seu significado. Perguntou-me hoje à tarde a respeito das minhas cicatrizes. A coisa não começou ali — avaliou ele. — Não começou mesmo... Cam foi o primeiro a ser adotado. Ray o pegou no flagra, tentando roubar o carro da minha mãe certa manhã.

— O carro? Ele tentou roubar o carro dela?

— Bem ali, na porta de casa. Tinha doze anos. Fugira de casa e planejava continuar fugindo até o México.

— Aos doze anos, ele já roubava carros e planejava fugir para o México... dirigindo?

— Isso mesmo! Foi o primeiro dos meninos maus da família Quinn. — Levantou o copo para brindar ao irmão ausente. — Acabara de ser surrado violentamente, mais uma vez, pelo pai verdadeiro, que era um bêbado, e chegou à conclusão de que já estava na hora de fugir ou morrer.

— Oh... — Ela agarrou o braço do sofá com força, enquanto tornava a se sentar.

— Ele desmaiou de fraqueza e meu pai o carregou para dentro de casa. Minha mãe tratou dele.

— Não chamaram a polícia?

— Não. Cam estava aterrorizado, e minha mãe reconheceu logo de cara os sinais de abuso físico contínuo. Fizeram algumas investigações, arranjaram as coisas junto ao sistema legal, contornaram os problemas... e lhe ofereceram um novo lar.

— Simplesmente o transformaram em filho deles?

— Minha mãe disse, certa vez, que nós três já éramos dela. Simplesmente ainda não havíamos nos encontrado pela vida. Depois, veio Ethan. A mãe dele era uma prostituta em Baltimore e também era drogada. Espantava o tédio dando surras terríveis no menino. Então, um dia, teve a brilhante ideia de alugar o filho de oito anos para pervertidos, a fim de complementar sua renda.

Sybill apertou o copo com as duas mãos e o balançou. Não disse nada. Não conseguia dizer nada.

— Ele aguentou essa vida por alguns anos. Uma noite, um dos clientes, depois de terminar de se fartar com Ethan e com a mãe dele, ficou violento. Quando viu que o seu alvo era ela, e não o menino, ela reagiu e o esfaqueou. Conseguiu fugir e, quando os policiais chegaram lá, levaram Ethan para o hospital. Minha mãe estava trabalhando como médica visitante nesse dia.

— E eles o adotaram também — murmurou Sybill.

— Sim, para encurtar a história foi isso.

Ela levantou o copo, bebeu bem devagar e o observou por sobre a borda de vidro. Não conhecia o mundo que Phillip estava descrevendo. Logicamente, sabia que aquilo existia, mas era um mundo que jamais cruzara com o dela. Até agora.

— E você? — perguntou.

— Minha mãe também rodava bolsinha em Baltimore. Trabalhava em espeluncas fazendo *striptease* e tinha outras armações por fora. Aplicava alguns contos do vigário e vários delitos leves. — Encolheu os ombros. — Meu pai já se mandara havia muito tempo. Cumpriu pena na penitenciária de Jessup por assalto à mão armada e, depois que saiu da cadeia, não tornou a nos procurar.

— Ela... ela batia em você?

— De vez em quando, mas aí eu cresci muito, fiquei mais forte e ela começou a ficar com medo de eu revidar. — O sorriso dele era fino e penetrante. — E tinha razão em se preocupar com isso. Não nos importávamos um com o outro nem um pouco. Só que eu queria ter um teto sobre a cabeça e, como precisava dela para isso, tinha de colaborar como pudesse. Batia algumas carteiras, agia como trombadinha, arrombava cadeados... Era muito bom nisso. Puxa vida! — disse com uma pontinha de orgulho. — Eu era realmente muito bom nisso! Mesmo assim, me segurava com bagulhos menores. Pequenos roubos que são fáceis de transformar em dinheiro vivo ou drogas. Quando as coisas ficavam mais difíceis, eu me vendia.

Ele notou quando os olhos dela se arregalaram de choque e se desviaram dos dele.

— Sobrevivência nem sempre é uma coisa bonita — explicou ele. — Na maior parte do tempo, porém, tinha a minha liberdade. Era duro na queda, cruel e muito esperto. De vez em quando, caía nas redes do sistema, mas sempre tornava a escapar. Mais alguns anos naquela vida e eu ia acabar seguindo o rumo do meu pai, em Jessup... ou no necrotério. Mais alguns anos levando aquela vida — continuou, olhando para o rosto dela —, e Seth teria ido pelo mesmo caminho.

— No seu modo de ver, suas situações são similares. — Tentando absorver tudo aquilo, Sybill olhou para o vinho em sua mão. — Porém...

— Eu reconheci Gloria ontem — interrompeu ele. — Uma linda mulher com os traços fisionômicos cada vez mais rígidos. Olhar duro e penetrante, amargura nos lábios... ela e minha mãe teriam se reconhecido também.

O que poderia ela dizer? Como poderia argumentar quando vira a mesma coisa na irmã?

— Eu não consegui reconhecê-la — disse ela depressa. — Por um momento, achei que havia sido um engano.

— Mas ela reconheceu você. E fez o jogo dela, apertou os botões certos. Sabia como fazê-lo. — Fez uma pausa. — Sabia exatamente como fazê-lo. E eu também sei.

Ela olhou para Phillip nesse momento e reparou que ele a estava avaliando com frieza.

— É isso, então, que está fazendo comigo? Apertando os botões certos, fazendo o seu jogo?

Talvez fosse, pensou ele. Eles teriam que definir isso antes de ir adiante.

— No momento, estou apenas lhe relatando os fatos. Quer ouvir o resto?

— Sim. — Ela não hesitou, pois acabara de descobrir que queria muito ouvir tudo.

— Quando fiz treze anos, achei que estava com tudo sob controle e que ia muito bem. Até que me vi de cara na sarjeta, sangrando até a morte. Atiraram em mim de um carro em movimento. Eu estava no lugar errado e na hora errada.

— Atiraram? — Seu olhar voou de encontro ao dele. — Você levou tiros?

— Bem no peito. Provavelmente, teria morrido. Um dos médicos que conseguiram me salvar conhecia Stella Quinn. Ela e Ray foram me visitar no hospital. Achei que eles eram estranhos, apenas um casal de pessoas boazinhas... uns otários! Mesmo assim, fiz o jogo deles. Minha mãe já estava farta de mim, e eu ia acabar trancafiado de vez em algum centro para delinquentes do governo. Assim, pensei em usar aquele casalzinho de manés até me sentir recuperado e em forma. Então, ia tomar o que precisasse deles e cair fora.

Quem era aquele menino que ele estava descrevendo para ela? E como ela conseguiria associá-lo com o homem ao seu lado?

— Você planejava roubá-los?

— Era isso que eu fazia. Era isso que eu era. Mas eles... — Como explicar?, perguntou-se Phillip. Como descrever o milagre que eles haviam realizado? — Bem, Ray e Stella acabaram com as minhas intenções... porque eu me apaixonei por eles. Porque eles me levaram a um ponto em que eu teria feito e me transformado em qualquer coisa só para que tivessem orgulho de mim. Não foram os paramédicos nem a equipe cirúrgica que salvaram minha vida. Quem a salvou foram eles... Ray e Stella Quinn.

— Quantos anos você tinha quando eles o receberam?

— Treze. Mas não era tão novinho como Seth. Nem uma vítima, como Cam e Ethan. Eu fizera minhas escolhas.

— Não, você está errado. — Pela primeira vez, ela esticou o braço e, colocando o rosto de Phillip entre as mãos, beijou-o carinhosamente.

Ele levantou as mãos, segurou-a pelos pulsos e teve de se concentrar para não apertá-los do jeito que seu doce beijo lhe apertara o coração.

— Essa não era a reação que eu esperava de você — disse ele.

Também não era a reação que Sybill esperava de si mesma. Mas ela se viu com pena do menino que ele descrevera e sentiu admiração pelo homem no qual se transformara.

— E que reação você costuma ver quando conta essa história?

— Jamais contei nada disso a ninguém que não fosse da família. — Conseguiu dar um sorriso. — Fica mal na foto...

Comovida, ela encostou a testa na dele.

— Você tinha razão. Poderia ter sido Seth — murmurou ela. — O que aconteceu com você poderia ter acontecido com Seth. Seu pai o salvou. Você e sua família o salvaram, enquanto a minha não moveu uma palha para ajudá-lo, não fez nada. Fez menos do que nada...

Você está fazendo algo.

Espero que seja o bastante. — Quando sua boca se encontrou com a dela, Sybill deixou-se deslizar e ser confortada.

Capítulo Quatorze

Phillip destrancou o galpão às sete da manhã. O simples fato de seus irmãos não terem reclamado por ele não trabalhar na véspera, nem por ter tirado um domingo inteiro de folga na semana anterior, fez sua culpa atingir o nível máximo.

Esperava poder ralar sozinho por pelo menos uma hora, talvez um pouco mais antes de Cam aparecer para continuar o trabalho que fazia no casco do barco de pesca esportiva. Ethan passaria a manhã pegando caranguejos, aproveitando a temporada de outono, antes de ir para lá, à tarde.

Assim, Phillip teria o lugar todo só para si, e toda a calma e a solidão de que precisava para lidar com a papelada que deixara de lado na semana anterior.

Calma não significava silêncio. A primeira coisa que fez ao entrar no escritório entulhado foi acender as luzes. A segunda foi ligar o rádio. Dez minutos depois, já estava enterrado até o pescoço em dados contábeis, sentindo-se em casa.

Bem... eles estavam devendo a praticamente todo mundo, concluiu. Aluguel, equipamentos, prestação do seguro, madeireira e o sempre popular MasterCard.

O governo cobrara suas taxas no meio de setembro, e a mordida do leão tinha sido bem grande. A mordida seguinte do pagamento dos outros impostos não estava longe o bastante para deixá-lo relaxar.

Ele fazia malabarismos com projeções, brincava com elas, acariciava-as e acabava descobrindo que vermelho não era uma cor tão má assim. Eles haviam conseguido um bom lucro em seu primeiro trabalho, mas a maior parte dele havia sido reinvestida no próprio negócio. Assim que terminassem o casco daquele ali, iriam receber mais um adiantamento do cliente atual. Isso daria para mantê-los com a cabeça fora d'água.

Mas não veriam muitos números azuis na contabilidade ainda por algum tempo.

Diligentemente, cortou gastos, atualizou a planilha, recalculou números e tentou não lamentar o fato de dois mais dois insistirem em dar sempre quatro.

Ouviu a pesada porta do andar de baixo se abrir e tornar a fechar.

— Está se escondendo aí em cima novamente? — berrou Cam.

— Isso! Está rolando a maior festa por aqui!

— Pena que alguns de nós têm trabalho de verdade para fazer.

Phillip olhou para os números dançando na tela do computador e riu baixinho. Para Cam, nada era trabalho de verdade, a não ser que necessitasse de uma ferramenta para ser executado.

— Bem, isso é o melhor que posso fazer — murmurou, desligando o computador. Empilhou o monte de contas a pagar no canto da escrivaninha, enfiou os cheques para pagamento dos salários no bolso de trás da calça e desceu.

Cam estava afivelando o cinto de ferramentas. Usava um boné virado para trás, a fim de manter os cabelos longe dos olhos, mas eles escorregavam por baixo da aba, sobre os ombros. Phillip o viu tirar a aliança do dedo e enfiá-la com cuidado no bolso da frente da calça.

Do mesmo modo que iria tornar a pegá-la no fim do expediente, refletiu, para colocá-la de volta no dedo. Anéis eram perigosos no serviço. Podiam ficar presos em ferramentas e arrancar o dedo de um trabalhador. Só que nenhum dos seus irmãos deixava a aliança em casa, conforme Phillip já reparara. Ficou tentando descobrir se aquilo era uma espécie de simbolismo ou conforto... fazer uma declaração aberta de sua condição de casados, daquele jeito, o tempo todo.

Em seguida, perguntou a si mesmo por que estava analisando coisas como aquela e empurrou os questionamentos e as ideias para o fundo da mente.

Como Cam chegara à área de trabalho antes dele, o rádio não estava sintonizado na estação de blues que Phillip teria escolhido. Em vez disso, ouvia-se rock pesado. Cam olhou para Phillip com frieza enquanto este colocava o seu próprio cinto de ferramentas.

— Não esperava ver você aqui tão animado logo cedo. Imagino que tenha ido dormir tarde na noite passada.

— Não começa!

— Foi só um comentário. — Anna havia lhe passado um sermão quando ele reclamou com ela a respeito do envolvimento de Phillip com Sybill. Disse que ele devia estar envergonhado, que não devia se meter e que precisava ter um pouco mais de respeito e consideração pelos sentimentos do irmão.

Cam preferia ter levado um soco de Phillip na cara em resposta ao que dera nele. Qualquer coisa era melhor do que ouvir uma das esculhambações que sua mulher sabia dar.

— Olhe, Phillip, se você quer ficar de sacanagem com ela, o problema é seu. Sybill é mesmo muito bonita... só que me parece que ela tem um jeito meio frio e distante.

— Você não a conhece.

— E você, conhece? — Cam levantou a mão em sinal de paz quando os olhos de Phillip flamejaram. — Só estou tentando entender. Sei que ela vai ser importante para Seth.

— Ela está disposta a fazer tudo o que puder para que Seth permaneça onde for melhor para ele. Lendo nas entrelinhas, eu diria que ela foi criada em uma atmosfera repressora e cheia de restrições.

— Uma família rica.

— Sim. — Phillip foi até uma pilha de tábuas. — Escolas e motoristas particulares, clubes privados, criados...

— Fica meio difícil sentir pena dela.

— Não creio que ela esteja em busca de pena. — Levantou uma das tábuas. — Você disse que queria entender. Estou lhe dizendo que ela teve muitas mordomias na vida, mas não sei se teve algum afeto.

Cam encolheu os ombros e, decidindo que renderia mais se os dois trabalhassem juntos, pegou a outra ponta da tábua e ajudou a encaixá-la no casco.

— Olhe, ela não tem cara de quem tem algum tipo de carência, Phillip. Ela me parece fria.

— Não... contida. Cautelosa... — E se lembrou do jeito como ela esticara o braço para acariciá-lo na noite anterior. Mesmo assim, aquela foi a primeira vez que ela havia feito isso, e a única. Sentiu-se frustrado por não ter certeza de que Cam estava errado. — Será que você e Ethan são os únicos por aqui que têm direito a um relacionamento que satisfaça os seus hormônios e os seus cérebros?

— Não. — Cam colocou a proteção lateral na tábua. Deliberadamente, relaxou os músculos do ombro. Havia algo na voz de Phillip que mostrava frustração e algo mais. — Não, não somos os únicos a ter esse direito. Vou conversar com Seth a respeito dela.

— Não. Deixe que eu falo com ele.

— Tudo bem.

— Ele é importante para mim também.

— Sei que é.

— Não era tão importante assim antes. — Phillip pegou o martelo para encaixar melhor a proteção lateral na tábua. — Pelo menos, não tão importante quanto era para você... não o bastante... agora, é diferente.

— Sei disso também. — Por alguns minutos, trabalharam em silêncio, cada um no seu lado. — De qualquer modo, você ficou do lado dele... — continuou Cam, quando a tábua já estava encaixada no lugar — Mesmo quando o menino não era assim tão importante para você.

— Fiz isso pelo papai.

— Todos nós fizemos isso pelo papai. Agora, estamos fazendo por Seth.

Por volta de meio-dia, o esqueleto do casco já estava totalmente recoberto de madeira. O acabamento das partes laterais das tábuas era trabalho pesado, tedioso e exigia precisão. Aquela, porém, era a marca registrada da Embarcações Quinn, uma técnica que oferecia mais robustez na estrutura e exigia grande habilidade do construtor do barco.

Ninguém contestava que Cam era o mais habilidoso dos três em se tratando de trabalhos com madeira. Phillip, porém, achava que também se defendia bem nessa área.

Sim, pensou, dando um passo para trás para avaliar o acabamento e o revestimento do casco. Ele até que se defendia muito bem...

— Você trouxe almoço? — perguntou Cam, antes de beber um pouco de água, direto da jarra.

— Não.

— Merda! Aposto que Grace preparou um daqueles almoços monstruosos para Ethan. Galinha frita ou fatias de presunto com um dedo de espessura assadas com mel.

— Você tem uma esposa — lembrou Phillip.

— Ah, sim... — Cam deu uma risada de deboche, olhando para cima.

— Até parece que eu vou pedir a Anna para me preparar uma marmita. Ela ia me acertar com aquela pasta pesada que carrega ao sair para o trabalho. Olhe, nós somos dois — considerou. — Podemos aprontar com Ethan e roubar seu almoço, especialmente se for de surpresa, assim que ele chegar.

— Não, vamos escolher o jeito mais fácil. — Phillip enfiou a mão no bolso para pegar uma moeda. — Cara ou coroa?

— Cara. O perdedor vai comprar comida.

Phillip jogou a moeda para o alto, pegou-a no ar e a colocou nas costas da mão. O bico da águia parecia rir dele.

— Droga! O que você vai querer?

— Um submarino gigante de almôndegas, um pacote grande de batatas fritas e vinte litros de café.

— Isso, entupa suas artérias!

— Olhe, na última vez que passei no Crawford's, eles estavam sem tofu. Não sei como você consegue comer aquela bosta... vai morrer mesmo... Pelo menos, morra com um sanduíche de almôndegas na barriga.

— Faça as coisas do seu jeito que eu faço do meu — disse e pegou o cheque-salário de Cam no bolso traseiro. — Tome, não vá gastar tudo em um lugar só.

— Ahh... agora, posso me aposentar e comprar uma cabana com teto de sapê em Maui. Trouxe o salário de Ethan?

— Trouxe.

— E o seu?

— Eu não preciso...

— Não é assim que a coisa funciona por aqui — disse Cam, estreitando os olhos enquanto Phillip vestia a jaqueta.

— Sou eu o encarregado da contabilidade, e sou eu quem diz como *é* que a coisa funciona.

— Você coloca muito do seu trabalho e tempo aqui. Tem que receber um pagamento.

— Não preciso! — disse Phillip, dessa vez com irritação. — Quando precisar, eu pego alguma grana. — Saiu porta afora, deixando Cam fumegando.

— Filho da mãe teimoso — resmungou. — Como *é* que eu vou pegar no pé dele para trabalhar se ele me *faz* uma sacanagem dessas?

Phillip reclamava o tempo todo, refletiu Cam. Perturbava os irmãos por causa dos menores detalhes quando o assunto era dinheiro. Depois, era ele mesmo que cuidava dos mesmos detalhes, pensou, cobrindo a jarra de água com um pano. Ele encurralava você em um canto em um momento e, no instante seguinte, era capaz de defendê-lo de todas as formas.

Isso era de deixar qualquer um maluco.

Agora, estava enrabichado por uma mulher que nenhum deles sabia se era confiável caso a coisa encrencasse. Ele, pelo menos, pretendia ficar de olho em Sybill Griffin.

E não apenas por causa de Seth. Phillip podia ter miolos, mas era o cara mais burro do planeta quando se tratava de um rostinho bonito.

— E aquela menina, a Karen Lawson, que está trabalhando no hotel desde que começou a namorar o filho dos McKinney, no ano passado, viu tudo ali, escrito, preto no branco. Ligou para a mãe dela, e como Bitty Lawson é uma grande amiga minha e parceira de *bridge* há muito tempo, embora roube no jogo se você não ficar de olho, me ligou na mesma hora e me contou tudo.

Nancy Claremont estava à vontade em seu elemento, e esse elemento era a fofoca. Como seu marido era dono de grande parte de St. Chris, o que significava que ela também era, e uma de suas propriedades era o velho celeiro que aqueles rapazes, os Quinn — que eram da pá-virada, se alguém quer saber —, alugaram para transformar em galpão para construção de barcos — embora só Deus soubesse o que realmente acontecia lá dentro —, ela sabia que era não só seu direito, mas também seu dever passar adiante a suculenta história que lhe havia sido contada na véspera.

Evidentemente, usou o método mais conveniente a princípio: o telefone. O problema é que não dava para ter o prazer de ver a reação da pessoa pelo telefone. Assim, ela se enfeitou toda e resolveu estrear o terninho laranja recém-comprado em uma loja de departamentos.

Não havia vantagem alguma em ser a mais próspera mulher em St. Christopher se não tivesse oportunidade de exibir isso. E o melhor lugar para alguém se exibir e espalhar fofocas era o Crawford's.

O segundo melhor lugar era o salão de beleza Stylerite, na rua do mercado. Ali ia ser a sua próxima parada, pois já marcara hora para corte, pintura e permanente.

Mamãe Crawford, que morava em St. Chris desde que nascera, há sessenta e dois anos, estava atrás do balcão, pensativa, com seu avental de plástico todo manchado e a língua empurrando a bochecha.

Já soubera das novidades, pois nada acontecia por ali sem que Mamãe soubesse mais cedo ou mais tarde. Mesmo assim, dispôs-se a ouvir a versão de Nancy.

— E pensar que aquela criança é neto de Ray Quinn! E que aquela moça, a escritora de nariz empinado, é irmã da mulher horrível que disse todas aquelas coisas pavorosas. Aquele menino é sobrinho dela, sangue do seu sangue, mas ela contou isso para alguém? Não senhora, não contou! Ficou só sassaricando para lá e para cá, saindo para velejar com Phillip Quinn. Aliás, deve ter rolado bem mais do que um passeio de veleiro, se quer saber o que eu penso. O jeito com que as jovens levam a vida hoje em dia, saindo com o primeiro homem que estala os dedos para elas, sem ligar a mínima para a moral e os bons costumes... — Estalou os próprios dedos a poucos centímetros do rosto de Mamãe Crawford, os olhos brilhando com malícia.

Quando Mamãe sentiu que Nancy estava começando a mudar a abordagem do assunto, encolheu os ombros largos e disse:

— A mim, parece — começou em voz alta, sabendo que um punhado de clientes em toda a loja estava com as antenas ligadas — que há um monte de gente aí pela cidade que deveria estar andando de cabeça baixa depois das fofocas que espalhou a respeito de Ray. Sussurraram um monte de histórias pelas costas dele, quando o coitado ainda estava vivo e, depois, por cima do seu túmulo, quando ele morreu, e espalharam boatos sobre ele ter traído Stella, que Deus a tenha. Disseram que ele estava de caso com a tal Gloria DeLauter. Agora, deviam todos estar envergonhados, não *é* verdade?

Seus olhos penetrantes vagaram por toda a loja e, na verdade, algumas pessoas realmente olharam para o chão. Satisfeita, voltou a fitar Nancy com a cara amarrada e disse para seus olhinhos brilhantes:

— Você foi uma das que pensaram mal de um homem tão bom quanto Ray Quinn!

— Ora, mas eu jamais acreditei em uma só palavra do que diziam, Mamãe Crawford — reagiu Nancy, estufando o peito como se estivesse se sentindo insultada. Afinal, espalhar as notícias, disse para si mesma, não era o mesmo que acreditar nelas. — A verdade é que até um cego conseguiria ver que o menino tem os olhos iguaizinhos aos de Ray. Só podia haver uma relação de parentesco! Cheguei até mesmo a comentar com Silas no outro dia: "Silas, acho que aquele menino deve ser primo de Ray ou algo assim."

Claro que ela não dissera nada disso, mas poderia ter dito se tivesse lembrado.

— Jamais imaginei que o menino pudesse ser neto de Ray... e pensar que Ray tinha uma filha durante todos esses anos...

O que, é claro, provava que ele aprontara alguma no passado, não é verdade? Ela sempre suspeitara de que Ray Quinn havia sido esse tipo de rapaz na juventude. Talvez até mesmo um hippie. E todos sabiam o que *isso* queria dizer...

Fumar maconha, participar de orgias e correr por aí pelado...

Mas esse não era um assunto que Nancy estivesse disposta a trazer à baila na conversa com Mamãe Crawford. Essa parte da fofoca podia esperar até ela estar com os cabelos cheios de xampu, na cadeira do cabeleireiro.

— E pensar também que essa filha ia acabar trazendo ainda mais problemas do que os rapazes que ele e Stella puseram dentro de casa — continuou tagarelando. — E a outra garota, que está hospedada no hotel, deve ser tão...

Parou de falar na mesma hora ao ouvir o sino pendurado na porta de entrada soar. Na expectativa de conseguir mais um ouvido para suas fofocas, Nancy ficou empolgada ao ver Phillip Quinn entrar. Aquilo era melhor do que uma pessoa a mais na plateia, pois ele era um dos protagonistas daquele drama tão interessante.

Phillip só precisou abrir a porta para saber qual era o assunto que rolava. Ou havia rolado, até o momento em que entrou. Um silêncio pesado caiu sobre a loja e todos os olhares se voltaram para ele, mas, logo em seguida, se desviaram, com ar culpado.

Exceto os de Nancy Claremont e Mamãe Crawford.

— Ora, ora, Phillip Quinn! Acho que não nos víamos desde aquele piquenique no feriado de Quatro de Julho, na sua casa — começou Nancy, toda agitada, olhando para ele. Rebelde ou não, ele era um homem muito bonito, e Nancy considerava o flerte casual uma das melhores maneiras de soltar a língua de um homem. — Aquele dia foi ótimo!

— Sim, foi mesmo. — Phillip dirigiu-se até o balcão, sentindo que todos os olhares continuavam convergindo para ele, pelas costas — Vou querer dois sanduíches para viagem, Mamãe Crawford. Um submarino de almôndegas e outro de peito de peru.

— Vamos prepará-los já, já, Phil... Júnior! — gritou, chamando o filho, que atendeu correndo ao chamado da mãe, apesar de já ter trinta e seis anos e ser pai de três filhos.

— Sim, mãe...

— Como é que é? Vai atender esse povo ou ficar coçando o traseiro a tarde toda?

Ele ficou vermelho, resmungou alguma coisa baixinho e voltou a atenção para a caixa registradora.

— Está trabalhando hoje no galpão, Phillip?

— Exato, Sra. Claremont. — Resolveu escolher um saco de batatas para Cam, indo em seguida para a seção de laticínios, a fim de decidir qual iogurte levar para si mesmo.

— Aquele menino de vocês é quem geralmente vem aqui pegar o almoço, não é?

— Sim, geralmente é ele que vem — Phillip pegou uma embalagem sem escolher muito —, mas está na escola hoje. É sexta...

— Ah, sim, claro! — Nancy riu, batendo na testa. — Não sei onde estou com a cabeça. Ele é um menino muito bonito... Ray ficaria muito orgulhoso.

— Sem dúvida.

— Ouvimos dizer que ele está com parentes de sangue aqui na cidade, de visita.

— Sim, a senhora ouviu bem. Sua audição sempre foi muito boa, pelo que me lembro, Sra. Claremont... Vou querer dois cafés grandes, também para viagem, Mamãe Crawford.

— Vamos colocar tudo junto. Nancy, você já conseguiu uma dose suficiente de novidades para espalhar por aí. Se ficar aqui *tentando* arrancar mais desse rapaz, vai acabar perdendo a sua hora no cabeleireiro.

— Não sei o que está insinuando... — fungou Nancy, lançando um olhar furioso para Mamãe Crawford, ajeitando os cabelos em seguida. — Mas eu preciso ir andando mesmo. Meu marido e eu vamos ao jantar dançante no Kiwanis, preciso ficar bem bonita. — Saiu toda agitada, indo direto para o salão de beleza.

Dentro da loja, Mamãe Crawford estreitou os olhos e disse, bem alto:

— Quanto a vocês, minha gente, podem voltar a cuidar de suas vidas. Júnior já vai atendê-los, mas isso aqui não é sala de estar não. Se quiserem ficar em pé olhando com ar apalermado, vão esperar lá fora.

Phillip disfarçou uma risada, fingindo que tossia, ao ver várias pessoas disfarçando e indo para o lado de fora da loja.

— Aquela Nancy Claremont tem o cérebro de uma perua mesmo... talvez menor... — proclamou Mamãe Crawford. — Como se já não bastasse ela se vestir como uma abóbora-moranga dos pés à cabeça, não sabe nem ao menos ser sutil. — Mamãe virou-se de volta para Phillip e sorriu. — Bem, não digo que eu também não faça minhas fofocas de vez em quando, como todo mundo, mas convenhamos... tentar arrancar informações de alguém de forma tão óbvia é grosseria e burrice. Não aguento falta de educação nem gente tapada.

— Sabe de uma coisa, Mamãe Crawford — disse Phillip, inclinando-se sobre o balcão —, ando pensando em trocar o meu nome para Jean-Claude, me mudar para a terra dos vinhos, o vale do Loire, na França, e comprar um vinhedo.

— Não diga! — Enfiou a língua na bochecha novamente, com os olhos brilhando. Ela já ouvira essa história, ou uma de suas variações, durante anos.

— Imagine a cena... eu poderia ficar ali, só observando minhas uvas amadurecerem ao sol... iria comer pão quente todo dia, bem fresquinho, acompanhado de queijo não tão fresco. Ia ser uma vida boa, bem gostosa. Só tenho um problema...

— E qual é?

— Tudo isso não vai me servir de nada, a não ser que a senhora vá comigo. — Agarrou a sua mão, beijando-a de forma extravagante, enquanto ela rolava de rir.

— Menino, você é um perigo! Sempre foi! — Respirou fundo para recuperar o fôlego, enxugando os olhos. Então suspirou. — Sabe, Nancy é uma tola, mas no fundo não é má. Ray e Stella eram apenas duas pessoas que ela conhecia. Para mim, eles eram muito mais do que isso.

— Eu sei, Mamãe.

— Quando as pessoas encontram alguma coisa nova e suculenta para comentar, chupam o caldo até o bagaço.

— Sei disso — concordou —, e Sybill sabe também.

As sobrancelhas de Mamãe Crawford subiram e desceram ao compreender a implicação do que ele dissera.

— Aquela moça tem coragem! — comentou. — Bom para ela. Quanto a Seth, pode se orgulhar de ter uma tia tão corajosa. E deve ter orgulho por um homem como Ray ser seu avô. — Nesse momento, fez uma pausa para dar o toque final nos sanduíches, dizendo em seguida: — Acho que Ray e Stella teriam gostado muito dessa moça.

— A senhora acha? — murmurou Phillip.

— Acho. Eu gosto dela. Sorriu novamente enquanto embalava rapidamente a encomenda em papel glacê. — Não é esnobe nem tem nariz empinado, como Nancy pensa. É apenas tímida...

— Tímida? Sybill? — Phillip já esticara o braço para pegar os sanduíches e seu queixo caiu.

— Claro que é. Tenta muito não parecer, mas é difícil para ela. Agora, leve logo esse sanduíche de almôndegas para o seu irmão, antes que esfrie.

— Por que eu tenho que me importar com um bando de boiolas que viveram duzentos anos atrás?

Seth estava com o livro de História aberto, mascava um chiclete Bubblicious com sabor de uva e exibia um olhar de teimosia. Depois de dez horas de trabalho braçal, Phillip não estava muito a fim de aguentar um dos frequentes chiliques de Seth.

— Os fundadores da nossa nação não eram boiolas!

Seth fez ar de deboche, apontou para a figura do livro, em página inteira, que mostrava os integrantes do Congresso no tempo da Independência Americana, e explicou:

— Olhe só... Estão usando perucas brancas cacheadas e roupas de mulher, cheias de rendinhas. Pra mim, isso é coisa de boiola.

— A moda naquela época era assim! — Phillip sabia que o menino estava de gozação, mas foi em frente, explicando: — O uso da palavra "boiola" para identificar alguém baseado apenas no seu gosto de vestir ou no seu estilo demonstra ignorância e intolerância.

Seth simplesmente sorriu. Às vezes, ele adorava deixar Phillip irritado, rangendo os dentes como naquele momento, e completou:

— Se um cara usa peruca cacheada e sapato de salto alto, tem que aturar a zoação dos outros.

Phillip suspirou. Essa era outra reação que Seth adorava. Ele não se preocupava muito com aquela porcaria toda de História, afinal gabaritara o último teste, não foi? Só que era um saco ter de escolher um dos boiolas para escrever a sua biografia idiota como trabalho da escola.

— Você quer saber quem esses caras eram de verdade? — perguntou Phillip, estreitando os olhos em seguida, em sinal de advertência, quando Seth abriu a boca. — Não diga nada, deixe que eu lhe conte quem eles eram. Sujeitos corajosos, rebeldes, que botavam pra quebrar... caras muito durões!

— Durões? Ah, qual é? Cai na real!

— Arriscavam-se em reuniões secretas, redigiam protestos, faziam discursos no meio da praça... estavam colocando o dedo na cara da Inglaterra, especialmente na cara do Rei George. — Reconheceu um divertido lampejo de interesse nos olhos de Seth. — A coisa toda não foi provocada pela sobretaxa do chá. Aquilo foi apenas a plataforma do discurso, o pretexto. Eles não estavam mais a fim de aturar nada que fosse imposto pela Inglaterra. No fundo, a coisa toda se resumia nisso.

— Fazer discursos e escrever manifestos não é a mesma coisa que lutar.

— Eles estavam se certificando de que havia alguma coisa pela qual lutar. Você precisa oferecer uma alternativa para as pessoas. Se quer que eles abandonem a marca X, tem que oferecer a marca Y e provar que ela é melhor, mais forte, mais saborosa. O que você faria se eu lhe dissesse que esse chiclete Bubblicious é horrível? — perguntou Phillip, começando a se inspirar e pegando a embalagem gigante de chicletes que estava sobre a mesa de Seth.

— Eu gosto — disse, e, para provar, Seth soprou uma enorme bola roxa com a goma de mascar.

— Tudo bem, e se eu lhe disser que essa marca *é* uma bosta e que os caras que fabricam isso são esquisitos? Você não vai simplesmente jogar a embalagem toda no lixo só por causa do que eu falei, não é?

— Claro que não.

— Mas se eu lhe der uma outra escolha, se eu lhe contar que lançaram um chiclete chamado Super Bubble Blow...

— Super Bubble Blow? Cara, você é hilário!

— Cale a boca. SBB é muito melhor. Dura mais tempo sem perder o sabor, custa muito menos. Mascar chicletes dessa marca torna você, sua família e seus vizinhos muito mais felizes e fortes. SBB é o chiclete do futuro, do *seu* futuro. SBB é o máximo! — acrescentou Phillip, colocando um pouco mais de empolgação na voz. — Bubblicious não está com nada! Com SBB você vai conseguir liberdade pessoal e religiosa, e ninguém nunca mais vai poder lhe dizer que só é permitido possuir um pedaço pequeno de terra.

— Legal... — Phillip era mesmo estranho, pensou Seth, sorrindo, mas até que era divertido. — Entendi... onde é que eu assino?

Com uma risada curta, Phillip jogou a embalagem de goma de mascar de volta sobre a mesa.

— Você entendeu como a coisa funciona. Esses caras eram feitos de cérebro e sangue, e seu trabalho era agitar o povo.

Feitos de cérebro e sangue, pensou Seth. Gostou da frase, e achou que poderia usá-la no trabalho.

— Tudo bem, talvez eu escolha Patrick Henry. Ele não parece tão bobalhão quanto os outros.

— Ótimo! Pode pegar informações pelo computador. Quando completar uma lista de livros sobre ele, imprima tudo. A biblioteca de Baltimore deve ter mais material de pesquisa do que a da sua escola.

— Certo.

— E sua redação, já ficou pronta?

— Cara, você não larga do meu pé!

— Vamos ver como ficou o texto.

— Caraca! — Reclamando muito, Seth pegou uma pasta e retirou lá de dentro uma folha de papel.

O título era "Vida de Cachorro" e descrevia um dia comum sob o ponto de vista de Bobalhão. Phillip sentiu os lábios repuxarem ao ver o narrador contando de sua alegria ao caçar coelhos, sua irritação com as abelhas, e a empolgação de circular ao lado de seu bom e sábio amigo Simon.

Caramba, o garoto era mesmo esperto.

Quando Bobalhão acabou de descrever o seu longo e exaustivo dia, que acabava em sua cama, a qual generosamente compartilhava com um menino, Phillip entregou a folha de volta, elogiando:

— Está excelente! Acho que agora a gente já sabe de onde você herdou esse talento de contador de histórias.

— Ray era muito inteligente... era professor universitário e tudo... — Seth baixou os olhos enquanto tornava a guardar a redação, com todo o cuidado.

— Sim, ele era muito inteligente. E se soubesse a respeito de você, Seth, teria feito alguma coisa há muito mais tempo.

— Eu sei. Bem... — Seth levantou o ombro, com aquele jeito tão típico dos Quinn.

— Olhe, eu marquei de conversar com o advogado amanhã. Pode ser que consigamos acelerar um pouco as coisas com a ajuda de Sybill.

— Talvez ela mude de ideia. — Seth pegou o lápis e começou a rabiscar em um bloco. Desenhou formas... círculos, triângulos e quadrados.

— Não, ela não vai mudar.

— As pessoas mudam de ideia o tempo todo. — Ele esperara durante várias semanas, pronto para fugir se os Quinn mudassem de ideia a respeito dele. Só quando viu que isso não aconteceu é que começou a acreditar. Mesmo assim, estava sempre pronto para escapar.

— Algumas pessoas cumprem o que prometem, não importa o que aconteça. Ray fez isso.

— Ela não é Ray! Veio até aqui só para me espionar.

— Não, ela veio para verificar se você estava bem.

— Pois estou muito bem. Agora, ela pode ir embora.

— É mais difícil ficar — disse Phillip, baixinho. — Tem que ter muito mais coragem para ficar. As pessoas já estão começando a falar dela. Você sabe como é quando todo mundo começa a olhar para você com o rabo do olho e cochichar.

— Sei. Eles são uns panacas.

— Pode ser, mas, mesmo assim, machuca.

Seth sabia que era verdade, mas segurou o lápis com mais força e começou a rabiscar mais depressa, dizendo:

— Você está a fim dela.

— Talvez... ela é mesmo muito bonita. Mas, mesmo que eu esteja a fim dela, isso não muda os fatos básicos. Garoto, não houve muitas pessoas na sua vida que se importaram com você. — Esperou até que os olhos de Seth desviassem do papel para fitá-lo. — Eu mesmo levei um bom tempo, talvez tempo demais, para começar a me importar com você. Fiz o que Ray me pediu porque o amava.

— Mas não queria fazer...

— Não, não queria fazer. Foi um saco! *Você* era um saco de aturar! Mas isso começou a mudar, pouco a pouco. Eu continuava sem querer fazer, tudo continuava sendo um saco, mas, em algum ponto no meio do caminho, comecei a fazer as coisas por você, tanto quanto por Ray.

— Você achava que eu era filho dele, e isso o deixava magoado.

E os adultos, pensou Phillip, vivem achando que conseguem manter seus segredos e pecados longe das vistas de uma criança.

— Foi... — confirmou ele. — Esse foi um pequeno detalhe do qual não consegui me livrar, até ontem. Não conseguia aceitar a ideia de meu pai ter traído a minha mãe e de que você pudesse ser um filho dele de verdade.

— Mesmo assim, foi você que colocou o meu nome na placa.

Phillip ficou olhando para ele por um instante e, depois, deu uma risada. Às vezes, compreendeu, as pessoas fazem o que é certo sem pensar de verdade a respeito, e isso acaba fazendo uma grande diferença.

— O seu nome pertencia àquela placa, da mesma forma que você pertence a este lugar. E Sybill já mostrou que também se importa muito com você, e agora sabemos por quê. Quando alguém gosta da gente, é pura burrice afastá-lo de nós.

— E você acha que eu deveria vê-la, conversar com ela, esse tipo de coisa... — Ele mesmo já pensara a respeito disso. — Não vou saber o que dizer.

— Você já a via e conversava com ela antes de saber. Podia tentar recebê-la desse mesmo jeito.

— Talvez.

— Já reparou o quanto Anna e Grace estão agitadas, planejando o seu jantar de aniversário na semana que vem?

— Já. — Abaixou a cabeça para não exibir o imenso sorriso que surgiu em seu rosto. Ele mal podia acreditar... Ia ser um jantar de aniversário em que ele mesmo ia escolher a comida, e depois ia haver uma espécie de festa para os amigos dele, no dia seguinte. Não que ele quisesse dar o nome de festa àquilo, porque era o maior mico dar festa quando a pessoa ia fazer só onze anos.

— O que acha de perguntar a Sybill se ela gostaria de aparecer aqui para o jantar de aniversário?

— Não sei. — Seu sorriso desapareceu. — Acho que posso convidá-la. Ela provavelmente não vai querer vir mesmo...

— Então por que não deixa que eu a convide? Assim, vou poder descolar mais um presente para você.

— Vai? — O sorriso voltou, astuto e lento. — Só que ela vai ter que me dar um bom presente.

— Esse é o espírito da coisa.

Capítulo Quinze

O encontro com o advogado de Baltimore, que levou uma hora e meia, deixou Sybill tensa e exausta. Ela se julgava pronta para enfrentar aquilo; afinal, tivera dois dias e meio para se preparar desde que ligara para o escritório dele logo cedo, na manhã de segunda, tentando encaixar uma hora para quarta à tarde.

Pelo menos, havia acabado, disse a si mesma. Isto é, esta primeira etapa estava resolvida. Havia sido mais difícil do que ela imaginara contar a um completo estranho, profissional ou não, os segredos e falhas de sua família... além das suas.

Agora, ainda tinha de aguentar uma garoa fria, o engarrafamento da cidade e sua habilidade, que não era das melhores, para dirigir sob aquelas condições. Como queria se livrar do engarrafamento o mais rápido possível e do fardo que era dirigir, deixou o carro em um edifício-garagem e enfrentou a chuva fina a pé.

Na cidade grande, o outono parecia já ter deixado o verão totalmente para trás, pensou, enquanto tremia de frio e dava uma corridinha para atravessar a rua no sinal. As árvores começavam a mudar de cor e pequenas bordas vermelhas e douradas emolduravam as folhas. A temperatura caíra drasticamente por causa da chuva e o vento fustigava seu guarda-chuva enquanto ela se aproximava da região do porto.

Bem que ela preferia um dia seco para poder circular com calma por ali, explorando e apreciando os antigos edifícios restaurados, o lindo cais e os barcos históricos atracados no local. Mesmo assim, tudo lhe parecia bonito, apesar do dia feio e da chuva gelada.

A água estava acinzentada e com pequenas ondas, e a linha do horizonte se misturava com o céu, tornando difícil identificar onde terminava um e começava outro. Quase todos os visitantes e turistas estavam abrigados em locais fechados e os poucos que passavam pela rua, faziam isso correndo.

Ela se sentiu só e insignificante, parada ali na chuva, olhando para a água e se perguntando o que fazer em seguida.

Soltando um suspiro, virou-se e avaliou as lojas. Ela tinha uma festa de aniversário para ir, na sexta-feira, lembrou a si mesma. Estava na hora de comprar um presente para o sobrinho.

Levou mais de uma hora comparando, selecionando e rejeitando equipamentos de pintura e desenho. Estava tão concentrada que não reparou no brilho satisfeito dos olhos da vendedora enquanto começava a empilhar os artigos que escolhera. Já fazia mais de seis anos desde a última vez que comprara um presente para Seth. Precisava compensá-lo por todo aquele tempo sem ganhar nada.

Tinha de ser o conjunto certo de lápis, a coleção perfeita de giz de cera. Examinava os pincéis para aquarela com todo o cuidado, como se a escolha errada representasse o fim do mundo como ela o conhecia. Testou o peso e a gramatura dos papéis para desenho durante vinte minutos e, depois, sofreu terrivelmente para encontrar uma maleta que acondicionasse todo aquele material.

Por fim, decidiu que simplicidade era a melhor resposta. Um menino provavelmente se sentiria mais à vontade com uma maleta de madeira simples, em imbuia. E seria durável também. Se tomasse cuidado, era algo que ele teria por muitos anos.

E talvez, depois que alguns desses anos se passassem, ele pudesse olhar para o presente e se lembrar dela com carinho.

— Seu sobrinho vai ficar empolgadíssimo — informou-lhe a vendedora, meio tonta, enquanto calculava o valor total da compra. — Todo esse material é da melhor qualidade.

— Ele é muito talentoso. — Distraída, Sybill começou a roer a unha do polegar, hábito que largara havia muitos anos. — Será que a senhorita poderia arrumar tudo com cuidado, já nos seus lugares, dentro da caixa?

— Claro! Janice, pode vir até aqui para me dar uma mãozinha? A senhorita é desta região? — perguntou a Sybill.

— Não, não... não sou. Foi um amigo que recomendou a sua loja.

— Agradecemos muito. Janice, precisamos embalar e colocar este material todo em uma caixa.

— Vocês embrulham para presente?

— Não, desculpe... mas há uma papelaria aqui mesmo no shopping. Eles têm uma ótima seção de papéis de presente, fitas, laços e cartões.

Ah, meu Deus, foi só o que Sybill conseguiu pensar. Que papel de presente se deve escolher para um menino de onze anos? Fitas? Será que meninos gostam de fitas e laços?

— O total deu quinhentos e oitenta e três dólares e cinquenta e nove *cents*. — A vendedora sorriu. — Como a senhorita gostaria de pagar?

— Quinhentos e... — Sybill reprimiu o susto. Obviamente, decidiu, perdera a noção das coisas. Quase seiscentos dólares para um presente de criança? Sem dúvida aquilo era insanidade. — Vocês aceitam cartão Visa? — perguntou baixinho.

— Claro! — Ainda sorrindo de orelha a orelha, a vendedora estendeu a mão para pegar o cartão dourado.

— Será que você saberia me informar — ela soltou o ar enquanto pegava na agenda e ia direto à letra Q da parte de endereços — como chegar a esta rua?

— Claro, fica aqui pertinho... é só virar a esquina.

Tinha que ser, pensou Sybill. Se Phillip morasse a vários quarteirões dali, ela teria resistido.

Aquilo era um erro, avisou a si mesma enquanto lutava contra a chuva, tentando caminhar carregando duas enormes sacolas de compras e um guarda-chuva que não cooperava muito. Ela não podia aparecer assim de surpresa na casa dele.

Talvez ele nem mesmo estivesse em casa. Eram sete horas. Provavelmente, saíra para jantar. O melhor que ela tinha a fazer era ir para o carro e dirigir de volta até St. Chris. O tráfego estava mais leve agora, apesar da chuva.

Devia, pelo menos, ter ligado antes... mas também, droga, seu celular estava dentro da bolsa, e ela só tinha duas mãos. Estava escuro, chovendo e ela provavelmente não ia encontrar o prédio mesmo. Se não conseguisse chegar ao endereço em cinco minutos, ia dar meia-volta e seguir direto para o estacionamento.

Enquanto pensava em tudo isso, encontrou o edifício alto e sofisticado em menos de três minutos e, apesar de estar nervosa, entrou no saguão sentindo-se grata por se ver em um local seco e aquecido.

Tudo ali era silencioso e transpirava classe, com árvores ornamentais em vasos de cobre, madeira encerada e algumas poltronas em tons neutros. A elegância do ambiente, tão familiar a ela, teria deixado Sybill aliviada, o que não aconteceu porque, no fundo, sentia-se como um rato molhado que invade um navio de luxo.

Só podia ser louca por ter ido até ali daquela forma. Não dissera a si mesma, ao sair para Baltimore logo cedo, que não faria uma coisa dessas? Não contara a Phillip a respeito de seus planos porque não queria que ele soubesse que ela estaria na cidade. Sabia que ele acabaria tentando persuadi--la a passar algum tempo com ele.

Pelo amor de Deus, ela o vira ainda no domingo... não havia motivo razoável para aquele desespero de tornar a vê-lo. Ela ia voltar para St. Chris naquele exato momento, porque cometera um terrível engano.

Xingando-se enquanto caminhava em direção ao elevador, entrou na cabine e apertou o botão que indicava o décimo sexto andar.

O que havia de errado com ela? Por que estava fazendo aquilo?

Ah, meu Deus, e se ele estivesse em casa, mas não sozinho? A pura mortificação daquela possibilidade atingiu-a como um soco no estômago. Eles jamais conversaram a respeito de exclusividade. Ele tinha todo o direito de estar com outras mulheres. Pelo que ela sabia, por sinal, havia um pelotão delas em sua vida. O que servia apenas para provar que ela perdera por completo o bom senso ao se envolver com ele, para início de conversa.

Ela não podia aparecer assim de repente, sem avisar, sem ser convidada, sem ser esperada. Tudo o que aprendera sobre boas maneiras, protocolos, comportamentos sociais aceitáveis lhe dizia para apertar o botão do primeiro andar e ir embora dali. Cada partícula de orgulho dentro dela exigia que ela fosse embora naquele exato momento, antes de passar por uma humilhação.

Sybill não fazia ideia do que a impelira a passar por cima de tudo isso e a empurrara para fora do elevador, em direção ao apartamento 1.605.

Não faça isso, não faça isso, não faça isso! Sentia a ordem que gritava em sua cabeça no momento em que se viu apertando a campainha ao lado da porta.

Ó meu Deus, meu Deus, meu Deus, o que foi que eu fiz? O que vou dizer? Como vou me explicar?

Por favor, faça com que ele não esteja em casa, foi seu último pensamento, segundos antes de a porta se abrir.

— Sybill? — Os olhos de Phillip se arregalaram, surpresos, e um sorriso surgiu em seus lábios.

— Des-desculpe... — Que Deus a ajudasse, pois já estava gaguejando. — Devia ter telefonado. Não queria importunar... não devia ter... é que precisei vir à cidade e estava só...

— Deixe-me ajudá-la com esses pacotes. Você comprou a loja inteira? — Ele já estava pegando as sacolas molhadas, sentindo suas mãos geladas. — Você está congelando! Entre.

— Eu devia ter telefonado. Estava...

— Não seja tola. — Pousou as sacolas, voltando para ajudá-la a despir a capa de chuva. — Devia é ter me avisado que estava vindo para Baltimore hoje. Quando chegou?

— Eu... duas e meia da tarde. Tinha um compromisso. Estava apenas... está chovendo muito — falou ela, atropelando as ideias e se detestando por isso. — Não estou acostumada a dirigir com tráfego pesado. Para falar a verdade, não sou muito de dirigir e fiquei um pouco nervosa.

E continuou tagarelando, enquanto ele a avaliava com as sobrancelhas levantadas. Seu rosto estava vermelho, mas ele não achava que fosse devido ao frio. A voz dela parecia tensa, e isso era novidade para ela. Muito interessante, por sinal... Ela parecia não saber o que fazer com as mãos.

Embora a capa tivesse protegido seu elegante blazer azul-acinzentado, seus sapatos estavam encharcados e seus cabelos molhados de chuva.

— Você está muito nervosa, não é? — murmurou, colocando as mãos sobre os ombros dela e afagando-a, tentando aquecê-la. — Relaxe...

— Eu devia ter ligado — disse pela terceira vez. — Foi grosseria e arrogância de minha parte...

— Não, nada disso. Um pouco arriscado, talvez. Se tivesse chegado uns vinte minutos antes, não me encontraria em casa. — Ele a puxou para mais perto. — Sybill, relaxe!

— Certo. — Fechou os olhos.

Um ar divertido surgiu nos olhos dele ao vê-la respirar três vezes pausadamente.

— Essa história de respirar devagar funciona? — perguntou-lhe, com uma risada.

— Estudos científicos já provaram que aumentar o fluxo de oxigênio e o foco mental alivia o estresse. — A irritação em sua voz era quase imperceptível, mas estava lá.

— Aposto que provaram. Também andei fazendo uns estudos a respeito, por conta própria. — Colocou a boca bem junto da dela, tocando-a de forma leve e persuasiva, até que os lábios dela se tornaram mais relaxados e se renderam ao calor dos dele. Sua língua dançou suavemente sobre a dela, provocando um suspiro. — Sim, isso funciona para mim — murmurou ele, esfregando o rosto em seu cabelo molhado. — Funciona muito bem para mim. E para você?

— Estimulação oral também é um remédio comprovado contra estresse.

— Assim eu corro o risco de ficar louco por você. — Ele riu. — Que tal um pouco de vinho?

— Aceito uma taça. — Sybill não se preocupou em analisar a definição de "louco" naquele momento. — Embora eu não devesse beber. Vou dirigir.

Não, esta noite não, pensou Phillip, mas simplesmente sorriu, dizendo:

— Sente-se aí... eu volto já.

Sybill retomou a sessão de respiração controlada enquanto ele ia para outro aposento. Depois que conseguiu se acalmar um pouco, começou a apreciar o apartamento.

Um pequeno ambiente rebaixado, todo decorado em verde-folha, dominava a sala de estar. No centro, uma mesa quadrada. Acima, um imenso veleiro feito, como ela reconheceu de imediato, de cristal Murano. Um par de castiçais verdes, em ferro batido, empunhava velas brancas e grossas.

No fundo da sala, havia um pequeno bar com dois bancos altos em couro preto. E na parede do fundo, um pôster do vinho Nuits-St. Georges Burgundy, onde se via um oficial da cavalaria francesa envergando roupas do século dezoito, sentado sobre um barril e fumando um charuto, exibindo um sorriso satisfeito.

As paredes eram pintadas de branco e mostravam, aqui e ali, obras de arte. Um pôster emoldurado do champanhe Tattinger, que mostrava uma mulher elegante, que Sybill reconheceu como Grace Kelly, em um vestido de noite preto, por trás de uma taça do vinho borbulhante servido sobre uma mesa de vidro redondo com pernas de aço recurvado. Havia uma pintura de Joan Miró e uma elegante reprodução do quadro *Outono*, de Alphonse Mucha.

As luminárias pareciam modernas, mas eram em estilo *art déco*. O tapete era espesso em um tom de cinza-claro e a janela sem cortinas era muito larga e estava molhada pela chuva.

Sybill achou a sala muito masculina, mas com um gosto eclético e apurado. Estava admirando uma banqueta em couro marrom no formato de um porco quando Phillip voltou com duas taças.

— Gostei do seu porquinho.

— Eu também gostei dele de cara. Por que não me conta sobre o seu dia, que deve ter sido muito interessante?

— Eu nem mesmo perguntei se você tinha algum plano para hoje à noite. — Ela reparara que ele vestia jeans, uma camiseta preta e estava descalço, mas isso não significava...

— Agora, tenho. — Tomando Sybill pela mão, Phillip a conduziu até o confortável sofá em forma de "U". — Você esteve com o advogado esta tarde.

— Você já sabia?

— Ele é meu amigo. Sempre me mantém informado. — E, Phillip admitiu para si mesmo, ficara muito desapontado ao perceber que ela não ligara avisando de sua ida à cidade. — Como foram as coisas?

— Correu tudo bem, eu acho. Ele parecia confiante a respeito da obtenção da guarda definitiva. Infelizmente, não consegui convencer minha mãe a fazer uma declaração.

— Ela está zangada com você.

— Sim, está zangada. — Sybill tomou um gole de vinho. — Sem dúvida, está arrependida do lapso momentâneo que a fez me contar o que aconteceu entre ela e o seu pai.

— É um momento difícil para você. — Pegou a mão dela. — Sinto muito.

Ela olhou para baixo, para suas mãos entrelaçadas. Como era fácil para ele tocá-la, pensou, distraída. Como se fosse a coisa mais natural do mundo.

— Já sou bem crescida... e como é pouco provável que este pequeno incidente, embora seja uma fonte de novidades em St. Christopher, vá refletir no outro lado do Atlântico, ela vai superar.

— E você vai superar?

— A vida continua. Depois que os procedimentos legais forem resolvidos, não haverá mais motivos para Gloria trazer problemas para você e sua família. Ou para Seth. Ela vai, imagino, continuar a criar problemas para si mesma, mas não há mais nada que eu possa fazer a respeito. Nada que eu *queira* de fato fazer.

Havia frieza naquela afirmação ou era apenas uma defesa?

— Mesmo depois dos procedimentos legais, Seth continuará sendo seu sobrinho. Nenhum de nós vai impedi-la de vê-lo ou de ser parte de sua vida.

— Eu não sou parte da vida dele — disse ela em tom neutro. — À medida que ele construir o seu futuro, só serviria para confundi-lo, além de ser pouco construtivo obrigá-lo a ter lembranças de sua vida antiga. Já é um milagre que o que Gloria fez com ele não tenha deixado cicatrizes mais profundas. A sensação de segurança que ele possui se deve a seu pai, a você e à sua família. Ele não confia em mim, Phillip, nem tem motivos para isso.

— Confiança é algo que precisa ser conquistado, e você deveria querer conquistá-la.

Ela se levantou, caminhou até a janela escura e olhou para baixo, vendo as luzes da cidade que tremeluziam por entre a chuva.

— Quando você foi morar com Ray e Stella Quinn, quando eles começaram a ajudá-lo a mudar sua vida, a refazê-lo, você manteve contato com sua mãe, com seus velhos amigos de Baltimore?

— Minha mãe era uma prostituta que reclamava até do ar que eu respirava, e meus amigos eram traficantes, drogados e ladrões. Eu não queria contato algum com eles, da mesma forma que eles também não queriam mais contato comigo.

— De qualquer modo — ela se virou, encarando-o —, você entende o que eu quero dizer.

— Entendo, mas não concordo.

— Imagino que Seth concorde.

— Ele quer você junto dele, em seu jantar de aniversário. — Colocou a taça de lado e se levantou.

— *Você* deseja isso — corrigiu ela. — E agradeço muito por ter convencido Seth a me receber.

— Sybill...

— Por falar nisso — disse ela bem depressa —, achei a sua loja de artigos de pintura. — Ela gesticulou para as sacolas que deixara junto da porta.

— Aquilo? — Phillip olhou para as sacolas. — Você comprou aquilo *tudo?*

Imediatamente, ela começou a roer a unha do polegar.

— Comprei coisas demais, não foi? Eu sabia! Acabei me empolgando... Posso devolver algumas coisas ou guardá-las para mim. O problema é que não ando com muito tempo para desenhar.

Phillip foi examinar as sacolas de compras e as caixas que havia dentro.

— Você comprou tudo isso? — Dando uma risada, endireitou o corpo e balançou a cabeça. — Ele vai adorar. Vai ficar doido!

— Não quero que ele encare os presentes como uma espécie de suborno, como se eu estivesse tentando comprar seu afeto. Não sei o que deu em mim. Depois que comecei, parecia não conseguir parar.

— Se eu fosse você, pararia de questionar as razões de ter feito algo legal, uma coisa impulsiva, só um pouco além dos limites — com delicadeza, pegou-a pela mão —, e pararia de roer as unhas.

— Não estou roendo as unhas. Jamais... — Parecendo insultada, olhou para sua mão e viu a unha do polegar com a ponta toda irregular. — Ah, meu Deus, estou roendo as unhas! Não fazia isso desde os meus quinze anos. Onde está minha lixa de unhas?

Phillip foi se aproximando dela, enquanto Sybill pegava um pequeno kit de manicure na bolsa.

— Você foi uma menina nervosa?

— Hein?

— Roía as unhas?

— Era só um mau hábito. — Com delicadeza e eficiência, começou a consertar os danos.

— Um tique nervoso, não seria esse o nome, Dra. Griffin?

— Talvez. Mas deixei isso para trás.

— Não de todo. Roer as unhas — murmurou, chegando mais perto dela —, enxaquecas.

— Só de vez em quando.

— Deixar de se alimentar — continuou ele. — Não se dê ao trabalho de dizer que jantou. Sei que você não comeu nada o dia todo. Parece que sua respiração compassada e seus exercícios de concentração não estão funcionando muito para controlar o estresse. Deixe-me tentar do meu jeito de novo.

— Preciso ir embora — disse ela, já se sentindo arrastada para os seus braços. — Antes que fique muito tarde.

— Já está muito tarde. — Roçou os lábios contra os dela uma vez... e outra. — Você precisa ficar. Está escuro, frio e chovendo — murmurou ele, brincando com os lábios dela e mordiscando-os. — Além do mais, você é uma motorista terrível.

— Estou apenas... — a lixa de unhas escorregou de sua mão — sem prática.

— Quero levá-la para a cama... quero levá-la para a *minha* cama. — O beijo que veio em seguida foi mais profundo, mais longo, mais úmido. — Quero tirar essas suas lindas roupas, peça por peça, e ver o que se esconde por baixo delas.

— Não sei como consegue fazer isso. — A respiração dela estava acelerando e seu corpo começava a amolecer. — Não consigo raciocinar direito quando você me toca desse jeito...

— Gosto das roupas todas espalhadas. — Enfiou as mãos sob o blazer, até que os polegares acariciaram a lateral de seus seios. — Gosto quando você fica desarrumada... e trêmula. Tenho vontade de fazer uma porção de coisas quando a sinto trêmula.

— Que tipo... de coisas? — Rápidos lampejos de calor seguidos por fisgadas geladas começaram a circular sob sua pele.

— Vou lhe mostrar — ofereceu ele, soltando um gemido baixo e deliciado ao longo de sua garganta, e levantou-a do chão.

— Não faço essas coisas! — reagiu ela, tentando ajeitar o cabelo e olhando para ele, que já a carregava para o quarto.

— Não faz o quê?

— Não vou ao apartamento de um homem e deixo que ele me carregue para a cama. Não faço isso!

— Então vamos considerar este evento apenas como uma mudança em seus padrões comportamentais. — Beijou-a em todo o corpo antes de colocá-la na cama. — Uma mudança provocada por... — foi acender três velas em um candelabro de ferro que ficava em um dos cantos do quarto — estimulação direta.

— Talvez funcione. — A luz de velas fazia maravilhas em um rosto já incrivelmente bonito. — Além do mais, você é tão atraente...

Ele riu e foi se deitar de mansinho na imensa cama, começando a morder-lhe o queixo enquanto dizia:

— E você é tão fraca...

— Normalmente, não. Para falar a verdade, meu apetite sexual é ligeiramente abaixo da média.

— É mesmo? — Ele a levantou ligeiramente, apenas o suficiente para arrancar-lhe o blazer.

— Sim. E já descobri, por mim mesma... oh... que apesar de uma pequena sessão de sexo poder ser agradável... — e prendeu a respiração enquanto os dedos dele lentamente abriam os botões de sua blusa.

— Agradável? — incentivou ele.

— Raramente, pode-se mesmo dizer que *nunca* o sexo provocou em mim mais do que um impacto momentâneo. É claro que isso se deve à minha estrutura hormonal.

— É claro! — Ele baixou os lábios até o macio volume que transbordava de forma tentadora por cima do sutiã e começou a lambê-lo.

— Mas... mas... — Ela apertou os lençóis com as mãos enquanto a língua dele penetrava por baixo da renda, lançando ondas de choque e prazer.

— Você está tentando raciocinar.

— Estou tentando ver se consigo.

— E como está se saindo?

— Não muito bem.

— Você estava me contando sobre sua estrutura hormonal — lembrou ele, olhando fixamente para ela enquanto arriava sua saia até abaixo dos quadris.

— Estava? Bem, eu achava isso... — Vindo de algum lugar, vagamente, um calafrio percorreu-a por dentro enquanto ele traçava, com o dedo, um caminho pela sua barriga.

Ele viu com satisfação que ela estava novamente usando as meias sexy, que iam até o alto da coxa. Dessa vez elas eram pretas, transparentes. Imaginou que as colocara para combinar com o sutiã preto.

Agradeceu a Deus pelo seu jeito prático.

— Sybill, gostei muito do que vi sob as suas roupas. — Percorreu com a boca a sua barriga, sentindo um sabor quente e feminino, adorando quando seus músculos começaram a tremer sob seus lábios. Ela fez um som de desamparo com a garganta, enquanto o corpo se movia por baixo do dele.

Ele podia levá-la para onde quisesse. O poder de saber disso inundou-o como se corresse vinho em suas veias. Enquanto a abraçava, bem devagar dessa vez, querendo que os dois curtissem demoradamente cada estágio da excitação, deixou-se afundar cada vez mais nas sensações.

Tirou-lhe as meias lentamente, desnudando aquelas coxas lisas, longas e lindas, seguindo o caminho aberto pelas meias com a língua, até chegar aos dedos dos pés. Sua pele era cremosa, macia e perfumada. Perfeita. Ainda mais sedutora ao trepidar de leve sob o peso dele.

Deixou os dedos e a boca ultrapassarem a barreira da leve fantasia de seda que ainda estava presa aos seus quadris, e lançou pequenos golpes com a língua, que a fizeram arquear o corpo, tremer mais e gemer. O calor estava todo ali. Centrado bem ali. Um calor excitante e molhado.

E, quando a brincadeira deixou a ambos loucos, ele arrancou aquela última barreira e mergulhou no quente sabor que vinha de dentro dela. Ela gritou, com o corpo se erguendo, as mãos apertando os cabelos dele enquanto ele a levava ao clímax. E quando ela se sentiu mole e ofegante, ele quis mais.

E mostrou-lhe mais.

Ele podia ter tudo o que quisesse. Qualquer coisa! Ela não estava em condições de lhe negar nada, não conseguia refrear a onda avassaladora de sensações que a inundavam. O mundo todo se transformara nele, era apenas ele. O sabor de sua pele em sua boca, a textura de seus cabelos de encontro à sua pele ou suas mãos, o movimento de seus músculos sob seus dedos.

Ouviu murmúrios, murmúrios dele, que ecoavam em sua cabeça, que girava. Ouviu o som de seu próprio nome, em um sussurro de prazer. Sua respiração pareceu parar quando sentiu sua boca sobre a dela, e deixou despejar tudo o que tinha dentro de si naquela onda quente de emoções.

De novo, de novo, mais uma vez... a carência urgente circulava em sua cabeça enquanto ela se agarrava a ele e se doava, se doava cada vez mais.

Agora, eram as mãos dele que apertavam os dois lados de sua cabeça, enquanto o choque de se sentir colada nele, brilhando de desejo, se derretia em uma necessidade tão urgente que chegava a doer.

E ela se abriu para ele, em um convite sem fôlego. E ao preenchê-la, mergulhando com força dentro dela, ele levantou a cabeça e viu seu rosto sob a luz dourada das velas.

Os olhos dela estavam fixos nos dele e seus lábios se abriram ao mesmo tempo que a respiração dos dois estremeceu. Algo fez um ruído, como um cadeado que se abria, completando uma conexão. Ele viu as próprias mãos se agarrarem às dela, os dedos se entrelaçando.

Continuou de forma lenta e suave, causando com cada estocada uma nova onda de prazer. Macio como seda, uma promessa na escuridão. Viu os olhos dela ficarem vidrados, sentiu a tensão como uma onda e fechou sua boca sobre a dela para capturar o grito que acompanhou o orgasmo.

— Continue comigo — murmurou ele, enquanto seus lábios moviam-se por todo o seu rosto e seu corpo se mexia dentro dela. — Continue comigo...

Que escolha tinha ela? Estava indefesa diante do que ele lhe proporcionara, incapaz de recusar o que ele queria em troca.

A pressão tornou a aumentar, uma exigência interna que se recusava a ter seu pedido negado. Quando ela se lançou, livre, ele a apertou com mais força e se lançou junto com ela.

— Eu ia preparar alguma coisa para o jantar — disse ele, em algum momento mais tarde, quando ela já estava sobre ele, sentindo-se bamba e sem fala —, mas acho melhor pedirmos alguma coisa para comermos aqui, na cama.

— Tudo bem. — Ela manteve os olhos fechados, obrigando-se a ouvir o pulsar do coração dele, sem prestar atenção à sua voz interna.

— Você pode dormir aqui e ficar pela cidade amanhã. — Brincou, preguiçosamente, com os cabelos dela. Ele a queria ao seu lado de manhã, queria muito. Era algo que precisava analisar mais tarde. — Talvez você possa visitar alguns pontos turísticos ou fazer mais algumas compras. Se ficar o dia todo, pode ir me seguindo de carro depois, até em casa.

— Tudo bem. — Ela simplesmente não tinha forças para falar outra coisa. Além do mais, disse a si mesma, a proposta fazia sentido. As estradas de saída de Baltimore eram confusas, um território pouco familiar. E ela adoraria passar algumas horas explorando a cidade. Certamente, era tolice viajar de volta naquela noite, com chuva e no escuro.

— Você me parece incrivelmente cordata.

— É que você me pegou em um momento de fraqueza. Estou com fome, não quero dirigir à noite debaixo de chuva. E sinto falta da cidade grande, qualquer cidade.

— Ah, então não é por causa do meu charme irresistível e da minha impressionante competência sexual?

— Não, mas isso também ajudou — disse e não conseguiu prender o sorriso.

— Vou lhe preparar uma omelete especial, só com claras, logo de manhã, e você vai querer virar minha escrava.

— Isso é o que vamos ver... — e conseguiu rir.

Ela temia já estar muito perto da condição de escrava dele. O coração, que desesperadamente tentava ignorar, continuava a insistir que ela se apaixonara por ele.

Isso, avisou a si mesma, seria um erro muito maior e permanente do que ter batido em sua porta em uma noite chuvosa.

Capítulo Dezesseis

Quando uma mulher de vinte e nove anos mudava de roupa três vezes para ir à festa de aniversário de um menino de onze anos, algo estava errado.

Sybill se recriminava por causa disso, enquanto despia a blusa de seda branca — seda branca, pelo amor de Deus, onde é que ela estava com a cabeça? — e a trocava por uma outra azul-petróleo, de gola rulê.

Ela ia a um jantar em família, simples e informal, tornou a lembrar a si mesma, e não a uma recepção diplomática. A qual, admitiu com um suspiro, não lhe teria trazido nem de perto tantos dilemas sociais ou questões relacionadas com moda. Sybill sabia exatamente o que vestir, como se comportar e o que se esperava dela em uma recepção formal, um jantar oficial, uma noite de gala ou um baile de caridade.

Era uma descoberta patética em sua experiência social, concluiu, não saber o que vestir nem como se comportar no jantar de aniversário do próprio sobrinho.

Enfiou um colar de contas prateadas por sobre a cabeça, tirou-o na mesma hora, xingou-se e tornou a colocá-lo. Vestir-se com menos requinte do que a ocasião exigia ou exagerar no luxo que diferença faria? Ela não ia se encaixar no ambiente, mesmo... Ia fingir que sim, os Quinn iam fingir também, e todo mundo ia ficar muito aliviado quando ela se despedisse e fosse embora.

Duas horas, marcou para si mesma. Ficaria apenas duas horas. Certamente, conseguiria sobreviver a isso. Todos seriam educados e evitariam cenas desagradáveis ou constrangedoras por causa de Seth.

Pegando a escova para acomodar a parte de trás do cabelo, resolveu prendê-lo com um grampo, junto da nuca, antes de se avaliar de forma crítica no espelho. Parecia confiante, decidiu. Exibia um ar agradável, nem um pouco ameaçador.

A não ser... talvez a cor da suéter fosse berrante demais, muito exibida. Um tom de cinza poderia cair melhor ou, quem sabe, marrom?

Minha nossa!

O toque do telefone foi uma distração bem-vinda, e ela quase correu para atender.

— Alô, aqui é a Dra. Griffin.

— Syb, você ainda está aí? Tinha medo de que tivesse ido embora.

— Gloria! — Sybill sentiu o estômago despencar até os joelhos, que ficaram bambos. Com todo o cuidado, abaixou-se e sentou na beira da cama. — Onde você está?

— Ah, por aí... ei, desculpe ter dado o fora sem avisar naquela noite. Eu estava meio confusa.

Confusa, pensou Sybill. Era uma boa palavra para descrever certas condições. Pela rapidez com que Gloria despejava as palavras, imaginou que sua irmã estava, naquele exato momento, bem "confusa".

— Você roubou dinheiro da minha carteira! — acusou, com frieza.

— Pois então, não acabei de dizer que estava confusa? Entrei em pânico, entende? Precisava de alguma grana. Vou devolver tudo. Você conversou com aqueles canalhas dos Quinn?

— Sim, compareci a um encontro com a família, como havia me comprometido a fazer. — Sybill abriu o punho que mantinha fechado e falou com a voz firme: — Eu lhes dei a minha palavra, Gloria, de que *nós duas* íamos àquele encontro para conversar a respeito de Seth.

— Bem, eu não me comprometi a nada, não é? E o que foi que eles disseram? O que pretendem fazer?

— Disseram que você estava trabalhando como prostituta, que abusou de Seth fisicamente e permitiu que seus clientes o assediassem sexualmente.

— Mentirosos! Cretinos, mentirosos! Eles só estão querendo me jogar para escanteio. Eles...

— Eles disseram — continuou Sybill, com a voz cada vez mais fria — que você acusou o Professor Quinn de molestá-la no passado, há doze anos, e insinuou que Seth era filho dele. Disseram que você o chantageou e vendeu Seth para ele. Soube que ele lhe deu mais de cento e cinquenta mil dólares pelo menino.

— Tudo mentira!

— Nem tudo, apenas parte da história é mentira. A sua parte da história poderia ser realmente descrita como mentira. O Professor Quinn não tocou em você, Gloria, nem há doze anos nem há doze meses.

— Como é que você sabe? Como é que pode saber que ele...

— Mamãe me contou que Raymond Quinn era seu pai!

Fez-se silêncio, e apenas a respiração ofegante de Gloria podia ser ouvida.

— Então — voltou ela — ele estava me devendo, não estava? Ele *me devia*. Um professor todo respeitado, com sua vidinha sacal... ele me devia muito! Foi tudo culpa dele. Culpa dele! Todos esses anos e ele não me deu porra nenhuma. Pegava escórias da rua para criar, mas não me dava porra nenhuma!

— Ele nem sabia que você existia!

— Bem, eu contei a ele, não contei? Contei tudo o que ele fizera, quem eu era e perguntei o que ele ia fazer a respeito. E o que ele fez? Ficou ali, olhando para a minha cara. Queria conversar com a minha mãe. Disse que não ia me dar nem uma merda de um dólar até conversar com a minha mãe...

— Então, você foi até o reitor e alegou que ele a molestara.

— Coloquei a ira de Deus em cima dele. O filho da mãe ficou com o cu na mão!

Ela estava certa, pensou Sybill. Seus instintos, no momento em que entrara naquela delegacia, estavam totalmente corretos, afinal. Tudo fora um erro. Aquela mulher era uma completa estranha.

— E quando nada mais funcionou — reagiu Sybill —, você usou Seth.

— O garoto tem os olhos dele. Qualquer um enxerga isso! — Ouviu-se um ruído de sucção, um silvo, enquanto Gloria dava um trago forte no cigarro. — Ray mudou de tom assim que deu uma boa olhada no garoto.

— Ele lhe deu dinheiro em troca de Seth.

— E não foi o bastante. Ele me devia tudo aquilo! Olhe, Sybill... — Sua voz se modificou e ela começou a choramingar e tremer. — Você não sabe como é isso... Criei aquele menino por conta própria, desde que ele era um bebê, e aquele inútil do Jerry DeLauter se mandou. Ninguém me ajudou! Nossa querida mãezinha nem atendia aos meus telefonemas, e aquele cara esquisito, todo certinho, com o qual se casou e que tentou se fazer passar por meu pai, também não me dava a mínima. Eu podia ter me livrado do garoto há muito mais tempo. A grana que o serviço social do governo distribui com conta-gotas para a gente criar um filho é ridícula.

— Será que, no fim, tudo volta à questão do dinheiro? — perguntou Sybill, olhando para as portas da varanda.

— É fácil falar assim quando dinheiro não é problema — reagiu Gloria. — Você jamais precisou se virar por aí, jamais teve com o que se preocupar. A filha perfeita sempre teve tudo. Agora é a minha vez!

— Eu poderia tê-la ajudado, Gloria. Tentei fazer isso anos atrás, quando você levou Seth a Nova York.

— Sei, sei... e foi a mesma ladainha de sempre. Arrume um emprego, Gloria, ande na linha, não beba! Merda, eu não queria dançar essa música, sacou? É da minha vida que estamos falando aqui, maninha, não da sua! Não viveria a sua vida nem que me pagassem. E o filho é meu, e não seu!

— Você sabe que dia é hoje, Gloria?

— O quê? De que diabos você está falando?

— Hoje é 28 de setembro. Isso significa algo para você?

— E o que devia significar? É a porra de uma sexta-feira!

É o aniversário de onze anos do seu filho, pensou Sybill, ajeitando os ombros e tomando uma atitude.

— Você não vai conseguir Seth de volta, Gloria, embora nós duas saibamos muito bem que esse não é o seu objetivo.

— Você não pode...

— Cale a boca! Vamos parar de fazer esse jogo. Eu conheço você! Bem que não queria, bem que preferia fingir que não, mas eu a conheço, e muito bem! Se quiser ajuda, continuo à disposição para levá-la para uma clínica, e pago pela sua reabilitação.

— Não preciso da droga da sua ajuda.

— Ótimo, a escolha é sua! Você não vai mais arrancar nem um centavo dos Quinn e não vai chegar nem perto de Seth. Já dei um depoimento para o advogado deles e uma declaração com firma reconhecida para a assistente social responsável pelo caso de Seth. Contei tudo a eles, e se for preciso, estou disposta a testemunhar no tribunal que é desejo de Seth, e é também para o seu próprio bem, que ele permaneça sob a guarda legal dos Quinn. Vou fazer tudo o que estiver ao meu alcance para que você nunca mais use aquele menino.

— Sua piranha! — O desabafo estava cheio de ódio, mas, por trás dele, havia também choque. — Então você acha que pode me sacanear desse jeito? Acha que pode me descartar assim e ficar do lado daqueles canalhas, contra mim? Eu acabo com a sua vida!

— Certamente pode tentar, mas não vai conseguir. Você fez a sua escolha, agora estamos conversadas.

— Você é igualzinha a ela, não é? — Gloria parecia cuspir as palavras em rajadas, como se fossem balas. — Você é como a nossa mãe, a xereca de gelo. Diante da sociedade, uma princesa perfeita, mas, por dentro, apenas uma puta dissimulada!

Talvez eu seja, pensou Sybill, sentindo-se esgotada, talvez eu me veja obrigada a ser.

— Você chantageou Raymond Quinn, que não havia feito nada contra você. Funcionou. Pelo menos, o bastante para você conseguir sua grana. Mas não vai funcionar com os filhos dele, Gloria. E não vai funcionar comigo. Nunca mais!

— Ah, não vai? Pois escute bem o que vou lhe dizer... quero cem mil dólares. Cem mil! Se não receber, vou contar tudo para a imprensa. Todas as revistas mais importantes do país vão ficar sabendo! Vamos ver a velocidade com que seus livros de merda vão vender depois que eu contar minha história...

— As vendas provavelmente vão aumentar em uns vinte por cento — disse Sybill, sem emoção. — Não vou ser chantageada, Gloria. Faça como bem quiser. Lembre-se, porém, de uma coisa: você está respondendo a acusações criminais em Maryland, e há uma ordem judicial para mantê-la distante de Seth. Os Quinn têm provas contra você. Eu as vi — continuou, lembrando-se das cartas que Gloria escrevera. — Outras acusações por extorsão e abuso infantil podem ser feitas. E, se eu fosse você, saía de cena bem de fininho.

Sybill desligou diante da enxurrada de obscenidades que se seguiu e, fechando os olhos, abaixou a cabeça até colocá-la entre os joelhos. A náusea tomara conta de seu estômago e a ameaça de uma enxaqueca iminente foi se aproximando. Não conseguia parar de tremer. Fizera um esforço para se segurar durante o telefonema, mas não conseguia parar naquele momento.

Continuou exatamente onde estava, até conseguir controlar a respiração e até que o pior do enjoo passasse. Então se levantou, tomou um dos comprimidos para evitar a enxaqueca e aplicou um pouco de blush no rosto pálido. Agarrou a bolsa, pegou os presentes de Seth, vestiu um blazer para se proteger do frio e saiu.

O dia lhe parecera interminável na escola. Como é que alguém podia ficar sentado quietinho durante horas e horas na carteira, assistindo às aulas em pleno dia do seu aniversário? Isto é, ele ia ter duas festas agora, e tudo o mais... Ia se encher de pizza, batatas fritas, bolo de chocolate, sorvete e ganhar um monte de presentes.

Na verdade, ele jamais ganhara um presente de aniversário antes, refletiu. Não que se lembrasse dos outros aniversários. Provavelmente, ia ganhar um monte de roupas e coisas idiotas desse tipo, mas, mesmo assim, eram presentes.

Se é que alguém ia aparecer.

— Por que estão demorando tanto? — quis saber o menino mais uma vez.

Determinada a manter a paciência, Anna continuava a cortar as batatas para fritá-las, de forma bem caseira, como Seth exigira em seu cardápio de aniversário.

— Devem estar chegando — disse para acalmá-lo.

— Já são quase seis horas! Por que é que eu tive que vir para casa depois da escola em vez de ir trabalhar no galpão?

— Porque sim — disse Anna, sem explicar nada. — E pare de ficar xeretando as coisas, tá legal? — acrescentou ao ver Seth abrir a porta da geladeira e tornar a fechá-la. — Você vai encher a sua barriga em pouco tempo.

— Estou morrendo de fome!

— Estou preparando as batatas para fritar, não estou?

— Pensei que era Grace quem ia fritá-las.

— Está insinuando que eu não sei fazer batatas fritas? — Com olhos duros, Anna olhou para ele por cima do ombro.

— Bem, é que as que Grace prepara ficam uma delícia! — afirmou ele, entediado e inquieto o bastante para sentir um pouco de prazer em cutucar o ego de Anna.

— Sei... — ela se virou — e as que eu preparo não ficam...

— Ficam boas... pelo menos, para salvar, vamos ter pizza. — Quase conseguiu evitar, mas acabou soltando uma risada.

— Pirralho! — reagiu Anna, mergulhando em cima dele e rindo. Ele se esquivou dela e fugiu uivando:

— É a porta! É a porta! Deixe que eu atendo! — Saiu correndo, deixando Anna com um largo sorriso atrás dele.

Só que o riso largado desapareceu de seus olhos quando ele abriu a porta e viu Sybill em pé, na varanda.

— Ah... oi! — disse ele.

— Feliz aniversário! — Seu coração despencou, mas ela colocou um sorriso bem-educado no rosto.

— É... obrigado! — observando-a com cautela, acabou de abrir a porta.

— Obrigada por me convidar. — Totalmente perdida, ela lhe entregou as duas sacolas cheias de presentes. — Você já pode abrir os presentes que receber?

— Claro, acho que sim. — Então seus olhos se arregalaram. — Tudo isso?

Sybill quase soltou um suspiro. A reação de Seth fora quase idêntica à de Phillip.

— É que são presentes que se complementam — explicou.

— Legal... ei, a Grace chegou! —Atrapalhando-se com os embrulhos que já segurava, passou direto por ela e foi até a varanda.

A alegria em sua voz e o sorriso fácil que surgiu depressa em seu rosto fizeram um contraste tão grande com o jeito como ele olhara para ela que o coração de Sybill acabou se quebrando de vez.

— Oi, Grace! Oi, Aubrey! Vou contar a Anna que vocês chegaram!

E voou para dentro novamente, deixando Sybill parada do lado de fora da porta, sem ter a mínima ideia de como proceder. Grace saltou do carro e sorriu, comentando:

— Nossa, pelo jeito ele está todo empolgado!

— Sim, bem... — Sybill viu Grace colocar uma sacola sobre o capô do carro, seguida de uma imensa bandeja de bolo protegida por um plástico. Em seguida, foi soltar Aubrey, que tagarelava alguma coisa em sua cadeirinha. — Quer uma mãozinha, Grace?

— Na verdade, eu aceito. Fique parada só um instantinho, querida — disse para a filha. — Se continuar se mexendo desse jeito... — Lançou outro sorriso por cima dos ombros enquanto Sybill se aproxima. — Aubrey está agitada assim desde cedo. Seth é a pessoa favorita dela.

— Seth! É aniversário dele! Preparamos um bolo!

— Sim, claro que preparamos. — Grace tirou Aubrey da cadeirinha e a passou para Sybill, que ficou atônita. — Você se importa de segurá-la um instantinho? Ela queria usar esse vestido, mas a viagem lá de casa até aqui deve ter amassado tudo.

— Oh, bem... — Sybill se viu olhando para um rostinho angelical e sorridente, que mexia sem parar o corpinho coberto por um vestido cheio de babadinhos cor-de-rosa.

— Vamos a uma festa! — contou-lhe Aubrey, colocando as duas mãos nas bochechas de Sybill, para garantir sua atenção exclusiva. — Eu também vou ganhar uma festa, quando fizer três anos. Você pode ir...

— Obrigada.

— Você tem um cheiro gostoso... eu também.

— Certamente que tem. — A rigidez inicial de Sybill não resistiu àquele sorriso feliz e charmoso. O jipe de Phillip parou bem atrás do carro de Grace e um pouco da rigidez reapareceu quando Cam saiu do banco do carona e lançou-lhe um olhar duro, de fria advertência.

— Oi! Oi! — Aubrey soltou um grito de alegria à guisa de cumprimento.

— Oi, lindinha! — Cam foi até ela e a beijou de leve sobre os lábios comicamente embicados, e a seguir desviou o olhar de pedra na direção de Sybill. — Olá, Dra. Griffin.

— Chame-me de Sybill. — Reparando de longe a fria troca de olhares, Phillip chegou a passos largos e colocou a mão sobre o ombro dela, para servir de apoio moral, e só então se inclinou para receber o beijo que Aubrey oferecia. — Oi, gracinha!

— Ganhei um vestido novo.

— E está linda nele.

Com o jeito comum às mulheres, Aubrey descartou Sybill na mesma hora e abriu os braços para Phillip. Ele conseguiu pegá-la no colo com facilidade, colocando-a de lado, sobre o quadril.

— Você chegou há muito tempo? — perguntou a Sybill.

— Não, acabei de chegar. — Observou Cam, que já carregava três caixas de pizza gigante para dentro de casa. — Phillip, não quero causar nenhum...

— Vamos entrar. — Ele a pegou pela mão, puxando-a atrás de si. — Temos que começar a agitar essa festa, não é, Aubrey?

— Seth vai ganhar presentes, mas é segredo — sussurrou ela, chegando mais perto do ouvido de Phillip. — Você sabe o que é?

— Hã-ha — confirmou ele —, mas não vou contar. — Ele a colocou no chão assim que entraram na sala, dando-lhe uma palmadinha amigável no traseiro cheio de babados. Saiu chamando por Seth aos gritos e foi direto para a cozinha. — Ela vai correndo contar sobre os presentes.

— Pois eu prometo que não conto. — Determinada a fazer com que tudo desse certo, Sybill colocou o sorriso de volta no lugar.

— Sei que não. Você sabe esperar até a hora certa. Vou tomar uma chuveirada rápida, antes que Cam entre na minha frente e acabe com toda a água quente — e lhe deu um beijo rápido e casual. — Anna vai lhe preparar um drinque — completou, correndo para as escadas.

— Que ótimo! — Soltando o ar com um sopro, Sybill sentiu-se petrificada ao ver que ia enfrentar os Quinn sozinha.

A cozinha estava um pandemônio. Aubrey gritava, Seth tagarelava sem parar. Havia batatas fritando e era Grace quem tomava conta do fogão, já que Cam e Anna estavam grudados na porta da geladeira com um brilho de puro desejo nos olhos.

— Você sabe como eu fico quando vejo você de avental — disse ele.

— Eu sei como você fica quando me vê respirar. — E ela torcia para que aquilo jamais mudasse. De qualquer modo, estreitou os olhos para ele e ordenou: — Tire as mãos de cima de mim, Quinn. Estou ocupada!

— Você está trabalhando como uma escrava, esquentando a barriga no fogão. Devia tomar um banho... comigo.

— Não, não vou... — Vendo o movimento em volta com o canto do olho, disse: — Oi, aí está você, Sybill! — E com um movimento que pareceu a Sybill rápido e muito eficiente, Anna deu uma cotovelada no estômago do marido. — O que vai beber?

— Anh... o café está com um cheiro maravilhoso, obrigada.

— Estou a fim de cerveja. — Cam pegou uma na geladeira. — Agora, vou subir para tomar um banho. — E, lançando novamente aquele olhar de advertência para Sybill, saiu.

— Seth, fique longe dos pacotes — ordenou Anna enquanto pegava uma caneca. — Ainda não está na hora. — Ela tomara a decisão de só deixá-lo abrir os presentes que Sybill trouxera depois do jantar. Imaginava que sua tia ofereceria suas desculpas e sairia correndo o mais rápido que conseguisse depois que o pequeno ritual acabasse.

— Puxa! Afinal, é o meu aniversário ou não é?!

— Sim, se conseguir sobreviver até o fim do dia. Por que não leva Aubrey para a sala? Brinque com ela um pouco. Vamos comer assim que Ethan chegar.

— E onde é que ele se enfiou, afinal? — Resmungando, Seth saiu com Aubrey em sua cola e não reparou o rápido sorriso que Grace e Anna trocaram.

— E isso vale para os cães também! — Anna empurrou Bobalhão com o pé e apontou o dedo para fora. Com lânguidos olhares caninos, os dois saíram da cozinha.

— Paz! — Anna fechou os olhos para absorver o momento. — Pelo menos, momentânea.

— Há algo que eu possa fazer para ajudar?

Balançando a cabeça, Anna entregou a Sybill a caneca de café.

— Não, obrigada. Acho que estou com tudo sob controle. Ethan deve chegar a qualquer momento, trazendo a grande surpresa. — Foi até a janela, olhando para fora, onde a noite já descera quase por completo. — Espero que você esteja com apetite de adolescente — acrescentou. — O cardápio desta noite consiste em pizza de calabresa e pepperoni, batatas fritas em óleo de amendoim, *sundaes* com cobertura caseira e o insuperável bolo de chocolate de Grace.

— Vamos acabar todos no hospital — comentou Sybill, sem pensar. Ao fazer uma careta de vergonha, viu que Anna já estava rindo.

— Nós que vamos morrer a saudamos! Ah, lá vem Ethan — completou ela, baixando a voz a um nível de sussurro. No fogão, Grace largou a escumadeira de repente. — Você se queimou?

— Não, não... — Rindo de leve, Grace deu um passo para trás. — Não, é que eu... vou lá fora para ajudar Ethan.

— Tudo bem, mas... hummm... — completou Anna quando Grace passou correndo por ela a caminho da porta. — Ela está muito agitada — murmurou, e acendeu as luzes de fora da casa. — Ainda não está completamente escuro, mas vai estar quando acabarmos aqui. — Pegou a última leva de batatas e desligou o fogão. — Depois, Cam e Phillip vão ter que esquentar tudo de novo. Ó, meu Deus, é uma gracinha! Consegue enxergar daí?

Curiosa demais para resistir, Sybill juntou-se a ela na janela da cozinha. Viu Grace em pé no pequeno cais, à luz tênue do entardecer, e Ethan pulando sobre ele, a fim de se juntar à esposa.

— É um barco — murmurou. — Um pequeno veleiro.

— Tem dez pés. É um pequeno barco de fundo chato, que eles chamam de *pram*. — O sorriso de Anna espalhou-se em seu rosto. — Eles três andaram fazendo esse barquinho na antiga casa de Ethan, aquela que está alugada... Os inquilinos o deixaram usar o depósito para eles poderem construí-lo escondido de Seth.

— Eles o construíram para Seth?

— Sim, sempre que conseguiam escapar por uma ou duas horas. Nossa, ele vai *amar*! Ora, ora, mas o que é aquilo?

— O quê?

— Aquilo! — disse Anna, olhando fixamente através do vidro. Podia ver Grace falando depressa, com as mãos engatadas uma na outra, enquanto Ethan olhava de volta para ela. Nesse momento, ele abaixou a cabeça, a fim de olhar melhor para Grace. — Espero que não esteja havendo nenhuma... — E parou de falar na mesma hora, ao ver Ethan puxar Grace mais para perto de si, enterrar o rosto em seus cabelos e se balançar para a frente e para trás, junto com ela, enquanto os braços dela o enlaçavam. — Ah... — Lágrimas surgiram nos olhos de Anna. — Ela só pode... ela está grávida! Acabou de contar a ele, eu sei! Venha, veja! — Agarrou o ombro de Sybill quando Ethan pegou Grace, toda sorridente, no colo. — Não é uma cena linda?

Os dois estavam entrelaçados, completamente absortos um no outro, formando uma silhueta única de encontro ao crepúsculo.

— Sim, sim... é lindo — concordou Sybill.

— Olhe só para mim! — Rindo de si mesma, Anna pegou uma toalha de papel e assoou o nariz. — Estou um desastre! Isso vai me deixar maluca, sei que vai... agora, eu vou querer um também. — E tornou a assoar o nariz, suspirando. — Estava tão certa de que ia conseguir esperar mais um ou dois anos. Agora, jamais vou conseguir esperar por tanto tempo. Não depois disso... já posso até ver a cara de Cam quando eu... — Parou de falar. — Desculpe — disse, com um riso molhado de lágrimas.

— Está tudo bem. É lindo que você se sinta tão feliz por eles. Que esteja tão feliz por si mesma. Esta é uma ocasião realmente especial para toda a sua família. Anna, eu preciso ir embora...

— Não seja covarde — aconselhou Anna, apontando um dedo. — Você está aqui, e agora vai ter que enfrentar esse pesadelo de indigestão e barulho como todo mundo.

— É que eu acho... — Tudo o que conseguiu fazer foi fechar a boca quando a porta se escancarou. Ethan ainda estava carregando Grace no colo e os dois exibiam imensos sorrisos.

— Anna, vamos ter um bebê! — anunciou Ethan, com a voz embargada.

— E você pensa que eu sou cega? — Passando direto por Ethan, foi beijar Grace antes de mais nada. — Estava com o nariz colado no vidro, vendo vocês lá fora. Ah, meus parabéns! — Abraçou os dois ao mesmo tempo, abrindo os braços. — Fiquei tão feliz!

— Você vai ser a madrinha. — Ethan virou o rosto para beijá-la. — Não teríamos conseguido nada disso sem a sua ajuda.

— Ah, isso é verdade! — Anna explodiu em mais lágrimas no instante em que Phillip entrou na cozinha.

— O que está havendo? Por que Anna está chorando? Nossa, Ethan, o que aconteceu com Grace?

— Estou bem. Estou ótima... estou grávida!

— Está falando sério? — Arrancando Grace dos braços de Ethan, beijou-a de forma exagerada.

— Que diabos está acontecendo aqui? — quis saber Cam.

— Vamos ter um bebê. — Sorriu Phillip, ainda abraçando Grace.

— Ah, é? — Levantou uma sobrancelha. — E como Ethan está se sentindo a respeito de vocês dois?

— Rá-rá — foi o comentário de Phillip, recolocando Grace no chão com todo o cuidado.

— Você está passando bem?

— Sim, estou ótima!

— Está mesmo com uma cara ótima. — Cam pegou-a nos braços e esfregou o queixo sobre sua cabeça. E a ternura do gesto fez Sybill piscar repetidas vezes, de surpresa. — Bom trabalho, mano! — murmurou para Ethan.

— Obrigado. Posso ter minha mulher de volta agora?

— Estou quase acabando... — Cam afastou um pouco Grace, colocando-a diante dele. — Se ele não cuidar muito bem de você e do pequeno Quinn que está aí dentro, pode me chamar que eu dou uma surra nele para você.

— Será que a gente vai conseguir comer alguma coisa hoje? — exigiu Seth, mas então parou de repente na porta da cozinha, observando todos com atenção. — Por que Anna e Grace estão chorando? — Lançou um olhar acusador e feroz para todos no aposento, inclusive Sybill — O que aconteceu?

— É que estamos muito felizes — fungou Grace, aceitando o lenço de papel que Sybill fez surgir da bolsa. — Vou ter um bebê.

— Sério? Uau, que legal! Muito legal! Aubrey já sabe?

— Não, Ethan e eu vamos contar para ela em breve. Só que agora vou lá dentro pegá-la, porque tem uma coisa que você precisa ver, lá fora...

— Lá fora? — Ele foi correndo em direção à porta, mas Phillip bloqueou a passagem.

— Ainda não.

— O que é? Ah, para com isso, sai da frente! Caramba! Deixe-me ver o que tem lá fora.

— Acho que devíamos colocar uma venda nos olhos dele — considerou Phillip.

— Sim, e depois amordaçá-lo — foi a sugestão de Cam.

Ethan foi quem cuidou de segurar Seth no colo, pegando-o por baixo dos braços. Quando Grace trouxe Aubrey para dentro, Ethan piscou, arrastando Seth, que se debatia, e foi em direção à porta.

— Ei, peraí, pessoal! Vocês não vão me jogar na água de novo, né? — A voz de Seth ficou mais aguda, com risadinhas deliciadas que mostravam um ligeiro temor. — Qual é, galera... a água está muito fria!

— Seu medroso! — debochou Cam ao ver Seth, que olhava para trás.

— Se vocês tentarem me jogar — avisou Seth, com os olhos dançando e um ar de desafio —, vou carregar pelo menos um de vocês comigo.

— Sei, sei, blablablá... — Phillip empurrou a cabeça do menino para baixo, obrigando-o a olhar para o chão. — Prontos? — perguntou, ao ver que todos já estavam reunidos na beira d'água. — Ótimo, pode largá-lo, Ethan.

— Cara, a água está muito *fria!* — começou Seth, pronto para gritar quando Ethan o largou. De repente, porém, viu-se em pé, viraram-no e ele ficou de frente para o pequeno barco de madeira com velas azuis que drapejavam ao vento da noite. — O quê... de onde veio isso?

— Do suor da nossa ralação — disse Phillip, de forma seca, enquanto Seth ficava de queixo caído, olhando para o barco.

— Ele é... quem é que vai comprar?

— Não está à venda — disse Cam simplesmente.

— É... é... — Não podia ser, pensou o menino, sentindo o coração pular de nervoso, esperança e susto. A esperança acabou vencendo. Durante aquele ano, ele aprendera a ter esperança. — É meu?

— Bem, você é o único por aqui que está fazendo aniversário hoje — lembrou Cam. — Não quer dar uma olhada mais de perto?

— É meu? — sussurrou ele, a princípio, e depois com uma alegria imensa e uma empolgação tão contagiante que Sybill sentiu uma fisgada de lágrimas nos olhos. — *Meu?* — explodiu de contentamento, rodando de um lado para outro. Dessa vez, a pura felicidade estampada em seu rosto bloqueou-lhe a garganta. — Posso ficar com ele?

— Você é um bom marinheiro — disse-lhe Ethan baixinho. — E esse é um lindo barco. É muito firme, mas desliza que *é* uma beleza.

— Vocês o construíram para mim? — Seu olhar foi do rosto de Ethan para o de Phillip e o de Cam. — Para mim?

— Ahn... que nada! Construímos para outro pirralho — disse Cam e deu-lhe um tapa na cabeça. — O que você acha? Vá lá dar uma olhada.

— Tá! — Sua voz estremeceu quando ele se virou. — Posso entrar nele? Posso me sentar nele?

— Pelo amor de Deus, moleque, ele é seu, não é? — Com a voz rouca de emoção, Cam pegou Seth pela mão e o levantou no ar para colocá-lo no cais.

— Acho que isso é coisa de homens — murmurou Anna. — Vamos dar a eles alguns minutos para se recomporem.

— Eles o amam tanto... — Sybill ficou observando por mais um instante, enquanto os quatro faziam todo aquele barulho por causa de um barquinho de madeira. — Acho que eu ainda não havia reparado de verdade, até este momento.

— Ele os ama muito também. — Grace pressionou a bochecha de encontro à de Aubrey.

* * *

E havia outras emoções, pensou Sybill mais tarde, ao se servir na cozinha barulhenta. Ela se impressionara com o choque que notou no rosto de Seth. A completa descrença de que alguém pudesse amá-lo, pudesse amá-lo o bastante para compreender os desejos de seu coração. E, além de compreendê-los, fazer todo aquele esforço para realizá-los.

O padrão de sua vida, pensou, sentindo-se cansada, fora quebrado, modificado e, então, reformado. E tudo acontecera antes de ela realmente entrar em cena. Agora, estava tudo completo, do jeito que devia estar.

Ela não pertencia àquele lugar. Não devia ficar ali. Não conseguia aguentar.

— Eu realmente preciso ir — anunciou com um sorriso educado. — Gostaria de agradecer a todos vocês por...

— Mas Seth ainda não abriu o seu presente — interrompeu Anna.

— Por que não o deixamos rasgar todos os embrulhos e, depois, comemos um pouco de bolo?

— Bolo! — Aubrey bateu palminhas em sua cadeirinha alta. — Vamos apagar as velinhas e fazer um pedido.

— Depois — disse Grace. — Seth, leve Sybill até a sala de estar para abrir o presente que ela trouxe.

— Claro. — Ele esperou que Sybill se levantasse e então, levantando um dos ombros, saiu na frente.

— Comprei em Baltimore — começou ela, terrivelmente sem graça. — Se você não gostar, Seth, ou se alguma coisa não estiver boa, Phillip pode trocar para você.

— Certo. — Ele tirou a caixa maior da primeira sacola e se sentou no chão com as pernas cruzadas. Em poucos segundos, já estava rasgando o papel que ela levara séculos para escolher, rasgando-o em mil pedaços.

— Era melhor ter embrulhado com jornal... ia dar no mesmo — disse-lhe Phillip, rindo e empurrando-a na direção de uma poltrona.

— É uma caixa... — disse Seth, intrigado, e o coração de Sybill desabou ao reparar no seu tom de desinteresse.

— Sim... bem... eu guardei a nota. Você pode levar na loja e trocar pelo que quiser.

— Sim, tá legal... — Mas reparou no olhar duro que Phillip lhe lançou e fez um esforço. — É uma caixa bonita — comentou, com vontade de olhar para cima, de tédio. Então, como quem não quer nada, abriu o fecho de metal e levantou a tampa, exclamando: — Cacete!

— Pelo amor de Deus, Seth! — ralhou Cam por entre os dentes, olhando por cima dos ombros do menino enquanto Anna vinha da cozinha.

— Cara, olhe só para esse material! Nossa, tem tudo aqui! Grafite para desenho, crayons, lápis... — Olhou para Sybill, estremecido pelo choque. — Tudo isso é para mim?

— Bem, é um conjunto... — Nervosa, começou a torcer com o dedo as contas prateadas do cordão. — Você desenha tão bem que eu achei que... talvez gostasse de experimentar... trabalhar com outros materiais. Aquela outra caixa tem mais equipamentos.

— Mais?

— Aquarelas, pincéis, alguns papéis especiais. Ahn... — Ela se sentou no chão, colocando-se mais à vontade enquanto Seth rasgava o papel que envolvia a segunda caixa com a maior empolgação. — Você pode decidir mais tarde que prefere tinta acrílica ou bico de pena, mas eu sempre tive mais inclinação por aquarelas. Então achei que talvez você gostasse de começar por aí também.

— Não sei como usar isso.

— Ora, bem, é um processo bem simples na verdade. — Ela se inclinou na direção dele, pegando um dos pincéis e começando a explicar as técnicas básicas. Enquanto falava, deixou de se sentir nervosa e sorriu para ele.

A luz do abajur iluminou o rosto de Sybill por um instante e mostrou algo. Alguma coisa nos olhos dela estimulou uma imagem na memória do menino.

— Você... você tem um quadro na parede de sua casa? Flores... flores brancas em um vaso azul?

— Sim, este quadro está na parede do meu quarto em Nova York. — Seus dedos apertaram o pincel com mais força. — É uma de minhas aquarelas. Nem é das melhores...

— E havia um monte de vidrinhos coloridos em cima de uma mesinha. Muitos, mesmo, de tamanhos e formatos diferentes.

— Vidrinhos de perfume. — Sua garganta estava começando a se apertar, e ela se viu forçada a pigarrear para limpá-la. — Eu costumava colecioná-los.

— Você me deixava dormir na cama, junto de você. — Os olhos dele se estreitaram enquanto ele se concentrava em vagos *flashes* da memória. Sons agradáveis, uma voz macia, cores e formas. — Você me contou uma história sobre um sapo.

O Príncipe Sapo. Na mente de Sybill, espocou também a imagem de um menininho todo enroscado junto dela, com apenas o abajur da mesinha de cabeceira para afastá-los da escuridão. Viu os olhos dele, azuis e brilhantes, olhando com intensidade para o seu rosto, enquanto ela acalmava seus medos com uma história de magia e final feliz.

— Você tinha... quando você foi me visitar, tinha pesadelos. Era apenas um menininho.

— Eu tinha um cãozinho. Você me comprou um cãozinho.

— Não era de verdade. Era um bichinho de pelúcia. — Sua visão começou a se embaçar, a garganta se fechou e o coração ficou apertado. — Você... você não tinha brinquedo algum. Quando eu trouxe o cãozinho para casa, você me perguntou de quem ele era, e eu disse que era seu. E foi esse o nome que você deu a ele: *Seu*. Ela não o levou junto com vocês quando... Preciso ir embora.

Colocando-se em pé com um pulo, repetiu:

— Preciso ir embora. Desculpem-me! — E saiu correndo em direção à porta.

Capítulo Dezessete

Chegando ao carro, segurou com força a maçaneta, antes de perceber que trancara o veículo. O que era, disse a si mesma de forma frenética, uma coisa idiota, feita pela força do hábito, um hábito urbano que não tinha razão de ser, não tinha nada a ver com aquela linda região rural, da mesma forma que ela também não pertencia àquele lugar.

Logo em seguida, percebeu que correra da casa impulsivamente, sem pegar a bolsa, nem o blazer, nem as chaves. E resolveu que preferia ir caminhando de volta até o hotel a voltar e tornar a encarar os Quinn depois daquela explosão emotiva e comportamento rude.

Girou o corpo ao ouvir passos por trás dela, e não tinha certeza se devia sentir alívio ou embaraço ao ver Phillip vindo em sua direção. Já não sabia mais quem era, nem o que borbulhava no seu peito, queimando-a por dentro e apertando-lhe o coração e a garganta. Tudo o que sabia era que precisava escapar dali.

— Desculpe. Sei que fui rude, mas realmente preciso ir embora. — Na pressa de sair, as palavras começaram a se atropelar. — Você se incomodaria de pegar a minha bolsa? Preciso da minha bolsa. Minhas chaves... desculpe. Espero não ter estragado...

O que quer que estivesse subindo por sua garganta estava piorando a cada segundo, sufocando-a.

— Tenho que ir!

— Você está tremendo — disse ele, com carinho, esticando o braço para tocá-la, mas ela recuou.

— É que está frio. Esqueci de trazer um casaco.

— Não está tão frio assim, Sybill. Venha cá...

— Não, já estou saindo. Estou com dor de cabeça. Eu... não, não me toque!

Ignorando o pedido dela, ele a abraçou com determinação, enlaçando os seus braços em torno dela, segurando-a com firmeza e tranquilizando-a:

— Está tudo bem, querida.

— Não, não está — disse ela, com vontade de gritar. Será que ele era cego? Será que era burro? — Eu não devia ter vindo. Seu irmão me odeia. Seth tem medo de mim. Você... sua... eu... — Nossa, aquilo doía. A pressão em seu peito era de pura agonia, e estava piorando. — Solte-me! Eu não pertenço a este lugar.

— Pertence sim...

Ele reparara a conexão que se formara, quando ela e Seth olharam um para o outro. Os olhos dela em um tom tão claro de azul, e os dele tão brilhantes. Phillip até parecia ter ouvido o som de algo que se encaixava.

— Ninguém a odeia. Ninguém tem medo de você. Desabafe, ouviu? — Pressionou a boca de encontro à sua têmpora e poderia jurar que ouviu a dor sibilando ali dentro. — Por que não coloca tudo para fora?

— Não vou provocar uma cena. Se você puder pegar minha bolsa, vou embora.

Estava se mantendo rígida como uma pedra de mármore, mas o mármore parecia estar rachando, pensou ele, tremendo devido ao excesso de pressão. Se ela não extravasasse aquilo, iria explodir. Sendo assim, era necessário forçar a barra.

— Ele se lembrou de você. Lembrou que você se importava com ele.

Através da horrível pressão, ela sentiu como se uma faca penetrasse em seu peito e lhe atingisse o coração.

— Não posso ficar. Não aguentaria. — Suas mãos se agarraram aos ombros dele, os dedos enterrando-se em sua pele para então se tornarem fracos. — Ela o levou embora. Ela o tirou de mim... Aquilo me destroçou por dentro.

— Eu sei. Sei que sim — murmurou ele. Sybill soluçava agora, com os braços apertados em volta de seu pescoço. — Esse é o caminho — falou baixinho, levantando-a no colo para colocá-la sobre o gramado e se sentando ao seu lado para embalá-la. — Já estava mais do que na hora de vocês se reencontrarem...

Phillip continuou balançando-a com carinho, enquanto as lágrimas dela jorravam, quentes e desesperadas, ensopando-lhe a camisa. Fria?, pensou ele, sentindo a tempestade de pesar que a açoitava por dentro. Não havia nada de frio nela, apenas o medo da dor.

Não pediu que ela parasse de chorar, nem mesmo no momento em que seus soluços a sacudiram com tanta violência que ela parecia prestes a quebrar. Não lhe ofereceu promessas de conforto nem soluções. Sabia o quanto era importante ela se purgar de tudo aquilo. Sendo assim, simplesmente a acariciou e embalou, enquanto ela drenava toda a dor.

Quando Anna saiu na varanda, Phillip balançou a cabeça, olhando para ela, e continuou a acariciar Sybill. Continuou a balançá-la com suavidade para a frente e para trás, até que a porta tornou a se fechar, deixando-os sozinhos.

Quando acabaram as lágrimas, a cabeça de Sybill parecia inchada e quente. Sua garganta e seu estômago pareciam arder. Fraca e desorientada, ela se largou exausta nos braços de Phillip, dizendo:

— Sinto muito.

— Não sinta. Você precisava disso. Acho que nunca vi uma pessoa precisando tanto de uma crise de choro como você.

— Mas isso não resolve nada...

— Você sabe que não é bem assim. — Ele se levantou, ajudando-a a se colocar em pé e levando-a na direção do seu jipe. — Entre.

— Não, eu tenho que...

— Entre! — repetiu ele, com uma pontada de impaciência. — Vou pegar a sua bolsa e o seu blazer lá dentro. — Ele a colocou no banco do carona. Só que você não vai mais dirigir hoje. — Seus olhos se encontraram com os dela, que estavam inchados e pareciam cansados. — Nem vai ficar sozinha esta noite.

Ela não teve forças para argumentar. Sentia-se vazia, sem substância. Se ele a levasse de volta ao hotel, poderia dormir. Tomaria um comprimido se fosse preciso e fugiria de tudo aquilo. Não queria pensar. Se começasse a pensar, iria tornar a sofrer. Se o sofrimento voltasse, se uma parcela sequer daquela inundação de emoções voltasse a atingi-la, ela iria se afogar.

Como o rosto dele parecia sombrio e muito determinado no instante em que saiu de casa trazendo suas coisas, Sybill aceitou a própria covardia e fechou os olhos.

Ele não disse nada. Simplesmente entrou no carro ao lado dela, inclinou-se para prender o cinto de segurança nela e ligou o veículo. Deixou um abençoado silêncio acompanhá-los durante todo o percurso. Ela não protestou quando ele entrou no saguão do hotel com ela nem quando abriu sua bolsa para pegar a chave, já na porta do quarto.

Erguendo-a novamente no colo, ele a levou direto para o quarto.

— Tire a roupa — ordenou-lhe. Quando viu que ela olhava para ele com aqueles olhos inchados e vermelhos, acrescentou: — Não vou pular em cima de você não, pelo amor de Deus! O que pensa de mim?

Phillip não sabia de onde surgira aquela explosão de raiva. Talvez o motivo fosse vê-la naquele estado, tão arrasada e indefesa. Virando-se com agilidade, foi a passos largos até o banheiro.

Segundos depois, ela ouviu o barulho de água caindo na banheira. Ele voltou com um copo e uma aspirina na mão.

— Engula esse comprimido. Já que você não cuida de si mesma, alguém tem que fazer isso.

A água desceu como um bálsamo por sua garganta dolorida, mas, antes que conseguisse agradecer, ele pegou o copo de sua mão, colocando-o de lado. Ela sentiu-se tonta e balançou um pouco, piscando ao vê-lo tirar sua blusa pela cabeça.

— Você vai tomar um banho quente e relaxar.

Ela estava perplexa demais para reclamar, enquanto ele continuava a despi-la como se fosse uma boneca. Quando ele colocou as roupas dela ao lado, na cama, ela sentiu um ligeiro tremor, mas não disse nada. Simplesmente continuou a olhar para ele, que tornou a pegá-la no colo, carregando-a e depositando-a na banheira.

A água estava quase transbordando, e muito mais quente do que ela considerava saudável. Antes que conseguisse articular as palavras dentro da cabeça para pronunciá-las, ele fechou a torneira.

— Recoste-se e feche os olhos. Vamos! — disse ele, com uma autoridade tão inesperada que ela obedeceu. Manteve os olhos fechados mesmo depois de ouvir a porta que se fechou quando ele saiu.

Ficou lá por vinte minutos, quase cochilando uma ou duas vezes. Só o vago e longínquo receio de se afogar impediu-a de cair no sono. A ideia distante de que ele ia voltar a qualquer momento, tirá-la dali e enxugá-la a fez sair, cambaleando, da banheira.

Por outro lado, talvez ele tivesse ido embora. Talvez tivesse finalmente se decepcionado com sua explosão histérica e resolvido deixá-la em paz. Quem poderia culpá-lo?

Mas não... ele estava em pé, junto das portas da varanda do quarto, quando ela saiu do banheiro. Apreciava a vista da baía.

— Obrigada... — Ela sabia que aquela situação era estranha para ambos e lutou para se manter firme quando ele se virou e olhou para ela.

— Desculpe...

— Se você pedir desculpas ou disser que sente muito mais uma vezinha que seja, Sybill, vou ficar muito revoltado. — Caminhou na direção dela enquanto falava, colocando as mãos em seus ombros. Levantou as sobrancelhas ao ver que ela deu um pulo. — Assim está melhor — decidiu, passando os dedos pelos seus ombros e subindo pelo pescoço —, mas ainda não está bom. Deite-se! — Soltou um suspiro, empurrando-a em direção à cama. — Não estou a fim de sexo! Tenho um certo nível de controle, e o uso quando estou diante de uma mulher física e emocionalmente exausta. Agora, de bruços! Vamos lá!

Ela deixou-se escorregar sobre a cama e não conseguiu reprimir o gemido no instante em que os dedos dele começaram a massagear-lhe as omoplatas.

— Você é psicóloga — lembrou-lhe ele. — O que acontece às pessoas que passam a vida reprimindo os sentimentos e emoções?

— Física ou emocionalmente?

— Vou lhe contar o que acontece, doutora — disse e deu uma risada, abrindo as pernas uma de cada lado para se colocar em cima dela. — Elas começam a ter enxaquecas, azia, dores de estômago. E, quando a represa estoura, a inundação é tão volumosa e rápida que elas ficam doentes de verdade.

Puxando o roupão para baixo dos ombros dela, Phillip começou a usar a base da mão para pressionar-lhe os músculos.

— Você está chateado comigo.

— Não, não estou, Sybill, não com você. Conte-me da época em que Seth ficou com você.

— Foi há muito tempo.

— Ele tinha quatro anos — incentivou Phillip, concentrando-se nos músculos que estavam novamente tensos. — Você estava em Nova York. Era o mesmo lugar em que mora até hoje?

— Sim, no lado oeste do Central Park. É uma região sossegada. Segura.

Exclusiva e sofisticada, pensou Phillip. Nada de bairros da moda para a Dra. Griffin.

— Apartamento de dois quartos?

— Sim. Eu usava o segundo como escritório.

— Imagino que era lá que Seth dormia. — Phillip quase podia ver o ambiente. Limpo, organizado, um lugar atraente.

— Não, Gloria se apossou daquele quarto. Colocamos Seth para dormir no sofá da sala. Ele era apenas um menininho.

— E eles simplesmente foram parar na sua porta, sem avisar, um belo dia?

— Mais ou menos. Eu não a via fazia anos. Sabia a respeito de Seth. Ela me telefonou quando o homem com quem estava a abandonara e contou tudo. Eu costumava enviar-lhe dinheiro vez por outra. Não queria que ela viesse me ver. Jamais lhe disse isso, mas não queria que ela aparecesse. Ela é tão... desagregadora, tão difícil.

— Mas ela apareceu.

— Sim. Voltei para casa depois de dar uma palestra uma tarde e a encontrei me esperando do lado de fora do prédio. Estava furiosa porque o porteiro tinha a chave, mas não a havia deixado entrar em meu apartamento. Seth estava chorando, e ela berrava. Era... — suspirou — uma cena bem típica, imagino.

— E você a deixou entrar...

— Não podia mandá-la embora. Tudo o que trazia com ela era um menininho e uma mochila. Implorou-me para que a deixasse ficar por alguns dias. Disse que conseguira chegar até lá pegando carona e que não tinha dinheiro. Começou a chorar. Seth simplesmente foi se arrastando até o sofá e pegou no sono. Devia estar exausto!

— Por quanto tempo ela ficou?

— Algumas semanas. — A mente de Sybill começou a voar no tempo, lembrando-se de tudo. — Eu ia ajudá-la a arrumar um emprego, mas ela me disse que precisava de alguns dias de descanso antes. Explicou que havia estado doente. Então, contou que um caminhoneiro em Oklahoma a estuprara. Eu sabia que ela estava mentindo, mas...

— Ela era sua irmã.

— Não, não foi isso — disse com ar de cansaço. — Se tivesse sido honesta, teria admitido para mim mesma que esse fato já deixara de pesar na balança muitos anos antes. O caso é que Seth... ele mal falava! Eu não sabia nada a respeito de crianças, mas consultei um livro e descobri que ele devia ser muito mais comunicativo com aquela idade.

Phillip quase sorriu. Era fácil imaginá-la escolhendo o livro mais apropriado, depois o estudando para tentar colocar tudo em ordem.

— Ele parecia um pequeno fantasma — murmurou ela. — Uma sombra que passava pelo apartamento. Quando Gloria saía por qualquer espaço de tempo e o deixava comigo, ele se assustava um pouco. E na primeira vez em que ela passou a noite fora e só apareceu de manhã, ele teve um pesadelo.

— Foi nessa noite que você o levou para dormir com você e lhe contou uma história?

— *O Príncipe Sapo*. Minha babá costumava contar essa história para mim. Eu gostava de contos de fadas. Seth tinha medo do escuro. Eu também tinha na idade dele. — Sua voz estava mais arrastada e lenta por causa do cansaço. — Geralmente, pedia para dormir com meus pais quando estava com medo, mas eles não deixavam. Enfim... Achei que aquilo não ia fazer mal a ele e o deixei ficar comigo um pouco.

— Não... — Naquele momento, ele conseguiu visualizá-la, uma garotinha com cabelos escuros e olhos claros, tremendo de medo no escuro. — Não faria mal mesmo.

— Ele gostava de ficar olhando para os meus vidros de perfume. Gostava das cores e dos formatos variados. Comprei uma caixa de giz de cera para ele. Seth sempre gostou de desenhar...

— E você também lhe deu um cãozinho de pelúcia.

— Sim. Ele gostava de ver os cães passeando no parque com os donos. Foi tão lindo quando eu lhe dei o bichinho... ele o carregava por toda parte e dormia agarrado a ele.

— Você se apaixonou pelo menino.

— Eu o amava tanto... não sei como isso aconteceu. Foram só algumas semanas.

— O tempo não é o fator determinante nessas coisas. — Colocou o cabelo dela para trás das orelhas, avaliando o seu perfil... a curva da maçã do rosto, o ângulo de sua sobrancelha. — Nem sempre o tempo conta...

— Bem, deveria contar, mas, naquele caso, não foi importante. Não me importei por ela ter levado minhas coisas. Não liguei por ela ter me roubado dinheiro quando foi embora. Mas ela o tirou de mim! Nem mesmo me deu a chance de me despedir dele. Levou o filho e deixou o cãozinho de pelúcia porque sabia que isso ia me magoar. Sabia que eu ia pensar nele, chorando à noite, e ia me preocupar. Por tudo isso, precisava parar com aquilo. Tinha que parar de pensar no assunto. Precisava parar de pensar nele!

— Tudo bem... essa parte já acabou. — Phillip a acariciou, puxando-a mais para junto dele, a fim de fazê-la dormir. — Ela não vai mais magoar Seth. Nem você...

— Fui uma idiota!

— Não, não foi. — Massageou-lhe o pescoço e os ombros, e sentiu seu corpo se enrijecer e depois relaxar, em um suspiro muito longo. — Durma agora...

— Não vá embora!

— Não, eu não vou. — Franziu os olhos ao sentir o quanto sua nuca parecia frágil sob o toque dos seus dedos. — Não vou a lugar algum.

E aquilo era um problema, compreendeu Phillip enquanto passava as mãos ao longo de seus braços e por suas costas. Ele queria ficar ali com ela, queria estar com ela. Queria vê-la dormir do jeito que estava vendo naquele instante, um sono profundo e calmo. Queria ser aquele que ia abraçá-la quando ela chorasse, pois duvidava que isso acontecesse com frequência ou que ela tivesse alguém para abraçá-la quando isso acontecia.

Queria ver aqueles olhos profundos como um lago brilharem de alegria, formando uma curva linda com a boca macia. Era capaz de passar horas a fio prestando atenção ao jeito com que sua voz mudava de tom, indo do divertimento caloroso à formalidade completa e sinceridade total.

Gostava do jeito que ela exibia pela manhã, vagamente surpresa ao vê-lo ao lado dela. E à noite, com o prazer e a paixão iluminando-lhe o rosto.

Ela não fazia ideia do quanto seu rosto era revelador, pensou enquanto ajeitava as cobertas, puxando-as com cuidado até conseguir cobri-la, com carinho. Era algo sutil, como seu perfume. Um homem precisava chegar muito, muito perto para compreender e sentir. E ele chegara perto demais, sem que nenhum dos dois desse conta disso. Reparara a maneira com que ela observava sua família, com um olhar de desejo e vontade de fazer parte daquilo.

Sempre, porém, distante, sempre uma observadora apenas.

E notara a forma como ela olhava para Seth. Com amor, nostalgia e depois, novamente, distante.

Como se tentasse não se intrometer? Para se proteger? Ele achava que era um pouco dos dois. Não tinha exatamente certeza do que se passava em seu coração e em sua cabeça. Mas estava determinado a descobrir.

— Acho que talvez eu esteja apaixonado por você, Sybill — disse baixinho enquanto se aninhava ao lado dela. —Aposto que isso vai complicar as coisas para nós dois...

Sybill acordou no escuro e se sentiu uma criança novamente, em um lampejo da memória. Era novamente criança e tinha medo das coisas que se moviam por entre as sombras. Teve de morder o lábio com força até sentir dor. Porque, se ela gritasse, uma das criadas poderia ouvi-la e contar para sua mãe. Sua mãe ficaria muito aborrecida com aquilo. Não ia gostar de saber que a filha tornara a chorar com medo do escuro.

Então, ela se lembrou. Já não era criança. Não havia nada se movendo por entre as sombras... eram apenas outras sombras. Ela era uma mulher adulta que sabia muito bem que era tolice ter medo do escuro quando havia muitas outras coisas bem mais assustadoras.

Oh, sim, ela fizera papel de tola, pensou, enquanto outras lembranças vinham chegando. Um terrível papel de tola. Deixar-se ficar perturbada daquela forma... pior, mostrar seus sentimentos até perder totalmente o controle sobre eles. Em vez de manter a compostura, saíra correndo da casa feito uma idiota.

Indesculpável.

Depois, chorara no ombro de Phillip, encharcando-o de lágrimas. Debulhara-se toda como um bebê, bem no jardim da frente da casa dos Quinn como se ela...

Phillip.

Por pura mortificação, começou a gemer alto, cobrindo o rosto com as mãos. Sugou o ar com força, quase se engasgando ao sentir o braço que a envolveu.

— Shh...

Ela reconheceu o toque dele e seu cheiro antes mesmo de ele puxá-la para junto de si. Antes de sua boca acariciar sua têmpora, antes de seu corpo se moldar confortavelmente ao dela.

— Está tudo bem — murmurou ele.

— Eu... achei que você tinha ido embora.

— Eu disse que ia ficar. —Abrindo os olhos devagar, ele se fixou no brilho vermelho dos números do despertador ao lado da cama. — Três horas da manhã, a hora em que ela sempre acordava à noite no hotel. Devia ter imaginado...

— Não pretendia acordá-lo. — À medida que os olhos dela se acostumavam com o escuro, dava para perceber a curva de seu maxilar, a linha reta de seu nariz e o formato de sua boca. Os dedos dela formigavam, querendo tocá-lo.

— Quando alguém acorda no meio da madrugada, na cama, ao lado de uma linda mulher, fica difícil reclamar da vida.

Ela sorriu, aliviada ao ver que ele não ia pressioná-la a respeito de seu comportamento da noite anterior. Agora, poderiam ser apenas os dois. Nenhum ontem para lamentar nem amanhã com o qual se preocupar.

— Imagino que você tenha muita prática em acordar assim...

— Tem certas coisas na vida que a gente não quer mudar.

A voz dele era tão quente, o seu braço tão forte e o seu corpo tão firme...

— E quando acorda no meio da noite com uma mulher ao seu lado na cama e ela tenta seduzi-lo, você se importa?

— Quase nunca.

— Bem, já que você não se importa... — Ela se mexeu, esfregando o corpo junto ao dele, colocou os lábios de encontro aos dele, suas línguas entrelaçando-se.

— Pode deixar que eu aviso você assim que começar a me sentir incomodado.

A risada dela foi baixa e quente. Um sentimento de gratidão inundou-a por tudo o que ele fizera por ela e pelo que ele passara a representar em sua vida. Sybill queria muito mostrar-lhe o quanto estava grata.

A escuridão os envolvia. Ela conseguia ser o que bem quisesse no escuro.

— Talvez eu não pare, mesmo que você se sinta incomodado.

— Ameaças? — Ele estava muito surpreso e excitado pelo tom provocante de sua voz tanto quanto pelo caminho deliberado que os dedos dela percorriam, descendo pelo seu corpo. — Você não me assusta.

— Mas posso assustá-lo. — Começou a seguir com a boca a trilha que abrira com os dedos. — E vou fazer isso.

— Então faça o melhor que conseguir. Uau! — gemeu ele, com os olhos quase vesgos. — Bem na mosca!

Ela riu e o lambeu, dando-lhe um banho de gato. Ao ver que seu corpo estremeceu e sua respiração ficou entrecortada e ofegante, arranhou-o de leve nos dois lados do corpo, subindo e tornando a descer.

Que maravilha era a forma do corpo masculino, pensou, explorando-o com ar sonhador. Duro, liso, os planos e ângulos tão perfeitamente desenhados para se encaixar ao corpo de uma mulher... ao corpo dela.

Um pouco macio aqui, depois novamente áspero. Firme e, de repente, suave. Ela podia fazê-lo querer mais e sentir fisgadas de dor e carência, como ele fazia com ela. Ia dar e tomar... todas as coisas maravilhosas e gostosas que as pessoas faziam no escuro ela também podia fazer.

Ele ia enlouquecer se ela continuasse. E ia morrer se ela parasse. Sua boca estava quente, selvagem e incansável, percorrendo-lhe todo o corpo. Aqueles dedos elegantes e ágeis faziam com que seu sangue pulsasse mais depressa nas veias. Enquanto a pele de ambos foi ficando mais úmida, o corpo dela se elevou e escorregou para cima do dele, formando uma suave silhueta contra a penumbra.

Ela era uma mulher... qualquer mulher... a única mulher... e ele a apertou como se sua vida dependesse daquilo.

Com o mesmo ar sonhador, ela se sentou sobre o corpo dele, arrancando o robe, arqueando as costas e balançando os cabelos para trás. O que a percorria por dentro agora era uma sensação de liberdade... poder... luxúria. Seus olhos brilhavam em contraste com a escuridão, como os de uma gata, enfeitiçando-o.

Ela foi se abaixando bem devagar, tomando-o por completo dentro de si, lentamente, quase sem perceber o esforço que ele fazia para permitir que ela determinasse o ritmo. Sua respiração ficou presa, para se soltar em seguida em um gemido de prazer. Então tornou a parar, voltando a se soltar, quando as mãos dele apertaram-lhe os seios, capturando-os e possuindo-os.

Ela se balançou, fazendo movimentos curtos, tortuosamente lentos, excitando-se cada vez mais com a sensação de poder. E manteve os olhos nos dele. Ele estremeceu por baixo dela, retesando os músculos, com o corpo duro como uma pedra entre as suas coxas. Forte, pensou ela, ele era muito forte. Forte o bastante para deixá-la tomá-lo do jeito que bem quisesse.

Passando as mãos sobre seu peito, ela se abaixou. Seus cabelos caíram sobre seus rostos quase colados e a sua boca se fechou com força sobre a dele, em um emaranhado de línguas, dentes e respiração.

O orgasmo engolfou-a como se fosse uma onda, crescendo e aumentando sem parar, para, em seguida, varrê-la por dentro, inundando-a. Ela recuou com a força daquilo, o corpo se curvou e se transportou.

Então ela começou a cavalgá-lo.

Ele apertou-lhe os quadris, seus dedos enterrando-se enquanto ela entrava em erupção por cima dele. Tudo passava em velocidade desenfreada e luzes se chocavam em um mar quente e voraz. Sua mente se esvaziou, seus pulmões queriam gritar e seu corpo parecia escalar alguma montanha, desesperado, em busca de alívio.

Quando, por fim, ele se aliviou, foi de forma brutal, brilhante e gloriosa.

Ela pareceu se derreter por cima dele, e seu corpo ficou macio, quente e fluido como uma piscina de cera líquida. Seu coração martelava descompassado de encontro ao bater frenético do coração dele, que mal conseguia falar e não encontrava ar para lançar as palavras para fora. A frase que surgiu trêmula em sua língua, porém, era composta de três palavras, as mesmas que ele sempre tivera todo o cuidado de jamais dizer a uma mulher.

Uma sensação de triunfo brilhou dentro dela. Ela se esticou, lânguida e satisfeita como uma gata, e então se enrodilhou junto dele.

— Isso... — disse sonolenta — era exatamente o que eu queria.

— O quê?

— Talvez eu não tenha assustado você — ela riu com suavidade, acabando por dar um bocejo —, mas fritei seus miolos.

— Sem dúvida. — Seu cérebro estava totalmente embaralhado pelo sexo. Homens que começavam a pensar em amor e quase pronunciavam as palavras fatais quando estavam excitados e nus sobre uma cama, abraçados a uma mulher, acabavam se metendo em encrenca.

— Foi a primeira vez que eu gostei de acordar às três da manhã. — Já quase dormindo, ela aninhou a cabeça no ombro dele e tremeu. — Está frio... — murmurou.

Ele elevou o corpo, pegou os lençóis e cobertores amontoados junto de seus pés e os trouxe para cima. Ela agarrou a ponta das cobertas e as puxou até o queixo.

Pela segunda vez na mesma noite, Phillip ficou deitado, acordado, olhando para o teto, enquanto ela dormia calma e profundamente ao seu lado.

Capítulo Dezoito

Já estava quase amanhecendo quando Phillip se esgueirou de mansinho para fora da cama. Nem se preocupou em se lamentar. De que adiantaria? Passara a noite praticamente sem dormir, com a mente enevoada de fadiga e preocupação. Tinha um dia inteiro de muito trabalho braçal pela frente... nada disso, porém, era motivo para reclamar da vida.

O fato de não haver café é que era uma boa razão para reclamar.

— Você tem que ir para o galpão? — Sybill se mexeu lentamente na cama, enquanto ele começava a se vestir.

— Tenho... — Passou a língua sobre os dentes enquanto vestia as calças. Nossa, ele nem trouxera uma escova de dentes.

— Quer que eu peça alguma coisa? Um café?

Café. Só essa palavra já lhe parecia um canto de sereia acelerando sua circulação.

Apesar disso, pegou a camisa. Se ela pedisse café, ele iria ter que conversar com ela. Achou que não era muito esperto da parte dele conversar com ela quando se sentia tão mal-humorado. E por que se sentia de mau humor?, perguntou a si mesmo. Porque não pregara o olho e porque ela conseguira penetrar em suas lendárias defesas num momento de fraqueza e o fizera se apaixonar por ela.

— Tomo um pouco em casa. — Sua voz estava tensa e desconfiada. — Tenho que passar lá mesmo para trocar de roupa. — O que justificava ele ter se levantado tão cedo.

Os lençóis fizeram barulho quando ela se sentou na cama. Ele a olhou com o canto do olho, enquanto procurava pelas meias. Ela estava desarrumada, com os cabelos despenteados e tentadoramente frágil.

Sim, ela era realmente sorrateira. Atingiu-o na cabeça daquela forma com sua vulnerabilidade, soluçando em seus braços e parecendo tão magoada e indefesa. Então, de repente, acordou no meio da noite e se transformou em uma espécie de deusa das fantasias sexuais.

Agora lhe oferecia café. Tinha mesmo muita coragem!

— Obrigada por ficar comigo a noite passada, Phillip. Ajudou muito.

— Estou aqui para servi-la — disse ele, sem muita conversa.

— Eu... — Ela mordeu o lábio inferior, alerta e confusa pelo tom de voz dele. — Foi um dia difícil para nós dois. Acho que teria sido mais sensato me manter longe. Só que eu já estava um pouco abalada pelo telefonema de Gloria, e então...

— O quê? — A cabeça de Phillip se elevou na hora. — Gloria ligou para você?

— Sim. — E agora, pensou Sybill, ela acabara de sentir que aquela informação devia ter ficado guardada. Ele ficou chateado. Tudo ia começar a dar errado.

— Ela ligou para você? Ontem? — Com a raiva começando a fumegar, ele pegou um dos sapatos e o examinou com atenção — E você achou que não valia a pena mencionar o fato até agora?

— Não vi razão para contar. — Como suas mãos não conseguiam ficar paradas, ela arrumou o cabelo e puxou o lençol. — Na verdade, não ia nem tocar no assunto.

— Não ia? Talvez você tenha se esquecido por um momento de que Seth é responsabilidade da minha família. Que temos o direito de saber se sua irmã pretende nos causar mais algum problema. Precisamos saber — disse ele, levantando-se enquanto a raiva chegava rapidamente ao ponto de ebulição — para que possamos protegê-lo.

— Ela não pretende fazer nada para...

— Como é que você sabe? — explodiu ele, rodeando-a com fúria. Ela apertou a ponta do lençol com tanta força que as juntas de seus dedos ficaram brancas. — Como é que você pode saber? *Observando* tudo, a dez passos de distância? Droga, Sybill, isso não é a porra de um exercício! Isso é a vida real! Que diabos ela queria?

Sybill ficou com vontade de sumir, como sempre acontecia quando enfrentava raiva. Cobriu o coração e a voz com uma camada de gelo, como costumava fazer nessas horas, e disse:

— Queria dinheiro, é claro. Queria que eu pedisse dinheiro para vocês, e que eu mesma enviasse mais dinheiro para ela. Gritou comigo e falou palavrões, como você está fazendo agora. Pelo jeito, ficar a dez passos de distância de ambos os lados acabou por me colocar bem no meio.

— Quero que me avise quando ela entrar em contato com você novamente. O que disse a ela?

— Disse-lhe que sua família não ia dar mais nada a ela — Sybill pegou o robe e viu que sua mão estava firme — e nem eu. Disse que conversara com o advogado de vocês. Contei que usei, e continuaria a usar, todo o peso da minha influência para assegurar que Seth permaneça como parte de sua família.

— Pelo menos isso, então... — murmurou ele, franzindo a testa ao vê-la vestir o robe.

— É o mínimo que eu podia fazer, não? — Seu tom era frio, distante e definitivo. — Agora, desculpe-me... — Foi depressa para o banheiro e fechou a porta.

De onde estava, Phillip ouviu a porta ser trancada por dentro.

— Ora, que ótimo! Agora as coisas ficaram realmente ótimas! — debochou ele, agarrando o paletó e saindo às pressas dali, antes que tornasse as coisas piores do que já estavam.

E não ficaram nem um pouco melhores quando chegou em casa e viu que sobrara menos de meia xícara de café no bule. Ao descobrir, no meio do banho, que Cam obviamente usara quase toda a água quente, decidiu que aquilo estava bem de acordo para tornar o dia perfeito.

Ao entrar em seu quarto, com uma toalha enrolada na cintura, encontrou Seth sentado na beira da cama.

Realmente perfeito!

— Oi — disse Seth, olhando para ele fixamente.

— Você levantou cedo...

— Pensei em ir com você para o galpão, a fim de trabalhar algumas horas.

Phillip se virou para pegar uma cueca e um jeans no armário e avisou:

— Você não vai trabalhar hoje. Seus amigos vão vir aqui para a festa.

— Eles vêm só de tarde. — Seth levantou um dos ombros. — Tenho bastante tempo.

— Você é quem sabe.

Seth já esperava que Phillip estivesse chateado. Afinal, ele estava a fim de Sybill, não estava?, lembrou a si mesmo. Fora difícil ir até ali e esperar por Phillip, sabendo que ia ter que falar alguma coisa a respeito do que acontecera. Assim, disse a coisa mais importante que surgira em sua cabeça:

— Eu não queria fazer com que ela chorasse.

Merda, foi tudo o que Phillip conseguiu pensar, e vestiu a cueca, sabendo que não ia conseguir escapar da conversa.

— A culpa não foi sua. Ela estava predisposta a chorar, apenas isso.

— Acho que ela ficou muito pau da vida.

— Não, não ficou não. — Resignado a enfrentar aquilo, Phillip colocou o jeans. — Olhe... as mulheres já são difíceis de entender normalmente. Sob essas circunstâncias, então, fica ainda mais complicado.

— É, acho que sim. — Talvez Phillip não estivesse assim tão chateado, afinal. — Acho que eu me lembrei de alguns lances. — Seth olhou para as cicatrizes no peito de Phillip porque eram mais fácil de encarar do que seus olhos. E porque, ora, as cicatrizes dele eram muito legais! — De repente, ela ficou toda agitada e estressada por causa do papo e tudo o mais...

— Algumas não sabem o que fazer com os sentimentos — suspirou Phillip, sentando-se na cama ao lado de Seth, amargamente arrependido por ter tratado Sybill daquela forma, simplesmente por não saber o que fazer com os *próprios* sentimentos. — Elas choram, gritam ou saem correndo e se enfiam em algum canto. Ela gosta e se importa muito com você, mas não sabe exatamente o que fazer a respeito... ou o que *você* quer que ela faça a respeito.

— Eu também não sei. Ela... ela não é como Gloria — disse e sua voz aumentou de volume. — Ela é uma pessoa decente. Ray era decente também, e eu tenho... bem, eles são meus parentes, certo? Então eu tenho que...

A compreensão de tudo chegou depressa e fez com que o coração de Phillip se apertasse, e ele disse:

— Olhe, Seth... você tem os olhos do Ray. — Manteve a voz firme, sabendo que Seth acreditaria nele se falasse com jeitinho. — Seus olhos têm a mesma cor e o mesmo formato dos dele, mas possuem também algo que está muito além disso. Esse algo é o que Ray tinha de decente e honesto. Você também é muito inteligente, como Sybill. Você pensa, analisa, questiona, exatamente como ela. E, depois de tudo, tenta fazer o que é correto... o que é certo e íntegro. Eles dois existem dentro de você, Seth. — Empurrou o ombro do menino com o próprio ombro. — Isso é muito legal, hein?

— Sim. — O sorriso desabrochou em seu rosto. — Muito legal!

— Agora vamos vazar, senão a gente não consegue sair daqui hoje!

Phillip chegou ao galpão quase quarenta e cinco minutos depois de Cam, e esperava levar uma esculhambação por conta do atraso. Cam já estava usando a plaina e emalhetando mais um conjunto de tábuas. Bruce Springsteen berrava no rádio alguma coisa sobre seus dias de glória. Em sinal de defesa, Phillip baixou o volume. Na mesma hora, a cabeça de Cam apareceu por trás das tábuas.

— Não consigo ouvir a música por causa do barulho das ferramentas, a não ser que o rádio esteja alto.

— Nenhum de nós vai conseguir ouvir coisa alguma pelo resto da vida se você continuar arrebentando nossos tímpanos durante horas, todos os dias.

— O quê? Você disse alguma coisa?

— Rá-rá...

— Bem, parece que estamos todos de bom humor, não? — Cam esticou o braço e desligou o rádio de vez. — Então, como está Sybill?

— Não comece a me encher, Cam!

Cam virou a cabeça meio de lado e Seth ficou olhando de um para o outro, já sabendo o quanto era divertido ver uma briga entre os Quinn.

— Simplesmente fiz uma pergunta.

— Ela vai sobreviver — afirmou Phillip, afivelando o cinto de ferramentas. — Sei que preferia que ela tivesse fugido da cidade no primeiro trem que passasse, mas vai ter que se contentar com o fato de que eu a golpeei esta manhã, embora tenham sido golpes verbais e não físicos.

— Mas... por que fez isso?

— Porque ela me deixou furioso! — berrou Phillip. — Tudo isso me deixa muito furioso. Especialmente você!

— Certo, então pode tentar me golpear fisicamente, estou disponível no momento. Mas lembre-se de que eu só fiz uma pergunta! — Cam tirou uma das tábuas da plaina e a atirou longe sobre uma pilha, provocando um grande estrondo. — Ela já tinha levado um soco na boca do estômago ontem. Por que resolveu tornar a atingi-la hoje?

— Ora, você a está defendendo? — Phillip deu alguns passos na direção do irmão, até os dois ficarem cara a cara. — Está defendendo Sybill depois de toda a merda que jogou na minha cara por causa dela?

— Tenho olhos para ver, não tenho? E vi o rosto dela ontem. O que acha que eu sou, afinal? — Cutucou o peito de Phillip com o indicador. — Qualquer um que chuta uma mulher quando ela já está caída no chão, arrasada, merecia ter o pescoço torcido.

— Seu filho da pu... — O punho de Phillip já estava em pleno ar quando desistiu de atingir Cam. Bem que ele gostaria de uma boa troca de socos, especialmente pelo fato de Ethan não estar por perto para apartar a briga. O problema é que achava que *ele* era quem merecia ser espancado.

Abrindo a mão, flexionou os dedos enquanto se virara para tentar recobrar o controle. Viu Seth observando-o com os olhos sombrios e interessados, e reclamou com o menino:

— Você também... não comece!

— Eu não falei nada! — defendeu-se ele.

— Olhem, eu cuidei dela, certo? — Passou a mão pelos cabelos e olhou para os dois, tentando racionalizar o pensamento. — Deixei que ela chorasse tudo o que tinha para chorar, dei-lhe palmadinhas na mão, preparei-lhe um banho de banheira com água bem quente e, depois, a coloquei na cama. Fiquei com ela. Acho que consegui dormir pouco mais de uma hora a noite inteira, e estou me sentindo meio irritado, sacaram?

— Por que você gritou com ela? — quis saber Seth.

— Vou contar... — respirando fundo, apertou os olhos cansados com os dedos. — Hoje de manhã, ela me contou que Gloria ligou para ela. Ontem! Talvez eu tenha exagerado na reação, mas, droga, ela devia ter nos contado!

— O que ela queria? — Os lábios de Seth perderam a cor. Por instinto, Cam foi para junto dele e colocou a mão em seu ombro.

— Não permita que ela o assuste, garoto! Você já passou dessa fase. Qual foi o lance? — perguntou a Phillip.

— Não soube dos detalhes. Estava muito ocupado arrasando com Sybill por ela não ter me contado. Basicamente, Gloria queria grana. — Phillip desviou o rosto e continuou, olhando direto para Seth: — Sybill mandou

Gloria ir se catar. Disse que ela não ia conseguir grana nem nada do que quisesse, sem chance! Contou a ela que esteve com o advogado e estava fazendo de tudo para se assegurar de que Seth ficará onde já está.

— Sua tia não é mole não, garoto! — comentou Cam com naturalidade, apertando o ombro de Seth com camaradagem. — Ela tem muita coragem!

— Eu sei... — Seth se empinou um pouco. — Ela é legal!

— Em compensação, aquele seu irmão ali... — continuou Cam, apontando para Phillip — é um completo idiota. O resto de nós, porém, tem bom senso suficiente para sacar que Sybill não mencionou o telefonema porque era uma festa e ela não queria deixar ninguém chateado. Afinal, um garoto não faz onze anos todo dia.

— Então eu estraguei tudo — resmungou Phillip, pegando uma tábua e se preparando para martelar suas frustrações com muita raiva e pregos. — Mas podem deixar que eu mesmo conserto.

Sybill também precisava consertar algumas coisas. Levou a maior parte do dia para reunir coragem e planejar tudo. Estacionou na calçada dos Quinn pouco depois das quatro da tarde, e ficou aliviada ao ver que o jipe de Phillip não estava ali.

Ele ia ficar trabalhando no galpão por mais uma hora pelo menos, calculou. Seth estaria com ele. Como era noite de sábado, ainda iam, provavelmente, parar a caminho de casa para comprar comida para viagem.

Era o padrão deles, e ela conhecia suas rotinas, mesmo que, muitas vezes, não conseguisse se conectar por completo com o grupo.

Ficava sempre a dez passos de distância, lembrou, e se sentiu novamente magoada.

Chateada, ordenou a si mesma que saltasse do carro. Ia fazer o que decidira. Não ia levar mais de quinze minutos para se desculpar com Anna e ter suas desculpas aceitas, pelo menos externamente. Contaria tudo sobre o telefonema de Gloria, em detalhes, para que o fato pudesse ser documentado. Depois, iria embora.

Estaria de volta ao hotel, enterrada em seu trabalho, muito antes de Phillip voltar para casa.

Bateu com força na porta.

— Está aberta! — veio a resposta lá de dentro. — Prefiro me matar a me levantar daqui para atender!

Com cautela, Sybill colocou a mão na maçaneta, hesitou por um segundo e, então, abriu a porta. Tudo o que conseguiu fazer foi olhar com os olhos arregalados.

A sala de estar dos Quinn, normalmente cheia de móveis, objetos, e muito movimento, naquele instante, parecia ter sido invadida por um pelotão de duendes ensandecidos.

Pratos de papel e copos de plástico, vários deles derramados ou transbordando, emporcalhavam o chão da sala e as mesas. Pequenos homenzinhos de plástico jaziam espalhados por toda parte como se uma batalha tivesse acabado de acontecer, e as vítimas eram muitas! Obviamente, também vários acidentes haviam ocorrido com carrinhos e caminhões de brinquedo. Pedaços de papel de presente estavam picados, mais parecendo confete depois de uma festa de réveillon particularmente selvagem.

Esparramada sobre uma poltrona, avaliando os danos, estava Anna. Seus cabelos estavam despenteados sobre o rosto e ela parecia muito pálida.

— Ah, que ótimo! — resmungou ela, apertando os olhos e olhando para Sybill com ar acusador. —Agora é que ela aparece!

— De-desculpe? — disse Sybill, sem entender.

— É fácil pedir desculpas... acabei de passar duas horas e meia lutando corpo a corpo com meninos de onze anos. Não... não eram meninos — corrigiu-se, falando entre dentes. — Eram animais... feras! Descendentes de Satã! Acabei de dispensar Grace, ordenando-lhe que fosse para casa deitar imediatamente a fim de descansar. Meu receio é que esta experiência aterrorizante faça mal para o bebê. Ela pode dar à luz um ser mutante...

A festa das crianças, lembrou-se Sybill, ainda com os olhos espantados olhando em volta da sala. Ela se esquecera por completo.

— A festa já acabou?

— Não, jamais vai acabar! Tenho certeza de que vou acordar à noite com pesadelos pelo resto da vida, gritando de pavor, até que eles sejam obrigados a me colocar em uma sala acolchoada. Estou com sorvete nos cabelos. Tem uma espécie de... massa gosmenta na mesa da cozinha. Estou com medo de entrar lá, acho que ela está se mexendo. Três meninos conseguiram cair dentro d'água e tiveram que ser resgatados e devidamente secados. Provavelmente, vão pegar pneumonia e seremos processados. Uma das estranhas criaturas que vieram disfarçadas de menino comeu sessenta e cinco pedaços de bolo. Depois, foi direto para o interior do meu carro, eu nem vi, eles são velozes como relâmpagos, e conseguiu vomitar tudo lá dentro.

— Minha nossa! — Sybill sabia que não era para rir. Ficou chocada ao perceber que os músculos de seu estômago estavam tendo problemas para evitar uma gargalhada. — Sinto muito. Será que eu não posso ajudar você a... limpar as coisas?

— Não, não vamos tocar em nada! Aqueles homens... você sabe, o sujeito que se diz meu marido e seus irmãos idiotas... são eles que vão limpar tudo! Vão esfregar, limpar, enxaguar e remover os escombros. São eles que vão fazer tudo. Eles sabiam... — disse, com tom de crueldade — sabiam o que significava uma festa para um menino de onze anos. Eu, no entanto... como é que eu podia saber? Mas eles sabiam... sabiam sim! E se esconderam naquele galpão, dando as desculpas de sempre, falando que o serviço está atrasado. E me deixaram sozinha... só eu e Grace para encarar esta tarefa indescritível. — Fechou os olhos. — Ah, você não imagina o horror de tudo o que houve aqui!

Anna continuou calada por mais um momento, ainda com os olhos fechados, e então continuou:

— Vá em frente! Pode rir! Estou cansada demais para me levantar e lhe dar uma surra de cinto.

— Você trabalhou tanto para preparar tudo isso para Seth...

— E ele nunca se divertiu tanto na vida! — Os lábios de Anna se curvaram em um sorriso e seus olhos se abriram. — Bem, já que eu decidi colocar Cam e os irmãos para limparem tudo, estou me sentindo ótima a respeito da festa. E você, como está?

— Estou bem. Vim aqui para pedir desculpas por ontem à noite.

— Pedir desculpas pelo quê?

A pergunta a pegou de surpresa. Já estava atrasada no horário que definira, pensou, pois se distraíra com o caos e o monólogo engraçado de Anna. Pigarreando, Sybill respondeu:

— Pedir desculpas por ontem à noite, foi muita falta de educação sair daquele jeito, sem me despedir nem agradecer pela...

— Sybill, estou cansada demais para ficar aqui ouvindo bobagens. Você não foi mal-educada, não há nada pelo que se desculpar, e vou acabar ficando irritada se continuar batendo nessa tecla. Sei que ficou abalada e tinha todo o direito de ficar.

Isso desmontou todo o discurso que Sybill preparara com tanto cuidado.

— Honestamente, não compreendo por que as pessoas desta família não ouvem, muito menos aceitam desculpas sinceras por um tipo de comportamento lamentável como o meu.

— Caramba, esse deve ser o tom de voz que você usa em suas palestras — observou Anna, com admiração. — A plateia deve ficar hipnotizada. Enfim, respondendo à sua pergunta, imagino que somos desse jeito porque, no fundo, curtimos muito o que poderia ser rotulado como "comportamento lamentável". Poderia convidá-la a se sentar, mas suas calças são maravilhosas e eu não tenho ideia do tipo de surpresas nojentas que podem estar à espreita em uma das almofadas do sofá e das poltronas.

— Eu não pretendo ficar...

— Você não conseguiu ver seu rosto — disse Anna com carinho — quando Seth olhou para você e disse que *se lembrava* de tudo. Mas eu observei, Sybill. Pude perceber que o que a trouxe até aqui foi muito mais do que o senso de dever ou responsabilidade, ou uma valente tentativa de fazer o que era certo. Quando Gloria o levou embora, há seis anos, deve ter sido um golpe terrível para você.

— Não posso passar por aquilo de novo. — A fisgada das lágrimas atingiu-a por trás dos olhos. — Simplesmente não posso...

— Mas você não tem que fazer isso — murmurou Anna. — Só quero que saiba que eu a compreendo. Em meu trabalho, vejo pessoas muito magoadas. Mulheres agredidas, crianças vítimas de abuso, homens que estão no fim de suas forças, além dos idosos que as pessoas descartam de forma tão casual. Eu me importo, Sybill. Eu me importo com cada um deles que vem até mim em busca de ajuda.

"Para poder ajudá-los, no entanto — continuou ela, soltando um suspiro e massageando os dedos — tenho que me segurar, me manter à distância, não me envolver demais, ser objetiva, realista e prática. Se eu lançar toda a minha emoção em cada um dos casos que passam pela minha mesa, não poderei fazer o meu trabalho. Vou pirar, meus fusíveis vão queimar. Compreendo a necessidade de se manter uma certa distância, por uma questão de autopreservação."

— Sim... — A dolorosa tensão foi desaparecendo dos ombros de Sybill.

— É claro que você entende.

— Foi diferente no caso de Seth — voltou Anna. — Desde o primeiro instante, tudo no caso dele me atraiu. Não conseguia impedir. Tentei, mas não consegui. Já pensei muito a respeito do assunto e acredito, sinceramente, que meus sentimentos por ele já estavam lá, simplesmente lá, antes mesmo de conhecê-lo. Estava escrito que íamos ser parte da vida um do outro. Estava escrito que ele ia fazer parte desta família e estava escrito que esta seria a *minha* família.

Arriscando-se a enfrentar as consequências, Sybill relaxou e se sentou no braço do sofá.

— Eu queria lhe dizer, Anna... que você foi tão boa com ele. Você e Grace. Vocês duas foram tão boas com ele... o relacionamento que Seth desenvolveu com os irmãos foi maravilhoso e isso foi vital para ele. Uma forte influência masculina é importante para um menino. Mas a influência feminina que você e Grace tiveram sobre ele é igualmente vital.

— Você tem algo a dar a Seth também. Ele está lá fora — disse-lhe Anna —, babando em cima do barco novo.

— Não quero incomodá-lo. Realmente preciso ir embora.

— Fugir ontem à noite foi compreensível e aceitável. — O olhar de Anna era direto, fixo e desafiador. — Fugir agora, não...

— Você deve ser muito boa em seu trabalho — disse Sybill, depois de um instante.

— Sou ótima! Vá lá conversar com ele. Se eu conseguir me levantar dessa poltrona nas próximas horas, prometo preparar um pouco de café.

Não foi fácil. Por outro lado, Sybill imaginava que não era mesmo para ser fácil caminhar pelo gramado em direção ao menino que estava sentado no lindo barco, obviamente sonhando com passeios sobre as águas a toda a velocidade.

Bobalhão a viu primeiro e, alerta, correu em sua direção, latindo alto. Ela se espremeu toda e espalmou a mão, esperando, com isso, mantê-lo afastado. O cão, porém, colocou a cabeça sob a mão estendida, transformando o gesto defensivo em carinho.

Seu pelo era tão macio e quente, seus olhos tão adoráveis e seu focinho tão adequadamente tolo que ela relaxou e sorriu.

— Você é mesmo um bobão, não é?

Ele se sentou, estendendo-lhe a pata até ela pegá-la e cumprimentá-lo. Satisfeito, correu de volta para o barco, onde Seth observava tudo e esperava.

— Oi! — disse ele, continuando onde estava, puxando as cordas e fazendo com que a pequena vela triangular se enfunasse.

— Olá. Já saiu com o seu novo barco?

— Não. Anna não deixou que eu e meus amigos saíssemos com ele. — Levantou um ombro. — Até parece que alguém podia se afogar ou algo assim.

— Mas vocês se divertiram muito na festa...

— Foi legal. Anna ficou meio pu... — Parou de falar e olhou na direção da casa. Ela detestava quando ele falava palavrões. — Anna ficou meio chateada porque Jake vomitou no carro dela, então achei que era melhor ficar aqui fora até ela se acalmar.

— Isso foi, provavelmente, o mais sensato a fazer.

Nesse ponto, o silêncio caiu entre eles, meio pesado, e os dois ficaram olhando para a água, pensando no que dizer em seguida.

— Seth, eu acabei não me despedindo de você ontem à noite — disse Sybill, cruzando os braços com força, como para se proteger. — Não devia ter ido embora daquele jeito.

— Está tudo bem. — Tornou a encolher os ombros.

— Não imaginei que você conseguisse se lembrar de mim... ou de alguma coisa do período que passou comigo em Nova York.

— Eu achava que havia imaginado tudo aquilo. — Era muito difícil ficar sentado dentro do barco e olhar para ela de longe. Resolveu sair e se sentou na ponta do cais, com as pernas balançando. — Às vezes, eu sonhava com algumas daquelas coisas... como o cachorro de pelúcia e os objetos.

— O cãozinho se chamava *Seu* — murmurou ela.

— Eu lembro... um nome bem idiota. Gloria não falava de você nem de nada, então achei que eu tinha inventado tudo aquilo.

— Às vezes... — Ela resolveu se arriscar e se sentou ao lado dele. — Às vezes, também acontecia o mesmo comigo, como se nada daquilo tivesse acontecido... mas ainda tenho o cãozinho.

— Você o guardou?

— Era tudo o que me restava de você. Você era importante para mim. Sei que pode não parecer dito assim, depois de tanto tempo, mas você era. Não queria que fosse tão importante para mim daquele jeito.

— Por que eu era filho dela?

— Em parte, sim. — Ela precisava ser honesta, devia isso ao menino.
— Ela nunca foi uma pessoa agradável, Seth. Havia algo muito distorcido dentro dela. Parecia que não conseguia ser feliz, a não ser que as pessoas ao redor dela fossem infelizes. Eu não a queria de volta em minha vida. Planejara dar-lhe apenas um ou dois dias, e então ia arranjar tudo para que vocês dois fossem encaminhados para um abrigo. Desse jeito, eu poderia cumprir minha obrigação de irmã e proteger meu estilo de vida ao mesmo tempo.

— Mas você não fez isso.

— No início, comecei a dar desculpas para mim mesma. Só mais uma noite... por fim, admiti que estava permitindo que ela ficasse porque queria que *você* ficasse. Se conseguisse um emprego para ela, ajudasse a alugar um apartamento e reconstruísse a sua vida, poderia me manter perto de você. Eu jamais havia sentido... você foi o...

Ordenando a si mesma a inspirar calma e profundamente, simplesmente falou:

— Você me amava, Seth. Foi a primeira pessoa em toda a minha vida que me amou. Eu não queria perder aquilo. E quando isso acabou acontecendo, eu recuei, assustada, me colocando de volta no lugar em que estava antes de vocês aparecerem. Pensei muito mais em mim do que em você. Gostaria de compensar isso um pouco agora, pensando no que é melhor para você.

Seth desviou os olhos dela e os fixou nos pés que balançava para a frente e para trás sobre a água.

— Phillip me contou que ela telefonou e você a mandou à merda.

— Não precisamente com essas palavras.

— Mas foi o que quis dizer, certo?

— Acho que sim — e quase sorriu ao confirmar: — Sim!

— Vocês duas têm a mesma mãe, não é? Mas são filhas de pais diferentes.

— Sim, isso mesmo.

— Sabe quem era o meu pai?

— Não, eu não o conheci.

— Não, estou perguntando se ao menos sabe quem ele era. Ela vivia inventando nomes diferentes para ele, caras diferentes e um monte de merda... Um monte de outras coisas — corrigiu-se. — Estava só querendo saber dele, apenas isso.

— Tudo o que sei é que o nome dele era Jeremy DeLauter. Eles não ficaram casados por muito tempo, de forma que...

— Casados? — Seu olhar voltou para ela. — Gloria jamais foi casada. Falou isso só para enrolar você.

— Não, eu vi a certidão de casamento. Ela a trouxe quando apareceu em minha casa, em Nova York. Achou que eu poderia ajudá-la a rastrear seu pai, a fim de processá-lo, exigindo pensão.

— Talvez... — Seth considerou a informação por um momento, absorvendo a possibilidade. — Mas isso não importa. Eu achava que ela havia simplesmente escolhido o nome de um cara daqueles com quem vivia por algum tempo. Se ele chegou a se casar com ela, devia ser um perdedor, um tremendo mané!

— Eu poderia fazer uma pesquisa para procurar por ele. Estou certa de que conseguiríamos localizá-lo, mas isso talvez leve algum tempo.

— Não, não quero nada disso. — Não havia pânico em sua voz, apenas desinteresse. — Estava só querendo saber se você o conhecia. Tenho uma família agora. — Levantou a mão, Bobalhão se aninhou sob seu braço e o menino agarrou-se ao pescoço dele.

— Sim, você tem uma família. — Com uma dorzinha no coração, ela começou a se levantar. Hesitou um pouco, e seu olhar foi atraído por uma forma branca no céu. Viu a garça alçar voo, brilhando sobre as águas, bem junto das árvores. Então desapareceu na curva do canal, deixando apenas a lembrança de sua presença no ar.

Que coisa linda!, pensou Sybill. Que lugar lindo! Um porto seguro para almas atribuladas, para menininhos que simplesmente precisavam de uma chance para se tornarem homens. Talvez ela não pudesse agradecer a Ray e Stella Quinn pelo que eles haviam feito, mas poderia mostrar sua gratidão deixando que seus filhos terminassem o trabalho iniciado com Seth.

— Bem, é melhor eu ir andando.

— O material de pintura e desenho que você me deu é o máximo!

— Fico feliz por ter gostado. Você tem muito talento.

— Eu até brinquei um pouco com o grafite de pintura ontem à noite.

— Ah, foi? — perguntou ela, depois de uma leve hesitação.

— Não estou conseguindo trabalhar direito com ele. — Virou o rosto para olhar de frente para ela. — É muito diferente do lápis de cor. Talvez você pudesse me ensinar como fazer.

Sybill olhou para a água, pois sabia que ele não estava pedindo. Estava oferecendo. Agora, pelo visto, ela estava recebendo uma chance e uma escolha.

— Sim, eu poderia mostrar a você como se faz.

— Agora?

— Sim — repetiu e se esforçou para manter a voz firme. — Poderia mostrar agora mesmo.

— Que legal!

Capítulo Dezenove

Tudo bem, ele fora um pouco duro com ela, disse Phillip a si mesmo. Talvez achasse que era dever dela ter lhe contado de imediato que Gloria entrara em contato. Com festa ou sem festa, ela poderia tê-lo levado para um canto, a fim de contar-lhe tudo. De qualquer modo, ele não deveria ter pulado em cima dela daquele jeito para logo depois ir embora.

Mesmo assim, em defesa própria, ele se sentira magoado, chateado e confuso. Passara a primeira parte da noite preocupado com ela, e a segunda parte preocupado consigo mesmo. Como poderia se sentir feliz sabendo que ela conseguira derrubar suas defesas? Como poderia pular de alegria sabendo que em questão de poucas semanas ela conseguira abrir um buraco na armadura tão bem polida que ele conseguira manter por mais de trinta anos com tanta perícia?

Não, ele não ia cair naquela...

Estava disposto a admitir, porém, que não procedera da forma adequada com ela. Estava até mesmo disposto a lhe fazer uma oferta de paz sob a forma de um champanhe da melhor safra, além de rosas de cabo longo.

Preparara a cesta pessoalmente. Colocara duas garrafas de Dom Pérignon, bem geladas, e duas taças de cristal. Afinal, não queria insultar aquele brilhante monge francês com copos de hotel. Além disso, levava o caviar beluga que escondera para uma ocasião como aquela dentro de uma embalagem vazia de iogurte desnatado, sabendo muito bem que ninguém na casa tocaria no pote.

Já imaginara o lugar exato do quarto onde faria o brinde e escolhera as rosas-chá, bem como um vaso para colocá-las com todo o cuidado.

Achava que Sybill talvez oferecesse um pouco de resistência à visita. De qualquer modo, não faria mal pavimentar o caminho com champanhe e flores. Além do mais, já que pretendia fazer algumas sondagens, aquilo tudo poderia ajudar. Pretendia deixá-la à vontade, solta, decidiu. Conversar com ela e, mais do que isso, fazer com que ela falasse o que desejasse. Não iria embora sem conseguir uma visão mais clara e focada sobre quem era Sybill Griffin.

Bateu alegremente na porta. Esse ia ser o seu modo de aproximação: casual e descontraído. Lançou um sorriso curto e charmoso para o olho mágico ao ouvir passos e reparou na vaga sombra que surgiu atrás da lente.

E continuou ali, ouvindo os passos que iam desaparecendo a distância.

Tudo bem, talvez ela estivesse um pouco mais resistente do que esperava, concluiu, e tornou a bater.

— Qual é, Sybill, sei que você está aí, quero conversar...

O silêncio, descobriu, não precisava ser vazio. Podia se apresentar coberto de gelo.

Muito bem, pensou, olhando com cara feia para a porta. Então ela queria fazer as coisas do jeito mais difícil...

Colocou a cesta no chão, do lado de fora da porta, voltou pelo corredor até as escadas e começou a descer. Para fazer o que tinha em mente, era melhor não ser visto saindo pelo saguão do hotel.

— Você a deixou revoltada de verdade, não foi? — comentou Ray, enquanto descia as escadas ao lado do filho.

— Ai, meu Cristo! — exclamou Phillip, olhando para o rosto do pai. — Da próxima vez, por que não me dá uma paulada na cabeça? Seria menos embaraçoso do que morrer de infarto na minha idade.

— Ora, mas o seu coração é muito forte! Quer dizer que ela não está falando com você?

— Mas vai falar! — disse Phillip com um tom sombrio.

— Está querendo suborná-la com champanhe? — Ray levantou o polegar, apontando para trás por cima do ombro.

— Funciona.

— As flores também foram um toque simpático. Eu, normalmente, tentava me reaproximar de sua mãe com flores quando pisava na bola. Era ainda mais fácil quando eu me humilhava.

— Não estou me humilhando! — Nesse ponto, ele estava firme. — O que aconteceu foi culpa tanto dela quanto minha.

— A culpa nunca é tanto delas quanto nossa — disse Ray com uma piscadela. — Quanto mais cedo você aceitar esse fato, mais depressa vai conseguir voltar ao sexo.

— Nossa, papai! — Tudo o que Phillip conseguiu fazer foi passar a mão pelo rosto. — Não vou começar a conversar com o senhor a respeito de sexo.

— E por que não, ora? Não seria a primeira vez. — Suspirou ao chegar ao primeiro andar. — Pelo que me lembro, sua mãe e eu conversávamos muito com você, e de forma bem direta, sobre sexo. Também fomos nós que lhe demos as primeiras camisinhas.

— Isso foi naquela época — resmungou Phillip. — Agora, eu já peguei jeito para a coisa.

— Aposto que sim! — Ray, deliciado com aquilo, soltou uma gargalhada forte. — Lembre-se, porém, de que sexo não é o aspecto principal do que está acontecendo aqui. Sempre é um motivo importante — acrescentou. — Somos homens, não há como evitar. Apesar disso, a dama que está lá em cima o está deixando muito preocupado pelo fato de a coisa não se tratar apenas de sexo. Trata-se de amor.

— Não estou apaixonado por ela, exatamente... estou apenas... envolvido.

— Esse negócio de amor sempre foi muito duro para você encarar. — Ray saiu pelos fundos do prédio, no vento da noite, e fechou o zíper da jaqueta muito usada que vestia junto com o jeans. — Isto é, duro de encarar quando se tratava de mulheres. Sempre que a coisa começava a ficar séria demais, você fugia depressa na direção oposta. — Sorriu para Phillip. — Pelo jeito, dessa vez você está correndo direto pro abraço.

— É que ela é tia de Seth! — Uma sensação de irritação começou a subir pela sua espinha e apertar-lhe a nuca enquanto caminhava em torno do edifício. — Se ela vai ser parte da vida dele, das nossas vidas, preciso compreendê-la.

— Sim, Seth é uma parte disso. Mas você a atacou verbalmente hoje de manhã porque estava apavorado.

Phillip parou, abriu um pouco as pernas e flexionou os ombros enquanto olhava para o rosto de Ray.

— Olhe, em primeiro lugar, não acredito que esteja aqui discutindo com o senhor. Em segundo lugar, acaba de me ocorrer que o senhor era muito melhor nessa história de me deixar cuidar da própria vida no tempo em que estava vivo.

— Bem — ele simplesmente sorriu —, é que agora eu tenho o que você poderia chamar de uma visão mais ampla das coisas. Quero que seja feliz, Phil. Não vou embora enquanto não me certificar de que as pessoas com quem me importo estão felizes. Tirando isso, já estou pronto para ir — disse baixinho —, para ficar com sua mãe.

— O senhor já... vocês já... como ela está?

— Está me esperando. — Um brilho surgiu no rosto de Ray e em seus olhos. — E você sabe que ela nunca foi o tipo de mulher que gosta de esperar.

— Sinto tanta falta dela...

— Eu sei. Eu também sinto... e ela ficaria orgulhosa, e talvez um pouco irritada, ao saber que, por baixo de tudo, você jamais aceitaria se ligar a uma mulher que não fosse exatamente o tipo de mulher que sua mãe era.

Abalado ao ouvir aquilo, porque era verdade, um segredo que ele mantinha cuidadosamente trancado no coração, Phillip olhou para o pai, dizendo:

— Não se trata disso. Pelo menos, não se trata *apenas* disso.

— Mas é parte da história, pelo menos — concordou Ray com a cabeça. — Você tem que encontrar seu próprio caminho, Phil, e segui-lo. Já está conseguindo chegar lá. Fez um grande trabalho com Seth hoje, e ela também — completou, olhando para cima, para a janela acesa do quarto de Sybill. — Vocês formam uma grande dupla, mesmo quando estão seguindo em direções opostas. Isso acontece porque os dois se importam com Seth, mais do que conseguem alcançar.

— O senhor sabia que ele era seu neto?

— Não. Pelo menos, a princípio. — Suspirou. — Quando Gloria me encontrou, jogou-me tudo na cara de uma vez só. Jamais soubera a respeito dela e, de repente, ali estava aquela mulher, gritando, xingando, acusando, exigindo. Não consegui acalmá-la, não consegui que as coisas se encaixassem na minha cabeça nem que fizessem algum sentido. Logo em seguida, ela já estava procurando o reitor com aquela história de eu tê-la molestado. É uma jovem muito problemática...

— É uma peste, uma vadia!

— Se ao menos eu tivesse tomado conhecimento de sua existência mais cedo... — Ray simplesmente encolheu os ombros. — Bem, o que está feito está feito! Não consegui salvar Gloria, mas podia salvar Seth. Bastou dar uma olhada nele para eu saber. Então, paguei a ela. Talvez isso não fosse o certo a fazer naquele momento, mas o menino precisava de mim. Levei semanas para conseguir localizar Barbara. Tudo o que queria dela era uma confirmação para aquela história. Escrevi para ela três vezes. Cheguei a telefonar para Paris, mas ela não queria me atender. Ainda estava tentando resolver o assunto quando sofri o acidente. Uma burrice! — admitiu. — Deixei-me abalar por Gloria. Estava chateado, zangado com ela, comigo mesmo, com tudo... estava preocupado com Seth, se vocês iriam aceitá-lo quando eu lhes explicasse a história. Estava correndo demais na estrada, não prestei atenção... bem... é isso!

— Teríamos ficado do seu lado, nós o teríamos apoiado.

— Eu sei. Por algum tempo, me esqueci disso, foi burrice minha. Stella se fora, vocês três tinham as próprias vidas, eu me deixei envolver pelo problema e me esqueci. Vocês estão apoiando Seth agora, e isso é o mais importante.

— Estamos quase lá... com Sybill do nosso lado e com o peso de sua voz a favor de Seth, a guarda permanente estará garantida.

— Ela não está colocando apenas o peso de sua voz, e ainda vai ajudar mais. É mais forte do que ela acredita. É mais forte do que todos vocês imaginam.

Com uma leve mudança no tom de voz, Ray estalou a língua e balançou a cabeça, dizendo:

— Acho que você vai subir até lá, não é?

— Esse é o plano.

— Estou vendo que jamais perdeu essa habilidade nefasta. Talvez, dessa vez, lhe sirva para alguma coisa boa. Aquela garota bem que precisa de novas surpresas na vida. — E tornou a piscar o olho. — Tenha cuidado!

— O senhor não vai subir também, vai?

— Não! — Ray deu um tapa carinhoso no ombro do filho e soltou uma gargalhada gostosa. — Tem coisas que um pai não precisa ver.

— Ótimo! Mas já que o senhor está aqui, bem que podia me dar uma mãozinha, só para me ajudar a alcançar a primeira varanda.

— Claro! Não vão poder me prender mesmo, não é verdade?

Ray colocou as mãos em concha, dando um empurrãozinho no pé de Phillip, e em seguida deu um passo para trás, a fim de observá-lo dar início à escalada. Enquanto olhava o filho, sorriu.

— Vou sentir falta de você, meu filho — disse baixinho e desapareceu por entre as sombras.

* * *

Na sala adjacente à suíte, Sybill estava totalmente concentrada no trabalho. Não dava a mínima para o fato de que havia sido um ato de pirraça, um comportamento pouco razoável, ignorar a batida de Phillip. Ela, porém, já passara por agitações emocionais suficientes para um fim de semana. Apesar disso, ele desistira depressa demais, não?

Ouvindo o vento que fustigava as janelas, cerrou os dentes e continuou a digitar com força no teclado.

A importância das novidades internas parece ser maior dos que as externas. Apesar do fato de a televisão, os jornais e outras fontes de informação estarem prontamente disponíveis nas pequenas comunidades, tanto quanto nas áreas urbanas maiores, as ações e o envolvimento com o vizinho assumem uma influência maior quando a população do local é limitada.

As informações são passadas adiante, com vários graus de precisão, de boca em boca. A fofoca é uma forma aceita de comunicação. E a rede de mexericos é admiravelmente forte e eficiente.

A desatenção, ou seja, fingir que não se está ouvindo uma conversa particular em um local público, não tem tanta importância em uma comunidade pequena quanto em uma cidade grande. Entretanto, em áreas de transição, tais como hotéis, fingir não prestar atenção à vida alheia permanece como um aceitável e consistente padrão de comportamento. Poderíamos concluir, a partir disso, que a razão para tal fato é a circulação regular, com idas e vindas de pessoas de fora nesse tipo de área. A atenção aberta e sem disfarces é notada, no entanto, em outros locais, tais como

Seu dedo petrificou e seu queixo caiu no momento em que viu Phillip abrir a porta de correr da varanda e entrar na sala.

— Mas como...

— As trancas dessas portas são patéticas — comentou ele. Indo direto à porta da frente, abriu-a e pegou a cesta e o vaso de flores que deixara do lado de fora. — Imaginei que podia me arriscar a deixar isso no corredor. Não temos muitos ladrões por aqui. Talvez você queira acrescentar esta informação às suas anotações. — Colocou o vaso de flores sobre a mesa em que ela trabalhava.

— Você escalou o prédio pelo lado de fora? — Sybill não conseguia tirar os olhos dele, perplexa.

— Foi, e o vento está bravo! — Abrindo a cesta, pegou a primeira garrafa. — Bem que eu preciso de um champanhe... e quanto a você?

— Você subiu pelas paredes?

— Ora, já estabelecemos esse fato, não? — Tirou a rolha com habilidade, provocando um espocar discreto e abafado.

— Você não pode — ela começou a gesticular com força — simplesmente entrar aqui desse jeito e abrir um champanhe.

— Pois acabei de fazer isso. — Serviu duas taças e descobriu que não fazia mal algum a seu ego vê-la olhando com aquele ar espantado para ele. — Sinto muito pelo que aconteceu hoje de manhã, Sybill. — Sorrindo, ofereceu-lhe uma das taças. — Estava me sentindo muito perturbado e descontei em você.

— Então, para se desculpar, você invade o meu quarto.

— Não quebrei nada para entrar. Além do mais, você não ia abrir a porta mesmo, as flores queriam entrar... e eu também. Vamos fazer as pazes? — propôs e esperou.

Ele escalara o prédio por fora! Ela ainda não conseguira digerir a ideia. Ninguém jamais cometera um ato assim tão corajoso e tolo por ela. Olhando para ele, para aqueles olhos dourados de anjo, sentiu que estava começando a amolecer.

— Tenho trabalho a fazer — avisou.

— E eu tenho caviar beluga — rebateu ele, sorrindo, pois percebeu a capitulação dela.

Tamborilando com os dedos sobre o apoio para os punhos em seu teclado, ela disse:

— Flores, champanhe, caviar. Você normalmente vai assim tão bem equipado quando invade domicílios?

— Só quando pretendo pedir desculpas e me colocar à mercê de uma linda mulher. Há alguma misericórdia por mim em seu coração, Sybill?

— Imagino que haja. Não ia esconder o telefonema de Gloria de você, Phillip.

— Sei que não. Acredite, mesmo que não tivesse descoberto isso por mim mesmo, Cam teria aberto a minha cabeça para colocar isso lá dentro hoje de manhã.

— Cam... — disse e piscou, um pouco chocada. — Ele não gosta de mim.

— Está enganada. Ele estava muito preocupado com você. Será que eu consigo persuadi-la a fazer uma pausa no trabalho?

— Consegue. — Salvando o arquivo em que trabalhava, desligou o computador. — Fico feliz por não estarmos mais zangados um com o outro, pois isso só serve para complicar as coisas. Estive com Seth agora à tarde.

— Eu soube.

— Você e seus irmãos limparam a casa? — Aceitou o champanhe, provando-o.

— Não quero falar a respeito disso — reagiu ele, lançando-lhe um olhar de dor e sofrimento. Vou ter pesadelos com aquilo se começar a lembrar. — Pegando-a pela mão, levou-a até o sofá. — Vamos conversar a respeito de alguma coisa menos assustadora. Seth me mostrou o esboço do barco que ele fez em grafite com a sua ajuda.

— Ele é muito talentoso. E aprende as coisas com tanta rapidez... Presta atenção de verdade, ouve o que a gente diz. Tem um olho fantástico para detalhes e perspectivas.

— Vi também o outro esboço que você fez, da casa. — De forma casual, Phillip se inclinou na direção dela e completou a taça que estava em sua mão. Você também é muito talentosa. Fico surpreso por não ter escolhido a arte por profissão.

— Tive muitas aulas quando era menina... arte, música, dança. Também fiz alguns cursos na faculdade. — Imensamente aliviada por não estarem mais às turras, ela se recostou e curtiu o champanhe. — Não foi nada que levasse a sério. Sempre soube que ia enveredar pela psicologia.

— Sempre?

— Mais ou menos. O mundo das artes não é para pessoas como eu.

— Por quê?

A pergunta a deixou meio confusa e ela levantou a guarda.

— Não era prático. Você mencionou caviar beluga?

Pronto, pensou ele. O primeiro recuo da noite. Ele ia ter que contornar aquilo para chegar a ela.

— Hum-hum... — confirmou, pegando a embalagem na cesta, a caixinha de torradas e completando a taça de Sybill. — Que instrumento você toca?

— Piano.

— É mesmo? Eu também! — Lançou-lhe um sorriso descontraído. — Vamos ter que ensaiar um dueto. Meus pais amavam música. Todos nós tocamos um instrumento.

— É muito importante que uma criança aprenda a apreciar música.

— Claro, e é divertido. — Espalhando o caviar sobre uma torrada, ele ofereceu a ela. — Às vezes, nós cinco passávamos a noite inteira de um sábado tocando juntos.

— Vocês tocavam todos juntos? Isso é fantástico. Eu sempre odiei tocar qualquer coisa na frente das pessoas. É tão fácil a gente cometer erros...

— E daí se você errar? Ninguém vai cortar seus dedos só porque tocou uma nota errada.

— Minha mãe ficaria arrasada, e isso seria muito pior do que... — Parou de falar, franziu a testa olhando para a taça e tentou colocá-la de lado. Phillip se moveu com suavidade e tornou a enchê-la.

— Minha mãe adorava tocar piano — disse Phillip. — Foi por isso que eu escolhi esse instrumento. Queria compartilhar alguma coisa com ela especificamente, pois estava completamente apaixonado. Todos nós estávamos, mas, para mim, ela representava tudo o que existe de forte, correto e bom nas mulheres. Queria que ela se orgulhasse de mim. Sempre que conseguia isso, sempre que eu notava o orgulho em seus olhos ou ela me contava dele, sentia o mais fantástico dos sentimentos.

— Algumas pessoas lutam a vida inteira para conseguir a aprovação dos pais, e jamais chegam perto de conseguir que eles se orgulhem delas. — Havia algo amargo e frio em seu tom de voz. Ela mesma percebeu e conseguiu soltar uma gargalhada fraca. — Estou bebendo demais. Já estou com a cabeça leve.

— Mas está entre amigos... — Deliberadamente, tornou a encher sua taça.

— Ingerir álcool em excesso, mesmo álcool da melhor qualidade, é sempre um abuso.

— Ingerir álcool em excesso *regularmente* é um abuso — corrigiu ele. — Alguma vez, você ficou bêbada, Sybill?

— Claro que não.

— Pois está mais do que na hora. — Brindou com ela. — Conte-me sobre a primeira vez em que experimentou champanhe.

— Não me lembro. Normalmente, nos serviam vinho com água e um pouco de açúcar quando éramos pequenas. Era importante que aprendêssemos a apreciar os vinhos mais apropriados, a forma como eram servidos, o que comer com eles, a taça certa para o tinto, a mais correta para o branco. Acho que eu conseguia organizar um jantar formal para vinte pessoas antes dos doze anos.

— Sério?

— Essa é uma habilidade importante. — Riu um pouco, deixando o champanhe subir-lhe à cabeça. — Consegue imaginar o horror se a distribuição dos lugares à mesa der errado? Ou se um vinho inferior for servido com a refeição principal? Teremos uma noite arruinada e uma reputação em farrapos. As pessoas podem até esperar um certo nível de tédio nessas reuniões, mas jamais um Merlot abaixo dos padrões aceitáveis.

— Você frequentou muitos jantares formais?

— E como! A princípio, alguns jantares menores, que poderiam ser descritos como "treino", sempre com meus pais apenas, até que me considerassem pronta. Quando completei dezesseis anos, minha mãe ofereceu um jantar grande e muito importante para o embaixador francês e sua mulher. Essa foi minha primeira aparição na sociedade. Estava apavorada.

— Não treinara o suficiente?

— Não foi isso... eu praticara bastante, foram horas de instruções a respeito do protocolo. É que simplesmente eu era terrivelmente tímida.

— Era?! — murmurou, colocando o cabelo dela para trás da orelha. Ponto para Mamãe Crawford, pensou.

— Sei que parece tolice, mas, sempre que eu tinha que encarar pessoas daquele jeito, meu estômago subia e meu coração disparava. Vivia em constante estado de terror, com medo de derramar alguma coisa, falar algo que não devia ou não ter coisa alguma para dizer.

— E você contou isso aos seus pais?

— Contei o quê?

— Que tinha medo?

— Ora... — Balançou a mão diante da ideia, como se fosse a mais absurda das possibilidades. Então pegou a garrafa e se serviu de mais champanhe. — De que serviria isso? Era obrigada a fazer o que esperavam de mim.

— Por quê? O que aconteceria se não fizesse? Eles espancariam você ou a colocariam trancada em um armário, de castigo?

— Claro que não! Eles não eram monstros! Simplesmente ficariam desapontados, desaprovariam. Era horrível quando eles me olhavam daquele jeito, com os lábios apertados e frieza no olhar, como se eu tivesse algum defeito. Era mais fácil aturar tudo aquilo e, depois de algum tempo, aprendi a lidar com a situação.

— Observando, em vez de participar — disse ele baixinho.

— Sim, e consegui transformar essa habilidade em uma grande carreira. Talvez não tenha cumprido com as obrigações quanto a realizar um casamento importante, passar o resto da vida oferecendo descomunais jantares a rigor ou criando umas duas crianças bem-comportadas e educadinhas — disse Sybill, com a raiva aumentando —, mas fiz um bom uso da instrução que recebi, além de galgar uma carreira excepcional, a qual, como já expliquei, é mais adequada para mim do que a carreira artística. Meu champanhe acabou.

— Vamos moderar um pouco a bebida.

— Por quê? — Sybill riu e pegou no balde de gelo ela mesma a segunda garrafa. — Estou entre amigos, começando a ficar bêbada e acho que estou gostando.

Ora, por que não?, pensou Phillip, tomando a garrafa da mão dela a fim de abri-la. Ele queria mesmo cavar por baixo da superfície polida e certinha de Sybill. Agora que estava chegando lá, não havia razão para recuar.

— Mas você foi casada — lembrou-lhe ele.

— Já lhe disse que aquilo não contou. *Não foi* um casamento importante. Foi simplesmente um impulso, uma pequena e mal-sucedida tentativa de me rebelar. Como rebelde eu sou muito fraca. Humm... — Engoliu mais um pouco de champanhe, fazendo gestos com a taça. — Eles esperavam que eu me casasse com um dos filhos do sócio do meu pai, da Inglaterra.

— Qual deles?

— Ah, tanto fazia... Os dois eram bem adequados e aceitáveis socialmente. Parentes distantes da rainha. Minha mãe estava muito determinada a ter uma filha ligada por casamento à família real inglesa. Seria um triunfo! Claro que, nessa época, eu só tinha quatorze anos, de forma que havia bastante tempo para planejar tudo com antecedência e escolher a hora certa. Acho que ela decidiu que eu poderia ficar noiva, formalmente, com um ou com o outro quando completasse dezoito anos. Faríamos o casamento quando eu estivesse com vinte anos e o primeiro filho chegaria aos vinte e dois. Tudo já estava bem esquematizado em sua cabeça.

— Mas você não cooperou.

— Nem tive chance. Bem que poderia ter cooperado, pois achava muito difícil me opor a ela. — Ficou refletindo a respeito de tudo aquilo com ar sombrio por um momento, e então resolveu lavar tudo com mais champanhe. — O caso é que Gloria seduziu os dois, ao mesmo tempo, na sala de estar, enquanto meus pais estavam assistindo a um concerto. Acho que era Vivaldi... enfim... — Balançou a mão novamente, tornando a beber. — Ao voltar para casa, deram de cara com esta situação. Foi uma cena fantástica. Dei uma descidinha às escondidas e assisti a uma parte do espetáculo. Eles estavam nus... não os meus pais, naturalmente.

— Naturalmente...

— E estavam todos ligadões, sob o efeito de alguma droga. Houve um bocado de gritos, ameaças e súplicas, estas últimas vindas dos gêmeos de Oxford. Eu mencionei que eles eram gêmeos?

— Não, não mencionou.

— Gêmeos idênticos. Louros, pele clara, queixo quadrado. Gloria não dava a mínima para nenhum dos dois, é claro. Só fez aquilo sabendo que seriam todos pegos, porque minha mãe os escolhera para mim. Ela me odiava. Quer dizer, *Gloria* me odiava, não a minha mãe. — Suas sobrancelhas se uniram. — Minha mãe não me odiava.

— O que aconteceu?

— Os gêmeos foram enviados para casa em total desgraça e Gloria foi punida. O que levou, inevitavelmente, a uma vingança por parte dela, que acusou o amigo de meu pai de seduzi-la. Isso, por sua vez, levou a outra cena lamentável e ela finalmente acabou fugindo de casa. As coisas ficaram, certamente, menos desagregadas em casa com a saída de Gloria, mas isso acabou dando a meus pais mais tempo para me forjarem. Costumava me perguntar o porquê de eles me verem mais como uma obra deles do que como filha. Queria saber o porquê de eles não conseguirem me amar. Pensando bem... — tornou a se recostar — Eu não sou muito cativante. Ninguém nunca me amou.

Sentindo o coração doer por ela, tanto pela mulher quanto pela criança, Phillip colocou a taça de lado e emoldurou-lhe o rosto entre as mãos.

— Você está enganada.

— Não, não estou. — Seu sorriso estava encharcado de champanhe. — Sou uma profissional, conheço essas coisas. Meus pais jamais me amaram, e certamente Gloria também não. Meu marido, aquele que eu disse que não conta, também não me amou. Não houve nem mesmo uma daquelas criadas gentis e de bom coração, que a gente vê nos livros, para me acolher em seu colo macio e generoso, mostrando que me amava. Ninguém nem mesmo se deu ao trabalho de fingir o bastante para dizer que me amava.

Você, por outro lado, é muito atraente e cativante. — Acariciou o peito de Phillip com a mão livre. — Jamais transei bêbada. Como acha que deve ser?

— Sybill... — Ele agarrou-lhe a mão, antes que ela conseguisse distraí-lo. — Eles subestimaram você e não lhe deram o devido valor. Não repita o erro consigo mesma.

— Phillip. — Ela se inclinou para a frente e conseguiu mordiscar o lábio inferior dele, colocando-o entre os dentes. — Minha vida inteira foi um filme chatérrimo de tão previsível... até você aparecer. A primeira vez em que me beijou, minha mente simplesmente se desligou do mundo. Ninguém jamais conseguira fazer isso comigo antes. Quando você me toca... — lentamente, trouxe suas mãos unidas para perto de si e as colocou sobre os seios — minha pele pega fogo, meu coração martela dentro do peito e me sinto mole por dentro. Você escalou o prédio! — Sua boca vagou pelo maxilar dele. — Trouxe-me rosas! Você me queria, não queria?

— Sim, eu queria, mas não apenas para...

— Pois então me possua! — Deixou a cabeça tombar para trás, a fim de poder olhar melhor para os olhos dele, tão maravilhosos. — Nossa, eu jamais disse essas palavras para um homem antes... Imagine! Possua-me, Phillip! — As palavras eram em parte um apelo e em parte uma promessa. — Simplesmente me possua!

A taça vazia lhe escorregou por entre os dedos quando ela o enlaçou com seus braços. Incapaz de resistir, ele a deitou de costas sobre o sofá... e a possuiu.

A dor constante por trás dos olhos e outra, ainda mais forte, nas têmporas, eram simplesmente o que ela merecia, decidiu Sybill enquanto tentava afogar ambas sob o jato quente do chuveiro.

Nunca mais na vida, que Deus servisse de testemunha, ela voltaria a abusar de qualquer tipo de álcool.

Simplesmente gostaria que as consequências da bebedeira incluíssem também perda de memória, além da ressaca. O pior, porém, é que ela se lembrava de tudo com muita clareza. O jeito como tagarelara a respeito de si mesma. As coisas que contara a Phillip. Casos humilhantes, detalhes pessoais, fatos que jamais contara a ninguém.

E, agora, ia ter de encará-lo. Teria de encarar Phillip e o fato de que, no curto espaço de um fim de semana, ela se debulhara em seus braços e, depois, lhe oferecera o corpo, terminando por lhe revelar seus segredos mais bem guardados.

Ia ter de encarar também o fato de estar perdida e perigosamente apaixonada por ele.

O que era algo totalmente irracional, é claro. O próprio fato de ter desenvolvido sentimentos tão fortes por Phillip conhecendo-o tão pouco, e em um intervalo de tempo tão curto, era precisamente o motivo de suas emoções serem inúteis. E perigosas.

Evidentemente, ela não estava pensando com clareza. A represa de sentimentos que estourara sobre ela tão depressa tornava impossível manter uma distância objetiva, a fim de analisar a questão.

Depois que o caso de Seth estivesse solucionado e os detalhes acertados, ela iria ter que encontrar novamente essa distância. O modo mais simples e lógico para dar início a isso era criar um distanciamento geográfico. Ia voltar para Nova York.

Sem dúvida, ela iria readquirir o bom senso depois que retomasse as rédeas da própria vida e voltasse à sua rotina confortável e familiar.

Mesmo sabendo que essa rotina lhe parecia miseravelmente chata no momento.

Levou muito tempo escovando os cabelos molhados para trás, passou creme no rosto sem pressa e ajeitou a gola do robe, fechando bem a lapela. Não era de espantar que não estivesse conseguindo aproveitar por completo as vantagens de suas técnicas respiratórias para se recompor. A ressaca era a culpada disso.

Conseguiu, porém, sair do banheiro com as feições aceitáveis e sóbrias e foi direto para a sala da suíte, onde Phillip já servia o café que o serviço de quarto acabara de trazer.

— Acho que está precisando de um pouco disso — afirmou ele.

— Sim, obrigada. — Teve o cuidado de desviar o olhar para não se fixar na garrafa vazia de champanhe nem nas roupas espalhadas que ela estava bêbada demais para recolher na noite anterior.

— Tomou uma aspirina?

— Sim, vou ficar bem — respondeu ela, com a voz um pouco rígida enquanto pegava a xícara de café com todo o cuidado, sentindo-se uma inválida. Sabia que estava pálida e cheia de olheiras. Dera uma boa olhada em seu rosto no espelho embaçado do banheiro.

E, naquele instante, estava dando uma boa olhada em Phillip. Ele não parecia nem um pouco pálido e não exibia olheiras.

Uma mulher com menos classe o desprezaria por isso.

Enquanto sorvia o café e o observava, sua mente confusa começou a clarear. Quantas vezes, tentou lembrar, ele tornara a encher a sua taça na noite anterior? Quantas vezes completara a própria taça? Pareceu-lhe que havia uma grande discrepância na ocorrência desses dois eventos.

Uma espécie de ressentimento começou a surgir dentro dela ao vê-lo aplicar uma camada de geleia sobre uma torrada. Só de pensar em comida seu estômago instável se contorcia todo.

— Está com fome? — perguntou a ele, com doçura.

— Morrendo de fome! — Levantou a tampa de uma tigela com ovos mexidos. — Você devia tentar comer um pouco.

Ela preferia morrer.

— Dormiu bem? — voltou ela.

— Dormi.

— E parece que estamos alegres e com os olhos brilhando esta manhã...

Ele percebeu o tom e olhou-a com o canto do olho, com cautela. Queria ir devagar, pretendia dar-lhe algum tempo antes de começarem a discutir de novo. Pelo jeito, porém, ela estava se recuperando rapidamente.

— É que eu bebi um pouco menos do que você — explicou ele.

— Você me colocou bêbada! Foi proposital! Entrou aqui cheio de charme e começou a entornar champanhe na minha taça.

— Bem, não foi exatamente o caso de apertar o seu nariz e enfiar a bebida pela sua goela abaixo.

— Você usou um pedido de desculpas como pretexto. — Suas mãos começaram a tremer e ela pousou o café sobre o pires, com força. — Devia saber que eu estava revoltada com você e pensou em limpar a sua barra e preparar o caminho para a minha cama com Dom Pérignon.

— O sexo foi ideia sua — lembrou ele, insultado. — Vim aqui para conversar com você. E a verdade é que consegui arrancar mais coisas depois que você ficou de pileque do que teria conseguido de outra forma. Simplesmente fiz você se soltar mais — e se recusava a se sentir culpado por causa disso —, e você deixou.

— Fez com que me soltasse mais — sussurrou ela, levantando-se bem devagar.

— Queria saber quem você era. Tenho o direito de saber.

— Então você... você planejou tudo? Planejou vir até aqui, me envolver com seu charme, fazendo-me beber demais para poder bisbilhotar a minha vida pessoal?

— Eu me preocupo com você — disse e se moveu na direção dela, mas ela deu um tapa em sua mão, repelindo-o.

— Não! Não sou tão idiota assim para cair nessa novamente.

— Eu realmente me importo com você. E agora já sei mais e compreendo mais coisas a seu respeito. O que há de errado com isso, Sybill?

— Você me enrolou!

— Talvez um pouco. — Pegou-a nos braços, mantendo-a segura com firmeza quando ela tentava recuar. — Espere um instante! Você teve uma infância privilegiada, bem estruturada... eu não! Você teve mordomias, criados, cultura... eu não! Por acaso, você tem menos consideração por mim pelo fato de que, até os doze anos, eu vivia armando golpes pela rua?

— Não. Mas uma coisa não tem nada a ver com a outra.

— Ninguém me amou também — continuou ele. — Pelo menos, até os doze anos. Portanto, sei bem como é estar dos dois lados. Por acaso espera que eu tenha menos consideração por você pelo fato de ter sobrevivido àquela frieza?

— Não vou discutir esse assunto.

— Esse papo não cola mais comigo! Os sentimentos são assim mesmo, Sybill. — Colocou a boca sobre a dela, arrastando-a para um beijo ardente que a deixou tonta. — Talvez eu também não saiba o que fazer com eles. Mas está tudo aí sobre a mesa. Você já viu minhas cicatrizes. Elas estão expostas. Agora, eu vi as suas.

Ele estava conseguindo novamente, fazendo-a enfraquecer, fazendo-a desejá-lo. Podia simplesmente repousar a cabeça em seu ombro e ter os braços dele em volta do seu corpo. Era só pedir. Mas ela não conseguia.

— Não é preciso sentir pena de mim! — reagiu ela.

— Ah, querida... — Com todo o carinho, dessa vez, ele fez os lábios se unirem aos dela. — É preciso sim. Eu a admiro pela pessoa na qual conseguiu se transformar, apesar de tudo.

— Eu bebi demais — disse ela depressa. — Fiz parecer que meus pais eram frios e insensíveis.

— Algum dos dois alguma vez disse que a amava?

Ela abriu a boca para responder, mas simplesmente deu um suspiro, explicando:

— Nós simplesmente não éramos uma família que demonstra os sentimentos. Nem toda família é igual à sua. Nem toda família demonstra tudo o que sente, com toques e... — Parou de falar de repente, percebendo um traço de pânico, uma reação de defesa na própria voz. Defesa do quê?, pensou, desgastada. Defesa de quem? — Não, nenhum dos dois jamais disse que me amava. Nem disseram a Gloria, pelo que sei. Qualquer terapeuta decente chegaria à conclusão de que suas filhas reagiram a essa atmosfera restritiva, formal em demasia, muito exigente, e resolveram seguir caminhos opostos. Gloria escolheu um comportamento selvagem e rebelde para conseguir a atenção deles. Eu me conformei com tudo para conseguir a aprovação deles. Ela igualava sexo com afeto e poder, e fantasiava ser desejada e assediada por homens que representavam autoridade, incluindo o pai legal e o pai biológico. Eu, por minha vez, evitava intimidade no sexo, por puro medo de falhar, e escolhi um campo de estudos onde podia observar o comportamento dos outros a distância, sem risco de envolvimento emocional. Ficou claro o bastante para você?

— A palavra principal nessa questão é "escolha". Ela escolheu ferir, você escolheu não se deixar ferir.

— Você definiu com precisão.

— Só que você não conseguiu manter o objetivo. Arriscou-se a se deixar ferir com Seth. E está arriscando se ferir comigo. — Tocou seu rosto. — Não quero feri-la... não quero magoá-la, Sybill.

Era provavelmente muito tarde para tentar evitar isso, pensou ela, mas cedeu o suficiente para deixar a cabeça repousar sobre o ombro dele. E não precisou pedir para que seus braços a enlaçassem.

— Vamos deixar rolar então e ver o que acontece em seguida — decidiu ela.

Capítulo Vinte

*M*edo, escreveu Sybill, *é uma emoção humana comum.*
Por ser humana, é tão complexa e difícil de analisar quanto amor, ódio, ganância e paixão. Emoções, suas causas e efeitos, não são a minha área particular de estudos. O comportamento é, ao mesmo tempo, aprendido e instintivo, e, muitas vezes, não contém nenhuma raiz emocional. O comportamento é muito mais simples, muito mais básico, do que a emoção.
Tenho medo.
Estou sozinha neste hotel, uma mulher adulta, com bom nível de educação, inteligente, sensível e capaz. No entanto, estou com medo de pegar o telefone que está sobre a mesa, a fim de ligar para a minha própria mãe.
Há alguns dias, eu não teria chamado isso de medo, e sim de relutância, ou talvez de contenção. Há alguns dias, eu teria argumentado comigo mesma, cheia de ansiedade, que entrar em contato com ela para falar a respeito de Seth serviria apenas para causar uma ruptura na ordem das coisas, sem trazer resultados construtivos. Portanto, o contato seria inútil.
Também há alguns dias, eu teria racionalizado que os sentimentos que alimentava por Seth derivavam do meu senso de moral e obrigação familiar.
Há poucos dias, me recusaria a reconhecer a inveja que sentia dos Quinn e de seu comportamento interativo totalmente indisciplinado,

barulhento e sem estrutura rígida. Teria admitido que essa estrutura e o relacionamento pouco ortodoxo que têm uns com os outros eram interessantes, mas jamais aceitaria o anseio de me encaixar nesse padrão e passar a fazer parte dele de algum modo.

É claro que isso não é possível e aceito o fato.

Há poucos dias, tentei negar a profundidade e o significado dos meus sentimentos por Phillip. Amor, disse a mim mesma, não chega assim tão depressa nem com tanta intensidade. É um caso de atração física, desejo, talvez luxúria, mas não amor. É sempre mais fácil negar do que encarar. Tenho medo de amar, medo do que o amor exige, do que pede e do que toma. E tenho ainda mais medo, muito mais, de não ser amada de volta.

Ainda assim, consigo aceitar tudo. Compreendo perfeitamente as limitações do meu relacionamento com Phillip. Somos ambos adultos que criaram os próprios padrões e fizeram as próprias escolhas. Ele tem suas carências e sua vida, e eu tenho as minhas. Sinto-me grata por nossos caminhos terem se cruzado por algum tempo. Aprendi muito no curto espaço de tempo em que convivi com ele. E aprendi ainda mais a respeito de mim também.

Não acredito que possa voltar a ser a mesma de antes.

Nem quero que isso aconteça. A fim de mudar de verdade, no entanto, a fim de crescer, há atitudes que precisam ser tomadas.

Ajuda muito colocar essas ideias no papel, embora a ordem e o sentido delas possam estar prejudicados.

Phillip acabou de me telefonar de Baltimore. Achei sua voz cansada, mas muito empolgada. Acabara de chegar de um encontro com o advogado para resolver a demanda do seguro de vida do pai. Durante meses, a seguradora se recusara a pagar a apólice. Deram início a uma investigação sobre a morte do Professor Quinn e sustaram o pagamento sob a alegação de suspeita de suicídio. Financeiramente, é claro que isso trouxe sérios problemas para os Quinn, pois havia Seth para manter, além do novo negócio para administrar. Eles, porém, de forma determinada, processaram a seguradora.

Acho que não percebera, até agora há pouco, o quanto é vital, para eles, vencer essa batalha. Não pelo dinheiro, como originalmente imaginei, mas para limpar qualquer dúvida que pairasse sobre o nome do pai. Não acredito que suicídio seja sempre um ato de covardia. Eu mesma já considerei essa hipótese certa vez. Deixei o devido bilhete de despedida e já estava com os comprimidos na mão. Tinha apenas dezesseis anos e era, como não é difícil de compreender, uma tola. Acabei rasgando o bilhete, me livrei dos comprimidos e deixei o assunto de lado.

Suicídio teria sido uma atitude grosseira. Inconveniente para a família.

Isso não soa amargo? Nem fazia ideia que abrigava toda essa mágoa dentro de mim.

Os Quinn, no entanto, conforme eu descobri, veem o ato de tirar a própria vida como egoísmo e covardia. Recusaram-se durante todo esse tempo a aceitar que os outros acreditassem que o homem a quem amaram tanto fosse capaz de tal ato de egoísmo. Agora, pelo visto, vão ganhar a batalha.

A seguradora ofereceu um acordo. Phillip acredita que minhas declarações podem ter pesado na decisão deles. Talvez tenha razão. É claro que os Quinn são, talvez por questões genéticas, pouco propensos a acordos. "É tudo ou nada..." foram as palavras que Phillip usou ao me relatar o caso. Ele acredita, e o advogado também, que eles vão conseguir tudo em breve.

Fico feliz por eles. Apesar de não ter tido o privilégio de conhecer Raymond e Stella Quinn, sinto que os conheço através do meu contato com a família. O Professor Quinn merece descansar em paz. Do mesmo modo que Seth merece assumir o nome dos Quinn e desfrutar a segurança de uma família que o ama e se importa com ele.

Posso fazer algo para garantir que tudo isso aconteça. Tenho de dar esse telefonema. Preciso assumir uma posição. Claro que minhas mãos tremem só de pensar na possibilidade. Sou covarde. Não... Seth me chamaria de "mané", o que é um pouco pior.

Ela me apavora. Pronto, escrevi; preto no branco. Minha própria mãe me apavora. Jamais levantou a mão para mim, poucas vezes elevou a voz e, no entanto, me colocou em um molde predefinido. Eu, por minha vez, mal reclamei.

Quanto a meu pai, estava sempre muito ocupado bancando o importante, para reparar em mim.

Ah, sim... percebo uma grande quantidade de mágoa aqui.

Devo ligar para ela. Posso usar o mesmo conceito de status que ela tanto insistia que eu devia adquirir para obter o que quero. Sou uma pesquisadora respeitada e, de certo modo, uma figura pública. Se ameaçar minha mãe, avisando-a de que estou disposta a usar essas armas, a não ser que ela forneça uma declaração por escrito para o advogado dos Quinn, detalhando as circunstâncias do nascimento de Gloria e admitindo que o Professor Quinn tentou, por diversas vezes, contatá-la, a fim de confirmar a paternidade de minha irmã, ela vai me desprezar... mas fará a declaração.

Tudo o que preciso fazer é pegar o telefone e fazer por Seth o que deixei de fazer anos atrás. Posso dar a ele um lar, uma família e a certeza de que não há mais nada a temer.

— Filho da mãe! — Phillip enxugou o suor que transpirava da testa com as costas da mão. Um pouco de sangue escorria de um arranhão comprido, embora superficial, e lhe manchava a pele. Sorria, exibindo todos os dentes como um idiota, ao olhar para o casco que ele e seus irmãos haviam acabado de virar para cima. — Esse filho da mãe é grande e pesado!

— Um belo filho da mãe! — comentou Cam, flexionando e massageando os ombros. Virar o casco para cima significava um grande progresso na construção do barco. Significava sucesso. A firma Embarcações Quinn conseguira mais um triunfo e estava fazendo bonito.

— Ele tem um estilo muito legal. — Ethan passou a mão calejada sobre o tabuado. — Formas arrojadas, muito bonitas.

— Quando começo a achar que o casco de um barco parece sexy — comentou Cam —, corro para casa, a fim de ver minha mulher. Vamos lá... podemos ficar aqui dando notas para a sua elegância e admirando-o por mais algum tempo, mas é melhor voltarmos ao trabalho.

— Pois vocês podem ficar admirando — sugeriu Phillip. — Tenho que subir e arrumar a papelada dos contratos. Já está na hora de ligar para o seu velho companheiro de corridas e pedir que ele libere mais grana. Bem que estamos precisando.

— Já preencheu nossos contracheques? — perguntou-lhe Ethan.

— Já.

— E o seu?

— Eu não...

— Precisa. — Cam terminou a frase por ele. — Pegue seu salário, droga! Compre alguma bugiganga para a sua namorada. Torre tudo em uma garrafa de vinho daquelas absurdamente caras ou perca toda a grana no jogo. Não interessa o uso, mas tire o seu salário! — Observou o casco novamente. — Nesta semana, ele tem um significado especial.

— Talvez tenha — concordou Phillip.

— A seguradora também vai entregar o ouro — acrescentou Cam. — Vamos ganhar a parada!

— As pessoas já estão mudando o tom do discurso — avaliou Ethan, limpando com a mão uma camada de pó de serragem do casco. — Especialmente aqueles que ficavam espalhando mentiras pelos cantos. Já ganhamos a parada, sim. E foi você quem trabalhou mais para que isso acontecesse — disse a Phillip.

— Sou apenas o homem dos detalhes. Se qualquer um de vocês dois tentasse levar mais de cinco minutos de papo com um advogado... bem, ia acabar cochilando de tanto tédio, sendo que Cam ainda ia arrumar um pretexto para dar um soco na cara dele. Ganhei por falta de concorrência.

— Pode ser — concordou Cam, sorrindo para ele —, mas ralou muito e fez a maior parte do trabalho falando ao telefone, escrevendo cartas, enviando e recebendo coisas pelo fax. No final, você foi uma tremenda secretária, só que sem as pernas sexy nem a bunda bonita.

— Essa é uma declaração muito machista. Além do mais, eu tenho pernas sexy e uma bunda bonita.

— Ah, tem mesmo? Então deixe a gente ver... — E se moveu muito rápido, mergulhando sobre Phillip, que caiu sobre o elogiado traseiro.

Bobalhão, com o movimento, despertou do cochilo que tirava ao lado da pilha de tábuas e correu para se juntar à festa.

— Caramba! Você é doido! — A gargalhada que Phillip soltou o impediu de se desvencilhar. — Sai de cima de mim, seu retardado!

— Venha me dar uma mãozinha aqui, Ethan. — Cam riu, xingando quando Bobalhão começou a pular e lamber-lhe o rosto. Phillip tentou se livrar, sem muito empenho, quando Cam se sentou sobre ele. — Venha logo, Ethan! — Tornou a chamar, enquanto o irmão simplesmente balançava a cabeça. — Quando foi a última vez em que você arriou as calças de alguém?

— Já faz um tempo — considerou Ethan, enquanto Phillip começou a se debater a sério. — Acho que a última vez foi com Júnior Crawford, em sua despedida de solteiro.

— Ora, mas isso já faz dez anos — grunhiu Cam no momento em que Phillip quase conseguiu escapar. — Venha logo, porque ele andou malhando nos últimos meses... Está mais forte e meio puto, ainda por cima.

— Então tá bom, em nome dos velhos tempos. — Entrando no espírito da brincadeira, Ethan se desviou de dois chutes fortes e agarrou com firmeza o cós da calça de Phillip, preparando-se para arriá-la.

— Ahn... desculpem... — foi o melhor que Sybill conseguiu expressar ao entrar no ambiente carregado de palavrões e ver Phillip sendo mantido no chão, de costas, enquanto seus irmãos... bem, ela não sabia exatamente o que estavam tentando fazer.

— Oi! — Cam conseguiu desviar o rosto de um soco no queixo, por muito pouco, e abriu um largo sorriso para ela. — Quer nos dar uma mãozinha? Estamos tentando arriar as calças dele. Phillip estava se exibindo, dizendo que tinha pernas lindas, e queremos conferir.

— Eu... ahn...

— Vamos levantá-lo, Cam. Você a está deixando envergonhada.

— Ah, qual é, Ethan, ela já viu as pernas dele! — Sem a ajuda de Ethan, no entanto, era melhor largar Phillip ou se arriscar a ficar sangrando. Pareceu-lhe mais simples, embora muito menos divertido, largá-lo. — Tudo bem, então... a gente confere depois.

— Meus irmãos se esqueceram de que já saíram da escola — informou Phillip, colocando-se em pé, limpando a calça e a dignidade. — Ficaram um pouco agitados porque terminamos o casco da nova encomenda.

— Ah... — Ao desviar a cabeça na direção do barco, seus olhos se arregalaram. — Nossa, vocês estão bem adiantados!

— Ainda falta muita coisa — analisou Ethan, visualizando-o pronto. — Temos que completar o deque, a cabine, a ponte de comando, a parte de baixo do convés. O cara quer uma suíte de hotel aí dentro.

— Já que está pagando por isso... — Phillip foi até onde Sybill continuava em pé e passou a mão em seus cabelos. — Desculpe, mas cheguei em casa muito tarde ontem e não fui vê-la.

— Tudo bem. Sei que andou ocupado com o trabalho e o advogado. — Trocou a bolsa de mão. — Na verdade, tenho algo que talvez possa ajudar junto ao advogado, em ambos os casos. Bem...

Remexendo na bolsa, tirou lá de dentro um envelope pardo, informando:
— Esta é uma declaração assinada pela minha mãe. Em duas vias, ambas com assinatura reconhecida. Fiz com que ela as enviasse ontem, e acabei de recebê-las. Não queria dizer nada a vocês até elas chegarem em minhas mãos. Já li, para ter certeza de que... acho que vão ser muito úteis.
— O que está acontecendo? — quis saber Cam, enquanto Phillip rapidamente passava os olhos no documento de duas páginas digitado com capricho.
— Esse papel confirma que Gloria era filha biológica de papai. Afirma que ele não sabia disso e tentou entrar em contato com Barbara Griffin várias vezes, entre dezembro do ano passado e março deste ano. Há também uma carta que papai lhe enviou em janeiro, contando-lhe a respeito de Seth e do acordo que fizera com Gloria para ter a custódia do menino.
— Eu li a carta que seu pai escreveu — disse Sybill, olhando para Phillip. — Talvez não devesse, mas li. Se ele estava zangado com minha mãe, não deixou transparecer na carta. Tudo o que queria é que ela lhe confirmasse a história. Ia ajudar Seth de qualquer modo, mas queria poder lhe dar o nome, como avô. Um homem que se preocupava tanto com uma criança dificilmente tiraria a própria vida. Ainda tinha muito a dar, e estava pronto para fazê-lo. Eu sinto tanto.
— "Tudo o que ele precisa é de uma chance e uma escolha" — leu Ethan, quando Phillip entregou-lhe as cartas, e então pigarreou, continuando: — "Não pude dar nada disso a Gloria, sendo realmente minha filha, e ela também não aceitaria agora. Mas faço questão que Seth tenha ambos. Tanto faz se o menino tem o meu sangue ou não, agora ele é meu de qualquer modo." Esse texto tem o estilo dele — concluiu Ethan. — Seth devia ler esta carta.
— Por que sua mãe concordou com tudo isso agora, Sybill? — perguntou-lhe Phillip.
— Eu a convenci de que era o melhor para todos os envolvidos.
— Não. — Ele segurou seu queixo e levantou-lhe o rosto, obrigando-a a olhar para ele. —Aqui tem mais coisa... sei que tem...
— Prometi a ela que seu nome e todos os detalhes ficariam tão bem guardados quanto possível. — Fez um pequeno movimento nervoso com a cabeça, soltando o ar com força. — E também a ameacei de escrever um livro contando toda a história se ela não fizesse a declaração.

— Você a chantageou! — disse Phillip, com admiração e espanto.

— Ofereci uma escolha a ela. Minha mãe escolheu a declaração.

— Foi difícil para você.

— Foi necessário.

— Foi difícil, corajoso e brilhante! — Colocou as duas mãos em seu rosto, com carinho.

— Foi o mais lógico — começou ela e fechou os olhos. — E, sim, foi difícil. Ela e meu pai ficaram muito aborrecidos. Talvez jamais me perdoem. Eles são capazes disso.

— Não merecem você.

— O ponto principal é que Seth merece vocês, portanto... — Parou de falar quando sentiu sua boca se fechar com a força dos lábios dele.

— Muito bem, agora saia daí, mano. — Cam deu uma cotovelada em Phillip, segurando Sybill pelos ombros. — Você fez muito bem! — disse, e então a beijou com tanta determinação que ela piscou.

— Oh... — foi tudo o que conseguiu dizer

— Sua vez agora, Ethan — afirmou Cam, empurrando-a na direção do irmão.

— Meus pais iam se orgulhar de você. — E a beijou também, dando-lhe tapinhas no ombro ao ver seus olhos se encherem d'água.

— Ah, não! Não a deixe fazer isso! — Na mesma hora, Cam pegou-a pelo braço e a empurrou de volta para Phillip. — Nada de lágrimas, é proibido chorar aqui no galpão.

— Cam fica todo nervoso quando vê uma mulher chorar.

— Eu não estou chorando — protestou Sybill.

— É o que todas dizem — resmungou Cam —, mas nunca falam sério. Vá lá para fora! Qualquer um que quiser chorar vá fazê-lo lá fora. Essa é uma nova regra por aqui.

— Venha comigo. — Rindo, Phillip empurrou Sybill na direção da porta. — Quero mesmo um minuto com você, a sós.

— Eu não estou chorando! É que eu jamais esperava que seus irmãos me... Não estou acostumada a ser... — Parou de falar. — É muito bom sentir que alguém gosta de nós e nos valoriza.

— Eu valorizo você — disse e a puxou para mais perto. — E gosto de você.

— Isso é muito bom. — Ela estava curtindo todas aquelas novas sensações. — Já conversei com o advogado de vocês e com Anna. Não quis enviar os papéis por fax lá do hotel, pois dei minha palavra de que o conteúdo da declaração ia permanecer em segredo. Mas os dois concordaram que esse documento deve fazer as coisas avançarem. Anna acredita que a petição de vocês para a guarda permanente de Seth vai ser aprovada talvez na próxima semana.

— Tão depressa?

— Não há mais nada que impeça. Você e seus irmãos são filhos legais do Professor Quinn. Seth é seu neto. A mãe dele autorizou, por escrito, a transferência da custódia. Voltar atrás nisso poderia atrasar a sentença final, mas ninguém acredita que, a essa altura, possa mudar alguma coisa. Seth está com onze anos e, com essa idade, sua vontade também será levada em consideração. Anna vai forçar a barra, a fim de marcar uma audiência para o início da semana que vem.

— Parece estranho tudo começar a se desenrolar desse jeito. E de uma vez só.

— Sim. — Ela olhou para cima, acompanhando um bando de garças que voavam, harmônicas, acima deles. As estações mudam, pensou. — Pensei em dar uma caminhada até a escola. Gostaria de conversar com Seth e lhe contar pessoalmente algumas das novidades.

— Acho que é uma boa ideia. Calculou bem o horário, vai coincidir com a saída da escola.

— Sou boa para programar as coisas e cronometrar tudo.

— Que tal, então, programar um jantar hoje à noite na casa dos Quinn, para celebrar?

— Sim, aceito... venho caminhando com ele de volta para cá.

— Ótimo! Espere só um instante. — Foi lá para dentro, voltando alguns momentos depois com Bobalhão, todo agitado, preso a uma coleira vermelha. — Ele está precisando dar um passeio também.

— Ah, bem, eu...

— Ele conhece o caminho. Tudo o que precisa fazer é segurar nessa ponta aqui. — Divertindo-se com aquilo, Phillip colocou a correia na mão de Sybill e viu seus olhos se arregalarem de espanto, quando Bobalhão saltou e saiu correndo, puxando-a. — Mande-o ir mais devagar. Ele não vai obedecer, mas vai ficar parecendo que você sabe o que está fazendo.

— Não tem graça nenhuma — murmurou ela, enquanto corria desajeitada atrás de Bobalhão. — Vá mais devagar! Espere! Ó, Deus!

Ele não apenas diminuiu o ritmo como parou de todo, enterrando o focinho em uma sebe com tanta determinação que ela ficou com medo de que ele se enfiasse por dentro dos arbustos e a arrastasse junto. O cão, porém, simplesmente levantou a pata traseira, exibindo um ar imensamente aliviado e satisfeito consigo mesmo.

Pelas contas dela, ele levantou a perna oito vezes antes de virarem a esquina da escola e ela avistar os ônibus.

— Que tipo de bexiga você tem aí dentro? — quis saber ela, olhando esperançosa em busca de Seth ao mesmo tempo em que lutava para manter a correia bem segura na mão, impedindo Bobalhão de se lançar como um foguete na direção da multidão de crianças que escorria para fora do prédio. — Não! Sente! Espere! Você não pode ir lá, vai acabar mordendo alguém.

Bobalhão lançou-lhe um olhar meio de lado que parecia dizer: "Qual é, fala sério." Sentou-se, porém, bem-comportado, balançando o rabo e batendo com ele no salto de seu sapato, de forma rítmica.

— Seth vai sair a qualquer momento — começou ela, e então soltou um grito no instante em que Bobalhão deu um pulo e saiu correndo. Avistara Seth muito antes dela e corria para saudá-lo.

— Não, não, não... não! — gritou Sybill, ofegante e sem resultados, no mesmo instante em que Seth os viu. O menino deu um grito também, de pura alegria, e correu na direção do cão como se os dois tivessem sido cruelmente separados durante anos.

— Oi! Como vai, garoto? — Seth riu muito quando Bobalhão deu um pulo de adoração e começou a lamber-lhe o rosto. — Cãozinho esperto. Você é um cão muito esperto! — Bem depois, olhou para Sybill, cumprimentando-a. — Olá!

— Oi, Seth. Tome, pegue aqui. — Entregou a correia para o menino. — Ele não vai para onde a gente manda mesmo.

— Tivemos um pouco de trabalho para treiná-lo a usar coleira e correia.

— Não diga! — Mas conseguiu dar um sorriso que incluía Seth, Danny e Will, que já vinham correndo atrás dele para alcançá-lo. — Pensei em caminharmos de volta até o galpão. Quero conversar com você.

— Claro. Legal!

Saindo com determinação da frente de Bobalhão, Sybill deu um passo para trás no momento em que um carro esporte vermelho virou a curva cantando pneus e parou na frente deles com uma freada brusca e barulhenta. Antes que tivesse chance de berrar para o motorista que ele estava perto de uma escola, viu Gloria sentada no banco do carona.

O movimento de Sybill foi rápido e instintivo. Colocou Seth atrás de seu corpo, de forma protetora.

— Ora, ora, ora... — falou Gloria, com a voz arrastada e olhando para os dois pela janela.

— Vá buscar seus irmãos! — ordenou Sybill a Seth. — Vá agora mesmo!

O menino, porém, não conseguia se mover. Simplesmente ficou parado, olhando, enquanto o medo tomava conta de seu estômago como bolas de gelo.

— Não vou voltar com ela. Não vou, não vou!

— Não, você não vai! — Sybill agarrou a mão de Seth com firmeza. — Danny, Will, corram até o galpão agora mesmo. Digam aos Quinn que precisamos deles. Corram, vão depressa!

Ouviu o barulho dos tênis que corriam pela calçada, mas não olhou para os meninos. Manteve os olhos fixos na irmã, que já saltava do carro.

— E aí, garoto? Sentiu muitas saudades da mamãe?

— O que você quer, Gloria?

— Tudo o que conseguir, mana. — Fechou o punho e o apoiou no quadril do jeans vermelho-sangue, piscando para Seth. — Quer dar uma volta de carro, garoto? Podemos colocar o papo em dia.

— Não vou a parte alguma com você! — Ele preferia ter corrido. Tinha um lugar especial no meio do bosque, um lugar que escolhera e preparara. Um esconderijo. Mas era muito longe dali. De repente, sentiu a mão de Sybill, quente e forte, agarrando a sua com força. — Nunca mais vou a lugar algum com você!

— Você vai fazer o que eu mandar! — Um lampejo de fúria apareceu em seus olhos e ela mantinha a cara amarrada. Pela primeira vez na vida, Bobalhão mostrou os dentes e começou a rosnar de forma feroz. — Mande a porra desse cachorro calar a boca!

— Não — disse Sybill com toda a calma, sentindo um súbito sentimento de amor por Bobalhão. — Se eu fosse você, manteria distância, Gloria. Ele morde! — Olhou para o carro. Um homem com casaco de couro estava ao volante, acompanhando o ritmo da música que explodia pelos alto-falantes.

— Parece que você se acertou com alguém.

— Sim. Pete é legal. Estamos indo para a Califórnia. Ele tem uns conhecidos por lá. Preciso de grana.

— Mas não vai consegui-la aqui.

Gloria pegou um cigarro e sorriu para Sybill enquanto o acendia.

— Escute aqui, mana, eu não quero o garoto, mas vou levá-lo, a não ser que consiga um troco. Os Quinn vão pagar muito bem para tê-lo de volta. Todo mundo fica feliz, sem traumas... Se você tentar me impedir, Syb, vou mandar Pete sair do carro.

— Pois faça isso! Mande ele sair! — Bobalhão mudou de atitude e o rosnado se transformou em um ladrar furioso. Sybill levantou uma sobrancelha.

— Só quero o que é meu por direito, droga!

— Você teve mais do que merecia durante toda a sua vida.

— Mentira! Era você que sempre levava tudo. A filha perfeita. Odeio você! Sempre odiei, desde pequena. — Agarrou Sybill pela lapela do blazer, quase cuspindo em seu rosto. — Queria que você estivesse morta!

— Sei disso. Agora tire as mãos de mim!

— Qual é? Acha que pode me dar porrada? — Dando uma risada, Gloria empurrou Sybill para trás. — Você nunca teve coragem para fazer isso antes, não é verdade? Vai ficar aí, aguentando tudo. Vai aguentar até o final e acabar me dando tudo o que eu quero, como sempre foi. E você: mande esse cachorro ficar quieto! — berrou para Seth, ao ver que Bobalhão continuava a latir com fúria, tentando se livrar da correia para avançar nela. — Faça ele calar a boca e entre na porra do carro antes que eu...

Sybill não viu a própria mão subir com tanta força, e não percebeu que a ordem fora direto do cérebro para o punho. Sentiu, porém, os seus músculos se enrijecerem, a raiva entrar em erupção e, no instante seguinte, Gloria já estava jogada no chão olhando para ela, perplexa.

— Entre nessa droga de carro, Gloria! — ordenou-lhe Sybill, com a voz firme, sem olhar para o Land Rover de Phillip, que virara a curva cantando pneus. Nem piscou quando Bobalhão arrastou Seth para mais perto e soltou um rosnado profundo e ameaçador para a mulher caída no chão. — Vá para a Califórnia ou vá para o inferno, mas não ouse aparecer aqui! Fique longe desse menino e fique longe de mim! — Ao ver Phillip e os irmãos saltando do Land Rover e correndo na direção deles, trovejou: — E vocês todos, fiquem fora disso!

"Entre no carro nesse instante, Gloria — repetiu — e caia fora, ou vou devolver agora mesmo tudo o que fez com Seth... tudo o que fez comigo. Levante do chão e se mande, porque quando a polícia chegar aqui para prendê-la por sumir depois de ter sido solta sob fiança, quando apresentarmos queixa por abuso de criança e extorsão, não vai sobrar muito de você para jogar dentro de uma cela."

Ao ver que Gloria não se mexia, Sybill se abaixou e, com uma força surgida de pura fúria, levantou-a pela gola e a colocou em pé.

— Vamos! — tornou a ameaçar. — Entre no carro, desapareça e nunca mais tente chegar perto desse menino novamente. Você vai ter que passar por cima de mim, Gloria, e não vai conseguir, juro para você!

— Não quero o menino! Só quero um pouco de grana.

— É melhor sair enquanto tem chance. Tem trinta segundos para cair fora, pois não vou mais segurar esse cão nem os Quinn. Vai encarar todos nós de uma vez?

— Como é que é, Gloria, você vem ou não? — O motorista jogou o cigarro fora pela janela do carro. — Não tenho o dia todo para perder aqui nessa cidade enfiada no cu-de-judas.

— Tá, já estou indo... — Jogou a cabeça para trás. — Você devia agradecer a ele por ter aparecido no meu caminho. Vou botar pra quebrar e me dar bem em Los Angeles. Não preciso de *nada* que venha de você!

— Ótimo! — murmurou Sybill enquanto Gloria entrava no carro — Porque nunca mais vai ter nada de mim mesmo.

— Você a nocauteou! — Seth não estava mais tremendo e sua palidez desaparecera. Quando o carro esporte saiu com grande estardalhaço, ele lançou um olhar para Sybill, um olhar cheio de gratidão e pasmo. — Você a nocauteou!

— Acho que sim. Você está bem?

— Ela nem olhou direito para mim. Bobalhão estava pronto para mordê-la.

— É um cão maravilhoso. — Quando o cãozinho pulou, Sybill pressionou o rosto de encontro ao pescoço do animal. — Um cão fabuloso!

— Mas você a nocauteou. Sybill deu um soco nela e ela caiu de bunda no chão — berrou para Phillip, que se aproximava com os irmãos.

— Eu vi! — Phillip acariciou o rosto de Sybill. — Grande luta, campeã. Como se sente?

— Eu me sinto... muito bem — falou Sybill. Nada de câimbras, nem calafrios, nem dores de cabeça provocadas pelo nervoso. — Sinto-me ótima! — Piscou quando Seth enlaçou-a com os braços.

— Você foi o máximo! Ela nunca mais vai voltar. Você a deixou cagando nas calças!

A gargalhada que ela soltou sem querer a pegou de surpresa. Agachando-se, enterrou o rosto nos cabelos de Seth, afirmando:

— Agora, tudo está do jeito que devia...

— Vamos para casa. — Phillip passou o braço em volta dos seus ombros. — Vamos todos para casa.

— Ele vai repetir o relato dessa história por vários dias — decidiu Phillip. — Semanas...

— E também já começou a enfeitar o acontecimento. — De forma surpreendentemente serena, Sybill caminhava com Phillip à beira d'água, enquanto o heroico Bobalhão brincava alegremente no gramado atrás deles, ao lado de Simon. — Na versão que Seth está contando, eu transformei Gloria em purê e Bobalhão ainda lambeu seu sangue.

— Você não me parece assim tão contrariada com essa versão da história.

— Jamais nocauteei ninguém em toda a minha vida. Jamais me mantive tão firme daquele jeito. Gostaria de dizer que fiz tudo aquilo por Seth, mas a verdade é que, em parte, fiz por mim também. Ela nunca mais vai voltar, Phillip. Perdeu o jogo. E está perdida...

— Acho que nunca mais Seth vai ter medo dela.

— Ele está em casa. Este aqui é um bom lugar. — Girou o corpo para apreciar a linda residência, o bosque que ia se tornando mais escuro sob a luz do crepúsculo e os últimos raios de sol que refletiam na superfície da água. — Vou sentir falta daqui quando voltar para Nova York.

— Nova York? Mas você não vai voltar, pelo menos por algum tempo, não é?

— Na verdade, estou planejando voltar logo depois da audiência, na semana que vem. — Era algo que Sybill já decidira. Precisava retomar a própria vida. Permanecer ali por mais tempo não serviria de nada, a não ser aumentar seus problemas emocionais.

— Espere um pouco... por quê?

— Tenho meu trabalho.

— Você está trabalhando aqui! — De onde viera aquele pânico?, perguntou-se ele. Quem apertara o botão?

— Tenho reuniões com o meu editor, reuniões que já adiei demais. Preciso voltar. Não posso ficar morando em um hotel a vida toda, e Seth já está com a vida acertada.

— Mas precisa de você por perto. Ele...

— Eu venho visitá-lo. E espero que vocês permitam que ele vá me visitar de vez em quando. — Já preparara todo o discurso e, nesse momento, se virou e sorriu para Phillip. — Prometi levá-lo para assistir a um jogo dos Yankees, na próxima temporada.

Era como se tudo já estivesse resolvido e definido, percebeu Phillip, lutando contra o pânico. Era como se ela já tivesse ido embora.

— Você conversou com ele a respeito disso tudo?

— Sim. Achei que era melhor dar-lhe a notícia pessoalmente.

— E é desse jeito que resolveu dar a notícia para mim? — rebateu ele.

— Foi legal, meu chapa, a gente se vê por aí...

— Não sei se estou compreendendo o que quer dizer.

— Não há nada para compreender. — Saiu de perto dela. Ele também queria a própria vida de volta, não queria? Ali estava sua chance. Fim das complicações. Tudo o que tinha a fazer era desejar-lhe boa sorte e se despedir. — Isso *é* o que eu quero. Foi o que eu sempre quis.

— Como disse?

— Eu não estava em busca de mais nada. Nenhum de nós dois estava... — disse e se virou para ela, com raiva brilhando nos olhos. — Não é verdade?

— Não estou certa se entendi o que está falando.

— Você tem a sua vida, eu tenho a minha. Simplesmente nos deixamos levar pela correnteza e aqui estamos... Hora de sair da água!

— Certo. — Ela realmente sentiu que não o estava compreendendo.

— Muito bem, então. — Certificando-se de que estava bem com relação àquilo, Phillip ficou calmo. Estava quase curtindo. Começou a andar em direção a ela.

Um restinho de sol brilhava sobre os seus cabelos e sobre seus olhos incrivelmente claros, lançando uma sombra sobre a cavidade abaixo de seu pescoço, um pouco acima do colarinho da blusa,

— Não! — Ele ouviu a si mesmo dizer e sentiu a boca seca.

— Não?

— Espere um minuto, só um minuto! — Tornou a se afastar, indo dessa vez até a beira d'água. Ficou em pé ali, olhando para baixo muito concentrado, como um homem que estivesse prestes a se jogar. — O que há de errado com Baltimore?

— Baltimore? Nada.

— Lá tem museus, bons restaurantes, tem estilo e bons teatros.

— É uma cidade muito agradável — disse Sybill, cautelosa.

— Por que você não pode trabalhar lá? Se precisar ir até Nova York para uma reunião, pode pegar um avião ou ir de trem. Puxa, dá para ir até de carro em menos de quatro horas.

— Estou certa que sim. Se você está sugerindo que eu me mude para Baltimore...

— É perfeito! Você continuaria a morar em uma cidade grande e poderia ver Seth sempre que desejasse.

E ver você, pensou ela, começando a gostar da ideia. Mas balançou a cabeça. Viver desse jeito ia arrasá-la por dentro. Sabia muito bem que aquilo ia acabar com a felicidade que sentia e com a nova Sybill que descobrira.

— Isso não é prático, Phillip.

— Claro que é prático! — disse ele, tornando a se virar e caminhando a passos largos até onde ela estava. — É perfeitamente prático. O que não é prático é voltar para Nova York e sujeitar-se a toda essa distância novamente. Não vai funcionar, Sybill. Simplesmente não vai funcionar.

— Não há razão para discutirmos esse assunto agora.

— E acha que isso é fácil para mim? — explodiu ele. — Eu *tenho* que ficar aqui. Tenho compromissos, responsabilidades, sem falar nas raízes. Não tenho escolha. Por que você não pode ceder?

— Não compreendo.

— Tenho que soletrar? Droga! — Tomando-a pelos ombros, ele a sacudiu com impaciência. — Você ainda não entendeu, não é? Eu amo você. Não pode esperar que eu a deixe ir embora assim, desse jeito. Você tem que ficar. Para o inferno com a minha vida e a sua vida. Sua família, minha família. Quero a *nossa* vida. Quero a *nossa* família.

— O quê?! — Ela ficou olhando para ele, o sangue parecendo borbulhar em seus ouvidos de tão rápido que corria. — O quê?!

— Você ouviu o que eu disse.

— Você disse... você disse que me ama. Está falando sério?

— Não, estou mentindo!

— Eu... eu já nocauteei uma pessoa hoje. Posso repetir a dose. — Naquele momento, ela se sentia capaz de fazer qualquer coisa. Qualquer coisa mesmo! Não importava se havia fúria nos olhos dele, nem se os dedos dele estavam enterrados em seus braços. Não importava se ele parecia pronto para matar alguém. Ela podia lidar com aquilo. Podia lidar com qualquer coisa.

— Se você falou a sério — continuou ela, com a voz admiravelmente fria —, gostaria que repetisse. Jamais ouvi essa frase dita para mim antes.

— Eu amo você! — Mais calmo, tocou a sobrancelha dela com os lábios. — Eu a desejo! — E beijou o outro lado. — Preciso que você fique comigo. — Desceu até a boca. — Dê-me um pouco mais de tempo para eu lhe mostrar como poderemos ser se estivermos juntos.

— Eu sei o que poderemos ser juntos. E quero isso. — Soltando o ar de forma entrecortada, ela resistiu à tentação de fechar os olhos. Precisava ver o rosto dele para se lembrar exatamente de como ele estava naquele instante, com o sol se pondo, o céu assumindo um tom de pêssego para, em seguida, ficar todo cor-de-rosa; e para se lembrar do bando de pássaros que passava, voando majestosamente acima deles, — Eu também amo você. Estava com medo de lhe contar, não sei por quê. Acho que não tenho medo de mais nada agora. Você vai me pedir em casamento?

— Estava me preparando para chegar a essa parte. — Por impulso, arrancou o elástico branco que prendia os seus cabelos e o atirou por sobre os ombros dela, fazendo com que os cães perseguissem o objeto pela grama, de forma animada. — Quero seus cabelos em minhas mãos — murmurou, fazendo os dedos penetrarem pelos fios castanhos e muito pesados. — Por toda a minha vida, eu disse que jamais faria tal coisa, pois nunca encontraria uma mulher que me fizesse precisar ou querer isso. Estava errado. Encontrei uma. Encontrei você. Case-se comigo, Sybill.

— Por toda a minha vida, eu disse que jamais faria isso, porque nunca encontraria um homem que precisaria de mim, ou iria me querer, ou ser importante o bastante para que eu o quisesse. Estava errada. Encontrei você. Case-se comigo, Phillip, o mais depressa possível.

— Que tal no próximo sábado?

— Hein? — A emoção inundou-lhe o coração, enchendo tudo e transbordando como se fosse um líquido quente, suave e real. — Sim! — disse e pulou, abraçando-o com força.

Ele a fez girar em círculos e, por um momento, apenas por um momento, pareceu-lhe ver duas figuras em pé sobre o cais. O homem tinha cabelos prateados e olhos brilhantes, muito azuis. A mulher tinha sardas, que dançavam pelo rosto, e cabelos ruivos, que balançavam soltos na brisa do entardecer. Estavam de mãos dadas. Estavam ali e, de repente, não estavam mais.

— Dessa vez, vai contar — murmurou ele, abraçando-a mais forte e trazendo-a mais para perto dele. — Dessa vez, o casamento vai contar para nós dois.

Impresso no Brasil pelo
Sistema Cameron da Divisão Gráfica da
DISTRIBUIDORA RECORD DE SERVIÇOS DE IMPRENSA S.A.
Rua Argentina, 171 – Rio de Janeiro, RJ – 20921-380 – Tel.: (21)2585-2000